THE CROSSING

VOL.18 HARRY BOSCH
THE CROSSING

Copyright ⓒ 2015 by Hieronymus, Inc.
All Rights Reserved.

This edition published by arrangement with Little,
Brown and Company, New York, New York, USA.
All rights reserved.
Korean translation copyright ⓒ 2025 by RH Korea Co., Ltd.
Korean translation rights arranged with Little, Brown and Company, New York
through EYA Co., Ltd.

이 책의 한국어판 저작권은 EYA Co., Ltd를 통해
저작권사와 독점 계약한 ㈜알에이치코리아에 있습니다.
저작권법에 의하여 한국 내에서 보호를 받는 저작물이므로 무단전재 및 복제를 금합니다.

크로싱

THE CROSSING

마이클 코넬리 지음
한정아 옮김

만우절

엘리스와 롱은 벤투라대로에서 자동차 네 대 앞에서 달리는 오토바이를 미행하고 있었다. 동쪽으로 향하던 그들의 차는 커다란 커브 길로 접어들고 있었다. 커브를 돌면 도로는 남쪽으로 방향을 꺾어 할리우드로 가는 고갯길로 이어질 것이다.

운전은 엘리스가 했다. 고참 파트너여서 굳이 운전하지 않아도 됐지만 그는 운전하는 걸 좋아했다. 롱은 조수석에 앉아 휴대전화로 자기들끼리 '투자'라고 부르는 동영상을 보고 있었다.

차는 승차감이 좋았다. 묵직한 느낌이 들고 바퀴가 덜컹거리지 않았다. 엘리스는 차를 완벽히 통제하고 있다고 느꼈다. 그는 우측 차선의 공간을 발견하고 가속 페달을 밟아 그리로 끼어들었다.

롱이 고개를 들었다.

"뭐 해요?"

"걸림돌 제거."

"네?"

"문제가 되기 전에 없앤다고."

엘리스는 오토바이를 따라잡고는 이젠 옆에서 달리고 있었다. 흘끗 돌아보니 라이더는 검은 부츠를 신고 있었고 오토바이 연료탱크에는 오렌지색 불꽃이 그려져 있었다. 그 불꽃은 엘리스와 롱이 타고 있는 카마로[1]의 색과 일치했다.

엘리스는 1~2미터 앞서가더니, 도로가 우측으로 굽어지자 원심력의 법칙에 따라 차가 자연스럽게 좌측 차선으로 밀리도록 내버려 두었다. 라이더가 고함을 쳤다. 차 옆면을 발로 차더니 먼저 가려고 튀어 나갔다. 그것은 라이더의 실수였다. 브레이크를 밟고 섰다 갔어야 했는데 그대로 내빼려고 한 것이다. 이런 반응을 예상했던 엘리스는 가속 페달을 밟았다. 카마로가 좌측 차선으로 들어가 오토바이를 가로막았다.

오토바이가 중앙선을 침범해 반대편 차선으로 넘어가자 브레이크에서 날카로운 마찰음이 났고 귀를 찢는 듯한 경적이 길게 울려 퍼졌다. 그러고는 철이 긁히는 소리와 피할 수 없는 금속과 금속이 내는 강한 충격음이 들렸다.

엘리스는 웃으며 계속 달렸다.

---

1 제너럴모터스의 쉐보레 사업부에서 생산하는 스포츠카 모델

1

 금요일 아침, 똑똑한 사람들은 벌써 주말을 시작하고 있었다. 시내로 가는 교통 상황이 원활해 해리 보슈는 법원에 일찍 도착했다. 약속 장소인 건물 앞 계단에서 미키 할러를 기다릴까 하다가 블록의 절반을 차지하고 있고 19층까지 솟아 있는 거대한 건물로 들어가 자기 변호인을 찾아보기로 결심했다. 할러 찾기는 건물의 크기로 짐작하는 것보다 어렵진 않을 것 같았다. 로비에서 금속 탐지기를 통과하는 것은 보슈로선 새로운 경험이었다. 곧장 엘리베이터를 타고 15층으로 올라가 법정을 들여다보기 시작했고 계단으로 내려오면서 계속 확인을 했다. 형사 법정은 대체로 9층에서 15층 사이에 있다. 지난 30년 동안 법정에서 많은 시간을 보낸 덕분에 알게 된 사실이었다.
 할러는 13층 120호 법정에 있었다. 공판 중이었지만 배심원단은 없었다. 증거배제신청 관련 심리가 있는데 할러는 약속 시간 전에 끝날 거라고 했었다. 보슈는 방청석 뒷줄 긴 의자에 슬그머니 앉아서 제복 차림으로 증인석에 앉아 있는 로스앤젤레스 경찰관을 할러가 신문하는 모습을 지켜봤다. 앞부분은 놓쳤지만 신문 요지는 파악할 수 있었다.

"증인, 작년 12월 11일, 증인이 피고인인 헤너건 씨를 체포하기까지의 과정을 자세히 설명해 주시겠습니까?" 할러가 말했다. "먼저 그날 증인이 맡은 임무가 무엇이었는지부터 시작할까요?"

통상적인 질문인데도 산체스는 대답을 잠깐 고민했다. 보슈는 그의 제복 소매에 연공 수장[2] 세 개가 붙어 있는 것을 봤다. 수장 한 개는 경찰국에서 5년 근무했음을 상징했다. 15년을 근무했다면 경험이 매우 풍부할 것이고, 피고인 측이 아니라 검사 측에 도움이 되게 증언을 잘할 수 있을 뿐만 아니라 할러를 극도로 경계하고 있을 것이 분명했다.

"파트너와 저는 77번가 경찰서 관할 구역에서 통상적인 순찰을 돌고 있었습니다." 산체스가 말했다. "사건 발생 당시에는 플로렌스 애비뉴에서 서쪽으로 이동 중이었고요."

"피고인도 플로렌스 애비뉴를 달리고 있었죠?"

"네, 맞습니다."

"피고인은 어느 방향으로 가고 있었습니까?"

"우리와 마찬가지로 서쪽으로 가고 있었습니다. 피고인의 차가 우리 차 바로 앞에 있었죠."

"그랬군요. 그래서 무슨 일이 있었죠?"

"노르망디에서 정지신호에 걸려 피고인이 먼저 멈춰 섰고 우리가

---

2 정복 소매 끝에 붙여 복무기간을 표시하는 줄띠

바로 뒤에 멈춰 섰습니다. 피고인이 방향 지시등을 켜더니 우회전해서 노르망디에서 북쪽으로 달려갔고요."

"피고인이 정지신호에 우회전한 것이 교통법규 위반인가요?"

"아뇨, 위반 아닙니다. 정지신호에 확실하게 멈춰 섰고 주위를 확인한 다음에 우회전했으니까요."

할러가 고개를 끄덕이더니 리걸패드에 체크 표시를 했다. 옆에 앉은 의뢰인은 카운티 구치소의 청색 수의를 입고 있었다. 그것은 이 사건이 중범죄라는 뜻이다. 아마도 마약 사건인 듯했고 할러는 불심검문의 부당성을 주장해 의뢰인의 자동차에서 발견된 것을 무마하려는 듯했다.

할러는 변호인석에 앉아서 증인을 신문하고 있었다. 배심원단이 없어서 판사는 격식을 갖춰 일어서서 신문할 것을 요구하지는 않은 듯했다.

"증인도 우회전해서 피고인의 차를 쫓아갔습니다, 그렇죠?" 할러가 물었다.

"그렇습니다." 산체스가 대답했다.

"증인은 언제 피고인의 차를 검문하기로 결정했죠?"

"피고인이 우회전하는 것을 보고 바로 결정했습니다. 경광등을 켜서 신호를 보내니까 차를 세우더군요."

"그리고 나서 무슨 일이 있었죠?"

"차가 서자마자 조수석 문이 열리더니 사람이 튀어나왔습니다."

"도망치던가요?"

"네, 그렇습니다."

"어디로 갔죠?"

"바로 앞에 쇼핑센터가 있고 그 옆에 골목이 있었는데요, 그 골목으로 들어가서 동쪽 방향으로 도주했습니다."

"증인이나 파트너가 추적했습니까?"

"아뇨, 둘이 떨어지는 것은 규칙 위반이고 위험해서요. 파트너가 무전으로 인력 지원과 비행선을 요청했습니다. 도주한 용의자의 인상착의를 설명했고요."

"비행선이요?"

"경찰 헬기를 말합니다."

"그렇군요. 파트너가 무전으로 지원을 요청하는 동안 증인은 뭘 했죠?"

"순찰차에서 내려 문제 차량의 운전석 쪽으로 가서 운전자에게 두 손을 창밖으로 내밀라고 지시했습니다. 제가 볼 수 있게 말이죠."

"총을 겨눴습니까?"

"네."

"그러고는요?"

"운전자 헤너건 씨에게 차에서 내려 바닥에 엎드리라고 지시했습니다. 헤너건 씨가 지시에 따랐고 제가 수갑을 채웠죠."

"체포한 이유는 설명했고요?"

"그땐 체포한 것이 아니었습니다."

"길거리에 엎드리게 해서 수갑을 채워놓고 체포가 아니라고요?"

"그건 어떤 상황인지 알지 못했고 저와 파트너의 안전이 걱정돼서 그랬던 거고요. 조수석에 앉아 있던 남자가 도주한 걸 보면 뭔가 수상한 일이 벌어지고 있다는 의심도 들었고요."

"그러니까 차에서 튀어나와 도주한 남자가 이 모든 일을 야기한 원인이군요."

"네, 그렇죠."

할러는 리걸패드를 넘기며 메모를 확인한 뒤 변호인석 책상에 놓여 있는 노트북의 화면을 들여다봤다. 의뢰인은 고개를 옆으로 약간 기울이고 있어서 뒤에서는 조는 것처럼 보였다.

판사석과 한 몸이 된 듯 기대앉아 있어서 반백인 머리의 정수리만 보이던 판사가 꼿꼿하게 허리를 세우고 상체를 앞으로 숙이며 목청을 가다듬어 법정에 존재감을 드러냈다. 판사석 앞에 붙은 명패에는 '판사 스티브 여리드'라고 적혀 있었다. 보슈에게는 사람도 이름도 낯설었다. 이 건물 안에 50개가 넘는 법정과 그만큼의 판사들이 있다는 사실을 고려하면 이상한 일은 아니었다.

"더 이상 질문 없습니까, 변호인?" 판사가 물었다.

"죄송합니다, 재판장님. 잠깐 메모를 확인하느라고요." 할러가 대답했다.

"신문 계속하세요."

"네, 재판장님."

할러는 찾던 것을 찾았고 신문을 계속할 준비가 된 듯했다.

"피고인을 얼마나 오래 그 상태로 두었죠? 길바닥에 엎드려 수갑이 채워진 채로요?"

"차 안에 아무도 없는 것을 확인한 뒤 피고인에게 돌아갔습니다. 무기 소지 여부를 확인하기 위해 몸수색을 했고요. 그런 다음 일으켜 세워서 순찰차 뒷좌석에 태웠습니다. 피고인과 우리의 안전을 위해서."

"피고인의 안전이 왜 문제가 됐죠?"

"아까도 말씀드렸지만 어떤 상황인지를 몰랐습니다. 한 사람은 도주하고 다른 사람은 초조한 듯 행동하고 있어서, 무슨 일인지 확인할 때까지 신병을 확보하는 것이 최선이었죠."

"피고인이 초조한 듯 행동하는 것을 언제 처음 알았죠?"

"피고인을 보자마자요. 창밖으로 두 손을 내밀라고 지시할 때 알아차렸죠."

"증인은 그 지시를 할 때 피고인에게 총을 겨누고 있었습니다. 그렇죠?"

"네, 그렇습니다."

"알겠습니다. 그 다음엔 피고인을 순찰차 뒷좌석에 태웠고요. 차량 수색 전에 피고인에게 허락을 구했습니까?"

"물었더니 안 된다고 하더군요."

"그래서 어떻게 했죠?"

"무전으로 마약 탐지견 출동을 요청했습니다."

"마약 탐지견은 어떤 일을 하죠?"

"마약 냄새를 맡으면 경찰관에게 알리도록 훈련돼 있습니다."

"좋습니다. 그래서 마약 탐지견을 플로렌스와 노르망디 사거리로 불러내는 데 시간이 얼마나 걸렸죠?"

"한 시간 정도요. 실전 연습을 하고 있는 마약 탐지견 훈련소에서 데리고 와야 했거든요."

"그러면 증인이 마약 탐지견을 기다리는 동안 피고인은 수갑을 찬 채로 순찰차 뒷좌석에 한 시간 동안 갇혀 있었던 거네요?"

"맞습니다."

"증인과 피고인의 안전을 위해서."

"맞습니다."

"증인은 순찰차로 돌아가서 차를 수색해도 되는지 피고인에게 몇 번이나 물어봤습니까?"

"두세 번요."

"피고인의 반응은요?"

"계속 안 된다고 했습니다."

"도주한 남자는 찾았나요?"

"찾지 못한 걸로 알고 있습니다. 그날 이후 사건이 남부 지국 마약 전담반으로 이첩됐죠."

"마약 탐지견이 도착한 후엔 무슨 일이 있었죠?"

"담당 경찰관이 마약 탐지견을 데리고 문제 차량 주위를 돌면서 냄새를 맡게 했고 탐지견이 트렁크에서 반응을 보였습니다."

"그 탐지견 이름이 뭐였죠?"

"코스모였던 것으로 기억합니다."

"피고인이 운전했던 자동차의 차종은요?"

"구형 토요타 캠리였습니다."

"그러니까 코스모가 토요타 캠리의 트렁크에 마약이 있다고 알려줬군요."

"네, 맞습니다."

"그래서 트렁크를 열었고요."

"마약 탐지견의 반응이 트렁크를 수색할 상당한 근거가 된다고 판단했습니다."

"그래서 마약을 찾아냈습니까?"

"메타암페타민[3]으로 추정되는 물질이 든 봉지 한 개와 돈이 든 가방 한 개를 발견했죠."

"메타암페타민의 양은 얼마나 됐죠?"

"1킬로그램이 넘는다고 들었습니다."

"돈은 얼마나 들어 있었죠?"

"8만 6천 달러요."

"현금이었나요?"

"전부 현금이었습니다."

"그 후 증인은 판매 목적의 마약 소지 혐의로 피고인을 체포했습니다. 맞죠?"

"네, 맞습니다. 체포해서 피의자의 권리를 고지한 후 남부 지국으로 연행해서 입건했죠."

할러는 고개를 끄덕였다. 그러고는 다시 리걸패드를 들여다봤다. 다른 뭔가가 있는 것이 분명했다. 판사가 신문 진행을 또 재촉하자 그것이 나왔다.

"증인, 검문 얘기를 다시 해봅시다. 증인은 아까 피고인이 빨간불에 완벽히 멈춰 섰고 우회전해도 안전한지 확인한 다음 우회전을 했다고

---

[3] 중추 신경을 강력하게 흥분시키는 각성제로 정신적 의존성이 매우 높으며 남용과 탐닉을 일으킬 수 있어 다수 국가에서 마약류로 분류하고 있다.

증언했습니다, 그렇죠?"

"네, 그렇습니다."

"그리고 그것은 법적으로 전혀 문제 없었고요, 그렇죠?"

"네."

"그렇다면 피고인이 바른 행동을 했는데 왜 증인은 경광등을 켜고 쫓아가서 강제로 차를 세웠죠?"

산체스는 할러의 맞은편에 있는 검사석을 흘끗 돌아봤다. 검사는 지금까지 한마디도 하지 않았지만 보슈는 그가 간간이 메모하는 것을 지켜봤다.

산체스의 눈길은 할러가 찾은 검찰 측 주장의 약점이 바로 이것이라고 말하고 있었다.

"재판장님, 증인이 검사를 쳐다보며 답을 구하지 말고 제 질문에 대답하라고 지시해 주시겠습니까?" 할러가 재촉했다.

여리드 판사는 다시 상체를 숙이고 산체스에게 대답하라고 지시했다. 산체스는 질문을 다시 한번 해달라고 요청했고 할러는 그 요청에 응했다.

"그때가 크리스마스 시즌이었거든요." 산체스가 말했다. "우린 그맘때면 항상 칠면조 교환권을 나눠줍니다. 칠면조 교환권을 주려고 차를 세웠습니다."

"칠면조 교환권이요? 그게 뭐죠?" 할러가 되물었다.

2

 보슈는 링컨 차를 타는 변호사가 활약하는 쇼를 즐기고 있었다. 할러는 체포에 관한 모든 세부적 사실을 법원 공식 기록으로 남겼고 이젠 검사의 아킬레스건을 쥐고 흔들려 하고 있었다. 심리가 진행되는 동안 검사가 입을 다물고 있었던 이유를 알 것 같았다. 사실에 관해서는 검사가 할 수 있는 일이 아무것도 없었다. 그에게는 나중에 판사 앞에서 그 사실들을 어떻게 해석하고 주장할 것인가 하는 문제만 남아 있었다.
 "칠면조 교환권이 뭐죠, 증인?" 할러가 다시 물었다.
 "사우스 로스앤젤레스에는 리틀존스라는 상인협동조합이 있는데요, 해마다 추수감사절과 크리스마스 시즌이 되면 조합에서 칠면조 무료 교환권을 기부합니다. 그러면 우리는 그 교환권을 시민들에게 나눠주죠."
 "선물로요?" 할러가 물었다.

"네, 선물로요." 산체스가 대답했다.

"칠면조 교환권을 받을 사람은 어떻게 정하죠?"

"선행을 한 사람, 해야 할 일을 한 사람을 찾죠."

"이를테면 교통 규칙을 준수한 운전자요?"

"맞습니다."

"그래서 이 경우에는 피고인이 정지신호를 준수하고 우회전을 바르게 했기 때문에 차를 세웠다는 겁니까?"

"그렇습니다."

"달리 말하자면 피고인이 법을 위반하지 않았기 때문에 차를 세웠다고 할 수 있겠네요, 그렇죠?"

산체스는 도움을 바라는 듯 다시 검사를 쳐다봤다. 검사가 잠자코 있자 어쩔 수 없이 그가 대답했다.

"피고인이 법을 어긴 것을 몰랐습니다. 동승자가 도주하고 우리가 마약과 돈을 발견하고 나서야 알았죠."

보슈가 듣기에도 궁색한 대답이었다. 할러는 그냥 넘어가지 않았다.

"증인, 아주 구체적으로 묻겠습니다." 할러가 말했다. "피고인인 헤너건 씨를 검문하기 위해 증인이 경광등을 켜고 사이렌을 울린 바로 그 순간, 증인이 보기에 피고인은 잘못된 행동이나 불법적인 일을 전혀 하지 않았습니다. 제 말이 맞습니까?"

산체스가 기어들어 가는 목소리로 대답했다.

"맞습니다."

"기록을 위해 분명하게 대답해 주세요."

"맞습니다." 산체스가 언짢은 말투로 크게 대답했다.

"더 이상 질문 없습니다, 재판장님."

판사가 검찰 측 대리인을 라이트 검사라고 부르면서 반대 신문을 하겠느냐고 묻자 라이트는 하지 않겠다고 대답했다. 사실은 사실이어서 무엇을 묻더라도 사실을 바꿀 수는 없었다. 판사는 산체스 경찰관을 내보낸 뒤 양측 대리인들에게 말했다.

"피고인 측이 제기한 증거배제 신청인데, 어떻게, 지금 최종 의견을 내실래요, 할러 변호사?" 판사가 물었다.

할러는 구두로 의견을 개진하겠다고 말했고 라이트는 서면으로 의견서를 제출해야 한다고 주장해서 잠시 분란이 일었다. 여리드 판사는 구두로 피고인 측 의견을 들은 후에 서면이 필요한지 결정하겠다고 말해서 할러의 손을 들어줬다.

할러가 일어서서 검사석과 변호인석 사이에 있는 발언대로 향했다.

"재판장님, 이 사건의 사실은 너무나 명백하기 때문에 간략히 말씀 드리겠습니다. 그 사실들을 어떤 시각으로 보더라도 불심검문을 하게 만든 상당한 근거가 충분하지 않을 뿐만 아니라 사실 존재하지도 않습니다. 산체스 경찰관과 파트너가 경광등을 켜고 사이렌을 울리면서 피고인의 차를 세웠을 때 피고인은 모든 교통법규를 준수하고 있었고 의심을 살 만한 행동을 전혀 하지 않았습니다."

할러는 발언대로 법전을 가져가 표시해 둔 부분을 보면서 말을 이었다.

"존경하는 재판장님, 우리나라 헌법의 제4차 수정안은 압수수색은 상당한 근거가 있을 경우 영장을 발부받아 실시해야 한다고 규정하고 있습니다. 그러나 그 규정에 예외가 있습니다. 법률을 위반했다고 믿을 만한 상당한 이유가 있거나 문제 차량의 탑승자들이 범죄를 저지르고 있다는 합리적인 의심이 들 땐 영장 없이도 불심검문을 할 수 있다고 말이죠. 이번 사건은 그런 예외적인 경우 어디에도 해당하지 않습니다. 제4차 헌법 수정안은 국가의 권한 행사를 엄격히 제한하고 있는데요. 칠면조 교환권을 나눠주는 것은 헌법상의 권한을 타당하게 행사하는 행위라고 볼 수 없습니다. 불심검문에 걸려 차를 도롯가에 세워야 했을 때 피고인은 어떤 교통법규도 위반하지 않았고 체포한 경찰관 본인도 인정했듯이 완벽하게 합법적이고 올바른 방식으로 운전하고 있었습니다. 나중에 피고인의 차 트렁크에서 무엇이 발견됐느냐는 중요하지 않습니다. 이 사건은 불법 압수수색으로부터 보호받아야 한다는 시민의 권리를 정부가 짓밟은 것입니다."

할러는 잠시 숨을 고르며 더 해야 할 말이 있는지 생각하는 듯했다.

"게다가 피고인이 순찰차 뒷좌석에 갇혀 있었던 그 한 시간은 영장과 상당한 근거가 없이 자행된 체포에 해당합니다. 이 또한 불법적인 압수수색으로부터 보호받을 권리를 위반한 것이죠. 독이 든 나무의 열매입니다, 재판장님. 위법한 검문이었습니다. 따라서 그 검문에서 나온 모든 것은 오염이 됐고요. 이상입니다."

할러는 자기 자리로 돌아가면서 의뢰인의 표정을 살폈다. 의뢰인이 그의 말을 이해했는지 표정으로는 알 수 없었다.

"라이트 검사?" 판사가 말했다.

갑시기 마지못해 일어서서 발언대로 갔다. 보슈는 법학 학위는 없지만 실전 경험으로부터 얻은 풍부한 법 지식을 갖고 있었다. 그런 그가 볼 때 헤너건의 유죄를 증명하려는 검찰 측 주장은 논리가 부족했다.

"존경하는 재판장님." 라이트 검사가 입을 열었다. "경찰관들은 매일 이른바 대민업무를 보고 있고 그중 일부는 체포로 이어집니다. 연방대법원이 제4차 헌법 수정안에서 밝혔듯이 경찰과 시민의 모든 개인적 접촉이 시민의 체포로 귀결되지는 않죠. 이 사건에서 경찰관이 한 행동은 대민업무였습니다. 그것도 시민의 선행에 보답하려는 선한 의도를 가진 대민업무. 그런데 동승자가 피고인의 차에서 뛰쳐나와 도주하는 바람에 그 업무가 새로운 방향으로 전환되고 경찰관의 행동에 상당한 근거가 생긴 것입니다. 그 동승자의 행동이 게임 체인저였죠."

라이트는 발언대로 가져간 리걸패드에서 메모를 확인한 후 발언을 계속했다.

"피고인은 마약 판매자입니다. 경찰관들의 선한 의도가 마약 판매자에 대한 재판 진행에 발목을 잡아서는 안 됩니다. 산체스 경찰관과 파트너가 최선을 다해 임무를 수행했다는 이유로 불이익을 당하지 않도록 폭넓은 재량권을 가진 재판장님께서 현명한 판단을 내려주시기 바랍니다."

라이트가 검사석으로 돌아가 앉았다. 보슈는 검사가 자신의 주장을 판사의 아량에 맡긴 것이나 다름없다고 생각했다. 할러가 일어서서 대응했다.

"재판장님, 제가 한 말씀 드리겠습니다. 라이트 검사가 이 사건에서는 롱 검사[4]가 되고 싶은가 보네요. 제4차 헌법 수정안을 인용하면서

---

4 검사 측 주장이 옳지 않다고(wrong) 라이트(Wright) 검사의 이름을 동음이의어인 right로 비꼰 것이다.

경찰관이 공권력을 행사해 시민의 자유를 제한할 때 강제가 발생했다고 본다는 부분을 빠뜨렸습니다. 검사는 상당한 근거와 관련된 강제의 시점을 임의로 정할 수 있다고 생각하는 것 같습니다. 검사는 동승자가 피고인의 차에서 도주하고 상당한 근거가 생길 때까지 강제는 없었다고 주장합니다만 그것은 전혀 논리적이지 않은 주장입니다. 산체스 경찰관은 경광등과 사이렌을 이용해 피고인이 도롯가에 차를 세우게 했습니다. 어떤 종류라도 강제가 발생하기 위해서는 그 전에 먼저 상당한 근거가 있어야 했습니다. 시민들은 이 나라에서 아무런 방해를 받지 않고 돌아다닐 자유가 있습니다. 시민이 차를 세우고 검문에 응하도록 강요하는 것은 명백한 강제이고 법집행기관의 추적을 받지 않을 권리의 위반입니다. 요약하자면 질문조 교환권은 상당한 근거가 되지 못합니다. 실패작[5]은 이 사건이라고 생각합니다, 재판장님. 이상입니다."

할러는 단어를 사용한 재기 넘치는 끝맺음에 자부심을 느끼면서 변호인석으로 돌아갔다. 라이트는 반격을 위해 다시 일어서지 않았다. 자기 뜻은 이미 다 전달했다고 판단한 것이다.

여리드 판사가 다시 상체를 숙이고 판사석 마이크에 대고 목청을 가다듬자, 법정 안에 굉음이 울려 퍼졌다. 헤너건이 깜짝 놀라 똑바로 앉는 것을 보니, 자신의 운명을 결정지을 심리가 진행되는 동안 졸고 있었던 것이 분명했다.

"미안합니다." 소음이 잦아든 다음 여리드 판사가 말했다. "지금까

---

5 칠면조를 뜻하는 영어 단어 turkey에는 '실패작'이라는 뜻도 있다.

지 들은 증언과 양측 대리인의 의견을 바탕으로 본 법정은 피고인 측이 제기한 증거배제 신청을 인용합니다. 피고인의 차 트렁크에서 발견된 증거는……."

"재판장님!" 라이트가 벌떡 일어서면서 소리쳤다.

그는 두 팔을 펼쳐 들고 이미 예상했을 판결에 놀란 시늉을 했다.

"재판장님, 그 차량의 트렁크에서 나온 증거는 검찰의 핵심 증거입니다. 그런데 그 마약과 돈이 범죄의 증거가 되지 못한다고 말씀하시는 겁니까?"

"맞아요, 내 말이 그 말입니다, 검사. 그 불심검문을 정당화할 상당한 근거가 없었어요. 변호인 말처럼 독이 든 나무의 열매입니다."

라이트가 손가락으로 헤너건을 가리켰다.

"재판장님, 피고인은 마약 판매잡니다. 우리 시와 사회에 몰아닥친 역병의 원인이죠. 그런 그를 사회로 돌려보내시면……."

"라이트 검사!" 판사가 마이크에 대고 소리쳤다. "설득에 실패한 탓을 법정에 돌리지 마세요."

"24시간 내에 항고하겠습니다."

"그건 검찰의 권리니까 알아서 하시고. 검찰이 제4차 헌법 수정안을 피해 갈 수 있을지 몹시 궁금하군요."

라이트는 턱이 가슴에 닿도록 고개를 푹 숙였다. 이때를 틈타 할러가 일어서서 검사의 상처에 소금을 뿌렸다.

"재판장님, 이 사건에 대한 공소기각을 신청합니다. 기소를 유지할 증거가 없어졌으니까요."

여리드는 이런 요청이 나올 것을 예상했었다는 듯 고개를 끄덕였다. 그는 라이트에게 약간의 자비를 베풀기로 결심했다.

"숙고해 보겠습니다, 변호인. 검찰이 실제로 항고하는지도 보고요. 양측 대리인 더 할 말 있습니까?"

"없습니다, 재판장님." 라이트가 말했다.

"있습니다, 재판장님." 할러가 말했다. "제 의뢰인은 현재 50만 달러의 보석금이 책정된 상태로 구금돼 있습니다. 항고나 공소기각이 결정될 때까지 법정 출두를 서약하고 석방해 주시기를 요청합니다."

"이의 있습니다, 재판장님." 라이트가 말했다. "피고인의 파트너는 도주했는데 피고인이 똑같은 행동을 하지 않을 거라는 보장이 없습니다. 말씀드렸다시피 저희 검찰은 이 판결에 대해 항고할 것이고, 다시 돌아와 또 기소할 것입니다."

"그러시든가요." 판사가 말했다. "보석 관련 요청도 숙고해 보겠습니다. 그리고 검찰이 어떻게 나오는지도 지켜보도록 하죠. 할러 변호사, 검찰의 움직임이 너무 느리면 변호사가 신청한 건들에 대해 재심리를 요청해도 됩니다."

여리드 판사는 라이트에게 뭉개고 앉아 시간 끌지 말라고 경고하고 있었다.

"더 이상 할 말 없으면 여기서 폐정하겠습니다." 판사가 말했다.

여리드는 잠시 양측 대리인의 반응을 살핀 뒤 판사석에서 일어나 서기석 뒤에 있는 문을 통해 사라졌다.

부슈는 할러가 헤너건의 어깨를 다독이며 조금 전 자신이 거둔 위대한 승리에 대해 설명하는 것을 지켜봤다. 그런 판결이 나왔다고 해서 헤너건이 법정이나 구치소에서 즉시 석방되지는 않는다는 것을 보슈도 잘 알고 있었다. 상상도 할 수 없는 일이다. 그러나 이제부터 거래가 시작될 것이다. 이 사건은 다쳐서 날 수 없는 오리였다. 헤너건이 구치소에 있는 동안에는 라이트 검사가 협상에서 여전히 우위에 있었다. 라이트는 헤너건이 유죄를 인정하는 대가로 감형을 제안할 수 있었다. 헤너건은 몇 년이 아니라 몇 개월 복역으로 끝날 수 있어 좋고 검찰은 유죄 평결을 받아낼 수 있어서 좋았다.

보슈는 일이 그렇게 진행될 것임을 알고 있었다. 법은 편의에 따라 절충할 수 있다. 대리인들이 개입하면 거래 가능성이 항상 열려 있다. 판사도 그 사실을 알고 있다. 판사로서 지지할 수 없는 상황에 처한 것이 이번이 처음은 아닐 것이다. 헤너건이 마약 판매자라는 것은 법정에 있는 모두가 알고 있었다. 그러나 체포 절차가 정당하지 못했고 따라서 거기서 얻은 증거는 오염됐다. 판사는 헤너건을 카운티 구치소에 계속 구금함으로써 마약 판매자가 활보하는 것을 막고 있었다. 라이트 검사는 재빨리 서류 가방을 챙겨 돌아섰다. 문을 향해 가면서 할러를 돌아보더니 무슨 일 있으면 서로 연락하자고 말했다.

라이트를 향해 고개를 끄덕이던 할러는 보슈를 발견했다. 법정 경위가 헤너건을 구치소로 데려가려고 다가오자 할러는 의뢰인과의 대화를 빨리 끝냈다.

잠시 후 할러는 법정과 방청석을 나누는 문을 통과해 보슈가 앉아 있는 곳으로 다가왔다.

"얼마나 봤어?" 할러가 물었다.

"충분히. 라이트 검사가 롱 검사가 되고 싶은 모양이라고 하는 거 들었어." 보슈가 말했다.

할러가 환하게 웃었다.

"그 친구를 재판에서 만나 그 말 한번 하려고 몇 년을 기다렸는지 몰라."

"축하할 일이네."

할러가 고개를 끄덕였다.

"사실 그런 일이 자주 있진 않아. 증거배제 신청을 해서 내가 이긴 경우는 두 손으로 충분히 헤아릴 수 있을걸."

"의뢰인에게 그런 얘기 해줬어?"

"법에 관해선 관심도 없어. 언제 나오느냐만 알고 싶어서 안달이지."

3

그들은 유니언역에 있는 트랙스에서 점심을 먹었다. 법원 근처에 있는 괜찮은 식당이라 점심시간엔 판사나 변호사들이 즐겨 찾았다. 할러를 알아본 여종업원은 굳이 메뉴를 내밀지 않았다. 할러는 늘 먹던 것을 주문했다. 보슈가 메뉴를 쓱 훑어본 후 햄버거와 프렌치프라이를 시키자 할러는 실망한 표정을 지었다.

식당으로 걸어오면서 그들은 가정사에 대해 이야기를 나눴다. 보슈와 할러는 이복형제였고 동갑인 외동딸이 있다. 둘의 딸들은 9월부터 오렌지카운티에 있는 채프먼대학교에서 함께 살 계획을 세우고 있다. 서로의 진학 계획을 모른 채 그 학교에 지원했는데 입학 허가서를 받고 같은 날 페이스북에 올린 글을 서로가 보고 알게 된 것이다. 그때부터 룸메이트로 함께 살자는 계획을 빠르게 세웠다. 아버지들은 딸들이 안전하게 잘 지내고 대학 생활에 잘 적응하는지 감시하기가 수월하겠다고 생각해 그 계획에 찬성했다.

그들은 기차역의 휑뎅그렁한 대합실이 내다보이는 창문 옆 탁자에 앉아 있었다. 이제 본론으로 들어갈 차례였다. 보슈는 할러가 자신을 대리하고 있는 사건에 관해 진행 상황을 알려줄 것이라고 기대하고 있었다. 전년도에 보슈는 수사 중이던 살인사건과 관련해 예전 사건 기록을 찾으려고 미제사건 전담반장의 사무실 문을 몰래 따고 들어간 일로 상부에 투서가 들어가 정직 처분을 받았다. 그날은 일요일이었고 보슈는 다음 날 반장이 출근할 때까지 기다릴 여유가 없었다. 그리 중하지 않은 규칙 위반이었지만 해고 절차의 첫 단계가 될 수 있었다.

더 중요한 것은 무급 정직이어서 퇴직유예제도Deferred Retirement Option Plan, DROP 기금 납입도 중단된다는 사실이었다. 이에 불복해 인권 위원회에 제소할 경우 월급도 없고 DROP 연금도 받지 못한다. 대응 조치를 하는 데 최소 6개월은 걸릴 것이고 정년 퇴직일을 훌쩍 넘기게 될 것이다. 생활비와 딸의 대학 등록금 마련이 힘들게 되자 보슈는 퇴직금과 DROP 연금을 타기 위해 퇴직했다. 그러고는 할러를 고용해 경찰국이 불법적 전술을 써서 자신의 퇴직을 종용했다고 주장하면서 로스앤젤레스 시를 상대로 민사소송을 제기했다.

할러가 얼굴 보고 얘기하자고 했기 때문에 보슈는 나쁜 소식일 거라고 예상했다. 전에는 항상 전화로 소송 진행 상황을 보고했다. 보슈는 무슨 일이 생긴 거라고 짐작했다.

보슈는 자기 사건 이야기를 하기가 두려워 조금 전에 끝난 심리 이야기를 다시 꺼냈다.

"그 마약상을 빼낼 수 있게 돼서 되게 자랑스럽겠네." 보슈가 말했다.

"못 나온다는 거 형도 잘 알잖아." 할러가 대꾸했다. "판사는 선택의 여지가 없었어. 어쨌든 이젠 검찰이 감형 얘기를 꺼낼 거고 내 의뢰인은 얼마라도 형을 살아야 할 거야."

보슈는 고개를 끄덕였다.

"하지만 트렁크에 있던 돈은 네 의뢰인에게 돌아가겠지." 보슈가 말했다. "그중에서 네 몫은 얼마나 되냐? 내키지 않으면 대답 안 해도 돼."

"5만. 거기에 차도." 할러가 말했다. "감옥에선 차가 필요 없을 테니까. 이런 일을 맡아 해주는 사람이 있어. 청산인. 차를 처분하면 2천 정도는 받겠지."

"나쁘지 않네."

"받을 수만 있다면 나쁘지 않지. 돈 들어갈 데가 얼마나 많은데. 헤너건이 나를 고용한 것도 플로렌스와 노르망디 사거리에 있는 버스정류장에서 내 이름이 적힌 광고를 봤기 때문이래. 순찰차 뒷좌석에 갇혀 있는 동안 그 광고를 보고 내 전화번호를 외웠다더라고. 시내에 그런 광고를 붙인 버스정류장만 해도 60군데야. 차를 굴릴 기름값을 계속 벌어야 해."

보슈는 할러에게 수임료를 지불하겠다고 했었지만 헤너건이 지불할 예상 수임료만큼 거액은 물론 아니었다. 할러는 재판 외의 업무는 거의 다 주니어 변호사에게 맡기면서 보슈의 민사소송 비용을 절감하고 있었다. 그는 그것을 '경찰 특별할인행사'라고 불렀다.

"현금 이야기가 나와서 말인데, 채프먼 등록금이 얼마인지 알아?" 할러가 물었다.

보슈는 고개를 끄덕였다.

"엄청나던데." 보슈가 말했다. "경찰 생활 시작하고 처음 10년간 받았던 연봉보다 많아. 하지만 매디가 장학금을 두 개 탔어. 헤일리는 장학금 어떻게 됐니?"

"탔지. 그게 확실히 도움이 되더라고."

보슈는 고개를 끄덕였다. 이젠 할 이야기는 다 했고 본론만 남았다.

"자, 이제 나쁜 소식 내놔 봐. 음식이 나오기 전에." 보슈가 말했다.

"무슨 나쁜 소식?" 할러가 되물었다.

"나야 모르지. 하지만 네가 상황 보고를 하겠다고 나를 불러낸 건 이번이 처음이야. 그래서 좋지 않은 소식인가 보다 했지."

할러가 고개를 가로저었다.

"로스앤젤레스 경찰국 건은 할 얘기 없어. 소송은 잘 진행되고 있는데 아직 준비 단계야. 그것 말고 다른 얘기가 있어서 보자고 했어. 형을 고용하고 싶어."

"나를 고용한다니, 무슨 뜻이야?"

"내가 렉시 파크스 사건 맡은 거 알지? 다퀀 포스터 변호하는 거."

대화가 예기치 않은 방향으로 흘러가자 보슈는 당황했다.

"어, 그래, 포스터 변호 맡았지. 그게 나와……."

"6주 후면 공판 시작인데 뭘 어떻게 변호할지 잡히는 게 전혀 없어. 그 친구는 범인이 아니야. 그런데도 우리의 훌륭한 사법 시스템에 의해 완전히 엿을 먹고 있지. 내가 나서지 않으면 살인죄로 감옥에서 영원히 썩을 거야. 형이 나 좀 도와줘야겠어."

할러가 탁자 위로 다급하게 몸을 기울였다. 보슈의 등이 저절로 뒤로 젖혀졌다. 이 식당 안에서 세상이 어떻게 돌아가는지 모르는 사람은 자기밖에 없을 거라는 생각이 들었다. 퇴직한 후로 이 도시에서 일어나는 일에 대해서는 거의 귀를 닫고 살았다. 렉시 파크스와 다관 포스터라는 이름을 들어본 것도 같았다. 굉장히 큰 사건이라는 것은 알았다. 그러나 지난 6개월간은 자신이 30년 가까이 수행한 살인범 체포 임무를 생각나게 하는 신문 기사와 TV 보도를 의도적으로 피해 다녔다. 그러면서 오랫동안 생각만 하고 실행하지 않았던 프로젝트를 시작했다. 20년 가까이 간이 차고 안에서 먼지와 녹을 뒤집어쓰고 있는 낡은 할리데이비드슨 오토바이를 재정비하는 일이었다.

"조사관 있잖아. 우람한 팔을 가진 덩치 큰 친구, 오토바이족." 보슈가 말했다.

"아, 시스코는 부상자 명단에 올라 있기도 하고 이런 살인사건을 맡을 실력은 안 돼." 할러가 말했다. "내가 살인사건을 맡는 경우는 2년에 한 번이나 될까 말까 하거든. 이 사건은 포스터가 내 오랜 고객이라서 맡은 거야. 형의 도움이 필요해."

"부상자 명단? 무슨 일이 있었는데?"

할러는 괴로운 표정으로 고개를 절레절레했다.

"날마다 할리데이비드슨을 몰고 아무 때나 차선을 바꾸면서 쌩쌩 달리더니만, 참. 신상 헬멧을 쓰면 뭐 해, 목은 조금도 보호가 안 되는데. 시간문제라고 그에게 경고했어. 다치면 간은 내 거라고까지 하면서. 남들이 오토바이족을 미래의 장기 기증자라고 하는 데는 다 이유가 있어요. 내가 오토바이를 잘 타면 뭐 하냐고, 항상 딴 놈이 문젠데."

"그래서 어떻게 됐는데?"

"몇 주 전 어느 날 밤에 오토바이를 몰고 벤투라를 달리고 있는데 어떤 미친 새끼가 나타나서 길을 가로막고 반대편 차선으로 밀었대.

차 한 대는 가까스로 피했는데 오토바이가 옆으로 넘어지면서 교차로를 엉덩이로 쓸면서 지나갔다고 하대. 낡은 오토바이라 앞쪽에 브레이크가 없었대. 운 좋게도 가죽 바지를 입고 있어서 도로에 쓸린 것은 크게 문제 될 게 없는데, 전방십자인대가 파열됐대요. 지금 완전히 퍼져 누웠어. 의사들은 무릎을 갈아 끼워야 한다고 말한대. 알아서 하겠지. 어쨌든 시스코는 유능한 조사관이고 이 사건도 조사하기 시작했는데 이렇게 된 거야. 살인사건 수사 경험이 많은 형사가 필요해, 형. 이 일로 내 의뢰인이 잘못된다면 견디기 힘들 것 같아. 결백한 의뢰인은 마음에 흉터를 남기거든. 내 말 무슨 뜻인지 알지?"

보슈가 할러를 오래 응시했다.

"난 이미 하고 있는 프로젝트가 있어." 마침내 보슈가 말했다.

"무슨 소리야, 사건을 맡았어?" 할러가 물었다.

"아니, 오토바이. 재정비 프로젝트."

"아, 빌어먹을. 형도 오토바이야?"

"1950년산 할리. 〈와일드 원*The Wild One*〉에서 리 마빈이 탔던 거. 옛날에 군에 복무할 때 알았던 친구한테서 물려받았어. 20년 전에 오토바이는 나 주라고 유언장에 써놓고는 오리건에 있는 절벽에서 뛰어내렸지. 받은 후로 줄곧 차고에 처박아 놓고 있었어."

할러는 더 듣기도 싫다는 듯이 손을 내저었다.

"그러니까 그동안 쭉 기다리고 있었네. 더 기다릴 수 있겠는데, 그 오토바이 말이야. 내 의뢰인은 결백해. 그런데 어떻게 해야 할지 모르겠어. 나 너무 절박해. 우리 말을 들어주는 사람도 없고 또……."

"모든 것이 물거품이 되게 만들 거야."

"뭐가?"

"너를 위해서, 아니 너뿐만 아니라 누구든, 피고인 측 변호인을 위해서 수사를 도와주면, 내가 경찰 생활하면서 쌓았던 모든 것이 물거품이 될 거라고."

할러가 놀라는 표정을 지었다.

"뭘 그렇게까지. 그저 사건 하나야. 뭐 대단한……."

"그 하나가 전부야. 대단한 거라고. 편을 바꾼 사람을 살인사건 전담반에서 뭐라고 부르는지 알아? 제인 폰다[6]라고 불러. 북베트남인들과 시시덕거리던 제인 폰다. 알겠어? 그건 어둠의 편으로 선을 넘어갔다는 뜻이야."

할러는 고개를 돌려 창밖 대합실을 내다봤다. 대합실은 지붕에 있는 메트로링크 전철에서 내려오는 사람들로 붐비고 있었다.

여종업원이 음식을 가져왔다. 종업원이 접시를 내려놓고 아이스티를 다시 채우는 동안 할러는 보슈를 물끄러미 바라보고 있었다. 종업원이 떠나자 보슈가 먼저 입을 열었다.

"미키, 개인적 감정이 있어서 안 한다는 게 아니야. 내가 누군가를 위해 그 일을 한다면, 너를 위해서일 거야."

사실이었다. 그들은 로스앤젤레스의 전설적 변호사의 아들이었지만 지리적으로도 계층적으로도 천지 차이가 나는 환경에서 자랐다. 서로의 존재를 알게 된 것도 몇 년 되지 않았다. 할러가 보슈와는 반대

---

6 미국 여배우이자 반전주의자. 베트남 전쟁이 한창이던 1972년, 베트남 군 대공포기지에 방문해 미군은 자신들이 무슨 짓을 하는지 모른다고 말해 미국인들을 충격에 빠뜨렸다.

업계에서 일했지만 보슈는 할러를 좋아하고 존중했다.

"미안하다, 미키." 보슈가 말을 이었다. "내 마음이 그래. 그런 생각을 안 해본 건 아니야. 하지만 그 선을 도저히 넘어갈 수가 없겠더라고. 그리고 그런 부탁을 한 사람이 네가 처음도 아니고."

할러는 고개를 끄덕였다.

"이해해. 그런데 내가 제안하는 사건은 좀 다른 거야. 내 의뢰인은 어떤 식으로든 살인 누명을 쓴 게 분명한데, 도저히 공략할 수 없는 DNA 증거가 있어. 형 같은 사람이 나를 도와주지 않으면 그 증거 때문에 그 친구는 유죄평결을 받을 거야."

"제발, 미키, 말 같지도 않은 소리 좀 하지 마. 매일 모든 법정에 있는 모든 피고인 측 변호인이 너와 똑같은 말을 해. 모든 의뢰인이 결백하다고, 모든 의뢰인이 누명을 썼다고, 부당하게 유죄평결을 받게 생겼다고. 지난 30년간 내가 법정에 앉아 있을 때마다 그 말을 들었어. 하지만 그거 아니? 난 내가 감방에 처넣은 누구에 대해서도 뒤늦게 후회하거나 의혹을 가져본 적이 없어. 그리고 어느 시점에서든 모든 의뢰인이 자기가 한 짓이 아니라고, 자기는 범인이 아니라고 말했어."

할러는 아무런 대꾸도 하지 않았고 보슈는 햄버거를 천천히 한 입 베어 물었다. 맛은 있었지만 대화로 인해 식욕이 떨어진 상태였다. 할러는 포크로 샐러드를 뒤적이면서 먹지는 않았다.

"형, 제발, 사건을 한 번만 검토해 줘. 직접 한번 봐달라고. 의뢰인을 만나보면 형도 결백을 확신할 기야."

"누구도 만날 생각 없어."

보슈는 냅킨으로 입을 닦은 후 접시 옆에 내려놓았다.

"더 할 얘기 있니, 미키? 아니면 이거 포장해서 가도 돼?"

할러는 대답하지 않았다. 고개를 숙이고 먹지 않은 음식을 내려다봤다. 보슈는 그의 눈에서 두려움을 읽었다. 실패에 대한 두려움, 죄책감을 안고 평생을 살아야 할지 모른다는 두려움.

할러가 포크를 내려놓았다.

"형, 나랑 거래하자." 그가 말했다. "형이 사건 기록을 보고 내 의뢰인의 혐의를 입증하는 증거를 찾으면 그걸 검찰에 넘겨. 뭘 찾아내든, 그게 우리에게 어떻게 불리하게 작용하든, 검찰과 공유할게. 증거 개시를 화끈하게 한번 하지 뭐. 변호인과 의뢰인의 비밀 유지 의무 조항에 직접적으로 해당하지 않는 건 뭐라도."

"네 말을 네 의뢰인이 들으면 뭐라고 할까?"

"자기는 결백하니까 괜찮다고 할걸."

"어련하시겠어."

"형, 잘 한번 생각해 봐. 그런 다음에 거래를 할지 말지 말해줘."

보슈는 접시를 옆으로 치웠다. 햄버거를 한 입밖에 안 먹었지만 점심 식사는 끝났다. 그는 천으로 된 냅킨으로 손을 닦기 시작했다.

"생각할 필요도 없어. 지금 당장 알려줄게. 난 너를 못 도와줘." 보슈가 말했다.

보슈가 일어서서 냅킨을 햄버거 위로 떨어뜨렸다. 주머니에 손을 넣어 두 사람의 음식값을 치를 만큼 현금을 꺼낸 뒤 소금통 밑에 놓았다. 그러는 동안 할러는 고개를 돌려 대합실을 보고 있었다.

"할 말은 그게 다야. 갈게." 보슈가 말했다.

4

주말 동안 보슈는 할러의 제안을 거의 잊고 있었다. 토요일엔 딸과 함께 오렌지카운티에 가서 딸이 다닐 학교를 방문하고 대학가를 둘러봤다. 온갖 종류의 와플을 파는 캠퍼스 한구석의 식당에서 늦은 점심을 먹은 후 근처 애너하임에서 에인절스 경기를 직관했다.

일요일은 오토바이를 수리하는 날로 정했다. 그날 할 일은 재정비 프로젝트에서 가장 중요한 부분이었다. 오전에는 할리데이비드슨의 카뷰레터를 분해한 후 모든 부품을 깨끗이 닦아 식탁에 펼쳐놓은 오래된 신문 위에 가지런히 늘어놓고 말렸다. 글렌데일에 있는 할리데이비드슨 대리점에서 재조립 키트를 구매했고 재조립에 필요한 새 개스킷[7]과 패킹용 고무도 다 준비해 두었다. 클라이머 재조립 설명서는 개스킷을 잘못 끼우거나 저속 기화 장치를 소제하지 않거나 10여 가지

---

7 가스·기름 등이 새어 나오지 않도록 파이프나 엔진 등의 사이에 끼우는 마개

의 재조립 절차 중 하나라도 잘못하면 재정비 작업 전체가 헛수고가 될 거라고 경고했다.

보슈는 집 뒤 데크에서 점심을 먹은 뒤 필립스 드라이버를 들고 재즈 선율이 흐르는 식탁으로 돌아갔다. 클라이머 재조립 설명서를 한 번 더 신중하게 읽은 후 카뷰레터를 분해한 절차를 거꾸로 따라가며 조립을 시작했다. 스테레오에서는 존 핸디 오중주단이 핸디가 1967년에 발표한 존 콜트레인에게 바치는 곡 〈나이마 *Naima*〉를 연주하고 있었다. 보슈는 녹음된 색소폰 공연 실황 중 최고라고 생각했다.

설명서에 나온 단계를 밟아 차근차근 조립하자 카뷰레터가 빠르게 모습을 드러내기 시작했다. 저속 기화 장치를 향해 손을 뻗던 그는 그것이 로스앤젤레스 전 주지사의 사진 위에 놓여 있는 것을 봤다. 주지사는 시가를 물고 활짝 웃으면서 한 팔로 다른 남자를 끌어안고 있었다. 자세히 보니 그 남자는 로스앤젤레스 동부 지역 출신의 전직 주 하원의원이었다.

보슈가 펼쳐놓은 〈로스앤젤레스 타임스〉는 보관용으로 따로 챙겨둔 신문이었고 정치에 관한 심층 분석 기사를 담고 있었다. 몇 년 전 임기가 끝나갈 때쯤 주지사는 살인죄로 유죄평결을 받은 피고인의 형량을 직권으로 줄여주는 관용을 베풀었다. 그 피고인은 주지사의 친구인 그 하원의원의 아들이었다. 패싸움을 벌이다가 칼로 사람을 찔러 죽인 혐의로 기소됐는데 검사와 유죄인정 거래를 했지만 단기 15년 장기 30년의 실형을 선고받고 불만을 품고 있던 차였다. 주지사는 임기를 마치고 나가면서 그 형량을 7년으로 줄여줬다.

주지사가 공직에서 마지막으로 취한 조치에 주목하는 사람이 없을 거라고 생각했다면 오판이었다. 그 일은 곧 세상에 알려졌고 정실주의, 편파 행정, 도를 넘은 최악의 판단이라는 비난이 쏟아졌다. 〈로스앤젤레스 타임스〉는 그 주지사의 추악한 정치 행로에 대해 2부로 구성된 심층 분석 기사를 실었다. 보슈는 그 기사를 읽으면서 욕지기가 치밀었지만 신문을 버리지 않았다. 두고두고 읽으면서 사법계와 정계의 불온한 거래에 대해 경각심을 다졌다. 주지사는 주지사가 되기 전엔 옳은 일을 하기 위해 모든 것을 희생하는 환상 속의 영웅 역할을 주로 하던 영화배우였다. 할리우드로 돌아간 그는 영화에 복귀하려 하고 있다. 그러나 보슈는 그가 나오는 영화를 다시는 보지 않겠다고 결심했다. TV에서 무료로 보여주는 영화라고 해도.

　신문 기사를 보고 불의에 대해 생각하게 되자 마음이 카뷰레터 조립에서 멀어졌다. 보슈는 식탁 의자에서 일어나 도구와 함께 보관하는 헝겊으로 두 손을 닦았다. 헝겊을 던지는데, 예전에는 이 식탁에 오토바이 부품이 아니라 살인사건 기록을 펼쳐놓았던 것이 문득 떠올랐다. 그는 거실의 미닫이 유리문을 열고 데크로 나가 도시를 바라봤다. 그의 집은 카후엔가 고갯길 서쪽에 외팔보[8]로 지어진 집이어서 101번 고속도로 너머로 할리우드하이츠와 유니버설시티가 훤하게 내려다보였다.

　101번 고속도로는 양방향 모두 끝도 없이 이어지는 차들로 몸살을 앓고 있었다. 일요일 오후인데도 그랬다. 퇴직한 후로 보슈는 그 속에 앉아 있지 않아도 되는 것을 기뻐했다. 교통 정체, 출근, 긴장감, 책임

8　구조물이 한쪽 끝만 받침대에 의해 지지되고 있고 다른 쪽 끝은 공중에 떠 있는 것 같은 형상

감. 그런 모든 것에서 자유로워졌다.

그러나 그 기쁨과 해방감이 거짓이라는 생각도 들었다. 저 느릿느릿 기어가는 철과 빛의 강물 속에 앉아 있는 것이 스트레스가 팍팍 쌓이는 일이기는 해도 자신은 거기에 속하는 사람이라는 것을 알고 있었다. 저 밑에선 어떤 식으로든 그를 원한다는 것도 알고 있다.

금요일 점심 자리에서 미키 할러는 자기 의뢰인이 결백하다는 가설을 근거로 보슈에게 호소했다. 그 가설은 물론 입증이 되어야 할 것이다. 그러나 할러는 그 가설의 다른 쪽 측면을 간과했다. 그의 의뢰인이 정말 결백하다면 모두의 레이더망에서 완전히 벗어난 진범이 있다는 뜻이었다. 무고한 사람에게 누명을 씌울 만큼 간교한 살인자. 식당에서 완강히 거부하긴 했지만 보슈는 그런 사실 때문에 마음이 불편했고 주말 내내 그 생각이 떠나질 않았다. 그런 사실은 그가 그냥 지나치지 못하는 일이었다.

주머니에서 휴대전화를 꺼내 즐겨찾기에 저장된 단축번호를 눌렀다. 벨이 다섯 번 울린 후 버지니아 스키너의 다급한 목소리가 들려왔다.

"해리, 나 마감이라 바쁜데. 무슨 일이죠?"

"일요일 밤인데, 뭐가 그리……"

"전화 받고 뛰어나왔어요."

"무슨 일인데?"

"어젯밤에 샌디 밀턴이 뺑소니를 당했어요, 우드랜드힐스에서."

밀턴은 보수 성향의 시의원이었고 스키너는 〈로스앤젤레스 타임스〉의 정치부 기자였다. 보슈는 그녀가 일요일에 불려 나온 이유를 알 것 같았다. 그러나 그녀가 그에게 전화해 상황을 설명하고 로스앤젤레스 경찰국의 누구에게 전화해야 자세한 이야기를 들을 수 있는지 묻지 않은 이유는 알 수가 없었다. 그것은 지난 한 달여 동안 그들 사이에 무슨 일이 있었는지, 혹은 무슨 일이 없었는지를 보여줬다.

"끊을게요, 해리."

"응, 미안. 나중에 전화할게."

"아뇨, 내가 전화할게요."

"알았어. 오늘 저녁 식사 함께하는 건 아직 유효해?"

"그럼요, 유효하죠. 이만 끊을게요."

스키너가 전화를 끊었다. 보슈는 집 안으로 들어가 냉장고에서 맥주를 꺼낸 다음 냉장고 안에 뭐가 있는지 살펴봤다. 스키너가 산길을 올라오게 만들 만큼 매력적인 식재료는 전혀 없었다. 게다가 8시쯤에는 딸이 청소년 경찰학교 근무를 마치고 돌아올 것이다. 스키너와 매디는 아직 서먹서먹한 사이였다.

보슈는 스키너가 전화하면 시내에서 만나자고 제안하기로 결심했다. 맥주병을 따고 블루노트 도쿄[9]에서 녹음한 론 카터의 공연 실황 CD를 스테레오에 갈아 넣고 있는데 휴대전화 벨이 울렸다.

"빨리 전화했네."

"방금 기사 넘겼어요. 밀턴에게 미칠 정치적 영향에 관한 짧은 분석 기사예요. 10분, 15분 뒤엔 오줌싸개 리치[10]가 편집하자고 부를 거고. 그 정도면 이야기할 시간 충분하지 않아요?"

---

9 도쿄에 있는 재즈클럽
10 실명인 레드베터와 오줌싸개 Bed-wetter의 비슷한 발음인 단어로 희화한 별명

오줌싸개 리치는 편집장 리처드 레드베터의 별명이었다. 그를 그런 별명으로 부르게 된 것은 경험이 부족하고 나이가 스키너보다 스무 살은 더 어리면서도 스키너의 담당인 정치면을 어떻게 관리하고 그가 블로그라고 부르고 싶어 하는 주간 칼럼과 기사를 어떻게 쓸 것인가에 관해 시시콜콜 참견하려 들었기 때문이다. 둘 사이의 갈등이 곧 폭발할 것 같았고 보슈는 스키너가 질 거라고 걱정스럽게 예상했다. 스키너의 경력은 상대적으로 높은 연봉을 의미했기에 경영진에게는 스키너가 훨씬 더 매력적인 제거 대상으로 보일 것이다.

"어디 갈래요? 시내로 갈까요?" 스키너가 물었다.

"아니면 당신 회사 근처도 괜찮아. 당신이 정해. 그런데 인도 식당은 싫어."

"알았어요, 인도 식당 빼고. 이 근처로 올 때까지 정해놓을게요. 에코파크에 도착하기 전에 전화해요. 어디로 정할지 모르니까."

"알았어. 부탁 하나 해도 될까? 사건 기사 좀 찾아봐 줄 수 있어?"

"어떤 사건이죠?"

"살인사건. 로스앤젤레스 경찰국 관할인 것 같아. 피고인 이름은 다콴 포스터. 알고 싶은 게 뭐냐면······."

"아, 다콴 포스터. 렉시 파크스를 죽인 놈."

"맞아."

"해리, 그거 대형 사건이에요."

"얼마나 대형인데?"

"내가 기사를 찾아줄 필요가 없을 만큼. 신문사 홈페이지에 들어가서 렉시 파크스를 검색해 봐요. 기사가 우르르 쏟아질걸요. 그 여자 직책 때문에 그리고 사건 발생 한 달이 지나도록 범인이 체포되지 않았기 때문에. 게다가 로스앤젤레스 경찰국 관할이 아니에요. 보안관국 관할이지. 웨스트할리우드에서 발생했거든요. 해리, 그만 끊을게요. 리치가 신호를 보냈어요."

"알았어, 이따……."

스키너가 전화를 끊었다. 보슈는 전화기를 주머니에 넣고 식탁으로 돌아갔다. 신문 모서리를 잡고 조립한 카뷰레터를 한쪽으로 밀었다. 그러고는 선반에서 노트북을 내려서 전원을 켰다. 부팅이 되기를 기다리면서 신문 위에 놓인 카뷰레터를 바라봤다. 낡은 오토바이를 재조립하는 일이 다른 일을 대신할 거라 생각한 것은 잘못된 판단이었음을 깨달았다.

스테레오에서는 두 대의 기타가 론 카터의 연주에 합류해 녹음된 밀트 잭슨의 〈백스 그루브 *Bags' Groove*〉라는 곡이 들려오고 있었다. 그 곡을 들으면서 보슈는 자신의 리듬을 그리고 자신이 무엇을 그리워하고 있는지를 생각했다.

부팅이 끝나자 〈로스앤젤레스 타임스〉 홈페이지로 들어가 검색창에 렉시 파크스라는 이름을 입력했다. 렉시 파크스가 언급된 기사가 333개 있다고 떴다. 그녀가 살해되기 훨씬 전인 6년 전부터 보도된 것들도 있었다. 기간을 올해로 한정하자 날짜와 헤드라인에 따라 정리된 26개의 기사가 떴다. 첫 번째 기사는 2015년 2월 10일자로 '널리 사랑받던 웨스트할리우드 시 부행정관, 자택에서 피살된 시신으로 발견'이라는 표제의 기사였다.

기사 목록을 훑어 내려가던 중 '조폭 두목, 파크스 살인 혐의로 체포'라는 2015년 3월 19일자 기사의 표제가 눈에 띄었다.

보슈는 제일 처음 기사로 돌아가 클릭했다. 살인사건에 관한 최초의 기사부터 읽고 피의자 체포 소식을 전하는 첫 기사를 읽은 다음 시내로 출발하면 되겠다고 생각했다.

보안관국이 실제 피살사건에 관해서는 자세한 내용을 거의 밝히지 않았기 때문에 렉시 파크스 피살에 관한 최초의 보도는 범죄보다는 피해자에 더 초점을 맞췄다. 사실 그 기사의 핵심은 단 한 문장으로 요약할 수 있었다. 파크스가 자신의 침대에서 구타당해 사망했고 말리부의 보안관 부관으로 야간 근무를 마치고 귀가한 남편이 그녀의 시신을 발견했다. 피해자의 남편이 보안관 부관이라는 부분을 읽자 욕이 저절로 나왔다. 그렇다면 보슈가 피고인 측 변호를 돕는 것이 법집행기관 사람들에게는 훨씬 더 큰 공격으로 느껴질 수 있었다. 할러가 사건을 살펴봐 달라고 보슈에게 도움을 요청할 때 남편의 직업은 의도적으로 말하지 않은 듯했다.

그래도 보슈는 기사를 계속 읽었고 렉시 파크스가 웨스트할리우드의 부행정관 네 명 중 한 명임을 알아냈다. 시민안전과, 소비자보호과, 홍보과를 관리하는 책임을 맡고 있었다. 또한 '널리 사랑받던'이라는 표현이 기사 표제에 나온 것은 시 정부의 대변인으로 기자들을 직접 상대했던 업무와 관련이 있는 듯했다. 사망 당시 서른여덟 살이었고, 시 정부에서는 12년을 근무했으며, 처음에는 서기보로 시작해 차근차근 승진의 사다리를 밟고 올라갔던 것으로 보였다.

파크스는 남편 빈센트 해릭 보안관 부관을 직장에서 처음 만났다. 웨스트할리우드는 보안관국과 계약을 맺고 법집행 서비스를 제공받고 있었고, 당시 헤릭은 샌비센테대로에 있던 보안관국 지서에서 근무 중이었다. 파크스와 약혼한 후, 헤릭은 두 사람 모두 시 공무원으로 일하는 데서 발생할 수 있는 이해관계의 충돌을 피하려고 웨스트할리우드 지서에서 다른 곳으로 전출을 요청했다. 처음에는 로스앤젤레스 카운티 남부의 린우드 지서로 전출돼 갔다가 말리부로 옮겨갔다.

보슈는 렉시 파크스 피살사건에 관해 더 자세히 알고 싶어서 디지털 서고에 있는 다음 기사를 읽기로 했다. '수사관들, 렉시 파크스 피살을 성범죄로 규정'이라는 표제는 그의 바람이 이루어질 것을 약속했다. 첫 기사가 나온 그다음 날 게재된 그 기사는 보안관국의 살인사건 담당 수사관들이 이 피살사건을 파크스가 침대에서 잠을 자다가 공격을 받고 성폭행당하고 둔기로 심하게 맞아 사망에 이른 가정 침입 사건으로 보고 있다고 보도했다. 그러나 둔기가 무엇이었는지, 수거됐는지의 여부는 밝히지 않았다. 사건 현장에서 수거된 증거물에 관한 언급도 전혀 없었다. 수사에 관한 빈약한 세부 사실들이 소개된 후에는 기사가 파크스 부부의 지인들이 보인 반응과 그 범죄가 지역사회에 불러일으킨 공포에 관한 보도로 전환됐다. 아내를 잃은 충격과 슬픔을 다스리기 위해 빈센트 헤릭이 휴가를 냈다는 사실도 기사에 적혀 있었다.

두 번째 기사를 읽은 후에는 기사 목록으로 돌아가 표제들을 훑어봤다. 그다음 10여 개의 기사는 별 내용이 없어 보였다. 처음에는 매일 기사가 나오디기 곧 한 주에 한 번꼴로 기사가 줄었고 표제에는 부정적 표현이 많았다. '파크스 피살사건, 용의자 특정 못 해', '파크스 피살사건 미궁에 빠지다', '웨스트할리우드 시 정부, 파크스 사건 현상금

10만 달러 걸기로'. 현상금을 내건다는 것은 아무 단서도 잡지 못했고 지푸라기라도 잡는 심정이라고 광고하는 것과 같았다.

그러다가 좋은 소식이 날아들었다. 기사 목록에 열다섯 번째로 올라 있고, 사건 발생 38일째 되는 날 실린 기사는 마흔한 살의 다콴 포스터를 렉시 파크스 살인 혐의로 체포했다는 사실을 전했다. 보슈는 그 기사를 열어 꼼꼼히 읽었다. 포스터의 등장은 뜬금없어 보였다. 사건 현장에서 수거된 DNA 증거가 다콴 포스터의 DNA와 일치한다는 검사 결과가 나왔다는 것이다. 보안관국은 레이머트파크에 있는 포스터의 화실에서 로스앤젤레스 경찰국 경찰관들의 도움을 받아 포스터를 체포했다. 당시는 포스터가 아동 방과후 프로그램으로 실시하는 미술 수업을 끝낸 직후였다고 했다.

마지막 정보는 어딘가 이상했다. 보슈가 갖고 있던 조폭 두목의 이미지와 맞지 않았다. 포스터가 형량으로 언도받은 사회봉사 시간을 채우는 중이었나 하는 의문이 들었다. 보슈는 기사를 읽어 내려갔다. 기사에 따르면 파크스 사건 현장에서 채취한 DNA를 주 정부 데이터뱅크에 넣었더니 2004년 포스터가 강간 혐의로 검거됐을 때 채취한 DNA와 일치한다는 결론이 나왔다. 당시 그 사건과 관련해 포스터는 기소되지 않았지만 그의 DNA는 주 법무부 데이터뱅크에 파일로 저장돼 있었다.

기사를 더 읽고 싶었지만 버지니아 스키너를 만나려면 시간이 없었다. 포스터가 체포되고 며칠 후에 나온 기사의 표제가 눈에 들어왔다. '렉시 파크스 살인 피의자 개과천선했었다.' 기사를 열어 재빨리 훑어봤다. 시민 투고 기사였는데, 다콴 포스터가 폭력조직 크립스 산하의

롤링 40이라는 분파에 속해 있던 조폭이었다가 깨끗이 손을 씻고 지역사회로 돌아왔다고 주장했다. 포스터는 독학으로 화가가 됐고 워싱턴 DC의 어느 미술관에 작품이 전시돼 있었다. 데그넌대로에서 화실을 운영하면서 지역 아동들을 위해 방과후 프로그램과 주말 프로그램을 운영했다. 기혼이었고 어린 자녀가 두 명 있었다. 이야기의 균형을 맞추기 위해서 〈로스앤젤레스 타임스〉는 1990년대에 마약과 관련해 체포된 사건이 몇 건 있고 4년 복역한 사실이 있다고 포스터의 전과를 소개했다. 그러나 그는 2001년에 가석방됐고 기소도 이루어지지 않았던 강간 혐의로 체포된 것을 제외하고는 10년 이상 법적으로 아무 문제도 일으키지 않았다.

기사에는 많은 주민의 진술이 인용돼 있었다. 그들은 포스터가 살인 혐의를 받는다는 사실을 믿지 못하거나 포스터가 어떤 식으로든 누명을 썼다고 노골적으로 의심했다. 기사에 인용된 사람들 중 그가 렉시 파크스를 죽였다고 믿거나 사건 당일 밤 그가 웨스트할리우드 근처에 있었다고 믿는 사람은 한 명도 없었다.

보슈가 읽은 내용만 놓고 보면 포스터가 그 사건의 피해자와 아는 사이였는지 그리고 그가 왜 그녀를 범행 대상으로 삼았는지가 분명하지 않았다.

보슈는 노트북을 덮었다. 기사는 나중에 다 읽을 계획이었고 버지니아 스키너가 어디에서 만나자고 하든 기다리게 하고 싶지 않았다. 둘은 대화가 필요했다. 요즘 들어 둘의 관계가 서먹해졌다. 스키너가 일로 바쁘기 때문이거나 보슈가 자기만큼 나이 든 오토바이를 수리하는 일 빼고 바쁜 일이 거의 없기 때문일 것이다.

보슈는 식탁에서 일어나 침실로 들어가 새 셔츠로 갈아입고 더 좋은 신발로 갈아신었다. 10분 후 그는 차를 몰고 언덕을 내려와 고속도로를 향해 달리고 있었다. 철의 바다에 합류하고 고갯길을 다 내려오자마자 휴대전화를 꺼내고 귀에 이어폰을 꽂았다. 경찰 배지를 갖고 다닐 땐 그런 사소한 일은 신경 쓰지 않았지만 지금은 안전벨트와 이어폰을 충실히 착용했다. 운전 중에 휴대전화로 통화했다가는 교통법규 위반 딱지를 떼일 수 있었다.

배경음으로 판단컨대 할러는 링컨 차 뒷좌석에서 전화를 받은 것이 틀림없었다. 두 사람 다 길 위에 있었고 어딘가로 가고 있었다.

"포스터에 대해서 물어볼 게 몇 가지 있어." 보슈가 말했다.

"물어봐." 할러가 말했다.

"DNA를 어디에서 채취했어? 혈액? 타액? 정액?"

"정액. 피해자의 몸에 남아 있던 것."

"몸 위에, 아니면 몸 안에?"

"둘 다. 질 속에도 있었고 오른쪽 허벅지 위쪽에도 있었어. 시트에도 있었고."

보슈는 한동안 아무 말 없이 운전했다. 고속도로가 할리우드를 가로지르면서 고가도로가 됐다. 지금 그는 캐피톨레코드 빌딩을 지나고 있었다. 레코드판을 쌓아 놓은 모양으로 보이게 지어졌지만 지금은 완전히 다른 시대가 됐다. 요즘 레코드판으로 음악을 듣는 사람이 얼마나 된다고.

"더 물을 것 없어?" 할러가 물었다. "웬일이야, 사건 생각을 다 하고."

"이 친구를 알고 지낸 지 얼마나 됐어?" 보슈가 물었다.

"20년 가까이. 내 의뢰인이었어. 천사는 아니지만 점잖았어. 살인범은 아니야. 살인범이 되기에는 너무 영리하거나 너무 부드러워. 어쩌면 둘 다일 수도 있고. 어쨌든 개과천선했고 그 세계에서 완전히 빠져나왔어. 그래서 내가 아는 거야."

"뭘 알아?"

"렉시 파크스를 죽이지 않았다는 거."

"기사 몇 개 찾아봤는데, 강간 혐의로 체포된 건 뭐야?"

"어이없는 일이었어. 자료 보여줄게. 이 친구랑 다른 놈들도 스무 명 정도 잡아들였더라고. 이 친구는 하루도 안 돼서 풀려났고."

"증거 개시는 어떻게 되어가고 있어? 살인사건 기록 받았니?"

"받았어. 형, 흥미가 있으면 내 의뢰인을 한번 만나봐. 기록도 물론 중요하지만 다른 측면도 알아야 하니까. 그러니까……."

"만나는 건 관심 없어. 궁금한 건 기록이야. 수사는 기록으로 시작하고 기록으로 끝나니까. 사본은 언제 받아볼 수 있니?"

"내일까진 준비할게."

"좋아. 전화하면 받으러 갈게."

"그럼 도와주는 거야?"

"사본 준비되면 전화해라."

보슈는 전화를 끊었다. 할러와 나눈 대화와 신문 기사를 읽고 난 느낌에 대해 생각해 봤다. 아직 아무 약속도 하지 않았다. 어떤 선도 넘지 않았다. 그러나 그 선에 다가가고 있다는 것은 부인할 수 없었다. 또한 자신의 사명으로 돌아가려 한다는 느낌이 커지는 것도 부인힐 수 없었다.

5

보슈와 스키너는 앨러미다에 있는 팩토리키친에서 만났다. 예술 지구에 있는 유명한 이탈리아 식당이었다. 스키너의 취향에 따라 그녀가 골랐고 보슈의 몇 가지 제안은 묵살됐다.

식당 안은 손님들로 붐볐다. 목소리가 울려 퍼지더니 오래된 공장 벽돌 벽에 부딪쳐 덜그럭거렸다. 이별을 이야기하기에는 적당하지 않은 곳이 분명했지만 그들은 그 이야기를 나눴다.

함께 먹으려고 시킨 오리라구소스를 곁들인 탈리아텔레[11]를 앞에 놓고서 스키너는 보슈에게 둘의 연인 관계는 끝났다고 선언했다. 그녀는 거의 30년간 경찰과 정치인을 취재하며 살아온 기자였다. 연애와 욕구 충족을 포함해 어떤 주제에 관해서도 직설적으로, 때로는 퉁명스럽게 말했다. 그녀는 보슈가 변했다고 주장했다. 실직에 상심하고

---

11 길고 넓적한 형태를 지닌 파스타

경찰 배지 없이 살 방법을 찾는 데 골몰한 나머지 둘의 관계는 늘 뒷전이었다고 말했다.

"당신이 그 방법을 찾을 수 있게 내가 물러나 줘야 한다고 생각해요, 해리." 스키너가 말했다.

보슈는 고개를 끄덕였다. 스키너의 선언이나 논리에 놀라지 않았다. 그는 1년이 채 안 된 둘의 관계가 오래갈 수 없다는 것을 어렴풋이 느끼고 있었다. 그 관계는 그가 수사했던 사건과 그녀가 취재했던 정치 스캔들이 빚어낸 흥분과 에너지 속에서 태어났다. 두 가지 일이 결합돼 연애 감정을 만들어 낸 것이다. 그 일들이 사라지니 연애 감정도 사라졌다.

스키너가 안타까운 표정으로 팔을 뻗어 보슈의 뺨을 살며시 어루만졌다.

"나도 몇 년 안 남았어요. 그 일이 내게도 닥치겠죠." 그녀가 말했다.

"아냐, 당신은 괜찮을 거야. 이야기를 하는 것이 당신 직업이잖아. 이야기는 항상 필요하거든." 보슈가 말했다.

식사를 마친 후 두 사람은 발레파킹한 차가 나오기를 기다리면서 마지막 포옹을 했다. 서로 연락하고 지내자고 약속했지만 그런 일은 일어나지 않을 것임을 둘 다 알고 있었다.

6

 월요일 오전 11시, 보슈는 3번가의 어느 건물 옆 주차장에서 할러를 만났다. 주차장 벽면에는 두 팔을 활짝 펼쳐 든 앤서니 퀸 벽화가 있었다. 보슈가 낡은 체로키를 링컨 차의 뒷좌석 문에 가까이 대자 창문이 내려갔다. 각도가 안 좋고 링컨 차 창문에 선팅이 돼 있어서 운전석에 누가 앉았는지는 보이지 않았다.
 뒷좌석에서 할러가 고무밴드로 묶은 두꺼운 서류뭉치를 창문 너머로 보슈에게 건넸다. 보슈는 그 서류가 형사과에 있는 살인사건 기록처럼 청색 바인더에 들어 있을 거라고 생각했었다. 사본 뭉치를 보자 자신이 하려는 일이 경찰국에서 수사하는 것과는 차원이 다른 일이라는 것이 새삼스레 느껴졌다. 혼자서 먼 길을 떠나는 느낌이었다.
 "이제 뭐 할 거야?" 할러가 물었다.
 "뭐 할 것 같아? 어디 조용한 데 가서 이걸 다 읽어야지." 보슈가 대꾸했다.

"그건 알지. 뭘 찾는 거냐고."

"놓치고 있는 것들을 찾아야지. 미키, 너무 기대하지 마. 오늘 아침에 신문 기사 다 읽었는데, 네 눈에는 보이는 것이 내 눈에는 안 보이더라. 그 친구는 범죄자야. 네가 그를 아는 것도 그가 범죄자이기 때문이잖아. 그래서 지금 약속할 수 있는 건 딱 하나밖에 없어. 이걸 다 읽고 의견을 말해주겠다는 것."

보슈가 두툼한 서류뭉치를 들어 보였다.

"놓치고 있는 것을 못 찾아내거나 내 레이더망에 걸리는 것이 없으면, 이거 다 돌려주고 끝이야. 꼼쁘렌데, 에르마노(알겠니, 아우야)?"

"꼼쁘렌데. 그런데 그렇게 되기 어려울 거야."

"어떻게 되기가?"

"재활과 구원을, 인간이 바뀔 수 있다는 것을 믿지 않게 되기가. 물론 형한테는 한번 사기꾼은 영원한 사기꾼이겠지만."

보슈는 말 속의 가시를 모르는 척 넘어갔다.

"〈로스앤젤레스 타임스〉에 따르면 네 의뢰인은 알리바이가 없다던데. 그건 어떻게 할 거야?"

"알리바이 있어. 화실에서 그림을 그리고 있었어. 입증할 수가 없을 뿐이지, 아직은. 하지만 꼭 입증할 거야. 알리바이가 없다고들 하지만 범행 동기도 못 찾아냈어. 포스터는 피해자를 알지도 못했어. 본 적도 없고, 피해자 집은 고사하고 그 동네에도 가본 적 없고. 그가 그런 짓을 했을 거라고 생각하는 게 미친 거 아냐? 수사관들은 포스터를 피해자 남편과 연결하려고 애를 썼어. 그 남편이 린우드 지서에서 근무했다잖아. 조폭의 보복극이라는 거지. 하지만 그것도 말이 안 돼. 다콴은 크립이었고 그 남편이 다뤘던 조폭들은 블러즈였어. 범행 동기가 없다는 건 포스터가 그런 짓을 하지 않았다는 거야."

"동기가 무슨 필요 있어. 성범죄에선 섹스 하나면 끝이지. DNA는 어떡할 건데?"

"이의를 제기해야지."

"무슨 O. J. 심슨 사건 변호하냐? DNA 샘플이 잘못 다뤄졌거나 검사에 문제가 있다는 증거라도 있어?"

"아직은 없어."

"아직은 없다니. 그게 무슨 말이야?"

"판사한테 민간 실험실에서 검사하게 해달라고 졸랐어. 물론 검사는 반대했지. 시료가 충분치 않다면서. 하지만 다 개소리였고 판사가 허락했어. 그래서 지금 민간 실험실에서 검사하고 있어."

"결과는 언제 나와?"

"그걸 얻어내려고 법정 싸움을 두 달이나 벌였어. 시료를 실험실에 갖다준 지 얼마 안 됐어. 곧 결과가 나오겠지. 적어도 보안관국 실험실보다야 빠르지 않겠어?"

보슈는 별 감흥이 없었다. 그는 민간 실험실에서도 보안관국 실험실이 내린 것과 똑같은 결론을 내릴 거라고, DNA는 다콴 포스터의 것이 맞는다는 결론이 나올 거라고 예상했다. 그러면 다음 단계는 그 증거를 취급한 사람들을 물어뜯는 일일 것이다. 그것은 피고인 측 변호인들이 애용하는 전술이었다. 증거가 불리하면 어떻게든 그 증거를 오염시켜라.

"그건 그렇다 치고, 너의 시나리오는 뭐야?" 보슈가 물었다. "네 의뢰인의 DNA가 어떻게 피해자의 몸속에 들어갔을까?"

할러는 고개를 가로저었다.

"우리가 생각하는 그건 아니야. 민간 실험실에서 포스터의 DNA가 맞는다는 결과를 내놔도, 난 포스터가 그랬다고는 믿지 않아. 그는 함정에 빠진 거야."

이젠 보슈가 고개를 절레절레했다.

"저런. 넌 산전수전 많이도 겪었나 보다. 어떻게 그런 생각을 할 수가 있지?" 보슈가 말했다.

할러와 보슈의 눈이 마주쳤다.

"꽤 겪었지." 할러가 말했다. "형도 나만큼 겪지 않았나? 그래서 누가 형한테 거짓말하는지 다 알잖아. 확보한 단서는 없지만 직감이라는 게 있고, 뭔가 잘못됐다고 직감이 말하고 있어. 함정이 있다고, 어디서 무슨 일이 꾸며졌다고, 포스터는 범인이 아니라고 직감이 말하고 있다고. 형도 포스터를 만나서 직감이 뭐라고 말하는지 들어보지 그래?"

"아직은 아냐. 기록부터 읽어보고. 만나기 전에 수사에 관해 알아야 할 모든 것을 알고 싶어. 만날지 안 만날지는 아직 모르지만." 보슈가 말했다.

할러가 고개를 끄덕였다. 보슈는 연락하겠다고 말한 뒤 할러와 헤어졌다. 둘은 차를 몰고 서로 다른 주차장 출구로 나갔다. 3번가의 차들이 길을 터주기를 기다리면서 보슈는 가진 것이 아무것도 없다는 걸 보여주려는 듯 두 팔을 펼쳐 든 애서니 퀸을 올려다봤다.

"나도 마찬가지요." 그가 중얼거렸다.

보슈는 3번가로 들어서서 브로드웨이에서 우회전한 후 관청가를 지나서 차이나타운으로 들어갔다. 길가의 주차 공간을 발견하고 이른 점심 식사를 위해 차이니스프렌즈 앞에 차를 세웠다. 식당에는 손님이 한 명도 없었다. 할러에게 받은 자료를 들고 그는 구석 테이블에 자리를 잡았다. 누구도 그가 무엇을 읽고 있는지 볼 수 없게 벽을 등지고 앉았다. 누구라도 식욕을 잃게 할 수는 없었다.

보슈는 메뉴를 보지도 않고 주문했다. 사건 파일을 묶은 고무밴드를 끄른 뒤 테이블에 자료를 펼쳐놓았다. 지난 20여 년 동안 그는 자신이 살인죄로 체포한 피고인의 변호인에게 넘겨줄 증거 개시 자료를 취합하는 일을 수도 없이 했다. 그래서 살인사건 파일에 혼동과 착각을 심는 모든 술수를 알고 있다. 증거 개시 절차를 변호인에게 악몽으로 만들어 주는 기술에 대해서는 설명서를 쓸 수도 있다. 아무 이유 없이 보고서에서 단어를 삭제하기도 했고, 형사과 복사기의 토너 카트리지를 간헐적으로 빼놓아 자료를 읽기 불가능하거나 적어도 두통을 유발할 수 있을 정도로 흐릿하게 복사돼 나오게 하기도 했다.

눈앞의 살인사건 기록을 평가하려면 알고 있는 지식을 모두 동원해야 했다. 그리고 그는 경험상 지금 가장 먼저 할 일은 파일을 적절한 순서로 다시 정리하는 것임을 알고 있다. 형사들은 보통 보고서를 카드처럼 섞고 중간에 테이크아웃 메뉴판을 한두 개 끼워넣기도 했다. 변호인과 조사관에게 보내는 엿 먹으라는 메시지였다. 상대측에 넘겨진 모든 증거 자료는 페이지마다 페이지 번호와 개시 일자가 도장으로 찍혀 있었다. 법정에서 양측 대리인이 동일한 페이지를 언급할 수 있도록 하는 장치. 그러므로 보고서를 다른 순서로 정리한다고 크게 문제 될 건 없었다. 그는 자료에 자신의 시스템을 적용할 수 있었다.

할러가 법정에서 자료를 언급하고 싶으면 찍혀 있는 페이지 숫자를 언급하면 됐다.

　보안관국 수사관들이 작성한 보고서는 예전에 보슈가 로스앤젤레스 경찰국에 있을 때 작성한 보고서와 큰 차이가 없었다. 보고서 제목과 번호가 좀 다를 뿐이었다. 그러나 보슈는 얇게 썬 포크촙이 나올 때까지 사건 파일을 바른 순서로 가뿐하게 정리했다. 식사하면서도 일을 계속할 수 있도록 보고서 뭉치는 바로 앞에 놓고 요리 접시는 옆으로 밀어놓았다.

　다시 정리한 사건 파일의 맨 위에는 살인사건 파일에서 항상 목차 다음에 오는 사건 조서가 있었다. 이번에는 목차가 없어서 사건 조서가 맨 앞에 왔다. 이 또한 검찰이 피고인 측에 보내는 또 하나의 엿 먹으라는 메시지였다. 보슈는 사건 조서를 훑어보긴 했지만 무언가를 알게 될 것이라고 기대하지 않았다. 사건 조서는 사건 발생 당일에 확보한 정보였다. 틀리진 않는다고 해도 불완전했다.

　접시의 볶음밥 위엔 얇고 바삭바삭한 돼지갈비가 쌓여 있었다. 보슈는 감자칩을 먹듯 손으로 고기를 집어 먹었다. 잠시 후엔 사건 기록을 더럽히지 않고 페이지를 넘기려고 종이 냅킨으로 두 손을 닦았다. 몇 개의 부수적이고 큰 의미가 없는 보고서들을 읽은 다음 수사일지를 집어 들었다. 수사일지는 살인사건 수사의 성경이고 핵심이다. 담당 형사들이 취한 모든 조치가 자세하게 기록돼 있다. 바로 여기에서 사건에 관한 시나리오가 생기기 시작한다. 보슈가 다콴 포스터의 유죄를 확신하거나 미키 할러의 마음에 스며들있던 것과 같은 의혹을 갖게 될 곳이 바로 여기일 것이다.

대다수의 형사팀은 노동 분업이 이루어지고 있었고 몇몇 사건에서는 그 효과를 톡톡히 봤다. 보통은 팀원 한 명이 보고서와 살인사건 파일을 보관하고 업데이트하는 책임을 맡았다. 수사일지는 예외였다. 수사일지는 컴퓨터에 디지털 파일로 보관됐고 팀원 둘 다 수시로 접근해 자신의 수사 진행 상황을 입력할 수 있었다. 구멍이 세 개 뚫린 복사지에 정기적으로 인쇄해 바인더에 넣었고 이 사건에서는 피고인 측에 넘길 증거 개시 자료에 추가됐다. 그러나 형사들의 수사 상황을 가장 자세히 알 수 있는 것은 언제나 디지털 수사일지였다. 그것은 매 순간 성장하고 변화하는, 살아 있는 문서였다.

증거 개시 자료에 들어 있는 수사일지 인쇄본은 총 129페이지였고 작성자는 보안관국의 라즐로 코넬과 타라 슈미트 수사관이었다. 보슈는 그동안 보안관국의 살인사건 담당 수사관들과 수없이 교류해 왔지만 이 두 사람의 이름은 처음 들었다. 이것이 불리한 점이었다. 그들의 기술과 성격에 대해 알지 못한 채 그들이 작성한 수사일지를 읽어야 하기 때문이다. 수사일지에서 그들이 취한 조치와 결론을 읽으면 그들에 대해서도 어느 정도 알게 되겠지만 뭔가 성에 안 차는 느낌이 드는 것은 어쩔 수 없었다. 보안관국 살인사건 전담반에서 알고 지내던 수사관들에게 전화를 걸어 두 사람에 대해 물어볼 수도 있었지만 그들과 맞서서 일하고 있다는 사실이 탄로 날까 봐 감히 그렇게 할 수 없었다. 보슈가 경찰국을 배신했다는 소문은 몇 분은 아니더라도 몇 시간 내에 보안관국에서 경찰국으로 퍼질 것이 분명했다.

수사일지 75페이지까지는 피해자의 몸에서 채취한 DNA와 다콴 포스터와의 관련성이 밝혀지기 전에 실시한 수사 내용을 기록한 것이었다. 그 부분을 읽으면 수사관의 치밀함과 수사 의지뿐만 아니라 초기 시나리오에 대해서도 파악할 수 있기 때문에 보슈는 그 부분을 꼼꼼히 읽었다. 렉시 파크스의 남편이 집중적으로 조사를 받고 혐의가 풀린 과정이 수사일지에 상세히 기록돼 있었다. 아내가 피살된 시각에 남편은 자동차 절도범을 추적해 검거했다는 확실한 알리바이가 있었지만 영민한 수사관들은 남편이 살인을 청부했을 가능성을 염두에 두고 있었다. 그 피살사건의 여러 측면은, 이를테면 성폭행을 당하고 잔혹하게 구타당했다는 사실은 남편이 아닌 다른 방향을 가리켰지만 수사관들은 굴하지 않고 남편을 수사했다. 보슈는 이런 수사 진행 상황을 읽어 내려가면서 코넬과 슈미트에 대한 존경심이 커지는 것을 느꼈다.

초동 수사는 다른 방향으로도 진행됐다. 수사관들은 웨스트할리우드 지역에 거주하는 성범죄자를 폭넓게 조사했고, 피해자에게 적이 있었는지 알아보기 위해 피해자의 신상을 조사했으며, 원한을 가졌을 만한 사람이 있는지 알아보기 위해 직장 동료들과의 관계와 그간의 경력에 대해서도 조사했다.

이런 모든 노력은 막다른 골목에 몰렸다. 확보된 살인범의 DNA는 조금이라도 용의자로 의심을 받은 사람들의 혐의를 풀어주는 데 사용됐다. 피해자의 대인관계와 신상에 관한 조사에서도 깊은 갈등 상황이나 안 좋게 헤어진 연인, 피해자든 남편 쪽에서든 불륜 행각을 벌였다는 정황 등은 전혀 나오지 않았다. 시 부행정관으로서 피해자가 시 관료계와 정치에 끼치는 영향력은 상당했지만 비즈니스나 논란이 될 만한 어떤 일에서도 최종 결정권을 갖고 있지 않았다.

사건 현장의 세부적 사실을 토대로 작성된 범인에 대한 프로파일링 보고서는 수사 방향을 피해자의 인간관계와 직장생활에서 다른 곳으로 돌리게 만들었다. 보안관국 행동과학팀이 작성한 프로파일링 보고서에는 용의자가 심리적 욕구를 충족시키려고 렉시 파크스를 살해한 사이코패스라고 결론지었다. 웃기시네. 보슈는 그 결론을 읽으면서 코웃음을 쳤다.

프로파일링 보고서에 따르면 범인은 파크스와 생면부지의 인물일 가능성이 매우 높고 최근 혹은 오래전에 어딘가에서 파크스와 마주쳤을 가능성이 있었다. 파크스는 공적인 행사는 물론이고 웨스트할리우드의 시청자 참여 케이블 방송에도 정기적으로 출연하던 공인이었기 때문에, 그렇게 마주쳤을 가능성이 있는 공간은 굉장히 넓었다. 범인은 뉴스나 시 의회 회의 중계방송에서 그녀를 봤을 수도 있었다. 마주치는 일은 어디에서든 일어났을 수 있었다.

살인은 신중하게 계획됐지만 폭력과 남겨진 DNA 증거로 볼 때 오버킬의 양상을 띤다는 점에서 경솔하게 실행된 것으로 보였다. 프로파일러는 피해자가 어떤 식으로도 결박당하지 않았다는 사실에 주목했다. 그것은 범인이 피해자를 제압하고 통제하기 위해 결박할 필요가 없었다는 뜻이다. 또한 프로파일러는 남편이 피해자를 발견했을 때 피해자의 얼굴에 베개가 올려져 있어서 잔혹하게 폭행당한 상처가 가려져 있었다는 사실에도 주목했다. 그것은 범인이 범행을 후회했을 가능성을 시사하고 있었다.

피해자의 남편이 법집행관이었기 때문에 피해자의 집에는 경보장치와 모든 문에 설치된 다수의 잠금장치 등 다양한 보안장치가 설치돼 있었다. 범인은 서재 창문을 통해 침입했는데 방충망을 뜯어 집 뒷벽에 기대 세워놓고 창문의 잠금장치는 쇠막대로 제거했다. 피해자는 경보장치를 설정하지 않았고, 남편은 자기가 야간 근무를 해서 집에 혼자 있을 땐 경보장치를 설정하라고 누누이 말했는데도 아내가 자기 말을 안 들었다고 탄식했다.

모든 세부 사실을 종합할 때 용의자는 기회주의적이면서도 가차 없는 포식자로 추정됐다. 피살되던 날 저녁, 렉시 파크스는 샌타모니카 대로에 있는 파빌리온 슈퍼마켓에 들렀다. 사건 발생 후 여러 날 동안 수사관들은 그 슈퍼마켓과 슈퍼마켓이 입점한 쇼핑센터에 설치된 CCTV를 샅샅이 뒤져서 파크스의 방문 사실을 확인하고 행적을 더듬어 피해자와 포식자가 스쳐 지나간 순간을 찾으려고 노력했다. 그러나 아무것도 나오지 않았다. 슈퍼마켓에서 파크스는 몇 명과 인사를 나눴는데 사회나 직장에서 만난 지인들이었다. 그 지인들 모두 조사를 받고 자발적인 DNA 대조나 다른 방법을 통해 혐의를 벗었다.

그 모든 것이 결국 아무런 성과를 내지 못하고 끝난 것처럼 보였지만 그렇게 하나하나 가지를 쳐내야 핵심에 도달할 수 있었다. 수사일지의 처음 80페이지를 읽고 난 보슈는 라즐로 코넬과 타라 슈미트가 대단히 철저하게 수사했다고 판단했다. 자신이 했어도 자부심을 느낄 만한 수사였다.

그리고 그 모든 노력은 헛수고였다. 수사관들은 수사 27일째에 캘리포니아 법무부로부터 한 통의 편지를 받았다. 그 편지에는 그들이 법무부 데이티베이스에 보낸 DNA 샘플이 다관 포스터라는 전과자의 DNA와 일치한다는 결론이 나왔다는 내용이 적혀 있었다.

그 순간까지 코넬과 슈미트 모두 파크스 피살사건이나 다른 어떤 사건과 관련해 다콴 포스터라는 이름을 들어본 적이 없었다. 그들은 포스터를 만날 시점을 계획하기 시작했다. 포스터가 기소에 도움이 될 어떤 행동을 하는지, 혹은 다른 여성을 해치려고 하는지 알아보기 위해 그를 24시간 감시했다. 한편으론 기자들이나 피해자의 남편에게 소식이 새어 나가지 않도록 삼엄한 보안 속에서 포스터의 배경을 조사하고 수사를 이어갔다.

법무부로부터 DNA가 일치한다는 통보를 받고 11일이 지난 후, 두 수사관은 포스터가 소수의 어린이에게 원색에 대한 수업을 한 뒤 혼자 쉬고 있던 화실로 들이닥쳤다. 레이머트파크는 로스앤젤레스시 안에 있었다. 수사관들은 로스앤젤레스 경찰국 남부 지국 조직폭력범죄 전담반 소속의 제복을 입은 경찰관 두 명을 대동하고 갔다. 코넬과 슈미트는 포스터에게 조사할 것이 좀 있는데 살인사건 전담반으로 동행해 주겠느냐고 물었다.

다콴 포스터는 동의했다.

* * *

고개를 든 보슈는 바쁜 점심시간 내내 테이블을 차지하고 앉아 있었다는 것을 깨달았다. 언제 갖다놓았는지 테이블 끝에 계산서가 놓여 있었다. 점심시간에 자리를 빨리 비워주지 않은 것이 미안해 10달러라고 적혀 있는 계산서에 30달러를 놓고 사건 자료를 모아 식당을 나왔다. 체로키의 창문 와이퍼 밑에 주차위반 딱지가 끼어 있는 것을 보니 갑자기 부아가 났다. 주차요금 징수기에 두 시간 치 요금만 결제해 놓고 식당에서 두 시간 반을 있었던 것이다. 그는 와이퍼 밑에서 주차 위반 딱지를 꺼내 주머니에 쑤셔 넣었다. 예전에 경찰 배지를 갖고 다니고 관용차를 몰 때는 이런 딱지 같은 건 걱정할 필요가 없었다. 6개월 만에 삶이 어떻게 바뀌었는지 다시 한번 실감이 됐다. 예전에는 내 부인의 일을 하는 아웃사이더 같은 느낌이 들었다면 이젠 완벽한 아웃사이더가 된 기분이었다.

보슈는 왠지 집에 가서 사건 기록을 마저 읽고 싶은 생각이 없었다. 로스앤젤레스 경찰국 살인사건 전담 형사로 일하며 수도 없이 많은 살인사건을 수사할 때 사용했던 식탁에 앉아 이 사건 기록을 읽는 것은 배신행위처럼 느껴졌다. 그는 3번가를 달려 시내를 벗어나 웨스트 할리우드로 향했다. 수사일지를 마저 읽기 전에 렉시 파크스가 피살된 집 앞을 지나가 보고 싶었다. 자료에서 벗어나 사건의 구체적 시금석을 직접 보는 것이 좋겠다고 생각했다.

그 집은 멜로즈 남쪽 올랜도의 수수한 단층집들이 늘어선 동네에 있었다. 보슈는 반대편 도로 경계석에 차를 바짝 붙여 세우고 그 집을 관찰했다. 집은 키 큰 산울타리로 거의 가려져 있었고 산울타리 가운데에 아치 모양의 대문이 있었다. 통로 너머로 현관문이 보였다. 산울타리 앞에는 주택 매매 광고판이 꽂혀 있었다. 최근에 잔혹한 살인사건이 일어났던 집이라 팔기 참 힘들겠다는 생각이 들었다. 그보다 살인사건으로 아내를 잃은 집에서 남편이 계속 살기는 훨씬 더 힘들겠다는 생각도 들었다.

전화벨이 울리자 보슈는 그 집을 바라보면서 전화를 받았다.

"보슈입니다."

"나야. 어떻게 되어가?" 할러가 말했다.

"그냥저냥."

"아직도 사건 기록 읽고 있어?"

"반 정도 읽었어."

"그랬더니?"

"아직 아무것도 없어. 읽는 중이라니까."

"난 그냥 형이……."

"미키, 너무 닦달하지 마. 내가 해야 할 일을 하고 있어. 다 읽고 나서 더 알아보고 싶으면 얘기할게. 그렇지 않으면 자료 다 돌려줄 거고."

"알았어, 알았어."

"좋아. 나중에 또 전화하자."

보슈는 전화를 끊었다. 그러고는 집을 계속 바라봤다. 현관문 옆에 놓인 화분에 개조심 표지판이 꽂혀 있는 것이 보였다. 지금까지 읽은 증거 개시 자료 어디에도 파크스 부부가 개를 키웠다는 내용은 없었다. 보슈는 손가락으로 운전대를 톡톡 두드리면서 생각해 봤다. 개가 있었다면 분명히 보고서에 언급이 됐을 것이다. 반려동물은 항상 집 안에 미세 증거를 남긴다. 그것은 수사할 때 설명이 되어야 하는 부분이다.

개는 없고 그 표지판은 방범용이라는 것이 보슈의 결론이었다. 개를 키우는 것 다음으로 좋은 것은 개를 키우는 척하는 것이다. 문제는 개가 없다는 사실을 살인범이 알았을까 하는 점이다. 그리고 알았다면 어떻게 알았을까?

마침내 보슈는 그곳을 떠나 올랜도를 올라가 샌타모니카대로로 향했다. 거기서 집을 향해 동쪽으로 방향을 꺾은 후 페어팩스에서 스타벅스를 발견하고 다시 차를 세웠다. 이번에는 네 시간 주차료를 결제한 후 사건 자료를 들고 안으로 들어갔다.

그는 김이 모락모락 나는 블랙커피 한 잔을 들고 조그만 원형 탁자가 있는 구석자리로 가서 앉았다. 파일을 열어 자료를 펼쳐놓을 만한 공간이 없어서 수사일지만 꺼내 아까 중단한 곳에서 이어서 읽기로 했다. 그 전에 셔츠 주머니에서 펜을 꺼내 파일 폴더 겉장에 재빨리 메모했다.

개?

보슈는 개에 대한 추측이 맞는지 확인하고 싶었다. 한 단어로 된 질문을 쓴 것은 사건 현장 밖에 앉아서 자신이 본 것에 대한 무의식적 반응이었다. 그러나 그 단어를 쓰자마자 사건 자료에 단어 한 개를 쓰는 것과 같은 작은 일이 사건 수사를 맡으러 가는 큰 걸음이라는 사실을 깨달았다. 자신에게 물어봐야 할 질문이 있었다. 그 일이 그렇게 그립냐, 선을 넘어가 기소된 살인범을 위해 일할 만큼? 그 일을 맡는다면 선을 넘는 것이 분명했다.

할러가 대표 변호인이긴 했지만 의뢰인은 한 여성에 대한 강간 및 폭행치사 혐의로 구속된 범죄자였다. 보슈가 할러의 제안을 받아들인다면 그 범죄자를 위해 일하게 되는 것이다.

보슈는 수치심에 뒷목이 화끈거리는 것을 느꼈다. 자기보다 먼저 퇴직하고 변호사나 심지어 국선 변호인을 위해 일한다는 소식이 들려왔던 동료들이 생각났다. 마치 그들이 범죄자인 것처럼 그들과의 관계를 단절했었다. 누군가 선을 넘었다는 소식을 듣는 순간 그를 기피 인물로 판단했었다.

그런데 지금은…….

입천장이 까질 만큼 뜨거운 커피를 한 모금 마신 후 불안감을 제쳐 두고 읽다가 놔둔 사건 자료를 집어 들었다.

화실에서 포스터의 신병을 확보한 보안관국은 린우드 지서로 그를 임의동행 방식으로 데려갔고 거기 형사과에서 공간을 빌려 그를 조사했다. 조사 시간은 짧았고 녹취록 전문이 수사일지에 들어 있었다. 포스터는 질문 두세 개를 듣고는 사태의 심각성을 파악하고 콕 집어서 미키 할러 변호사를 불러달라고 요청했다.

코넬과 슈미트는 다콴 포스터의 DNA가 살인사건 현장에서 증거로 채취된 DNA와 일치한다는 결론이 나왔다는 사실을 포스터에게 말하지 않았다. 그들은 수사에 피해가 가지 않게 포스터에게서 자연스럽게 자백을 끌어내려고 했다. 그러나 그 노력은 실패했다. 코넬은 포스터에게 헌법상의 권리를 고지하면서 조사를 시작했다. 그렇게 하면 기꺼이 조사에 응한 대상이라도 바짝 긴장하는 것이 당연했다.

코넬: 포스터 씨, 잠깐 얘기 좀 할까요? 몇 가지 물어볼 테니 가능한 한 자세히 대답해 줄 수 있겠어요?

포스터: 네, 그러죠, 뭐, 그런데 무슨 일이에요? 내가 무슨 일을 했다고 생각하죠?

코넬: 렉시 파크스에 관한 일인데. 누군지 알죠?

포스터: 이름은 어디서 들어본 것 같은데 잘 모르겠네요. 그림을 사 간 고객이거나 화실에 오는 애들 학부모일 것 같은데.

코넬: 아뇨, 렉시 파크스는 당신 그림을 산 적이 없어요. 웨스트할리우드에 사는 여성이죠. 그 여자 집으로 찾아갔던 것 기억해요?

포스터: 웨스트할리우드요? 아뇨, 웨스트할리우드에는 가본 적이 없는데요.

코넬: 빈스 헤릭은요? 빈스 헤릭 알아요?

포스터: 아뇨, 모르는데요. 누구죠?

코넬: 렉시 파크스의 남편이에요. 헤릭 보안관 부관. 그가 이 지서에서 일할 때 만난 적 없어요?

포스터: 네? 아뇨, 만난 적 없어요. 오늘 형사님 따라오기 전엔 여기 와본 적도 없어요.

슈미트: 올해 2월 8일 밤에서 2월 9일 새벽으로 넘어가는 시점에 어디 있었죠? 일요일 밤이었어요. 그날 밤에 어디 있었죠, 포스터 씨?

포스터: 빌어먹을, 그걸 내가 어떻게 알아요? 두 달 전인데. 잘 들으세요, 난 매일 밤 집에서 가족과 함께 있으면서 아들들을 재우거나 화실에서 작업을 해요. 할 일이 많아서 밤늦게까지 있는 편이죠. 그땐 수업은 없고 혼자 작업해요, 알겠어요? 그림을 사겠다는 사람들이 많아서 그림을 그려야 해요. 그러니까 집이나 화실에 있었다고 생각하면 돼요. 달리 갈 데는 없으니까. 그리고 내 권리가 뭔지 아는데, 여러분이 나를 막 대하는 것 같구요. 변호사를 불러주세요, 무슨 일인지는 모르지만 미키 할러 변호사가 나를 대리해 주길 바랍니다.

코넬: 그럼 지금부턴 공식적으로 묻겠습니다, 포스터 씨. 렉시 파크스를 선택

한 이유가 뭐죠?

포스터: 렉시 파크스를 선택한 이유라뇨? 그 여자가 누군지도 모르는데. 지금 무슨 이야기를 하는 거예요, 도대체?

코넬: 당신이 그 여자를 죽였잖아, 아니야? 폭행하고 살해하고 그런 다음 강간까지 했잖아.

포스터: 다들 돌았구먼. 완전히 돌았어. 변호사를 불러줘요. 지금 당장.

코넬: 그래, 불러줄게, 개자식아. 바로 대령하지.

슈미트: 지금 그냥 자백하고 말지 그래요? 지금이 기회인데. 변호사를 끌어들이면 우리 손을 떠나게 되거든요.

포스터: 빌어먹을, 변호사 불러달라고 지금 당장.

슈미트: 알았어요. 그런데 렉시 파크스의 몸속에서 당신 DNA가 발견된 경위를 변호사가 설명해 줄 수 있을까요? 오직 당신만…….

포스터: DNA? 무슨 DNA? 오, 하느님, 이게 도대체 무슨 일이야? 당신들 말은 하나도 못 믿겠어. 난 아무도 죽이지 않았어. 변호사를 불러줘, 이제부터 말 안 할 거야, 한 마디도.

코넬: 그렇다면, 일어서시죠, 포스터 씨. 당신을 렉시 파크스 살해 혐의로 체포합니다.

조사 종료.

보슈는 녹취록을 내리 두 번 읽은 후 조사 녹화 동영상을 확보하라고 할러에게 알리라는 메모를 했다. 조사실엔 보통 카메라가 설치돼 있었다. 할러를 돕기로 결정하면 포스터의 몸짓을 보고 조사실에 있던 세 사람의 목소리를 들어보고 싶을 것 같았다. 텍스트를 읽는 것보다 더 많은 것을 알 수 있을 것이다. 짧은 녹취록만 읽었을 뿐인데, 렉시 파크스에 대한 질문이 나올 것을 포스터가 모르고 있었다는 느낌이 들었다. 그의 진술에서 진짜로 놀라고 당황한 마음이 읽혔다. 물론 그것이 별 의미가 없다는 것은 알고 있다. 강간치사는 보통 사이코패스가 저질렀고 그런 심리를 가진 사람은 필요하면 거짓말하고 거짓으로 행동하고 놀람과 두려움을 가장하는 능력이 뛰어났다. 사이코패스는 굉장한 거짓말쟁이였다.

보슈는 녹취록에 적힌 한 줄에 주목했다. 코넬은 포스터가 렉시 파크스를 폭행 살해한 뒤 강간했다고 주장했다. 보슈는 아직 부검 감정서를 읽지 못했지만 코넬의 질문은 강간이 사후에 자행됐다는 최초의 힌트였다. 그 주장을 뒷받침하는 증거까지 나온다면 완전히 새로운 심리적 요인들이 추가되는 것이다.

보슈는 수사일지를 계속 읽었다. 뒷부분에도 코넬과 슈미트가 다관 포스터와 렉시 파크스의 연관성을 알아내기 위해 벌인 노력이 요약돼 있었다. 그들은 렉시 파크스의 남편과 남편의 직업이라는 측면에서, 혹은 포식자와 희생양의 우연한 만남이라는 측면에서 둘 사이의 연관성을 찾으려고 노력했다. 전자는 원한과 보복이 범행 동기라는 설명을 가능케 했고 후자는 공격의 특성과 양상에 잘 들어맞는 설명이 될 수 있었다. 그러나 그들의 노력은 결실을 맺지 못했다. 짧은 조사 과정에서 포스터가 말했듯이 그는 빈센트 헤릭이 5년 전에 근무했던 보안관국 린우드 지서에 간 적이 없었다. 수사관들은 포스터의 말이 거짓이라는 증거를 찾지 못했다. 사실 레이머트파크 출신의 볼링 40 크립이 동쪽으로 린우드까지 진출해서 조폭 사업을 벌일 합리적 이유도 없었다. 그곳은 블러즈의 영역이라 더더욱 상상하기 어려웠다.

코넬은 린우드와 헤릭이라는 각도에 집중해 포스터의 행적을 조사했고 슈미트는 성범죄자 각도에 초점을 맞췄다. 슈미트의 임무는 렉시 파크스가 어떤 곳에서 어떤 식으로든 대상을 물색 중이던 가학성애자의 레이더에 우연히 걸려들었다는 가설에 의존해야 했기 때문에 수사와 입증이 더욱 어려웠다. 파크스 사건 기록을 꽤 많이 읽은 보슈는 그 살인사건이 우연히 발생한 범죄가 아니라는 것을 알았다. 피해자가 스토킹을 당했고 그 사건이 사전에 계획된 범죄라는 증거는 차고 넘쳤다. 우선 개조심 표지판부터가 이런 추정을 가능케 했다. 증거 개시 자료에 따르면 그 집에 개는 없었고 범인은 그 사실을 알았던 것으로 보였다. 그것은 범인이 올랜도의 그 집을 표적으로 삼고 지켜봤다는 뜻이다. 경보장치가 설정되지 않은 점과 남편이 야간 근무를 한다는 사실도 사전 계획범죄 가설의 신빙성을 더해줬다.

슈미트는 포스터와 파크스가 마주쳤을 장소를 알아내기 위해 렉시 파크스가 사망하기 6주 전부터의 행적을 꼼꼼히 기록했다. 파크스가 지나간 길에 설치된 수많은 CCTV 카메라에서 수백 시간 분량의 영상을 확보해 일일이 확인했지만 그들은 단 한 장면에서도 포스터를 발견하지 못했다. 보슈는 이때가 수사관이 잘못 판단할 수 있는 시점이라는 것을 알았다. 그들은 피의자의 신병과 DNA 증거를 확보했다. 누군가는 벌써 그 사건을 '슬램덩크 사건'이라고 부르기 시작했을 것이다. 그러나 수사관들은 철저하게 수사를 진행했다. 더 많은 증거를 찾고 있었고 그러면서 터널로 걸어 들어가고 있었다. 터널은 시야가 좁아지고 수사관의 눈에는 손에 쥔 새만 보이게 되는 곳이다. 보슈는 슈미트가 동영상을 확인할 때 포스터 이외에 다른 사람의 얼굴은 찾을 생각도 하지 않았을 거라고 추측했다.

보슈는 슈미트가 확인한 모든 동영상에 대한 접근권을 요구하는 증거 개시를 요청하라고 할러에게 알리는 것을 잊지 않기 위해 사건 파일 겉장에 메모를 했다.

코넬은 수사일지에 자신이 조사한 증인을 '알증'이라고 모호하게 적어놓았다. 보슈는 그것이 '알리바이 증인'의 줄임말임을 알아차렸다. 공식적으로 비밀 정보원 자격을 부여받지 않은 증인들을 보호하기 위해 보고서에서 암호와 줄임말을 사용하는 것은 이례적인 일이 아니었다. 알증은 피의자의 알리바이를 입증하는 증인일 수도 있고 거짓임을 폭로하는 증인일 수도 있었다. 수사일지에 따르면 코넬은 포스터가 체포된 뒤 7일 후에 그 알증을 조사했고, 조사는 한 시간에 걸쳐 이어졌다.

수사일지를 끝까지 훑어봤지만 특별히 눈에 띄는 것은 없었다. 사건을 재판에 넘기기 위해 취한 조치들이 기록돼 있었다. 코넬과 슈미트는 포스터와 피해자를 직접적으로 연결하는 증거를 전혀 찾아내지 못했지만 그들에겐 포스터의 DNA가 있었다. 20년 전 O. J. 심슨 사건은 예외로 하더라도 수사를 종결하기 위해 DNA만큼 좋은 증거는 없었다. 코넬과 슈미트와 담당 검사는 완전 무장을 마쳤다. 4월에 네 시간에 걸쳐 진행된 공판준비기일을 무사히 넘겼고 이제 공판이 시작되기만을 기다리고 있었다.

검사는 여성이었다. 성범죄 사건에서 검사가 여성인 것은 검찰 측에 항상 이롭게 작용했다. 이름은 엘런 태스커였고 검사 임용 초기에 몇 개의 대형 사건을 맡아 보슈와 함께 일한 적이 있었다. 태스커는 사건을 배당받아 재판을 준비할 때 자기 이름에 걸맞은 능력과 성실성을 발휘했다[12]. 검찰청에서 조용히 자기 일을 열심히 하는 검사였고 성과도 좋았다. 보슈는 태스커가 재판에 졌다는 소식을 들은 기억이 없었다.

보슈는 할러에게 전화를 걸었다.

"의뢰인에게 알리바이가 있는데 그걸 입증할 수 없을 뿐이라고 했지?"

"응. 화실에서 그림을 그리고 있었어. 주로 밤에 그림을 많이 그린다더라고. 혼자 작업을 했대. 그걸 어떻게 증명해야 할까?"

"휴대전화를 갖고 있었어?"

"아니, 휴대전화는 없었어, 그래서 핑잉 기록[13]도 없지. 화실에 유선전화만 있었어. 왜?"

"수사일지를 보니까 형사 한 명이 알리바이 증인을 조사했다는 언급이 있어. 넌 뭐 아는 거 있니?"

"아니, DQ의 알리바이를 증명해 줄 증인을 찾았으면 나한테 데려와야지, 이 작자들이 정말."

"DQ?"

"다콴 말야. 그림에 DQ라고 서명을 하거든. 그런데 내가 수임료를 어떻게 받는지 알아? 그림으로 받기로 했어. 무죄 평결을 받으면 그림

---

12 태스커(tasker)에는 '일을 하는 사람, 임무를 수행하는 사람'이라는 뜻이 있다.
13 네트워크를 통해 신호를 보내 실시간 위치를 알아낼 수 있는 프로그램. 수사에 활용하려면 영장이 필요하다.

값이 확 뛰겠지."

보슈는 할러가 어떤 식으로 수임료를 받든 관심이 없었다.

"다콴의 알리바이를 입증하는 증인이 아닌 것 같아. 오히려 그 반대지. 수사일지에 알리바이 증인 얘기가 있길래 넌 뭐 아는 게 있나 궁금했어."

"아니, 난 본 기억이 없는데."

"암호로 짧게 적혀 있었어. 그래서 오히려 중요한 사항이구나 싶더라고. 참고인 진술조서 뒤져볼게, 뭐가 있나."

"못 찾으면 그것도 문제 있는 거야. 검찰이 증거 개시 규칙을 위반한 거니까."

"어쨌든. 나중에 전화할게."

전화를 끊은 보슈는 할러와 모든 정보를 다 공유해서는 안 되겠다고, 입조심을 하지 않으면 뒷덜미를 잡혀 조사 속도가 느려질 수 있겠다고 생각했다.

사건 기록 사본을 뒤지다가 참고인 진술서 뭉치를 찾아냈다. 한 장씩 넘기면서 참고인의 신원과 진술 요약을 빠르게 파악했다. 렉시 파크스 쪽 참고인이 대다수였다. 친구들과 동료들, 직업상 알고 지내던 지인들이 조사를 받았다. 렉시 파크스의 남편과 남편 친구들인 보안관 부관 여러 명의 진술서도 있었다. 또 한 뭉치는 다콴 포스터를 아는 사람들의 진술서였다. 그중 상당수는 포스터가 조직 폭력배로 활동하던 시절에 그를 알았던 로스앤젤레스 경찰국 경찰관들이었다. 가석방 담당관과 이웃들, 가게 주인들 그리고 포스터의 아내 마르타의 진술서도 있었다.

보슈는 찾고 있던 것을 요약 진술서에서 찾았다. 참고인 두 명의 진술을 한 페이지에 요약해 놓은 진술서였다. 그것은 증거 개시 절차에서 자주 사용되는 유서 깊은 방해 기술 중 하나였다. 피고인 측 변호인이 알아차리기를 원하지 않는 증거는 다른 것과 섞어놓아라. 검찰은 증거 개시 규칙을 위반하진 않았지만 중요한 정보를 찾는 것을 건초더미에서 바늘 찾기처럼 어렵게 만들어 놓았다.

그 참고인 진술조서의 위쪽 절반은 다콴 포스터의 이웃 주민을 조사한 내용을 요약해 놓은 거였다. 그는 사건 당일 밤 다콴 포스터의 차가 그의 집 앞에 주차돼 있는 것을 보지 못했다고 진술했다. 포스터가 집에 있었다고 주장하지 않았기 때문에 비교적 무해한 진술이었다. 포스터는 그날 밤 화실에서 그림을 그리고 있었다고 주장했다.

그러나 그 이웃의 진술 바로 밑의 줄에서는 M. 화이트라고만 이름을 밝힌 사람의 또 다른 참고인 진술이 시작되고 있었다. 여기에는 살인사건이 발생한 날 밤 M. 화이트가 포스터의 화실에 들렀는데 포스터가 거기 없었다고 진술한 것으로 적혀 있었다. 요약 진술서의 내용은 이게 다였지만 보슈는 그날 밤 내내 화실에서 그림을 그렸다던 포스터의 주장을 반박할 증인을 코넬과 슈미트가 찾아냈다는 것을 분명히 알 수 있었다.

보슈는 M. 화이트라고 알려진 증인의 신원과 가치를 숨기기 위해 형사들이 사용한 속임수가 그리 거슬리지 않았다. M. 화이트가 증인의 본명이 아니라 그의 성性과 인종을 의미하는 것이라고 추측했다. 할러가 증거 개시 불충분을 이유로 추가 증거 개시를 청구하면 보안관국이 그의 진짜 신원을 밝힐 수밖에 없을 것이다. 이 모든 것이 게임이었다. 보슈가 경찰로 재직할 때 건초더미를 스스로 옮겨야 했던 경우도 종종 있었다. 지금 마음에 걸리는 것은 포스터를 그 범죄 현장과 연결하는 증거가 DNA에 알리바이 증인까지 추가됐다는 사실이었다.

이 정도면 사건에 대한 검토를 당장 그만두고 싶을 만큼 심각했다.

보슈는 눈을 잠깐 쉬게 하고 커피를 마저 마시면서 생각을 정리했다. 돋보기를 벗고 번잡한 페어팩스와 샌타모니카 사거리를 바라봤다. 부검 감정서와 범죄 현장 사진만 확인하면 기록 검토는 끝날 것이다. 범죄 현장 사진은 보기가 너무 힘들고 카페 같은 공공장소에서 보기에는 부적절할 것 같아서 맨 끝으로 미뤄두고 있었다.

사거리 교차로 건너편에 낯익은 얼굴이 보였다. 페어팩스에서 남쪽으로 달리는 버스 뒤편에 미키 할러의 웃는 얼굴이 붙어 있었다. 광고판에 적힌 슬로건을 보니 자료를 쓰레기통에 처넣고 싶어졌다.

합리적 수임료에 합리적 의심을.
링컨 차를 타는 변호사에게 전화 주세요.

보슈는 테이블에서 일어서서 쓰레기통으로 걸어가 빈 컵을 던져 넣고 카페를 나갔다.

7

 집으로 간 보슈는 빈 식탁을 보자 거기에 사건 기록과 사진을 펼쳐 놓고 앉고 싶었다. 그러나 곧 귀가할 딸이 참혹한 범죄 현장 사진을 보게 하고 싶지 않았다. 그래서 복도를 걸어 침실로 들어가 문을 닫은 뒤 침대를 정리하고 이불을 편평히 한 다음 자료를 그 위에 펼쳐놓았다.

 그가 침대에 펼쳐놓은 것은 렉시 파크스의 집에서 찍은 8×10 크기의 컬러 사진이었다. 거기에는 침대에서 발견된 피해자의 시신을 찍은 사진 수십 장도 포함돼 있었다. 방 안 전체가 나오게 찍은 사진부터 구체적 상처와 신체 부위를 초근접 촬영한 사진에 이르기까지 다양한 각도와 거리에서 찍은 것들이었다.

 또한 다른 방들을 다각도에서 찍은 사진도 여러 장 있어 그것도 잠깐 들여다볼 계획이었다.

 범죄 현장 사진들은 끔찍한 광경을 담고 있었다. 현장에서 한발 물러나 사진을 통해 보는 방법으로도 렉시 파크스가 지나치게 잔혹하게 살해됐다는 사실을 덜어낼 순 없었다. 사진에서는 범죄를 있는 그대로 보여주려는 치열함과 비정함이 고스란히 느껴졌다. 보슈는 그런 느낌에 매우 익숙했다. 경찰 사진사는 예술가가 아니다. 무엇에도 굴하지 않고 있는 것을 모두 있는 그대로 보여주는 것이 경찰 사진사의 일이다. 파크스 사건을 맡은 사진사는 그 임무를 충실히 이행했다.

침대 위에 놓인 사진들은 가로 여덟 장, 세로 여덟 장으로 이루어진 행렬의 형태를 띠고 있었다. 보슈는 침대 끄트머리에 서서 살인사건의 모자이크 그림을 감상하고 있었다. 그러고는 사진을 한 장씩 집어 들어 자세히 들여다봤다. 옷장 서랍에서 돋보기안경을 꺼내 일부 사진은 더 크게 확대해서 봤다.

힘든 일이었다. 보슈는 여전히 범죄 현장을 보는 일에 적응할 수가 없었다. 범죄 현장에 수백 번은 다녀왔고 인간의 비인도적 행위의 결과를 셀 수 없을 만큼 많이 봤는데도 마찬가지였다. 그는 범죄 현장에 익숙해지면 임무를 올바로 수행하는 데 필요한 마음가짐을 잃은 것이라고 항상 생각했다. 감정적 반응을 보일 수 있어야 했다. 사건 해결을 위한 가차 없는 노력의 불길이 타오르게 만들 성냥을 긋는 것이 바로 그 감정적 반응이었다.

이번에 그 성냥을 그은 것은 렉시 파크스의 두 손이었다. 그녀는 범인과 맞서 싸운 것이 분명했다. 두 손을 번쩍 들고 폭행을 막기 위해 애를 썼다. 그러나 얼굴에 반복적으로 구타를 당하고 빠르게 제압됐다. 그녀의 두 손이 침대 위로 떨어져 손바닥이 위로 향하도록 놓여 있었다. 마치 항복의 표시로 두 손을 들고 있는 듯했다. 그 모습에 보슈는 감정이 복받쳤다. 분노했고 범인을 찾아 흠씬 두들겨 패주고 싶었다.

미키는 어떻게 이런 짓을 한 새끼를 변호하는 거지?

보슈는 욕실에 들어가 컵에 물을 채웠다. 문간에 서서 그 물을 마시면서 사진들을 측면에서 바라봤다. 사진과 사건 현장을 전문가답게 계속 평가하기 위해 흥분을 가라앉히려고 노력했다.

침대로 돌아가서 사진을 다시 관찰한 후 보슈는 사건에 대해 결론을 도출하기 시작했다. 그는 피해자가 침대에 누워 자고 있었다고 믿었다. 킹사이즈 침대의 오른편에 누워 있었고 왼편은 남편을 위해 비워두었다. 범인이 자고 있던 피해자를 놀라게 했고 피해자가 잠이 깨자 피해자의 몸에 올라타 바로 제압한 것으로 보였다. 범인은 한 손으로 피해자의 입을 틀어막았고 다른 손은 무기를 쥐고 있었을 것이다. 피해자가 두 손을 뻗어 발버둥을 치자 범인이 피해자를 폭행하기 시작했다.

범인은 폭행을 오랫동안 계속했다. 파크스가 항거불능 상태가 되고 나서 한참 후에도 범인은 둔기로 그녀를 가격하기를 반복했다. 사진 속 피해자의 얼굴은 피살사건에 관한 수많은 신문 기사에서 봤던 그 어떤 피해자의 얼굴보다도 참혹했다. 코는 완전히 사라졌고 얼굴을 이루었던 혈액과 세포조직이 엉겨 과육처럼 뭉개진 곳에 묻혀 있었을 것이다. 양쪽 눈구멍은 으스러져 형태를 알아볼 수 없었고 부러진 이와 뼛조각들이 낭자한 핏속에서 밝게 빛나고 있었다. 눈꺼풀은 반쯤 감겨 있었고 초점이 한곳을 보지 않고 분산돼 있었다. 한 눈은 앞을 보는 반면, 다른 눈은 내리깔고 왼쪽을 보고 있었다.

보슈는 침실 한구석에 놓인 의자에 앉아 행렬을 이룬 사진들을 멀리서 바라봤다. 실제 범죄 현장에 있었다면 역겨움에 다양한 감각들이 추가돼 이보다 더 끔찍했을 것이다. 살인사건 현장 중에 좋은 냄새가 나는 곳은 한 군데도 없었다. 아무리 사건이 발생한 지 얼마 안 된 곳이라고 해도, 주변 환경이 아무리 깨끗하다고 해도.

렉시 파크스의 두 손에 자꾸만 눈길이 갔다. 다른 위치에서 보니 피해자의 왼 팔목 피부에 색깔이 약간 다른 부분이 있었다. 보슈는 일어서서 침대로 다가갔다. 사진은 시신 전체를 찍은 와이드샷이었다. 허리를 굽히고 돋보기로 관찰하니 팔목에 두꺼운 팔찌나 손목시계를 찬 자국 같은 두꺼운 흰 줄이 생겨나 있었다. 손목시계일 가능성이 더 클 것 같았다.

강도 목적으로 침입했다가 살인으로 이어진 것일 수도 있는 이 사건의 어떤 수사 자료에서도 피해자의 팔목에 생긴 줄무늬에 대한 언급을 읽은 적이 없었기 때문에, 사라진 손목시계는 보슈의 관심을 끌었다. 피해자는 공격당할 당시 그 시계를 차고 있었을까? 잠자리에 들기 전에 끌러두었나? 살려고 버둥거리다가 끊어졌거나 벗겨졌을까? 범인이 기념품으로 가져갔을까?

보슈는 시신 옆에 있는 협탁을 관찰했다. 물 한 병, 처방약 한 통, 문고판 소설책 한 권이 놓여 있었지만 손목시계는 없었다. 사건 파일에서 유류품 보고서를 찾아봤다. 피해자가 자택에서 살해됐기 때문에 유류품 보고서는 수사관이나 과학수사요원들이 구체적으로 살펴본 범죄 현장을 비롯한 집 안 곳곳에 있던 물품이 주로 적혀 있었다. 여기에도 손목시계에 관한 언급은 없었다. 피해자가 저항할 때 떨어져 나간 것은 아닌 듯했다. 짐구나 바닥이나 다른 어디에서 발견됐다는 언급도 없었다.

보슈는 수사일지를 펼쳐서 초동 수사 단계에서, 용의자가 다콴 포스터로 좁혀지기 전에, 손목시계에 대한 언급이 있었는데 놓친 것은 아닌지 확인했다. 아무것도 발견하지 못하자 파일 겉장의 다른 메모들 밑에 손목시계라고 적었다.

딸이 귀가해 갑자기 방문을 열까 봐 보슈는 침대에 펼쳐둔 시신 사진을 모두 모아 옆으로 치웠다. 그러고는 다른 사진 뭉치를 집어 들었다. 현장 조사 때 피해자의 집에 있는 모든 방을 찍은 사진들이었다. 이것은 수사가 대단히 철저하게 진행됐다는 표징이었다. 다른 방을 찍은 것은 담당 수사관들의 요청이 있었기 때문일 것이다. 그들이 결코 절차를 무시하고 어물쩍어물쩍 수사를 하지 않았음을 알 수 있었다.

방마다 대여섯 장의 사진이 있어서 전부 훑어보는 데 30분이 넘게 걸렸다. 모든 사진은 자녀가 없고 활동적으로 생활하는 맞벌이 부부가 깔끔하게 정리한 집 안을 보여주고 있었다. 두 번째 방은 체력 단련실로, 세 번째 방은 서재로 사용됐다. 차 한 대가 들어가는 차고에는 자전거와 서핑보드, 캠핑 장비가 보관돼 있었다. 차가 들어갈 공간은 없었다.

보슈의 관심을 가장 오래 끈 것은 서재였다. 그 방은 주로 렉시 파크스가 사용한 듯했다. 책상과 그 뒤 책장에 전시된 자잘한 장식품과 기념품은 파크스가 시 공무원으로 일하면서 수집한 것으로 보였다. 웨스트할리우드 로터리 클럽의 문진과 각종 동성애자 단체에서 받은 감사장 액자들이 보였다. 감사장은 전 세계의 참가자와 관중이 모여 연례 동성애자 행진을 성공적으로 치를 수 있도록 파크스가 보여준 열성과 지지에 감사한다는 내용이었다. 책상 옆 벽에는 알렉산드라 애벗 파크스라는 이름이 적힌 페퍼딘대학교 학위기 액자가 걸려 있었다. 액자 옆에는 그녀가 시 공무원으로 참석한 다양한 행사에서 받은 이름표가 걸려 있었다. 보슈는 렉시 파크스가 사람을 많이 만나는 직업을 갖고 있어서 포스터든 누구든 살인범을 맞닥뜨렸을 지점을 파악하기가 훨씬 더 어렵겠다고 생각했다.

학위기와 이름표들 사이에 좀 다른 이름표 목걸이가 있었다. 카운티 정부가 발행했고 파크스가 배심원단으로 불려 나갔을 때 패용한 듯한, 붉은색과 흰색이 섞인 배심원 이름표였다. 사진에서 보이는 것은 배심원의 익명성을 보장하기 위한 바코드밖에 없었다. 파크스가 언제 어느 법정에서 배심원으로 참여했는지를 보여주는 가시적인 증거는 전혀 보이지 않았다.

지금까지 봤던 그 어떤 것보다도 배심원 이름표가 마음에 걸렸다. 수사일지나 다른 자료에서 이름표에 대한 수사가 이루어졌다는 내용은 전혀 본 적이 없었다. 수사가 변호사, 판사, 배심원 그리고 다른 수사관들에게 사후에 평가받는 주관적인 문제이긴 하지만 배심원 이름표는 수사관들이 놓쳤거나 일부러 숨겨놓은 거라는 생각이 들었다. 렉시 파크스가 형사 법정에서 배심원으로 재판에 참여했다면 수사관들이 들여다봐야 할 중요한 문제였을 것이다. 배심원 업무로 인해 파크스는 범죄자와 범죄 피의자들이 일상적으로 드나드는 건물에 있게 됐을 것이다. 피해자가 임의로 선택된 것 같은 이런 사건에서는 맞닥뜨리는 지점이 항상 존재한다. 포식자가 먹잇감과 처음 마주치는 곳. 그 만남의 장소를, 피해자의 행동반경이 포식자의 행동반경과 겹치는 곳을 찾아내는 것이 수사관이 할 일이다.

보슈에게 고민거리가 생겼다. 라즐로 코넬 수사관과 타라 슈미트 수사관이 둘의 맞닥뜨림을 놓친 것인지 아니면 피고인 측의 변호전략에 혼선을 주기 위해 증거 개시 자료에서 일부러 누락한 것인지 가려내야 했다.

그는 그런 생각을 잠시 접어두고 다른 사진들로 돌아갔다. 서재에는 두 개의 벽장이 있었다. 둘 다 다양한 각도에서 사진이 찍혔다. 벽장 한 개는 옷걸이에 여름옷과 블라우스가 걸려 있고 그 위 선반에는 신발 상자가 차곡차곡 쌓여 있었다. 파크스는 계절에 따라 옷을 바꿔 보관한 듯했다. 그녀가 사망한 2월은 날씨가 상당히 서늘했다.

두 번째 벽장은 컴퓨터와 프린터, 다른 가정용품을 담았던 상자들을 보관하는 용도로 사용됐다. 맨 위쪽 선반에 갈색 가죽 같은 것으로 만들어진 작은 정사각형 상자가 놓여 있었다. 상표나 로고는 없었지만 시계 케이스 같았다. 보슈는 돋보기로 사진을 자세히 관찰했다. 상자가 비었는지, 여성용 시계인지 남성용 시계인지는 알 수 없었다. 갈색 가죽은 남성용 시계 케이스에 쓰이는 경우가 많긴 했다.

현관문이 열리는 소리가 났다. 딸이 귀가했다. 보슈가 두 번째 사진 뭉치를 정리하기 시작하는데 딸이 그를 부르는 소리가 들렸다.

"내 방. 금방 나갈게." 그가 외쳤다.

그러고는 모든 자료와 사진을 모아 서랍장 위에 놓았다. 휴대전화를 꺼내 미키 할러에게 전화를 걸었다. 피고 측 변호사는 즉시 전화를 받고 배경음으로 판단할 때 또 차 안인 듯했다.

"좋아. 얘기 좀 하자." 보슈가 말했다.

8

 무소스의 바에서 만난 두 사람은 보드카 마티니를 주문했다. 이른 시각이어서 귀한 스툴을 하나씩 차지하는 것이 어렵지 않았다. 보슈는 두꺼운 증거 개시 자료 뭉치를 들고 들어와 이목을 집중시키고 싶지 않아서 메모를 적어놓은 파일 겉장만 갖고 왔다.

 할러는 법정 출입용 정장을 말쑥하게 차려입고 있었는데 넥타이는 매지 않았다. 그는 보슈가 윤이 나는 나무 상판에 내려놓은 빈 파일을 눈여겨봤다.

 "자료는 안 갖고 왔네. 좋은 징조인데." 할러가 말했다.

 "그렇게 생각하기엔 아직 일러." 보슈가 말했다.

 "알았어. 그런데 무슨 얘기를 하자는 거야?"

 "네 의뢰인 좀 만나보자. 같이 갈래?"

 "가장 쉽고 빠른 길은 우리 둘이 내일 함께 가는 거야. 소사관을 동반한 변호인의 의뢰인 접견. 무사통과지. 어때? 문제 있어?"

보슈는 잠깐 생각한 후 대답했다.

"사립 탐정 면허증 보여줘야 되나? 없는데. 12년 전에 땄긴 땄는데 유효기간이 오래전에 만료됐거든."

"필요 없어. 채용 계약서를 출력해 갈게. 형이 나와 주 정부 면허를 가진 사립 탐정인 데니스 보이체홉스키 밑에서 일한다고 적혀 있을 거야. 그걸로 충분해."

"데니스 보이체 어쩌구는 누구냐?"

"시스코, 내 조사관."

"사람들이 왜 시스코라고 부르는지 알겠군."

"이유는 그 외에도 많이 있어. 난 내일 오전엔 한가하고 점심 먹고 나서는 법원 일정이 두 개 있어. 형은 오전 시간 어때?"

"별일 없는데."

"그럼 내일 아침 9시에 변호인 접견 신청 창구 앞에서 만나자."

보슈는 말없이 고개를 끄덕였다.

"그래, 뭘 알아냈어?" 할러가 물었다.

보슈는 빈 파일 폴더를 가운데로 끌고 와서 자료를 읽으며 적어둔 몇 개의 메모를 훑어봤다.

"이해가 안 되거나 맥락이 안 맞는 게 몇 개 있어." 보슈가 말했다. "추가 조사가 이루어졌어야 할 것들이지. 아니 이루어졌는데 우리가 모르고 있는 것일 수도 있고."

"검찰이 숨기고 있었다고?" 할러의 목소리가 분노로 치솟았다.

"잠깐만. 지금 법정에 있는 게 아니니까 분노를 장착할 필요는 없어. 뭔가를 숨기고 있었다는 뜻이 아니야. 수사와 관련해 석연찮은 점을 몇 가지 발견했다는 뜻이지. 네 의뢰인에 관계된 것도 아니야. 나라면 좀 더 수사를 해봤을 것들이 몇 가지 있다고 말하는 거야. 어쩌면 수사를 했을 수도 있고 하지 않았을 수도 있지. 그리고 어쩌면…….”

"어쩌면 뭐?"

"게을러졌는지도 모르지. 일치하는 DNA를 확보했겠다, 굳이 모든 카드를 뒤집어 볼 필요가 있겠느냐고 생각했겠지. 게다가 네 의뢰인의 알리바이를 정면으로 반박하는 증언도 확보했잖아. 대개의 사건에는 그 두 가지 정도면 충분하거든."

할러가 보슈에게로 몸을 숙였다.

"그 알리바이 증인 얘기 좀 해봐. 여자야?"

"아니, 백인 남자 같아. 참고인 진술조서에 이름이 M. 화이트라고 적혀 있거든. 증인이 있다는 사실뿐만 아니라 증인의 정체까지도 숨기고 있는 것 같아. 나중에 너에게 벼락을 때리려고. 그 증인은 자기가 그날 밤 포스터를 만나러 화실로 찾아갔는데 포스터가 거기 없었다고 진술했어. 그래서 포스터를 만나려는 거야. 거짓말을 하는지 내가 직접 확인하려고."

"거짓말하면 나도 손 뗄 거야. 모든 의뢰인에게 적용하는 철칙이야, 그게."

할러는 셰이커에 있는 보드카를 자기 잔에 따랐다. 그러고는 이쑤시개에 꽂힌 올리브로 휘휘 저은 후, 올리브를 먹었다.

"저녁 겸 한잔 더 할래?" 그가 말했다.

보슈는 고개를 가로저었다.

"빨리 가야 돼. 오늘 밤엔 매디가 집에 있거든. 함께 있으려고. 곧 여행 간다는데."

"여행? 어디로?"

"학교에서 졸업여행 간대. 빅베어[14]에 캠핑 가서 앞으로 어떻게 살 건지 대화를 나누고 좋은 추억도 만들고 그러는 거겠지. 매디가 집에 있는 동안엔 되도록 집에 좀 있으려고. 그리고 내일 네 의뢰인을 만날 준비도 좀 하고. 만나기 전에 일부 자료는 다시 읽어보게."

"그래서 마음의 결정을 내렸어? 기소된 대로 유죄야?"

"아니. 그럴 가능성이 높다고 생각은 하는데, 나라면 했을 일을 수사관들이 하지 않은 게 몇 가지 있어. 괜히 뒤늦게 구시렁거리고 싶진 않지만 보이는 건 보이는 건데, 어떡해."

"보이는 걸 안 보이게 할 수는 없지."

"그러니까."

"검찰 측 주장에서 제일 큰 문제가 뭐야?"

"현시점에서?"

"형이 읽은 내용을 토대로."

보슈는 보드카를 마시면서 대답을 고민했다.

"마주침."

"응?"

"동기와 기회. 그들은 포스터가 그 범죄 현장에 있었다는 것을 입증하는 DNA 증거를 확보했어. 그런데 네 의뢰인은 어떻게 거기 있게 됐을까? 거기엔 왜 갔지? 피해자는 상당히 공적인 삶을 살았어. 시청 간

---

14 로스앤젤레스 근교의 소도시로 산과 호수가 아름답고 스키장, 캠핑지로도 유명하다.

담회, 시 의회 회의, 공식 행사 등등 바쁘게 돌아다녔지. 사건 기록에 따르면 수사관들은 수백 시간에 달하는 CCTV 동영상을 확인했는데, 렉시 파크스와 다콴 포스터가 같은 곳에 있는 장면을 단 한 개도 찾아내지 못했더라고."

할러는 고개를 끄덕였다. 어떤 식으로 접근하면 되는지 서서히 보이기 시작했다.

"그리고 사건 현장도 뭔가 앞뒤가 맞지 않아." 보슈가 말을 이었다. "현장에 투입된 프로파일러는 현장 상황으로 볼 때 범인은 지독한 사이코패스일 거라고 추정했어. 그럼 포스터가 사이코패스일까? 로스앤젤레스 남부 출신의 조직 폭력배였지만 과거를 깨끗이 청산하고 사는데? 이런 종류의 폭력 전과가 전혀 없는데? 그 친구가 롤링 40의 간부였는지는 모르겠지만 이건 완전히 다른 차원의 범죄거든."

"이거 써먹어야겠다." 할러가 말했다. "전부 다. 아주 아작을 내버려야지."

"이런 것들이 석연찮다는 거야. 그렇다고 배심원단이나 판사까지 그렇게 생각할 거라는 의미는 아니고. 아까도 말했지만 난 네 의뢰인이 범인일 가능성이 높다고 생각해. 그냥 내가 본 것을 얘기해 주는 것뿐이야. 그리고 물어볼 게 있는데."

"뭔데?"

"포스터의 DNA는 강간 혐의로 체포됐다가 혐의가 풀리는 과정에서 주 정부 데이터뱅크에 들어가게 된 거잖아."

"응, 억울하게 당할 뻔했지."

"그 얘기 좀 해봐."

"일종의 소탕 작전이었어. 피해자는 불법 이민자를 숨겨주는 안전 가옥의 밀실로 끌려가서 강제로 마약을 맞고 이틀에 걸쳐 강간을 당했어. 그런 짓을 한 새끼가 누군진 모르지만 여자 몸에 '롤링 40의 재산'이라는 문구까지 새긴 거야. 그 후에 여자가 탈출해서 경찰에 신고하지. 경찰은 롤링 40 명단에 올라 있는 조직원들을 전부 잡아들여서 DNA를 채취했어. 그런데 포스터는 아무 문제가 없었어, 애초에 그런 짓을 하지 않았으니까."

"안타까운 이야기네. 그 얘기도 재판 때 거론될까?"

"내가 거론 안 하면 거론 안 되겠지. 두 사건은 정황이 아주 달라. 관련성이 전혀 없어."

보슈는 고개를 끄덕였다. 자기가 왜 이 사건과 이 의뢰인에게 집착하는지 궁금했다.

"내일 아침에 포스터를 만나보자고." 할러가 말했다. "그러고는? 내가 할 일은 뭐 없어?"

보슈는 잔에 남은 보드카를 마저 마셨다. 그러나 셰이커에서 더 따르지는 않았다. 집에 갔을 때 술기운이 남아 있지 않기를 바랐다. 딸은 음주에 관해서는 아내보다도 더 엄격했다.

"네 의뢰인을 접견하고 나서도 이 사건을 들여다볼지 지금으로선 잘 모르겠어. 만일 그렇게 된다면 판사한테 가서 코넬과 슈미트가 봤던 모든 CCTV 동영상에 대한 접근권을 요청해. 그들은 다콴 포스터를 찾고 있었어. 하지만 렉시 파크스가 갔던 곳에 다른 누가 있었는지도 모르지."

할러가 손가락으로 보슈를 가리키며 고개를 끄덕였다.

"범죄에 대해 대체 이론을 제시하라. 대체 용의자를 제시하라. 알았어. 좋은 전략이야."

"아냐, 좋은 전략 아니야. 적어도 아직은. 그리고 미리 경고하는데, 내일 네 의뢰인을 친절하게 대하지 않을 거야. 살인 혐의를 받는 피고인이니까, 딱 그렇게 다룰 거야. 접견이 끝났을 때, 내가 수사를 돕는 것을 그 친구가 원하지 않을 수도 있어."

보슈는 자기 잔을 바텐더에게로 밀고 스툴에서 내려섰다. 한 여성이 앉을 자리를 찾는 것을 보고 손짓으로 불렀다.

"9시에 보자. 늦잠 자지 마." 보슈가 할러에게 말했다.

"걱정 마. 거기서 보자고." 할러가 말했다.

9

엘리스와 롱은 무소스 뒤편 주차장의 서쪽, 라스팔마스 도롯가에 세워둔 자동차에 앉아 있었다. 차 안에서 사람들을 감시한 세월이 한두 해가 아니어서 둘 사이에는 편안한 침묵이 이어지고 있었다. 조금 전 롱은 무소스에 들어가서 바의 반대편 끝에 앉아 변호사가 자신이 모르는 사람과 대화하는 모습을 지켜보다 나왔다. 그래서 주차장을 둘러보다가 그 문제의 남자가 주차요원 대기석의 불빛 아래에 서 있는 것을 보고 조수석에서 자세를 똑바로 하고 앉았다.

"저 사람이에요. 변호사가 만난 남자." 롱이 말했다.

"확실해?" 엘리스가 물었다.

엘리스는 쌍안경을 들고 문제의 남자를 관찰했다.

"맞다니까요. 선배가 가요. 혹시 모르니까." 롱이 말했다.

주차요원 대기석에 있는 남자가 아까 술집 안에서 롱을 봤을지도 몰랐다. 그러나 그렇게 구구절절 설명하지 않아도 무슨 뜻인지 서로 알아차렸다.

엘리스는 쌍안경을 계기판에 내려놓고 차에서 내렸다. 롱은 만일의 사태에 대비해 운전석으로 넘어왔다. 엘리스는 주차장으로 걸어 들어가 차 두 대 사이에 몸을 수그렸다. 방금 차를 대고 걸어 나오는 것처럼 나타나기 위해서였다. 그는 남자가 주차요원에게서 차 열쇠를 받아 들고 자기 차를 향해 걸어갈 때까지 기다렸다. 그러고는 두 손을 주머니에 찔러 넣고 걸어 나가 다가오는 남자를 향해 걸어가기 시작했다. 남자는 깔끔하게 면도했고 머리는 하얗게 셌으며 호리호리한 몸매였다. 50대 중반쯤으로 보였지만 실제보다 어려 보이는 운 좋은 사람일 수도 있었다.

둘이 서로를 지나치기 직전에 문제의 남자가 왼쪽으로 방향을 틀더니 차량 사이로 들어가 낡은 지프 체로키의 문에 열쇠를 꽂았다. 엘리스는 태연하게 뒷 번호판을 확인한 뒤 무소스 뒷문으로 이어진 계단을 향해 계속 걸었다. 그러면서 단축번호를 눌러 롱에게 전화를 걸었다. 롱이 전화를 받자 차종과 차량번호를 말해준 뒤 자신은 안에 들어가서 변호사의 상태를 확인하겠다고 말했다.

"지프 미행할까요?" 롱이 물었다.

엘리스는 잠깐 생각했다. 파트너와 떨어지는 것을 원칙적으로는 좋아하지 않았다. 그러나 이자가 중요한 인물이라면 좋은 기회를 놓치는 것일 수도 있었다.

"글쎄. 자네 생각은 어때?" 엘리스가 말했다.

"가서 맥주나 한잔 마셔요." 롱이 말했다. "어디로 가는지 내가 사서 보고 올게요."

"완전 똥차던데. 멀리 가진 않을 거야."

"구식 체로키요? 소장가들이 얼마나 많은데."

"똥찬데 뭘."

"크레이그리스트[15]에 들어가 봐요. 괜찮은 건 1만은 너끈히 받아요. 주행거리가 30만 킬로미터다? 그래도 1만 달러."

"뭐 어찌 됐든. 나 들어간다. 할러, 뒤쪽 바에 있는 거 맞지?"

"맞아요, 뒤쪽 바. 조심해요."

"오케이."

체로키에서 시동 거는 소리가 들렸다. 잠시 후 뒤에서 누가 말을 걸었다.

"선생님, 주차하셨습니까?"

돌아보니 주차요원 대기석 문간에 주차요원이 서 있었다.

"아뇨, 그냥 걷는 중인데."

엘리스는 라스팔마스 쪽을 가리켰고 곧 돌아서서 계단을 내려가 레스토랑 부엌 뒤에 있는 복도로 들어갔다. 나무로 된 옛날 공중전화 박스들을 지나서 신관으로 들어갔다. 무소스는 역사가 거의 백 년이 되어가는 식당이었다. 신관과 본관이 있었지만 그런 구분이 생겨난 것도 반세기 전이었다. 그는 구식 붉은 하프코트를 입은 웨이터를 따라 본관으로 들어가 바로 향했다. 바는 스툴에 앉은 운 좋은 손님들과 그 뒤로 겹겹이 늘어선 손님들로 붐볐다.

---

15 1995년 미국의 지역 생활정보 사이트로 시작해, 2012년부터 전 세계 80여 개국에 서비스되고 있는 온라인 벼룩시장

엘리스는 저 멀리 끝자리 근처의 스툴에 할러가 앉아 있는 것을 봤다. 할러는 왼편에 앉은 여자와 대화를 나누고 있었다. 즉석만남처럼 보였지만 여자는 절대로 넘어가지 않을 듯했다. 바텐더가 그들 앞에 새 마티니를 내려놓았다. 옆에 사이드카 셰이커도 함께.

할러가 금방 이곳을 떠나지는 않을 것 같았다. 엘리스는 왔던 길을 되돌아가 레스토랑 뒷문 근처에 있는 공중전화 박스로 들어갔다. 이제 공중전화는 없지만 그 좁은 공간이 프라이버시를 보장해 줄 수는 있었다. 그는 문을 닫고 휴대전화를 꺼내 롱에게 전화를 걸었다.

"미행하고 있어?"

"네, 지금 하이랜드를 올라가고 있어요."

"번호판은?"

"법집행관의 차라고 정보 제공이 차단돼 있대요. 로스앤젤레스 경찰국이라네요."

"경찰이구먼."

"그렇죠, 아니면 퇴직했거나. 최소 25년은 근무했을 것 같은데."

"어느 쪽이든, 왜 우리 친구를 만난 걸까?"

"그건 모르죠. 일단 어디 가는지 보자고요."

"난 여기 있을게. 우리 친구가 바에서 여자를 꼬시는 것 같아."

"연락할게요."

* * *

롱은 엘리스의 평가에 동의하지 않았다. 저 앞에 가는 청색 체로키는 멋진 자동차였다. 클래식한 정사각형 모양에 실용적이고 단단했다. 롱은 체로키 디자인을 왜 바꿨는지 도무지 이해할 수가 없었다. 이젠 다른 SUV와 별반 다를 바가 없었다. 배가 터질 듯 부푼 것 같고 벨트 위로 뱃살이 흘러내리는 뚱보의 모습이었다. 전처는 그런 뱃살을 머핀 톱이라고 불렀었다.

문제의 남자는 현재 카후엔가에 있었고 계속 북쪽으로 달리고 있었다. 체로키의 좌회전 신호등이 깜박이기 시작했다. 언덕으로 올라갈 모양이었다. 이렇게 되면 문제가 복잡해질 것이다.

좌회전하려고 차량이 뜸해지길 기다리는 체로키 옆을 지나가면서 왼쪽을 흘끗 돌아보니 바로 길이 갈라졌다. 멀홀랜드 드라이브가 왼쪽에, 우드로윌슨이 오른쪽에 있었다.

롱은 사이드미러를 잘 지켜봤다. 체로키가 좌회전하자마자 경광등을 켜고 다가오는 반대편 차선의 차들 앞에서 유턴을 했다. 차들은 속도를 줄이다가 멈춰 섰다. 그는 경광등을 끄고 가속페달을 밟으면서 분기점으로 돌아갔다. 어느 방향이든 체로키의 미등은 보이지 않았다.

롱은 망설임 없이 멀홀랜드를 선택했다. 더 인기 있는 도로이고 길이도 더 길기 때문이다. 정상까지 구불구불 이어지는 길을 달리기 시작하자 곧 잘못된 선택이었음을 깨달았다. 도로는 산의 테를 두르듯 구불구불 이어지고 있었다. 체로키보다 아주 많이 뒤처진 것이 아니기 때문에 체로키가 이 길을 택했다면 급커브길 어딘가에서 미등을 봤을 것이다.

롱은 다시 한번 유턴해서 이번에는 우드로윌슨으로 돌아갔다. 급커브길에서도 안전속도를 무시하고 쌩쌩 달렸다. 지금 무서운 건 제한

속도가 아니었다. 이자를 놓쳤다고 엘리스에게 추궁당할 일이 더 무서웠다.

우드로윌슨은 산을 사이에 두고 멀홀랜드의 반대쪽에 있는 산길이자 주택가의 좁은 도로였다. 롱은 지그재그의 급커브를 대여섯 번을 돌아간 후 저 앞에서 체로키의 미등을 발견했다. 그때부터 속도를 줄이고 거리를 유지했다. 다시 커브를 돌아가니 체로키가 연청색 폭스바겐 비틀이 있는 간이차고로 들어가는 것이 보였다. 롱은 속도를 줄이지 않고 그대로 지나쳤다.

계속 달리면서 커브길을 두 번 더 돌고 나서 길가에 차를 세웠다. 엘리스에게서 문자나 전화가 왔나 휴대전화를 확인했다. 아무것도 없었다. 롱은 3분 정도 가만히 앉아 있다가 어느 집의 빈 차고를 이용해 차를 돌렸다. 그러고는 차 등을 모두 끄고 달려서 체로키가 주차한 집 앞을 조용히 지나갔다. 그 집은 외팔보 부지에 지어졌고 집 뒤쪽에는 화려한 도시의 야경이 펼쳐져 있었다.

롱은 지나가면서 폭스바겐의 차량번호판을 확인했다. 그리고 쓰레기통이 도로 경계석까지 나와 있는 것도 봤다.

* * *

할러는 옆에 앉은 여자와 일이 잘 안 풀리고 있었고 보드카를 마시면시 페베를 향해 달려가고 있었다. 엘리스는 부적이는 손님들 속에서 바 뒤에 있는 거울로 할러를 지켜봤다. 자연스러워 보이려고 맥주도 한 병 시켰지만 한 모금도 입에 대지는 않았다. 그에게는 알코올 분해

효소가 전혀 없다.

할러가 작업을 거는 여자는 할러보다 적어도 열다섯 살은 젊어 보였다. 할러는 젊은 여성을 유혹할 때 나이 차이를 상기시키는 것을, 이를테면 바 뒤에 있는 거울 같은 것을 피하라는 중요한 원칙을 간과했다.

엘리스는 주머니 속 휴대전화가 진동하는 것을 느끼고 뒤쪽 복도로 나갔다. 공중전화 박스 바닥에 맥주병을 내려놓고 프라이버시를 위해 문을 닫으면서 롱의 전화를 받았다.

"이 사람 오늘 일정은 마무리한 것 같아요." 롱이 말했다.

"어딘데?" 엘리스가 물었다.

"언덕에 있는 집이요. 경찰 연봉으로 산 집치고는 꽤 괜찮은데요."

"안에 있는 거 확실해?"

"아뇨, 하지만 가서 지켜보라고 하면 돌아갈게요, 근처에 있으니까."

엘리스는 잠깐 생각했다. 계획을 세우고 있었다. 단기 계획. 롱이 돌아와야 했다. 그가 말이 없자 롱이 침묵을 깼다.

"신원을 확보했어요."

"어떻게? 누군데?"

"차가 한 대 더 있길래 확인해 봤더니 그것도 법집행관을 위한 정보 제공 차단 조치가 내려져 있더라고요. 그런데 내일이 마침 쓰레기 수거하는 날인가 봐요. 쓰레기통이 거리에 나와 있어서 두 봉지를 꺼내 차를 타고 멀리 갖고 가서 뒤져봤어요. 우편물이 몇 개 있더라고요. 이 아저씨 이름은, 발음이 확실친 않은데, 헤르모니우스 보슈라네요. 우편물이 다 이 사람 앞으로 왔더라고요."

"철자를 말해봐. 이름과 성 전부 다."

"H-I-E-R-O-N-Y-M-U-S 그리고 B-O-S-C-H."

"히에로니무스, 화가 이름이군."

"화가요?"

"아냐. 이쪽으로 돌아와. 여기 우리 친구의 발목을 잡아야겠어."

"15분 내로 갈게요."

"10분 내로 와. 곧 갈 거 같으니까."

통화를 끝낸 후 엘리스는 맥주를 집어 들고 본관에 있는 바로 돌아갔다. 할러는 아직 있었지만 그가 작업을 걸던 여자는 가고 없었다. 그 자리엔 흰 티셔츠 위에 검은색 가죽 재킷을 입은 남자가 앉아 있었다. 할러는 은색 신용카드를 높이 들고 바텐더의 관심을 끌고자 애쓰고 있었다. 떠나려는 거였다.

엘리스는 손님 두 명 사이로 팔을 뻗어 맥주병을 바에 놓았다. 그러고는 계단을 올라가 식당을 나갔다. 라스팔마스로 돌아가면서 보니 공공주차장의 보행자용 입구 옆에 그늘지고 후미진 공터가 있었다. 거기서 롱을 기다리면서 무소스 주차장을 지켜볼 수 있을 것 같았다.

그 그늘을 향해 걸어가다가 어둠 속에서 무언가에 걸려 넘어질 뻔했다. 부스럭거리는 소리가 나더니 곧이어 신음과 볼멘소리가 들렸다.

"뭐야, 이거. 어떤 놈이 남의 집에 침입하고 지랄이야."

엘리스는 주머니에 손을 넣어 휴대전화를 꺼냈다. 버튼을 눌러 액정화면이 밝아지자 돌려서 소리가 난 쪽을 비췄다. 희미한 빛이 콘크리트 바닥으로 쏟아섰다. 한 남자가 디리오 슬리핑백에서 기어 나오고 있었고 짐이 든 비닐봉지가 벽을 따라 줄지어 놓여 있었다. 엘리스는 뒤를 돌아보면서 거리에 아무도 없고 할러가 주차장에 있는 자기 차를 향해 걸어가는 모습도 보이지 않는다는 것을 확인했다. 그는 노숙자를 돌아보면서 마음을 정했다. 그는 네발로 기어 나오는 남자의 늑골을 강하게 걷어찼다. 걷어찬 충격이 다리 전체로 전해지는 것을 느끼면서 자신이 남자의 뼈를 부러뜨렸다는 것을 알아차렸다. 남자는 뒤로 홱 나자빠지면서 다친 동물이 내는 소리를 냈다. 남자가 비명을 지르기 전에 엘리스는 발을 들어 그의 목을 있는 힘껏 눌러서 기도를 으스러뜨렸다. 그러고는 뒤로 물러섰다가 다시 달려들어 발꿈치로 남자의 콧날을 걷어찼다. 그러자 남자는 조용해졌고 움직이지 않았다.

엘리스는 전화기를 주머니에 도로 넣고 할러를 지켜볼 수 있는 후미진 곳에 자리를 잡았다. 곧 변호사가 식당 뒷계단에서 나타났다.

"빌어먹을." 엘리스가 중얼거렸다.

주차요원에게 주차비를 내고 차 열쇠를 돌려받는 할러는 취한 기색이 전혀 없었다. 엘리스가 롱에게 전화를 걸었다.

"어디야?"

"2분 남았어요. 방금 할리우드로 들어왔어요."

"같은 지점에 있을 거야. 라디오를 틀어."

"알았어요. 그런데 왜요?"

엘리스는 대답하지 않고 전화를 끊었다. 할러는 링컨 차를 향해 걸어가면서 통화를 하고 있었다. 엘리스는 다른 주머니에서 또 다른 휴대전화를 꺼내 전원을 켰다. 그는 늘 일회용 휴대전화를 갖고 다녔다. 전화기가 부팅되기를 기다리는데 뒤에서 꾸르륵 소리가 들렸다. 밀폐된 콘크리트 공간에서 소리가 울렸다. 그는 돌아서서 노숙자가 누워 있는 어둠을 향해 발을, 발꿈치부터 날렸다. 단단한 물체에 발길이 닿았다. 꾸르륵 소리가 멈췄다.

일회용 휴대전화의 부팅이 끝나자 엘리스는 911을 누른 후 재킷 소매를 끌어내려 손을 덮어 목소리가 작게 들리게 했다. 엘리스가 듣기에 흑인 여성으로 판단되는 상담원이 전화를 받았다. 그녀는 침착한 목소리로 효율적으로 응대했다.

"911입니다. 어떤 긴급한 상황인가요?"

"어떤 남자가 음주 운전을 해요. 저러다 사람 죽이겠어요."

"선생님, 계신 곳의 위치를 말씀해 주시겠습니까?"

"할리우드대로와 라스팔마스가 만나는 사거리요. 내가 할리우드에 있는데 그 남자가 짠 하고 나타났어요."

"그 사람이 동쪽으로 진행 중입니까, 서쪽으로 진행 중입니까?"

"지금은 서쪽으로요."

"어떤 차량인지 설명해 주실 수 있을까요?"

"검은색 링컨 타운카요. 차량번호는 IWALKEM이네요."

"다시 한번 말씀해 주시겠습니까, 선생님?"

"개인 번호판이에요. I-W-A-L-K-E-M. 내가 그들을 석방시킨다. 직업이 변호사인가 본데요."

"잠깐만요, 선생님."

엘리스는 상담원이 이제 긴급출동을 지시할 것임을 알았다. 그러고 나서는 그에게 돌아와 이름과 추가 정보를 요구할 것이다. 엘리스는 조용히 전화를 끊었다. 그러고는 할러의 링컨 차가 주차장을 빠져나가 라스팔마스로 들어서서 할리우드대로를 향해 짧은 거리를 달려가는 것을 지켜봤다. 링컨 차가 롱이 운전하는 챌린저를 지나쳤다.

엘리스는 공터에서 걸어 나와 도로로 다가갔다. 챌린저가 다가와 서려고 할 때 그는 허리를 굽히고 일회용 전화기를 뒷타이어 앞에 놓아 으스러뜨렸다. 그런 다음 차 문을 열고 조수석에 탄 후, 롱에게 차를 돌리라고 지시했다. 음주 운전 혐의자에 관한 경찰 무전이 벌써 나오고 있었다.

"할리우드 순찰조, 할리우드 순찰조. 할리우드대로와 라스팔마스 사거리, 서쪽으로 이동 중인 음주 운전 의심 차량 신고. 용의 차량은 검은색 신형 링컨 타운카. 캘리포니아 차량 면허 아이다(I)-윌리엄(W)-애덤(A)-링컨(L)-킹(K)-에드워드(E)-메리(M)."

마이크 코드가 백미러 위에 걸려 있었다. 한때 단단하게 감겨 있을 코일이 세월에 눌려 직선으로 펴져 있었다. 엘리스가 마이크 코드를 떼어내 마이크를 입에 갖다 댔다.

"6-빅터-55, 현재 할리우드대로에서 서쪽으로 진행 중. 용의 차량 위치에서 1분 거리."

그는 전송 버튼에서 손가락을 떼고 롱을 돌아봤다.

"할리우드에서 서쪽으로 가. 쟤 지금 집에 가는가 본데."

롱은 차를 출발시켜 그 블록의 끝까지 쌩하고 달려간 후 교차로에서 유턴해서 할리우드대로로 돌아왔다. 무소스 주차장을 지나가면서 엘리스는 어두운 공터를 흘끗 돌아봤다.

"이제 어쩌게요?" 롱이 물었다.

"차를 세우고 음주 운전으로 입건할 거야. 그럼 발목을 잡을 수 있겠지."

"술을 마시지 않았으면요?"

"상관없어. 쟤는 변호사야. 음주 운전 검사나 음주 측정기를 거부할 거야. 그럼 피를 뽑아야지. 결국에는 입건할 거야. 쟤 차 트렁크를 봐야겠어."

롱은 고개를 끄덕이고는 아무 말 없이 운전했다. 그들은 라브레아의 적색 신호등 앞에서 할러를 따라잡았다.

"지금요?" 롱이 물었다.

"아니." 엘리스가 말했다. "계속 따라가. 라브레아를 건너가서 주거지역으로 들어갈 때까지 기다려. 사람이 별로 없고 카메라가 적은 곳에 갈 때까지."

엘리스가 마이크를 들어 입에 갖다 댔다.

"6-빅터-55, 할리우드와 카미노팔메로 사거리 신호등 앞에서 음주 운전 용의자 발견. 차량 면허 아이다(I)-윌리엄(W)-애덤(A)-링컨(L)-킹(K)-에드워드(E)-메리(M). 순찰조 지원 바람."

신호등이 바뀌자 롱은 차선을 지그재그로 바꾸면서 링컨 차 바로 뒤까지 따라붙었다. 그가 점멸등을 켜자 할러는 2층짜리 아파트 건물 앞 도로 경계석에 차를 바짝 붙여 세웠다.

"오케이, 내가 할게." 엘리스가 말했다.

그는 글러브 박스를 열고 플라스틱 케이블 타이 한 개를 꺼냈다. 할러를 순찰조에게 넘기고 자신과 롱은 링컨 차를 뒤질 계획이었기 때문에 수갑을 사용하고 싶진 않았다.

"나오네요." 롱이 말했다.

엘리스가 고개를 들어 전면 유리창을 내다봤다. 할러는 벌써 링컨 차 밖으로 나와 있었다. 휴대전화로 통화 중이었다. 통화를 끝낸 후 전화기를 차 안으로 던지고 잠금 버튼을 눌러 차 문을 잠갔다. 그러고는 차 지붕에 두 손을 올려놓고 기다렸다.

"방금 차 문을 잠갔어요. 차 열쇠는 차 안에 있는 것 같은데요." 롱이 말했다.

"개자식. 차 안을 안 보여주겠다는 거네." 엘리스가 말했다.

엘리스가 차에서 내려 할러에게 다가갔다.

"안녕하세요, 형사님." 변호사가 말했다.

"술 드셨습니까, 선생님?" 엘리스가 물었다.

"네, 한잔했어요." 할러가 말했다. "하지만 음주 단속에 걸릴 만큼 많이 마시진 않았는데."

"개인 맞춤 번호판을 가진 선생님의 자동차가 난폭 운전을 한다는 신고가 911로 들어왔습니다. 선생님 바로 뒤에서 다섯 블록을 따라오면서 보니까 지그재그로 아주 정신 사납게 운전하시던데."

"어이없는 말씀을 하시네. 내가 형사님들을 봤거든요. 지그재그로 아주 정신 사납게 운전하는 건 형사님들이던데요, 나를 따라잡으려고."

"누구와 통화하셨죠? 운전 중 휴대전화 통화는 불법이라는 것 모르세요?"

"첫 번째 질문에 대한 대답은 '남의 일에 관심 끄세요'. 그리고 두 번째 질문에 대한 대답은 '차 세우고 난 다음에 걸었어요'. 그건 불법이 아니죠. 하지만 뭐, 해야 할 일을 하세요, 형사님."

"사실 형사가 아니고 순찰 경찰관입니다. 어디서 오시는 길이죠?"

"무소앤드프랭크스요."

"식사하셨어요, 아니면 술만 드셨나요?"

"올리브 몇 개 집어 먹긴 했는데."

"운전면허증 보여주시겠어요?"

"그럽시다. 재킷 앞쪽 안주머니에 있는데, 손을 넣어도 될까요, 순찰 경찰관님?"

"천천히요."

할러가 지갑을 꺼내 운전면허증을 엘리스에게 줬다. 엘리스는 그것을 흘끗 본 뒤 자기 바지 뒷주머니에 넣었다.

"인도로 가서 현장 음주 검사 좀 할게요." 엘리스가 말했다.

"아뇨, 그건 싫은데. 이건 부당한 검문이고, 내 협조는 차를 세우고 운전면허증을 주는 것으로 끝났어요."

"현장 음주 검사나 음주 측정을 거부하시면 체포와 운전면허 정지의 사유가 된다는 거 아시죠? 그러면 선생님을 병원으로 모시고 가서 혈액 검사를 할 수밖에 없는데요."

"그건 아는데, 아까도 말했지만 해야 할 일을 하세요. 난 안 취했고 운전 불능도 아니고 단속을 당할 만한 어떤 명분도 제공하지 않았어요. 그런데 이게 무슨 황당한 일이죠? 차량에 블랙박스 있죠?"

"없는데요, 선생님."

"괜찮아요. 할리우드대로에 CCTV 카메라 천지니까."

"행운을 빕니다."

"이 건은 행운 없어도 돼요."

"변호사이신가 보네요, 선생님."

"맞아요. 그런데 이미 알고 있었잖아요."

엘리스는 자기들의 경찰 표식이 없는 세단 자동차 뒤에 지원 요청한 순찰차가 와 있는 것을 봤다. 바람막이 주머니에서 케이블 타이를 꺼냈다.

"오른손을 차에서 떼서 등 뒤로 돌리세요."

"그러죠."

엘리스는 케이블 타이를 이용해 할러의 두 손을 등 뒤에서 묶었다. 플라스틱 띠를 꽉 잡아당겼지만 할러는 불평하지 않았다.

* * *

제복을 입은 순경들이 채혈을 위해 할러를 병원으로 데려간 후, 엘리스는 라텍스 장갑을 끼고 자기 차 트렁크에서 에어 웨지와 슬림 짐을 꺼내 들고 링컨 차로 다가갔다.

할러는 차 열쇠를 차 안에 두고 문을 잠근 자신이 똑똑하다고 생각했겠지만 뛰는 놈 위에는 항상 나는 놈이 있다. 엘리스는 차들이 지나가기를 기다린 뒤 링컨 차 운전석 문과 차체 사이의 틈에 에어 웨지를 끼웠다. 핸드 펌프를 꾹꾹 누르자 웨지가 천천히 팽창해 2센티미터 정도의 공간을 만들었다. 얇고 긴 금속 조각인 슬림 짐을 그 사이에 끼워 넣어 문의 팔걸이에 있는 전자 열림 버튼을 눌렀다. 톡 소리와 함께 문 네 개가 동시에 열렸다. 그는 이제 경고음이 해제된 것을 알고 주저 없이 앞문을 열었다. 안으로 팔을 뻗어 트렁크 버튼을 눌렀다. 사전 감시를 통해 할러가 차에서 일하고 트렁크에 자료를 보관한다는 것을 알고 있었다. 지원 나온 순경들이 링컨 차를 압수하라고 경찰 주차장에 연락해 놓은 상태였다. 견인 트럭이 도착하기 전에 자료를 살펴볼 시간이 적어도 30분 정도는 있을 듯했다.

좌석에 할러의 휴대전화가 놓여 있었다. 엘리스는 허리를 굽히고 그것을 집어 액정화면을 켰지만 비밀번호가 설정돼 있어서 무용지물이었다. 전화기를 좌석에 던지려는데 전화가 들어왔다. 발신자 이름은 제니퍼 애런슨이었다. 모르는 이름이었지만 머릿속에 저장하고 나서 전화기를 던져놓았다.

앞문을 닫고 뒷문을 열었다. 상체를 숙이고 안을 둘러보니 운전석 뒤 바닥에 서류 가방이 놓여 있었다. 그것을 뒷좌석에 올려놓고 열어서 내용물을 살펴봤다. 리걸패드가 세 개 있었고 알아보기 힘든 글씨로 메모가 적혀 있었다. 사건마다 리걸패드를 따로 쓰는 모양이었다. 고무밴드로 묶은 명함도 한 뭉치 있었다. 그 외에는 주목할 만한 것이 없었다. 서류 가방을 닫고 바닥에 도로 내려놓았다. 그러고는 몸을 차 밖으로 빼고 문을 닫았다.

링컨 차 트렁크로 걸어가면서 차에 있는 파트너를 봤다. 롱은 경찰 무전을 들으면서 엘리스에게 엄지를 치켜세웠다. 아무 문제 없다는 뜻이었다. 엘리스는 고개를 끄덕였다.

트렁크에는 기다란 판지 상자 세 개가 나란히 놓여 있었다. 그는 라텍스 장갑을 낀 손가락으로 재빨리 색인표를 넘기다가 포스터라고 적힌 색인표를 발견했다.

"빙고." 그가 중얼거렸다.

10

딸의 방문은 닫혀 있었지만 문 밑으로 불빛이 새어 나왔다. 보슈는 가볍게 문을 두드렸다.

"딸, 아빠 왔다." 그가 말했다.

"안녕, 아빠." 딸이 대꾸했다.

들어오라는 말을 기다렸지만 조용했다. 다시 노크했다.

"들어가도 되니?"

"그럼, 안 잠겼어."

문을 열었다. 매디는 침대 끝에 서서 허리를 굽히고 슬리핑백을 바퀴가 달린 커다란 더플백에 쑤셔 넣고 있었다. 아직 며칠 남았는데도 학교에서 준 준비물 목록에 있는 모든 것을 모아놓고 있었다.

"저녁 먹었니?" 보슈가 물었다. "파네라에서 뭘 좀 사 왔는데."

"연락이 없어서 참치샌드위치 만들어 먹었지." 매디가 말했다.

"문자 좀 하지."

"아빠가 문자 좀 하지."

보슈는 일상적인 대화 패턴으로 빠져들지 않기로 결심했다. 괜한 분란을 일으키고 싶지 않았다. 그는 더플백과 바닥에 놓여 있는 캠핑 도구들을 가리켰다.

"기대되니?" 그가 물었다.

"뭐, 별로. 캠핑은 처음이라." 매디가 말했다.

보슈는 그 말이 자기를 비난하는 말로 들렸다. 그는 딸을 데리고 캠핑을 간 적이 한 번도 없었다. 베트남에서 텐트와 참호 속에서 잔 것을 캠핑이라고 하지 않는다면, 그 역시 캠핑을 해본 적은 없었다.

"이제 곧 할 거잖아. 친구들과 함께 지내면 재밌을 거야." 그가 말했다.

"졸업하면 다신 보지 않을 애들이랑 함께 지내는 게?" 매디가 되물었다. "도무지 이해가 안 가. 졸업여행은 선택 사항으로 두면 안 돼? 왜 꼭 의무적으로 다 가야 하냐고."

보슈는 고개를 끄덕였다. 딸은 그가 기분을 좋게 해주려고 할수록 오히려 기분이 더 안 좋아지는 상태에 있었다. 전에도 보슈가 겪어본 적 있는 상황이었다.

"가서 자료 좀 읽고 자야겠다. 잘 자라, 공주님." 그가 말했다.

"잘 자, 아빠."

그는 딸에게 다가가서 정수리에 입을 맞췄다. 그러고는 바닥에 놓인 기대한 회색 더플백을 가리켰다.

"슬리핑백은 따로 갖고 다녀. 그 안에서 공간을 너무 차지하잖아." 그가 말했다.

"안 돼. 더플백 하나에 다 넣으래. 찾아보니까 이게 제일 크던데." 매디가 퉁명스럽게 말했다.

"그렇구나, 미안."

"그런데, 아빠, 도대체 얼마나 마셨어?"

"마티니 한 잔. 삼촌하고. 삼촌은 있고 난 나왔어."

"진짜?"

"그렇다니까. 바로 나왔어. 할 일이 있어서. 잘 자라, 공주님."

"잘 자, 아빠."

보슈는 방에서 나와 문을 닫았다. 딸이 지금 인생에서 스트레스가 많은 시기를 지나고 있다는 사실을 되새겼다. 딸은 스트레스 인자들을 다루는 방법을 배우고 있었고 그는 그 스트레스를 푸는 대상이 될 때가 많았다. 딸을 비난하거나 괘씸해할 수 없었다. 그러나 아는 것은 쉬워도 실제로 받아주는 건 어려웠다.

미키 삼촌을 희생시킨 것이 마음에 걸렸지만 어쨌든 혼자 저녁을 먹기 위해 부엌으로 갔다.

11

오전 9시 정각, 보슈는 남자 구치소 로비에 있는 변호인 접견 신청 창구로 다가갔다. 주위를 둘러봐도 할러의 모습은 보이지 않았다. 작은 서류 가방을 든 젊은 여자가 창구 옆에 서서 다가오는 보슈를 보고 있었다.

"보슈 선생님?" 그녀가 물었다.

보슈는 멈칫했지만 대답은 하지 않았다. '선생님'이라고 불리는 것이 아직도 익숙지가 않았다.

"전데요." 그가 말했다.

여자가 손을 내밀었다. 보슈는 들고 있던 파일을 다른 손으로 옮기고 그녀와 악수를 했다.

"제니퍼 애런슨입니다. 할러 변호사님 밑에서 일하고 있어요."

전에 본 적이 있는 것도 같은데 기억이 잘 나지 않았다.

"할러 변호사가 여기 오기로 했는데요." 그가 말했다.

"알아요. 지금 일이 있으셔서 제가 대신 왔어요. 포스터 씨를 만나게 해드리려고요." 그녀가 말했다.

"변호사가 있어야 들어갈 수 있는 것 아닌가요?"

"제가 변호사입니다, 선생님. 이 사건 소송에서도 할러 변호사님을 돕고 있죠. 선생님의 민사소송에서도 몇 가지 업무는 제가 맡았고요."

그녀는 서른도 안 돼 보였지만 보슈는 나이를 근거로 할러의 동료 변호사가 아니라 비서라고 추측한 것이 그녀에 대한 모욕이었음을 깨달았다.

"미안해요. 할러가 온다고 알고 있었는데. 지금 어디 있죠?" 그가 말했다.

"처리할 일이 생겨서 늦어졌어요. 하지만 곧 오시려고 노력하실 거예요."

"그걸로는 안 되는데. 통화 좀 해야겠네요."

보슈는 통화를 하기 위해 접견 신청 창구에서 물러섰다. 애런슨이 따라왔다.

"통화가 안 될 거예요." 그녀가 말했다. "우리가 먼저 들어가서 접견을 시작하는 게 어떨까요? 할러 변호사님은 최대한 빨리 오실 겁니다."

녹음된 할러의 목소리가 전화를 받아 메시지를 남기라고 하자 보슈는 전화를 끊었다. 그러고는 애런슨을 바라봤다. 그녀가 거짓말을 하고 있거나 뭔가 숨기고 있는 것이 분명했다.

"어떻게 된 거죠?" 그가 물었다.

"네?" 그녀가 되물었다.

"할러는 어디 있죠? 지금 뭘 숨기고 있는 것 같은데."

애런슨은 보슈를 설득하지 못한 자신에게 실망한 듯했다.

"네, 그럼, 말씀드릴게요." 그녀가 말했다. "지금 시내 구치소에 계세요. 어젯밤에 날조된 음주 운전 혐의로 체포되셨어요. 제가 보석금을 냈으니까 곧 석방되실 거예요."

"어젯밤에 내가 함께 있었는데. 몇 시에 그런 일이 있었죠?" 보슈가 말했다.

"10시쯤요."

"날조됐다고 말하는 이유는 뭐죠?"

"검문을 받으면서 저와 통화를 했거든요. 경찰관들이 무소스 밖에서 기다리고 있었던 게 틀림없다고 하셨어요. 그런 일이 자주 있대요. 표적 단속을 하는 거죠. 함정을 파는 거예요."

"취했던가요? 난 7시 30분에서 8시 사이에 거기를 나왔는데. 두 시간은 더 있었네."

"변호사님은 안 취했다고 하셨어요. 제가 선생님께 말씀드린 걸 아시면 엄청 화내시겠네요. 지금 들어가서 접견하시는 게 어떨까요?"

보슈는 고개를 절레절레했다. 일이 곁길로 새고 뭔가 지저분해지는 것 같은 느낌이 들었다.

"그래요, 빨리 해치웁시다." 마침내 그가 말했다.

"잠깐만요, 이게 필요하실 거예요." 그녀가 말하더니 서류 가방에 손을 넣었다.

애런슨이 접은 종이를 보슈에게 건넸다.

"선생님이 할러 변호사님 밑에서 이 사건을 조사하고 있다는 내용의 채용 계약서예요." 그녀가 말했다. "엄밀히 따지면, 데니스 보이체홉스키의 면허로 일하시는 거고요."

애런슨이 그 이름을 워치-유어-하우스-키라고 발음하는 것처럼 들렸다. 보슈는 채용 계약서를 펴서 빠르게 읽었다. 되돌릴 수 없는 지점에 이르렀다. 그 내용에 동의하고 그 계약서를 이용해 구치소에 들어가면 공식적으로 변호인 측 조사관이 되는 거였다.

"진짜 이렇게 해야 해요?" 그가 물었다.

"포스터를 접견하고 싶으시면요. 법적인 지위가 필요하거든요." 그녀가 말했다.

보슈는 채용 계약서를 재킷 안주머니에 넣었다.

"좋아요. 해봅시다." 그가 말했다.

* * *

다콴 포스터는 보슈가 예상했던 모습이 아니었다. 렉시 파크스가 너무도 잔혹하게 살해됐기 때문에 위압적인 덩치와 근육질의 남자를 상상했었다. 그러나 포스터는 어느 쪽도 아니었다. 바싹 말라서 청색 수의가 두 치수는 커 보였다. 보슈는 자신의 잘못된 추측이 포스터가 범인일 거라는 예단에 근거한 것임을 깨달았다.

교도관이 책상을 가운데 두고 보슈와 애런슨의 맞은편에 포스터를 앉혔다. 그는 포스터의 팔목에서 수갑을 풀어준 후 접견실을 나갔다. 포스터는 머리를 여러 갈래로 나눠 단단하게 땋아 내린 콘로 스타일을 하고 있었다. 목 왼쪽에는 립스틱을 바른 입술의 키스 자국 문신을 하고 있었고 오른쪽에는 청색 잉크로 문신을 하고 있었는데 짙은 갈색 피부 때문에 어떤 문신인지 잘 보이지 않았다. 포스터는 앞에 있는 두 사람을 보고 어리둥절한 표정을 지었다. 애런슨이 재빨리 소개를 했다.

"포스터 씨, 기억하실지 모르겠네요. 제니퍼 애런슨이라고 할러 변호사님과 함께 일하고 있어요. 기소인부절차와 공판준비기일에 할러 변호사님과 함께 있었는데요."

포스터는 그녀가 기억나는지 고개를 끄덕였다.

"당신도 변호사예요?" 포스터가 물었다.

"네, 선생님 변호인단의 일원이죠." 애런슨이 대답했다. "그리고 여기는 보슈 선생님, 이 사건의 조사관이세요. 몇 가지 물어볼 게 있다고 하시네요."

보슈는 굳이 애런슨의 말을 바로잡지 않았다. 채용 계약서에 뭐라고 적혀 있든 아직은 이 사건 변호에 합류하겠다고 공식적으로 합의하지 않은 상태였다.

"할러 변호사님은 어디 계세요?" 포스터가 물었다.

"지금은 다른 사건 때문에 바쁘세요." 애런슨이 말했다. "하지만 곧 오실 겁니다. 보슈 조사관님이 접견을 끝내시기 전에요."

다른 사건 때문에 바쁘다니 포장을 잘한다고 보슈는 생각했다.

보슈에게 눈길을 돌린 포스터는 그가 마음에 들지 않는 표정이었다.

"내 눈에는 5-0[16] 같아 보이는데." 포스터가 말했다.

---

16 1968년에서 1980년까지 방영된 CBS 드라마 〈하와이 파이브-O〉에서 유래한 미국 경찰을 지칭하는 속어

보슈가 고개를 끄덕였다.

"예전에 그랬지."

"로스앤젤레스 경찰국?"

보슈가 다시 고개를 끄덕였다.

"빌어먹을. 로스앤젤레스 경찰은 됐고 딴 사람 붙여줘요." 포스터가 말했다.

"포스터 씨." 애런슨이 말했다. "첫째, 지금 찬밥 더운밥 가릴 처지가 아니에요. 둘째, 보슈 조사관은 최고의 살인사건 담당 형사셨어요."

"그래도 싫어요." 포스터가 말했다. "저 아래쪽에선 살인사건 담당 경찰이 일을 전혀 안 했어요. 옛날에 내가 애들 데리고 일할 때 5년 동안 아홉 명이나 잃었는데도 로스앤젤레스 경찰은 아무 짓도 안 하더구먼. 용의자를 잡아들이길 하나, 재판에 넘기길 하나, 아무 짓도."

"난 거기서 일한 적 없는데." 보슈가 말했다.

포스터는 가슴에 팔짱을 끼고 고개를 돌려 왼쪽 벽을 바라봤다. 이젠 목 오른쪽에 있는 문신이 선명하게 보였다. 삼각형 위에 다른 삼각형을 거꾸로 놓아 만든 육각형의 별 속에 6자가 새겨진 크립스의 상징이었다. 보슈는 그 육각형이 그 폭력 조직의 설립 정신이라는 생명, 충성심, 사랑, 지식, 지혜, 이해를 상징한다는 것을 알고 있었다. 그 상징 옆에는 멋들어진 글씨체로 투키 RIP라고 새긴 문신이 있었다. 보슈는 이것이 샌퀜틴 주립교도소에서 사형당한 크립스의 유명한 공동 설립자 스탠리 "투키" 윌리엄스를 가리킨다는 것도 알고 있었다.

보슈가 말을 이었다.

"살인 혐의를 받으면서도 살인을 저지르지 않았다고 주장하는데,

그게 사실이면 내가 도울 수 있어. 거짓말이면 망하게 할 거고. 아주 간단해. 내 도움을 바라면 도울게. 지금 똥줄이 타는 건 내가 아니라고."

포스터가 재빨리 보슈를 돌아봤다.

"개소리 마세요, 조사관님. 당신이 로스앤젤레스 경찰이면 내가 죽였든 말았든 상관 안 할 거잖아. 책임지고 감방에서 썩을 사람 구해놨으니 끝이지 뭐. 내가 그 여자 안 죽였다고 하면 딴 범죄라도 저질렀을 거라고 생각하겠지. 그러니까 도와준다고 개소리하지 마쇼, 하나 마나 한 말은."

보슈가 애런슨을 바라봤다.

"여긴 괜찮으니까 나가서 미키를 데려올 방법을 찾아보는 게 어때요?"

"접견하는 동안 제가 여기 있어야 해요." 그녀가 말했다.

"아뇨, 아무 문제 없을 거니까 가요. 내가 알아서 잘할 테니까."

보슈가 엄한 눈으로 바라보자 애런슨은 말귀를 알아들었다. 그녀는 또 한 번 모욕감을 느끼고는 일어나서 문으로 걸어가 문을 두드렸다. 교도관이 문을 열어주자마자 접견실을 나갔다. 보슈는 애런슨이 가는 것을 확인한 뒤 포스터를 향해 돌아앉았다.

"포스터, 너랑 친구 하려고 여기 온 거 아니야. 너도 친구가 필요한 건 아닐 테고. 하지만 이건 알아둬. 네가 정말 결백하다면 다른 누구도 아닌 내 도움이 필요할 거야. 네가 결백하다면 그건 진범이 저 밖을 활보하고 있다는 뜻이겠지. 내가 그놈을 찾아낼 거야."

보슈는 자료 파일을 열고 범죄 현장 사진을 한 장 꺼내 책상에 놓고 포스터에게로 밀었다. 심하게 폭행당해 형체를 알아볼 수 없게 된 파크스의 얼굴을 찍은 사진이었다. 살인사건 기록에 들어 있는 여러 보고서에는 남편이 파크스를 발견했을 때 파크스의 얼굴에 베개가 올려져 있었다고 적혀 있었다. 범죄 현장을 바탕으로 범인의 심리를 추측한 프로파일링 보고서에는 범인이 자신의 행동을 부끄러워하고 은폐하고 싶었기 때문에 그렇게 했을 거라는 추측이 기록돼 있었다. 그게 사실이라면 포스터가 이 끔찍한 모습을 보고 반응을 보일 거라고 보슈는 예상했다.

과연 포스터는 사진을 내려다보더니 곧 고개를 뒤로 홱 젖히고 천장을 노려봤다.

"오 하느님! 오 하느님!"

보슈는 포스터의 반응을 유심히 관찰했다. 앞으로 몇 초 안에 포스터가 알렉산드라 파크스를 살해했는지의 여부를 알 수 있게 될 것이라고 믿었다. 그는 평결을 내리기 전에 피고인의 표정에 드러나는 미묘한 뉘앙스를 살피는 1인 배심원단이었다.

"저리 치워요." 포스터가 말했다.

"아니, 똑바로 봐." 보슈가 말했다.

"못 보겠어요."

포스터는 천장에서 눈을 떼지 않은 채 책상에 놓인 사진을 가리키며 말했다.

"기가 막히네. 이 짓을 내가 했다고? 내가 여자 얼굴에 이런 짓을 했다고?"

"응."

"공판 때 어머니가 오실 텐데, 이런 사진이 공개돼요?"

"아마 그럴 거야. 너무 해로운 사진이라고 판사가 판단하지 않는 한, 공개될 가능성이 높아."

포스터의 목에서 상처받은 동물이 내는 것 같은 애끓는 소리가 올라왔다.

"여길 봐, 다콴. 나를 쳐다보라고." 보슈가 말했다.

포스터가 천천히 고개를 내려 보슈를 쳐다보면서도 책상 위의 사진은 시야에 담지 않으려고 애를 썼다. 그의 눈에 고통과 연민이 있었다. 보슈는 형사로 재직할 때 수많은 살인범과 마주 앉았었다. 대다수는, 특히 사이코패스들은 거짓말에 능숙했다. 그러나 결국 그들의 속내를 드러내는 것은 항상 눈이었다. 사이코패스들은 차가웠다. 연민을 이야기할 수는 있어도 눈에 담아낼 수는 없었다. 그래서 보슈는 항상 그들의 눈을 봤다.

"다콴, 네가 이랬어?" 보슈가 물었다.

"아뇨." 포스터가 말했다.

보슈는 다콴 포스터의 눈에서 진실을 봤다고 믿었다. 그는 포스터를 그만 괴롭히려고 팔을 뻗어 사진을 뒤집었다.

"좋아, 이제 긴장 좀 풀어." 보슈가 말했다.

포스터는 어깨가 축 처져 있었고 지칠 대로 지친 표정이었다. 자신이 최악의 범죄 혐의를 받고 있다는 사실이 새삼스레, 어쩌면 처음으로 실감이 되는 모양이었다.

"다콴, 자네를 믿을 수 있을 것 같아. 그건 좋은 징조지. 불길한 건 자네의 DNA가 피해자의 몸속에서 발견됐다는 거야. 그걸 설명해야 해."

"내 것 아니에요."

"그건 부인하는 거지 설명이 아니잖아. 지금까진 과학이 자네 편이 아니야. DNA가 이 사건을 검찰을 위한 슬램덩크 사건으로 만들어 주고 있어. 그걸 설명 못 하면 자넨 죽은 목숨이야."

"설명은 못 해요. 하지만 내게서 나온 것이 아니라는 건 알아요."

"그럼 DNA가 어떻게 거기까지 갔지, 다콴?"

"모르죠! 심어진 증거 같아요."

"누가 심었다는 거야?"

"그건 나도 모르죠!"

"경찰?"

"나 말고 다른 누군가가."

"그날 밤 거기 갔었어? 피해자 집에?"

"미친, 아뇨!"

"그럼 어디 있었어?"

"화실에요. 그림 그리고 있었어요."

"아니, 화실에 없었잖아. 거짓말하지 마. 보안관국이 목격자를 확보했어. 화실에 들렀는데 자네가 없었다고 진술했어. DNA 증거에 그 진술까지 더해봐. 자넨 끝이야. 끝장나는 거라고. 알겠어?"

보슈가 뒤집어 놓은 사진을 가리켰다.

"저런 범죄 혐의라면 어떤 판사나 배심원단도 사형 선고를 망설이지 않을 거야. 자네도 투키처럼 형장의 이슬로 사라지는 거지."

보슈는 자기 말이 포스터의 마음에 아프게 새겨지기를 기다렸다가 한결 누그러진 목소리로 말을 이었다.

"다콴, 내가 도와주길 바라? 그러면 내게 모든 것을 말해줘. 좋은 것이든 나쁜 것이든. 변호사에게는 거짓말할 수 있어도 나한테는 거짓말하면 안 돼. 난 다 알거든. 그러니까 한 번만 더 물을게, 그때 어디 있었어? 말 안 하면 난 손 뗄 거야. 그럼 어떻게 될까?"

포스터는 고개를 숙이고 책상을 노려봤다. 보슈는 참을성 있게 기다렸다. 포스터가 곧 마음의 문을 열고 진실을 이야기할 것 같았다.

"좋아요." 포스터가 말했다. "그게 이렇게 된 거예요. 그날 밤 난 거기, 할리우드에 갔었어요. 그리고 아내가 아닌 다른 사람과 함께 있었어요."

"그랬군. 누군데, 그 여자?" 보슈가 말했다.

"여자 아니에요." 포스터가 말했다.

12

할러는 포스터 접견이 끝날 때까지 합류하지 못했다. 그는 보는 사람의 시각에 따라 유명한 변호사일 수도 있고 악명 높은 변호사일 수도 있다. 그가 맡았던 사건 하나가 매슈 매코너헤이가 주연을 맡은 영화로 제작되면서 그는 마침내 로스앤젤레스 법조계에서 확실히 이름을 알리게 됐다. 또한 검사장 선거에 출마까지 했는데, 그가 예전에 음주 운전 혐의를 벗겨줬던 의뢰인이 다시 음주 운전을 하다가 두 명을 사망케 하고 자신도 사망하는 사건이 발생하는 바람에 낙선했다. 그런 이유로 그는 어느 쪽으로든 수시로 뉴스에 오르내리는 인물이었다. 시 구치소 교도관들은 그의 석방을 굳이 서두르지 않고 언론이 그의 체포 사실을 완전히 인지하고 머그샷을 인터넷에 올릴 때까지, 그가 불명예스럽게 구치소를 걸어 나오는 모습을 담기 위해 기자를 비롯해 사진기자와 카메라 기자들이 다 모일 때까지 기다렸다.

보슈는 할러의 변호인인 제니퍼 애런슨을 따라 구치소에 들어가서 밖의 상황이 어떤지 할러에게 미리 알려줬다. 애런슨은 보슈가 체로키를 끌고 와 구치소 문 바로 앞에서 대기하고 있으면 할러가 재빨리 걸어 나와 뒷좌석에 올라타고 보슈가 차를 몰고 쌩 하니 내뺀다는 계획을 세웠다. 그러나 할러는 그렇게 겁쟁이처럼 나오고 싶지 않다고 말했다. 그는 개인 소지품을 돌려받자마자 정장 주머니에서 넥타이를 꺼내 셔츠에 매었다. 넥타이를 매만진 뒤 고개를 빳빳이 들고 구치소 문을 걸어 나왔다. 그러고는 기자들이 모인 곳으로 가서 모든 카메라 렌즈가 그에게 초점을 맞추고 마이크가 그의 앞에 놓일 때까지 잠깐 기다렸다가 입을 열었다.

"저는 법집행관들이 일상적으로 행하는 협박과 위협의 희생양이 됐습니다." 할러가 연설을 시작했다. "하지만 저는 굴하지 않았습니다. 저는 누명을 쓰고 기소됐습니다. 저는 취한 상태로 운전하지 않았고 제가 취한 상태로 운전했다는 증거도 전혀 없습니다. 저는 제게 씌워진 이 혐의들에 맞서서 반드시 무죄를 입증할 겁니다. 어느 누구도 제가 우리 사회의 약자들을 보호하는 일을 못 하게 막을 수는 없을 것입니다. 감사합니다."

사방에서 질문이 쏟아졌다. 그러나 한 여자의 굵직한 목소리가 다른 목소리들을 덮었다.

"경찰이 변호사님을 협박하는 이유가 뭐죠?"

"아직은 잘 모르겠습니다." 할러가 대답했다. "제 의뢰인을 변호하기 위해 경찰관을 법정에 세울 계획인 사건들이 많이 있는데요. 경찰이 그 사실을 알고 있죠. 그중 어느 사건과 관련이 있을 수 있다고 생각합니다."

같은 여기자가 추가 질문을 던졌다.

"렉시 파크스 사건과 관련이 있을까요?"

"글쎄요, 잘 모르겠네요." 할러가 말했다. "제가 아는 건 제가 당한 일이 부당했다는 것입니다. 그것을 바로잡기 위해 모든 노력을 다할 것이고요."

다른 기자가 소리쳤다. 보슈는 그가 〈로스앤젤레스 타임스〉 기자라는 건 알았지만 이름은 기억나지 않았다. 그 기자는 경찰국 내에 소식통이 있어서 상당히 신빙성 있는 정보를 갖고 있었다.

"변호사님, 퀸오브에인절스 병원에서 채혈하셨는데요." 그 기자가 말했다. "로스앤젤레스 경찰국 소식통에 따르면 혈중알코올농도가 0.11로 측정됐다고 하네요. 면허취소 기준을 넘어서는 수치인데요. 어떻게 생각하십니까?"

할러는 이런 질문을 예상했었다는 듯이 고개를 끄덕이더니 자신 있게 반박했다.

"실제 측정 수치는 0.06[17]이었어요. 소식통한테 다시 확인해 보세요, 타일러 기자." 할러가 말했다. "그런데 로스앤젤레스 경찰국이 0.08이라는 법적 기준을 넘기게 하려고 문제가 있는 B-A-C 추론 공식[18]을 사용해 0.11로 바꿔놓았더군요. 저는 법정에서 이 공식의 결함을 확실하게 밝히고 무죄 판결을 받을 것입니다."

보슈는 차를 가지러 가야 했지만 할러가 자신을 방어하는 것을 끝

---

17 다수의 국가에서 0.08%를 음주 운전 기준으로 삼고 있다.
18 음주 운전 단속을 위한 혈중 알코올 농도 수치

까지 보고 싶었다. 할러는 수많은 기자 앞에서도 여유롭고 위엄이 있었다. 위협을 허용하지도, 위축되지도 않았다. 놀라웠다. 할러가 왜 '배심원단 앞의 킬러'라고 불리는지 확실히 이해가 갔다.

"하지만 변호사님은 과거에 음주 운전으로 체포되신 적이 있잖습니까?"

다른 기자가 던진 질문이었다. 할러는 고개를 절레절레했다.

"지금 과거 얘기를 하는 게 아니잖습니까." 할러가 말했다. "이것은 현재의 이야기, 우리 경찰국이 법을 준수하는 시민을 표적으로 삼는 것을 우리가 용인해야 하는가 하는 문제죠. 정부가 우리의 삶을 침범하는 일이 공공연하게 벌어지고 있습니다. 우리는 어디서 어떻게 저항해야 할까요? 저는 지금 여기서 이렇게 저항하고 있습니다."

비슷한 질문이 반복되거나 거리가 먼 질문이 자꾸 나왔다. 할러의 대답이 궁색해질 때까지 기자들이 물어볼 것이 떨어질 것 같지는 않았다. 지역 뉴스 언론사의 기자들과 좀 더 유연한 연예부 기자들이 섞여 있었다. 할러는 양 진영에 한 발씩 들여놓은 몇 안 되는 유명 인사 중 한 명이었다. 주차장으로 가려고 모퉁이를 돌기 전에 보수가 마지막으로 들은 질문은 매슈 매코너헤이와 연락하느냐, 〈링컨 차를 타는 변호사〉 속편이 나오느냐 하는 질문이었다.

할러는 모르겠다고 대답했다.

13

할러는 구치소에서 아침 식사로 나온 볼로냐샌드위치와 사과를 안 먹었더니 배가 고파 죽을 지경이었다. 그러나 뭘 좀 먹기 전에 자동차와 휴대전화부터 되찾고 싶었다.

애런슨은 자기가 맡은 사건들의 재판을 준비한다고 먼저 갔고, 보슈는 할러를 차에 태우고 그의 링컨 타운카를 찾기 위해 할리우드에 있는 경찰 공식 주차장으로 달려갔다. 가는 동안 할러는 자기가 체포된 일과 자신을 단속한 사복 경찰관들이 잠복하고 있었다고 확신하는 이유를 설명했다. 이야기의 어떤 부분도 그런 주장의 근거가 되지 못했고 보슈에게는 순전한 편집증으로 보였다. 사복 경찰관들에게 단속이 된 것도 흥미로웠다. 할러가 정말로 난폭 운전을 한 것은 아닐까 하는 의심도 들었다.

경찰 공식 주차장은 맨스필드 거리에 있는 할리우드 견인 서비스와 계약을 맺고 있었다. 할러가 군말 없이 견인 비용을 결제하자 직원이 링컨 차 열쇠를 건넸다. 할러는 손에 쥔 열쇠를 물끄러미 보다가 고개를 들어 직원을 봤다.

"혹시 내 차 문 열었어요?" 할러가 물었다.

직원은 할러가 방금 서명한 서류를 보고 있었다.

"아뇨, 선생님, 열지 않았는데요." 직원이 말했다. "부서진 잠금장치도 없고요. 서류에는 잠금장치가 해제된 채로 차량이 입고됐다고 적혀 있네요. 저희가 그런 부분은 꼼꼼히 확인합니다. 이의를 제기하고 싶으시면 서류를 드릴 테니까 작성하세요."

"그래요? 어느 세월에 해결해 줄까요? 그냥 차 있는 데나 알려줘요."

"23번요. 중앙 통로를 걸어가다가 왼편에 있습니다."

보슈는 할러를 따라 링컨 차가 있는 곳으로 갔다. 할러는 차 문을 열자마자 앞좌석에서 휴대전화를 집어 들고 혹시 누가 만지지 않았나 살펴봤다. 전화기는 비밀번호로 잠겨 있어서 아무도 건드리지 못했을 것 같았다. 할러는 트렁크 문을 열고 나란히 놓인 세 개의 파일 상자를 살펴봤다. 손가락으로 색인표를 하나하나 넘기며 자료가 전부 있는지 확인했다. 그러고는 뒷좌석 문을 열고 서류 가방을 집어 들었다. 그것을 차 지붕에 올려놓고 내용물을 확인했다.

"그들은 원하는 건 뭐든지 복사할 시간이 충분히 있었어." 할러가 말했다.

"그들?" 보슈가 되물었다. "그들이 누군데?"

"누구든. 나를 단속한 경찰들. 그 경찰들을 보낸 사람."

"자꾸 그런 식으로 생각할래?"

"그럼 어떤 식으로 생각해야 하는데?"

"네가 피해망상이 좀 있는 것 같다. 너 거기서 족히 세 시간은 있었잖아, 술 마시면서."

"완급 조절을 하고 있었어. 술에 취하지 않았고 운전을 못 할 만큼 인지 기능이 손상되지도 않았다고. 그들이 내 차를 세웠을 때, 난 차에서 내려서 차 문을 잠갔어. 열쇠는 차 안에 둔 채로. 그런데 봐봐, 아까 직원이 그러잖아, 견인 트럭이 차를 끌고 왔을 때 차 문이 잠겨 있지 않았다고. 그건 어떻게 설명할 건데."

보슈는 아무 말도 하지 않았다. 할러가 서류 가방을 탁 소리가 나게 닫고 보슈를 바라봤다.

"선을 넘어온 걸 환영해, 형. 뭐 좀 먹으러 가자. 배고파 돌아가시겠어."

할러는 뒤로 걸어가 트렁크를 닫았다. 보슈는 IWALKEM이라고 적힌 차량번호판을 봤다.

할러와 이 차를 타고 돌아다니는 모습을 남들에게 보이고 싶지 않다는 생각이 다시 들었다.

* * *

그들은 따로 차를 타고 라브레아에 있는 핑크스에 가서 음식을 산 뒤 구석진 테이블로 가서 앉았다. 점심시간이 시작되기엔 아직 일러서 줄이 그리 길지 않았다. 30센티미터나 되는 핫도그를 할러가 정신없이 먹는 동안 보슈는 다콴 포스터를 만난 일과 포스터가 알리바이에 대해 진실을 밝힌 것을 이야기했다. 할러는 입에 묻은 머스터드를 닦지도 않은 채 핫도그를 다 먹었다.

"그런 걸 비밀로 하고 감옥행을 불사하겠다니 제정신인가 싶다." 보슈가 말했다.

"자존심이 센 친구야. 사회적 지위도 있고. 게다가 처자식까지 있잖아. 그 모든 것이 허물어지는 걸 보고 싶지 않았겠지. 그리고 결백한 사람은 자기만 결백하면 결국엔 구원을 받을 거라고 믿더라고. 진리가 너희를 자유롭게 한다나 뭐라나. 웃기는 소리지. 포스터 같은 늙다리 전직 조폭조차도 그런 환상에 빠져 있다니까."

보슈는 손도 안 댄 자기 핫도그를 할러에게 밀어준 후 고개를 가로저었다.

"잘도 속였구나."

"그러게 말이야."

"진리가 너희를 자유롭게 한다는 거 얘기하는 게 아니야. 네가 나를 잘도 속였다는 거지."

"내가 뭘 잘도 속였다는 거야?"

"알면서 왜 그래, 믹. 이 모든 것이 덫이었잖아. 네가 나한테 덫을 놓은 거 아니냐고."

"도대체 무슨 말인지 모르겠네."

"네가 나를 이 길로 끌고 왔잖아, 믹. 냄새 나는 걸 내 코앞에 던져놓고 내가 그걸 따라 카운티 구치소까지 가서 다콴을 만나게 한 거 아니냐고. 넌 알고 있었어, 김경이 디콴의 알리바이를 부쉬버릴 증이을 확보했다는 걸. 진실을 이미 알고 있었지. 다 이미 알고 있었던 거야."

할러는 핫도그를 두 개째 베어 물다가 동작을 멈췄다. 입안 가득 음식을 문 채로 애써 웃어 보였다. 다시 먹기 시작해 다 씹어 삼킨 후엔 냅킨으로 입가의 머스터드를 닦았다.

"다음에는 핫도그 줄 거면 머스터드 좀 듬뿍 뿌리지 말고 줘, 오케이?"

"명심할게. 말 돌리지 마. 이해가 안 되는 건 다콴이 알리바이에 관해서 너한텐 진실을 말해놓고 나한테는 왜 거짓말을 하려고 했느냐 하는 거야."

"처음 만난 사람이라 믿음이 안 갔나 보지. 아니면 형의 능력치를 시험하고 싶었거나."

"그러면 더 열 받지. 그런데 그 얘기 들으니까 궁금해지네. 너는 왜 말 안 했냐? 너도 내 능력치를 시험해 보고 싶었던 거야?"

"아냐, 아냐, 그런 건 아니고. 형이 이 사건에 완전히 빠져들게 하고 싶어서 그랬어."

"빠져들게 하고 싶었다고? 말 같잖은 소리. 넌 나를 이용한 거야."

"그랬을 수도. 아니 어쩌면 내가 형을 구한 건지도 몰라."

"뭐에서 나를 구했다는 건데?"

"형은 살인사건 전담 수사관이잖아. 로스앤젤레스 경찰국은 형을 버렸지만 형을 원하는 곳이 얼마나 많은데."

보슈는 고개를 가로저으며 두 손을 테이블 위에 올려놓았다.

"모든 것을 있는 그대로 펼쳐놓고 내가 선택하게 하지 그랬어?"

"뭐? 있는 그대로 펼쳐 보이라고? 니콜 심슨[19]이 도륙당한 이후로

---

19 전 미식축구 선수이자 배우였던 O. J. 심슨의 전부인으로, 이혼 후 애인과 함께 잔혹하게 살해됐다. 경찰은 전남편 심슨을 살인죄로 기소했으나 최종 무죄 평결을 받았다.

가장 잔혹한 것 같은 살인사건의 피의자를 변호하게 됐다, 그런데 우연히도 피의자의 DNA가 피해자의 몸속에서 발견됐다, 사건 발생 시각에 피의자는 어느 모텔 방에서 C 대신 S로 시작하는 신디[20]라는 성도착자와 뒹굴고 있었다, 하지만 그 얘기는 도저히 할 수 없어서 가짜 알리바이를 댔다고 하더라, 이렇게? 그랬다면 형이 쫓아왔을까?"

보슈는 뭔가가 더 있다는 느낌이 들어 잠자코 있었다. 그의 예감이 맞았다.

"더 놀라운 건 뭔 줄 알아? 그 황당한 알리바이를 입증할 수 없게 됐다는 거야. 내가 만나보기도 전에 신디가 살해됐거든, 할리우드의 어느 골목길에서."

보슈는 몸이 긴장하는 것을 느끼면서 할러를 향해 상체를 숙였다. 포스터한테서 듣지 못한 이야기였다.

"언제 그랬는데?" 보슈가 물었다.

"지난 3월." 할러가 대답했다.

"포스터가 렉시 파크스 살인죄로 체포되기 전에, 후에?"

"후에."

"얼마나 후에?"

"이삼일?"

보슈는 그 대답에 대해 잠시 생각한 후 다음 질문을 던졌다.

"그 일로 체포된 용의자 있어?"

"모르겠어. 마지막으로 확인할 때까진 없었어. 그래서 수사관이 필

---

[20] 신디(Cindy)를 죄악이라는 뜻의 sin을 써서 신디(Sindy)라고 쓴다는 뜻

요한 거야, 형. 살인사건 전문 수사관이. 시스코가 그 사건을 들여다보려고 했는데 오토바이 사고가 나서 드러누운 거잖아."

"왜 미리 말 안 했어?"

"지금이라도 했잖아."

"미리 알았어야 했는데."

"이제라도 다 알았잖아. 그러니까 합류할 거야, 말 거야?"

14

보슈는 자기가 곧 죽을 거라고 생각했다. 그런 생각을 하게 만들 만한 육체적 혹은 정신적 위협은 전혀 없었다. 사실 같은 연령대의 남자들보다 상당히 좋은 몸매를 유지하고 있었다. 몇 해 전에 그는 방사능 물질 절도와 관련된 살인사건을 수사한 적이 있었다. 그때 방사능 물질에 노출됐고 치료를 받았다. 1년에 두 번씩 흉부 엑스레이를 찍어서 추적 검사를 받다가 몇 년 전부터는 1년에 한 번으로 줄었고 검사할 때마다 결과는 깨끗했다. 그러니 그 문제나 그가 30년 이상 해온 일에서 생긴 다른 어떤 문제 때문에 그런 생각이 드는 것은 아니었다.

보슈가 이런 생각을 하게 만든 것은 그의 딸이었다. 그는 뒤늦게 나타난 아버지였다. 딸이 네 살이 될 때까지 자신에게 자식이 있다는 것도 몰랐고 딸이 열세 살이 되고서야 함께 살기 시작했다. 그 후 5년의 세월이 흐르는 동안, 부모는 자녀를 있는 그대로 볼 뿐만 아니라 부모가 바라는 미래의 모습으로 보기도 한다는 걸 깨닫게 됐다. 행복하고 성공하고 자신감 넘치는 모습으로. 처음에 매디가 아빠를 찾아왔을 땐 그런 상상을 하지 않았지만 금방 그런 상상을 하게 됐다. 밤에 눈을 감으면 좀 더 나이 든 딸의 모습이 보였다. 아름답고 당당하고 행복하고 치유된, 어떤 것도 두려워하지 않는 딸의 모습이.

세월이 흘렀고, 딸은 그의 상상 속 젊은 여성의 나이가 됐다. 그러나 상상은 더 나아가지 않았다. 상상 속의 딸은 더 나이를 먹지 않았다. 보슈는 그것이 둘 중 누군가가 그 전에 죽어서 딸이 더 나이 든 모습이 떠오르지 않는 거라고 믿었다. 그는 딸이 먼저 죽기를 결코 바라지 않았다. 따라서 그때 이곳에 없는 사람은 자신일 것이라고 믿었다.

그날 저녁 집에 돌아온 보슈는 자신이 어떤 일을 하고 있는지 딸에게 알리기로 결심했다. 딸의 방문은 닫혀 있었다. 잠깐 할 말이 있으니 거실로 나오라고 딸에게 문자를 보냈다.

방에서 나온 딸은 벌써 잠옷을 입고 있었다.

"어디 아파?" 보슈가 물었다.

"아니. 왜?" 매디가 말했다.

"아니, 벌써 자려는 것 같아서."

"잘 준비를 마쳤을 뿐이야. 에너지를 비축하려면 일찍 자야 해."

"응?"

"동면하는 곰처럼 말이야. 캠핑 가면 잠을 못 잘 것 같거든."

"짐은 다 쌌어?"

"몇 가지 남았어. 무슨 일이야, 아빠?"

"저녁 먹을 거니?"

"아니, 건강해지려고 노력 중이야."

이 말은 딸이 거울 속에 비친 자기 모습을 보면서 남들 눈엔 보이지 않는 군살을 발견하고 살을 빼기로 결심했다는 뜻이다.

"끼니를 거르는 건 건강에 안 좋아, 매디." 보슈가 말했다.

"예전엔 아빠도 자주 걸렀잖아. 그건 어떻게 설명할 건데?"

"그건 먹을 게 없었거나 시간이 없었기 때문이지. 건강해지려면 저녁도 챙겨 먹어야 해."

매디는 대화를 이쯤에서 끝내자고 표정으로 말했다.

"아빠, 내가 알아서 할게. 하고 싶은 말 다했어?"

보슈는 얼굴을 찌푸렸다.

"어, 아니. 요즘 내가 하는 일 얘기를 하려고 했는데, 나중에 하지, 뭐." 그가 말했다.

"아냐, 얘기해." 매디는 자기 식습관에서 화제를 옮기고 싶은 것이 분명했다.

보슈는 고개를 끄덕였다.

"그럴까?" 그가 말했다. "예전에 내가 하는 일에 대해 내가 어떻게 생각하는지 얘기한 적 있는데 기억해? 살인사건 수사를 소명으로 생각한다고 했었는데. 네 삼촌 같은 피고인 측 변호사 밑에서는 절대로 일 안 한다고 했고."

"응, 그랬지. 그런데 왜?" 매디가 말했다.

보슈는 망설였지만 다 얘기하기로 결심했다.

"니키 삼촌이 어떤 사건을 갖고 나를 찾아왔어." 보슈가 말했다. "살인사건. 삼촌은 의뢰인이 결백하고 누명을 쓴 게 확실하다고 생각한대."

보슈는 잠시 말을 멈췄지만 매디는 아무 말도 하지 않았다.

"삼촌이 부탁하더라, 그 사건을 조사해 달라고." 그가 말을 이었다. "의뢰인이 함정에 빠졌다는 증거가 있는지 살펴봐 달라고. 그래서…… 그러마고 했어."

매디는 보슈를 물끄러미 바라보다가 마침내 입을 열었다.

"살해된 사람은 누군데?" 그녀가 물었다.

"여자. 아주 잔인하게 살해됐어." 보슈가 말했다.

"절대 안 한다며."

"그랬지. 그런데 이 사건은, 이 남자가 범인이 아닐 가능성이 있다면, 그건 진범이 잡히지 않고 있다는 뜻이잖아. 그게 마음에 걸리더라고. 이런 끔찍한 범죄를 저지른 진범이 너와 다른 모든 사람이 살아가는 이 세상을 아직도 활보하고 다닌다는 게. 그래서 오늘 삼촌한테 말했어, 조사해 보겠다고. 그리고 너도 알아야 한다는 생각이 들었어."

매디는 고개를 끄덕이더니 보슈에게서 눈길을 거두고 고개를 숙였다. 그런 반응이 그녀가 다음에 한 말보다 더 그에게 상처를 줬다.

"그 사람은 감옥에 있어?" 매디가 물었다.

"응. 두 달째." 보슈가 말했다.

"그러니까 뒤집어 생각하면, 아빠가 아주 나쁜 사람을 나와 다른 모든 사람이 살아가는 이 세상으로 돌려보내려고 애쓰는 것일 수도 있잖아."

"아냐, 매디, 아빠가 그런 짓을 왜 하겠어. 그런 일이 일어나기 전에 멈출 거야."

"어떻게 확신해?"

"하긴, 확신은 못 하지."

매디는 보슈의 대답에 고개를 가로저었다.

"나 자러 간다." 그녀가 말했다.

매디가 보슈에게서 돌아서서 모퉁이를 돌아 복도로 갔다.

"매디, 그렇게 들어가면 어떡해. 얘기 마저 해야지."

보슈는 매디의 방문이 닫히고 잠기는 소리를 들었다. 그는 우두커니 서서 딸의 반응을 곱씹어 봤다. 그가 하는 일에 대한 소식이 그를 아는 법집행관들로부터 커다란 반발을 불러일으킬 것은 예상했었다. 그러나 딸에게서 그런 반응이 나올 것은 예상하지 못했었다.

그도 식욕이 떨어졌다.

15

보슈는 아침 일찍 일어나서 살인사건 파일에 있는 보고서들과 자신이 작성한 메모를 다시 봤다. 8시 20분 정각에 루시아 소토에게 전화하려고 기다렸다. 그가 로스앤젤레스 경찰국에서 일하던 마지막 몇 달 동안 파트너로 함께하면서 고수했던 규칙적 일과에 변화를 주지 않았다면 소토는 8시 20분에 경찰국 본부 건물에서 한 블록 떨어진 1번가의 스타벅스로 걸어가고 있을 것이다.

소토가 즉시 전화를 받았다.

"소토입니다."

"루시아."

"보슈 형사님, 어쩐 일이세요?"

보슈가 휴대전화의 발신자 정보 제공 서비스를 차단해 놓았지만 소토는 아직도 그의 목소리를 기억하고 있었거나 자신을 루시아라고 부르는 사람은 보슈밖에 없다는 사실을 기억하고 있었던 것이 분명했다. 다른 사람들은 모두 그녀를 루시나 럭키 혹은 럭키 루시라고 불렀다. 소토는 어느 것도 마음에 들어 하지 않았다.

"커피 사러 가고 있어?"

"어떻게 아셨어요? 목소리 들으니까 좋네요. 은퇴 생활은 어때요?"

"은퇴라는 말이 무색하게 살고 있어. 라테 사갖고 사무실에 가면 부탁 하나 들어줄 수 있을까?"

"그럼요, 뭐가 필요하세요?"

"부탁하기 전에 솔직하게 말할게. 내가 이복동생을 위해서 사건을 들여다보고 있어."

"그 변호사요?"

"맞아, 그 변호사."

"형사님 경찰국 고소 건의 대리인이기도 하잖아요."

"그렇지."

꽤 긴 침묵이 흐른 후 소토가 말했다.

"좋아요. 그래서 뭐가 필요하세요?"

보슈는 미소를 지었다. 소토에게 기댈 수 있다는 걸 알고 있었다.

"내가 조사하는 사건에 관해서 도움이 필요한 건 아니고, 그 사건과 어떤 식으로든 관련이 있을 것 같은 사건이 하나 있다고 들었어. 그 관련 사건에 대해 정보를 얻고 싶어. 어떤 사건인지 알고 싶어서."

보슈는 말을 멈추고 소토에게 거절할 기회를 줬지만 그녀는 아무 말도 하지 않았다. 지금까진 아주 좋군, 보슈는 생각했다. 소토가 부탁을 들어줄 것을 의심하지 않았지만 그의 부탁을 들어줌으로써 직장에서 조사나 징계를 받을지 모른다는 위협이나 두려움을 그녀가 느끼게 하고 싶지는 않았다. 전년도에 그가 다시 돌아오지 않을 작정으로 미해결사건 전담반을 나온 후로 그들은 두세 번 정도 연락하는 것에 그쳤다. 정초에 그가 안부 인사차 그녀에게 전화를 걸었을 때, 그가 퇴직하고 나서 그녀가 역풍을 맞았다는 것을 알게 됐다.

미해결사건 전담 반장은 스탠리 오셔너시라는 베테랑 형사를 소토의 파트너로 붙여줬다. 대다수의 강력계 형사에게 '뿔난 스탠리'라고 불리는 오셔너시는 파트너로서는 최악이었다. 살인사건 해결에는 별 관심이 없었고 경찰국에 대한 불만을 토로하거나 자신을 모욕한 동료들이나 간부들을 고소하는 데만 아주 적극적이었다. 그는 인생에 대한 좌절감과 실망감이 자신을 마비시키도록 내버려두는 사람이었다. 결과적으로 그의 파트너들은 어쩔 수 없는 경우가 아니면 그와 오래 일하지 않았다. 강력계에서 가장 말단인 소토는 다음번 인사이동으로 새로운 피가 수혈될 때까지, 그것도 그녀보다 근무 연수가 적은 신입 형사가 들어올 때까지 뿔난 스탠리와 함께 일할 수밖에 없을 것이다. 근무 연수가 8년이 안 된 소토보다 신입이 들어올 가능성은 거의 없었다. 그녀는 자신이 꼼짝 못 하게 됐다는 것을 알고 있었다. 주로 혼자 수사를 했고 경찰국 규정상 파트너와 함께 갈 수밖에 없는 출장 때만 오셔너시와 함께했다.

소토에게 이런 일이 생긴 것은 보슈가 퇴직하기 전 마지막 넉 달 동안 그녀가 보슈의 파트너였고 형사팀 조를 짜는 전담 반장이 요청한 감찰계 조사에서 보슈를 배신하기를 거부했기 때문이다. 소토가 어떻게 조 배정이 됐는지 보슈에게 말했을 때, 그가 할 수 있는 일이라고는 오셔너시를 내버려두고 나가서 혼자 수사하라고, 혼자 문을 두드리고 다니라고 격려하는 일뿐이었다. 소토는 보슈가 시키는 대로 했고 두세 번 정도 전화를 걸어 그의 경험을 이용하고 조언을 구했다. 그는 기꺼이 경험과 조언을 제공했다. 지금까지는 그렇게 일방통행이었다.

"반장실에 있는 살인사건 기록 알지?" 보슈가 물었다.

"알죠." 소토가 말했다.

"거기서 하나만 찾아봐 줘. 이름이나 정확한 날짜는 모르고, 할리우드에서 올해 3월 19일 이후 일주일 이내에 발생했다는 것만 알아."

"네, 그런데 CTS로 찾으면 훨씬 빠르지 않을까요?"

CTS는 로스앤젤레스 경찰국 범죄 추적 시스템Crime Tracking System의 약자다. 소토는 자신의 컴퓨터에서 CTS에 접속할 수 있었다. 그러나 그 시스템에 로그인하기 위해서는 사용자 ID를 입력해야 했다.

"아니, CTS에 들어가진 마. 이 일이 어디로 튈지 모르니까 디지털 지문을 남기진 말자고." 보슈가 말했다.

"알았어요. 또 다른 건요?"

"자료에 이런 내용이 들어 있을진 모르겠는데, 피해자는 남창이었어. 퀴어나 게이나 성도착자라고 적혀 있을 수도 있어. 업계에선 신디라고 불렸대. S-I-N-D-Y. 내가 아는 건 그게 전부야."

데이터를 전자적으로 편집하고 저장하는 시대에 로스앤젤레스 경찰국은 아직도 모든 살인사건 기록을 가죽 장정으로 묶은 책으로 보관하는 전통을 고수하고 있었다. 종교의식처럼 신성한 그 전통이 수립된 것은 1899년 9월 9일, 로스앤젤레스 경찰국 역사상 최초로 기록된 살인사건이 발생했을 때부터였다. 그날 사이먼 크리스턴슨이라는 남자가 시내 철교에서 시신으로 발견됐다. 당시 형사들은 크리스턴슨이 누군가에게 폭행당해 사망했고 이후 범인이 그의 시신을 철로로 옮겨 기차에 치여 사망한 자살사건으로 위장했다고 믿었다. 그런 위장술은 통하지 않았지만 그 사건으로 기소된 용의자는 한 명도 없었다.

보슈는 강력계에서 일할 때 살인사건 기록을 꾸준히 읽었다. 기록된 모든 살인사건 조서의 요약 부분을 한두 문단 읽는 것이 일종의 취미였다. 그는 크리스턴슨이라는 이름을 외워두었다. 최초의 살인사건이었기 때문이 아니라 최초이면서 해결되지 않은 사건이었기 때문이다. 사이먼 크리스턴슨을 위해 정의가 구현되지 않았다는 사실이 보슈의 마음에 무겁게 남아 있었다.

"반장님한테는 뭐라고 할까요?" 소토가 물었다. "왜 그 사건 기록을 보느냐고 물으실 텐데."

보슈가 미리 예상하고 대답을 준비해 둔 질문이었다.

"반장한테는 특정 사건을 찾고 있다고 말하지 마." 그가 말했다. "가장 최근 기록을 꺼내 들고 요즘에는 어떤 사건이 일어나는지 알아두려고 한다고 말해. 사건 기록을 그렇게 빌려 가서 읽는 형사들 많아. 나도 모든 기록을 적어도 한 번은 읽었어."

"오케이, 알았어요. 이제 커피 받아서 사무실 들어가면 그 기록부터 찾아볼게요."

"고마워, 루시아."

보슈는 전화를 끊고 다음 할 일들을 생각했다. 루시아가 성공하면 신디 사건에 관해 파악할 수 있을 것이다. 그러면 그 사건과 렉시 파크스 사건이 관련이 있는지, 다콴 포스터의 알리바이가 사실인지 아닌지 알 수 있게 될 것이다.

* * *

소토의 전화를 기다리는데 딸이 등교할 옷차림으로 한쪽 어깨에 배낭을 둘러메고 방에서 나왔다.

"아빠, 나 늦었어." 매디가 말했다.

그녀는 현관문 옆 협탁에서 자기 차 열쇠를 집어 들었다. 보슈가 식탁에서 일어서서 딸에게 다가갔다.

"또 아침 거르는 거야?" 그가 물었다.

"시간이 없어." 매디가 현관문으로 가면서 말했다.

"매디, 슬슬 걱정이 된다."

"걱정하지 마. 아빠가 도와주려고 하는 살인범에 대해서나 걱정하셔."

"이런, 매디, 왜 그렇게 냉소적이야. 그 친구가 살인범이면 감옥에서 못 나와. 아빠 믿어, 알았지?"

"알았어. 안녕."

매디가 현관문을 나간 뒤 문이 쾅 하고 닫혔다. 보슈는 뻘쭘히 그 자리에 서 있었다.

한 시간을 기다려도 소토에게서 소식이 없자 살인사건 기록을 보러 반장실에 들어갔다가 무슨 문제가 생긴 건 아닌지 걱정이 되기 시작했다. 거실을 서성이면서 전화해 볼까 고민했다. 그러나 적절치 않은 시점에, 이를테면 소토가 반장과 실랑이를 벌이고 있을 때 전화를 걸면 상황은 더 안 좋아질 수 있었다. 그리고 소토가 곤란한 처지에 있더라도 보슈가 해줄 수 있는 것은 아무것도 없었다. 이제 그는 아웃사이더였다.

20분이 더 지난 뒤 마침내 휴대전화가 울렸다. 액정화면을 보니 소토의 사무실 전화번호가 떠 있었다. 보슈는 그녀가 건물 밖으로 나가서, 아니면 적어도 여자 화장실 개인 칸에 들어가서 휴대전화로 전화를 걸 것이라고 예상했다.

"루시아?"

"보슈 형사님, 알아냈어요."

"사무실 전화네. 뿔난 스탠리는 어디 갔어?"

"또 뭐 고소장 제출하러 나가셨겠죠. 들어왔다가 한마디 말도 없이 사라지셨어요. 자주 그래요."

"적어도 거치적거리지는 않겠네. 그래서 기록을 살펴봤어?"

보슈는 식탁 앞에 앉아 수첩을 폈다. 펜을 꺼내 메모할 준비를 했다.

"네, 그리고 말씀하신 사건을 찾은 것 같아요."

"반장실에선 문제 없었어?"

"네. 형사님이 시키신 대로 말했더니 손을 내저으면서 마음껏 보라고 하시더라고요. 아무 문제 없었어요. 그래도 더 믿을 만하게 보이려고 다른 기록도 두 권 가져왔어요. 그중 한 권은 1899년 거예요."

"사이먼 크리스턴슨."

"어머나, 그걸 어떻게 기억하세요?"

"글쎄, 모르겠네. 그냥 기억이 나. 다리에서 살해됐고 기소된 사람이 한 명도 없었지."

"로스앤젤레스 경찰국 살인사건 전담반에게 좋은 출발은 아니었네요."

"그렇지, 좋은 출발은 아니었지. 그래서 내가 부탁한 사건, 뭘 알아냈어?"

"3월 21일, 26세의 백인 남성 제임스 앨런의 시신이 엘센트로에 있는, 샌타모니카대로와 평행으로 가는 골목길에서 발견됐어요. 자동차 수리점 뒤에서요. 피해자는 호객 행위, 마약 소지 등등의 혐의로 체포된 전력이 화려한 남창이더라고요. 사건 기록에 나와 있는 건 그게 다예요. 강력계 스토터와 카림 형사에게 배당됐고요."

보슈는 메모를 멈췄다. 강력계는 경찰국 본부의 엘리트 형사들로 구성됐고, 정치적으로 민감하거나 시간적 제약이 있어 일선 형사들이 맡기 힘든 사건들을 주로 맡았다. 마이크 스토터와 알리 카림은 엘리트 중의 엘리트인 특수살인사건 전담반 소속이었다. 일개 할리우드 남창 피살사건이 강력계에 배정됐다는 것이 보슈에게는 이례적인 일로 느껴졌다. 완벽한 세상에서는 모든 피살자가 평등하게 대우받을 것이다. 모두가 중요하거나 아무도 중요하지 않다. 그러나 이 세상은 평등하지 않았고 살인사건 중에도 대형 사건이 있는가 하면 비교적 경미한 사건도 있었다.

"강력계?" 보슈가 되물었다.

"네, 그게 좀 이상하다고 생각했어요." 소토가 말했다. "그래서 특수살인사건 자리로 슬쩍 가봤더니 카림 형사님이 자리에 계시더라고요. 어떻게 된 일이냐고 물어봤더니……."

"루시아, 왜 그랬어. 이 사건에 관심 있다는 걸 알리면 안 되는데. 내가 이 사건으로 평지풍파를 일으키면 자네한테 불똥이 튈 수도 있어. 알리는 내가 자넬 자기에게 보냈다는 걸 알게 될 거야."

"보슈 형사님, 진정하세요. 제가 그렇게 어리석진 않아요. 저를 좀 믿어주세요, 네? 설마 제가 무턱대고 찾아가서 물어봤겠어요? 그리고 저, 카림 형사님하고 친해요. 램퍼트에서 총격전이 있었던 그날 밤에 카림 형사님이 출동해서 지원사격팀이 올 때까지 현장을 관리해 주셨어요. 얼마나 친절하게 대해주셨다고요. 저를 진정시키고, 사격팀을 어떻게 대해야 하는지도 알려주셨어요. 그 후에 강력계로 왔을 땐, 저를 깔보지 않은 몇 안 되는 형사들 중에 한 명이었어요. 사실 정확히 말하자면, 카림 형사님과 보슈 형사님밖에 없었죠."

소토는 자신이 강력계 미해결사건 전담반에 오게 된 경위를 이야기하고 있었다. 2년 전 그녀는 램퍼트 경찰서 순찰조에 소속된 신입 순경이었고, 4인조 무장 강도와의 총격전에서 파트너가 사망하는 와중에도 굉장한 용기와 침착성을 발휘해 언론의 집중 조명을 받았다. 〈로스앤젤레스 타임스〉는 인물 탐구 기사에서 그녀를 럭키 루시라고 불렀고 경찰국은 그녀로 인해 오랜만에 경찰이 받고 있는 긍정적 관심을 즉각 활용했다. 경찰국장이 그녀를 승진시키면서 근무지 선택권을 줬다. 그녀는 강력계의 미해결사건 전담반을 골랐고 경찰이 된 지 채 5년이 안 돼 살인사건 전담 형사로 초고속 승진을 했다.

언론은 그 소식에 기뻐했지만 강력계까지는 바라지 않고 어느 경찰서에서라도 살인사건 전담반에 자리 하나 나기를 바라며 수년을 심지어 수십 년을 기다려 온 경찰관들은 그리 달가워하지 않았다. 소토는 어디를 가든 따가운 시선을 느껴야 했다. 게다가 그녀가 동료라는 걸 인정하지 않거나 그녀가 정당한 노력을 통해 그 자리를 차지했다는 사실을 인정하지 않는 동료가 절반이 넘는 사무실에 앉아서 일해야 했다. 언론은 그녀를 럭키 루시라고 불렀지만 강력계의 일부 형사들은 복잡한 시내 고속도로에서 고속통행 차선을 이용할 수 있게 하는 전자패스의 이름을 따서 패스트랙이라고 불렀다.

"능숙하게 잘 물어봤어요, 보슈 형사님." 소토가 말했다. "잡담이나 하려고 카림 형사님 자리에 갔는데, 마침 그 사건 기록을 펼쳐놓고 계시더라고요. 무슨 사건이냐고 물었더니 다 얘기해 주셨어요. 또 얼마나 특별한 사건이기에 강력계가 나섰냐고 물었더니, 시신이 발견된 날이 마침 서부 지국 형사들 연수일이었기 때문에 다들 바빠서 어쩔 수 없이 자기와 스토터 형사님이 맡은 거라고 하셨어요."

보슈는 고개를 끄덕였다. 최근 들어 로스앤젤레스시의 살인사건 발생률이 현격히 줄어서 일선 경찰서 살인사건 전담반 상당수가 통폐합됐다. 할리우드 경찰서 살인사건 전담반은 사라졌고 그 지역에서 발생하는 소수의 살인사건은 이제 서부 지국 전담반에 배정됐다. 이런 통폐합으로 인해 경찰서 간 지원 문제를 놓고 갈등이 커져서 사건이 강력계로 이첩되는 일이 많아졌다. 제임스 앨런 피살사건이 경찰국으로부터 이례적 관심을 끈 것이 아니라는 사실에 만족한 보슈는 이제 소토가 알아낸 내용을 듣고 싶었다.

"그래서 사건에 대해 물어봤어?"

"네, 물었죠. 형사님도 잘 아시다시피 카림 형사님이 타고난 이야기꾼이잖아요. 싹 다 얘기해 주셨어요. 피해자는 성도착자였고 가위 근처 헤이븐하우스에 방 하나를 빌려서 거기서 일했대요. 할리우드 경찰서 성범죄 전담반에 전과 기록이 다 있고요."

"몇 호실인지 말했어?"

"카림 형사님은 말하지 않았는데 사진에서 확인했어요. 6호실이에요, 1층."

"그래서 담당 형사들 결론은 뭐래?"

"카림 형사님 말로는 피해자가 재수가 없었던 거래요. 멋모르고 받았던 손님한테 당한 것 같다고 하더라고요. 용의자를 특정하진 못했지만 연쇄살인일 가능성이 있다고 하고요."

"왜 그렇게 생각한대?"

"14개월 전에 다른 남창이 그 골목길에서 살해된 채 발견됐다던데요."

"두 사건이 얼마나 유사한데?"

"안 물어봤어요."

"사인에 대해서는 물어봤어?"

"물어볼 필요가 없었어요. 아까도 말씀드렸지만 카림 형사님이 사진도 보여줬거든요. 범인은 피해자의 뒤에서 철삿줄로 목을 졸랐어요. 목 앞부분에 얇은 줄 자국이 한 줄 있었어요. 피부 속까지 파고들었더라고요. 형사들이 그 모텔 방을 조사할 때 매릴린 먼로 사진 액자가 방바닥에, 벽에 기대 놓여 있는 걸 발견했대요. 벽에 못은 한 개 박혀 있는데 액자 뒤를 보니까 액자를 거는 철삿줄은 없더라는 거예요. 범인이 이용한 범행 도구가 그거라고 생각한대요."

"살해된 장소가 거기야? 그 모텔 객실?"

"그렇게 추정한대요. 카림 형사님은 방 안에서 몸싸움을 벌인 흔적은 전혀 없지만 철삿줄이 사라진 액자가 일종의 표징이라고 생각한대요. 어떤 놈이 피해자를 만나러 갔다가 사이가 틀어져서 죽인 거죠. 그러자 시신을 차에 싣고 그 골목길로 가서 던져버렸고요. 14개월 전에도 유사한 사건이 있었기 때문에 행동과학센터에서 범인에 대한 프로파일링 보고서를 냈는데, 범인은 처자식이 있는 평범한 가장일 가능성이 높대요. 피해자 때문에 자기가 선을 넘어 그런 행동을 하게 됐다고 생각하고 앙심을 품은 거죠. 그래서 앨런을 살해하고 시신을 유기하고 일상으로 돌아간 거죠. 완전 사이코패스예요."

보슈가 소토의 말을 바로잡진 않았지만 프로파일링 보고서나 사건 요약본에 범인을 사이코패스라고 단정할 만큼 충분한 정보가 있다고는 보지 않았다. 사이코패스 운운하는 것은 젊은 형사의 가벼운 반응이었다. 보슈가 알게 된 사실을 놓고 볼 때, 제임스 앨런 피살사건은 우발적 범죄로 보였다. 범인은 범행 도구를 가져오지 않았고 사전 계획의 증거도 없었다. 제임스 앨런 피살사건이 14개월 전 살인사건과 관련이 있을 수 있다는 가능성만이 범인이 사이코패스일지 모른다는 추측의 유일한 근거였다.

"그래서 형사들이 앨런 사건과 14개월 전 사건의 연관성을 공식적으로 인정했어?" 보슈가 물었다.

"아뇨, 아직." 소토가 말했다. "서부 지국이 아직도 그 14개월 전 사건을 수사하고 있대요. 카림 형사님은 주도권 다툼도 좀 있고 두 사건에서 일치하지 않는 요소들이 있다고 하더라고요."

일선 서의 형사들이 사건을 경찰국 본부 엘리트 형사들에게 넘기는 데 저항하는 것은 흔히 볼 수 있는 일이다. 살인사건을 수사하는 형사들은 소심하지 않았다. 충분한 시간과 지원만 있으면 어떤 사건도 해결할 수 있다고 믿는, 자신감이 넘치는 수사관들이었다.

"앨런의 시신에서 DNA 증거를 채취했대?" 보슈가 물었다.

"아뇨, 직접적인 DNA 증거는 나오지 않았대요. 피해자가 안전하게 섹스를 한 것 같아요. 현장 사진을 봤더니 대용량 콘돔 상자가 있더라고요. 병원 대기실에 있는 사탕 상자 같은 거요. 하지만 현장을 이 잡듯이 뒤져서 그런 방에서 기대할 수 있는 것들을 많이 확보했더라고요. 머리카락, 실오라기 같은 것들요. 아직까진 거기에서 유의미한 증거가 나오진 않았고요."

보슈는 더 물어볼 것이 있나 잠깐 생각했다. 뭔가 놓친 것이 있는 것 같은 느낌이 들었다. 소토가 준 정보에 대해 추가로 물어볼 것이 있는 것도 같았다. 그러나 구체적으로 떠오르지 않아서 이 정도로 끝내기로 결정했다. 소토가 충분히 많은 도움을 줬다.

"고마워, 루시아. 크게 신세를 졌네." 보슈가 말했다.

"무슨 말씀을요. 도움이 됐어요?" 그녀가 말했다.

소토가 볼 수 없는데도 보슈는 고개를 끄덕였다.

"응, 그런 것 같아."

"그럼 다음에 점심 사주세요."

"나하고 함께 있는 걸 남들이 보면 어쩌려고. 요즘 경찰들 욕받이가 나잖아, 안 그래?"

"개소리 말라고 그러세요. 전화 주세요, 보슈 형사님."

보슈가 껄껄 웃었다.

"그럴게."

16

 보슈는 루시아 소토와 통화 중에 작성한 메모를 읽으면서 상황을 정리해 봤다. 다콴 포스터가 웨스트할리우드에서 렉시 파크스를 살해한 혐의로 체포되고 이틀 후, 사건 발생 시각에 포스터가 함께 있었다고 주장하는 남자가 할리우드에서 피살됐고, 연쇄살인범에게 희생됐을 가능성이 제기됐다. 슬픈 우연이 아닌 계획범죄라는 증거나 표징은 없었다. 앨런은 직업상 살인사건 피해자가 될 가능성이 다른 사람들보다 높았다. 그러나 보슈는 우연일 가능성을 받아들이기가 영 내키지 않았다.
 렉시 파크스 피살사건과 제임스 앨런 피살사건은 피해자의 특징이나 사건 현장의 모습, 범행 방법 등에서 다른 점이 많았다. 적어도 보슈가 한 사건은 사진으로 확인하고 다른 사건은 소토에게 들어서 파악한 바로는 그랬다. 그럼에도 두 사건이 관련이 있을 가능성에 대해서는 추가 조사가 필요했다. 보슈는 앨런 피살사건 수사에 관해 소토에게 들은 정보를 곱씹어 봤다. 모텔 방은 과학수사요원들이 조사했다. 보슈가 궁금한 것은 그보다 6주 전에 포스터가 남긴 머리카락과 섬유가 과학수사대의 현장 감식 때 수거됐을 가능성이 있을까 하는 점이었다. DNA는? 지문은?

물론 앨런이 피살된 날과 렉시 파크스가 피살된 날 사이에 6주라는 시간 차가 있어서 그런 증거는 결정적 증거능력이 없다는 것을 보슈는 잘 알고 있었다. 포스터의 알리바이를 입증하는 데 도움이 되지 못할 것이고 어떤 판사도 그것을 증거로 인정하지 않을 것이다. 그 증거가 언제 그 모텔 방에 놓이게 됐는지 알아낼 방법이 없었다. 그러나 보슈는 증거에 따라 재판하는 판사가 아니었다. 그는 직감에 따라 수사하는 조사관이었다. 다칸 포스터가 앨런의 모텔 방에 어떤 미세한 흔적을 남겼다면 렉시 파크스가 살해된 날 밤 그곳에 갔다는 포스터의 주장이 사실이라고 믿을 수 있을 것 같았다.

보슈는 식탁에서 일어나 뒤쪽 데크로 나갔다. 유리문을 열자 카후엔가 고갯길 아래 고속도로에서 올라오는 차 소리가 그를 맞았다. 나무 난간에 두 팔꿈치를 괴고 아래를 내려다봤다. 붐비는 고속도로 풍경을 보고 있는 것이 아니었다. 생각하고 있었다. 루시아 소토는 마이크 스토터와 알리 카림이 제임스 앨런 피살사건의 범인에 대해 프로파일링 보고서를 받아놓았다고 했었다. 보슈는 그 보고서와 파크스 사건 범인의 프로파일링 보고서를 비교하고 두 사건 사이에 어떤 심리적 연결 고리가 있는지 알아보고 싶었다. 문제는 스토터와 카림을 찾아가면 자신이 무슨 일을 하는지 밝힐 수밖에 없다는 점이었다. 그렇다고 소토에게 또 도움을 청할 수는 없었다. 또 부탁하면 그녀를 위험에 빠뜨릴 수 있었다.

보슈는 기억 속의 강력계 사무실로 들어가 누가 어디에 앉았는지를 떠올리며 칸막이 사무 공간 사이의 복도를 걸어갔다. 그러면서 다가가 도움을 청할 만한 사람의 얼굴을 떠올려 봤다. 그러다가 불현듯 번지수를 잘못 찾았다는 생각이 들었다. 그는 집 안으로 들어가 휴대전화를 놓아둔 식탁으로 갔다.

연락처를 스크롤해서 내리다가 찾던 이름을 발견하고 전화를 걸었다. 메시지를 남겨야 할 거라고 예상했는데 놀랍게도 전화를 받았다.

"이노호스 박삽니다."

"박사님, 해리 보슈입니다."

"어머, 해리, 안녕하세요? 퇴직하고 어떻게 지내세요?"

"어, 그럭저럭 잘 지내요. 박사님은 어떻게 지내세요?"

"잘 있어요. 그런데 형사님한테 섭섭한 거 있어요."

"저한테요? 뭐죠?"

"퇴직 환송연에 초대받지 못한 거요. 당연히 초대받을 거라고 생각했는데."

"박사님, 초대받은 사람 한 명도 없어요. 왜냐하면 환송연을 안 했거든요."

"네? 왜요? 형사들은 다들 퇴직 환송연 하던데."

"사람들이 퇴직자를 에워싸고 들으나 마나 하고 하나 마나 한 이야기를 해대는 자리잖아요. 그런 건 원하지 않았어요. 게다가 내가 조직의 눈 밖에 나서 안 좋게 퇴직했잖아요. 환송연에 초대해서 곤란하게 하고 싶지 않았어요."

"그래도 다들 왔을 거예요. 매디는 잘 있어요?"

"네, 잘 있어요. 실은 그 아이 때문에 전화했어요."

보슈와 이노호스는 20년 넘게 아는 사이였다. 이노호스는 지금은 행동과학센터 센터장이지만 처음 만났을 땐 경찰국 소속 정신과 의사였고 정직 처분을 받은 보슈가 임무에 복귀해도 되는지 판단했다. 그때 보슈는 자신이 살인 용의자를 조사하는 것을 방해했다는 이유로 고위 간부를 유리 창문으로 밀어 다치게 해 정직 처분을 받았다. 이노호스가 보슈의 복직 여부를 판단해야 했던 일이 그때가 마지막은 아니었다.

5년 전엔 그들의 관계가 새로운 국면으로 접어들어 지속됐다. 그때 매디가 아빠와 살기 위해 그리고 엄마가 피살된 이후로 마음을 할퀴고 있는 슬픔을 극복하려고 로스앤젤레스로 왔다. 이노호스는 매디를 무료로 상담해 주겠다고 나섰고, 여러 차례에 걸친 상담 치료를 통해 매디가 결국 트라우마를 극복할 수 있게 도와줬다. 보슈는 여러 면에서 이노호스에게 신세를 졌는데 또 그녀를 이용하려 하고 있다. 그래서 그는 말을 꺼내기도 전에 죄책감을 느꼈다.

"매디가 상담하고 싶대요?" 이노호스가 물었다. "달력 좀 볼게요."

"어, 아뇨, 상담이 필요한 건 아니고요. 매디가 9월에 오렌지카운티에 있는 채프먼대학교에 입학해요." 보슈가 말했다.

"좋은 대학 갔네. 뭘 공부한대요?"

"심리학요. 당신처럼 프로파일러가 되고 싶다네요."

"프로파일링만 하는 건 아니지만, 그래도 영광이네요."

지금까지 보슈가 거짓말한 것은 없었다. 그리고 지금 부탁하려는 일도 엄밀히 따지자면 거짓말은 아니었다. 자기가 한 말을 실천에 옮길 생각이기 때문이다. 이노호스가 부탁을 들어준다면 말이지만.

"저기, 생각해 보니까, 매디가 프로파일링에 대해 알고 있는 건 대개가 TV와 책에서 본 것들이더라고요." 보슈가 말했다. "실제 사건의 프로파일링 보고서를 본 적은 없고요. 그래서 전화했어요. 혹시 최근 사건 몇 건의 프로파일링 보고서를 보여줄 수 있나 해서. 매디한테 보여주려고요. 이름 같은 민감한 정보는 삭제하고 줘도 돼요. 매디가 그걸 보고 프로파일러에 대해 제대로 알았으면 하는 마음에서 부탁하는 거예요."

이노호스는 잠깐 대답을 고민했다.

"몇 개 추려볼 수 있을 것 같아요." 마침내 그녀가 말했다. "그런데 매디가 이런 걸 봐도 괜찮을까요? 당신도 알다시피 프로파일링 보고서는 대단히 상세해요. 아주 끔찍한 범죄 현장과 범행의 결과를 여과 없이 그대로 드러내죠. 특히 성폭행은 더. 쓸데없이 생생하게 쓴 게 아니고, 세세한 면이 다 중요해서 그래요."

"알죠." 보슈가 말했다. "매디가 프로파일러에 대해 환상을 갖고 있는 것 같아서 그래요. 〈SVU〉[21] 시즌 열여섯 개를 다 보고 그 비슷한 시리즈를 몰아서 보더니 갑자기 프로파일러가 되겠다는 거예요. 프로파일러가 뭐 하는 직업인지 정확히 알고, TV 드라마에 나오는 것과는 많이 다르다는 것도 알아야 할 것 같아요."

---

21 〈로앤오더〉의 스핀오프 작품인 드라마 〈성범죄 전담반Special Victims Unit〉의 약칭으로, 2025년 현재까지 NBC에서 방영되고 있다.

잠깐 침묵이 흘렀다.

"어떤 게 있나 볼게요." 이노호스가 말했다. "오늘 퇴근 때까지 시간을 줘요. 요즘 프로파일링 부서가 일이 많지 않긴 한데, 올 초부터 지금까지 프로파일링한 사건이 몇 건 있어요. 기록보관소도 찾아볼 수 있을 것 같고. 그런데 종결된 사건 것을 보는 게 낫지 않을까요?"

그건 보슈가 원하는 일이 아니었다.

"당신이 판단해요." 보슈가 말했다. "그런데 최근 사건이 나을 것 같긴 해요. 프로파일링이 현재 어떻게 이루어지는지 생생하게 보여줄 수 있을 것 같아서. 당신이 알아서 결정해요. 어떤 사건이든 자료를 갖다주면 아주 고마워할 거예요. 전화드리라고 할게요, 읽은 소감 말씀드리라고."

"자료 읽고 자기 선택에 더 확신을 갖게 되길 바라요." 이노호스가 말했다.

"이따가 전화할까요?"

"그게 좋겠어요, 해리."

17

 보슈는 약속 시간보다 늦게 올랜도에 있는 그 집 맞은편 도롯가에 차를 세웠다. 렉시 파크스가 살해된 집의 매매를 중개하는 부동산중개인을 만나기로 했는데, 진입로에 차가 없었고 현관문 앞에 서서 기다리는 사람도 없었다. 약속 시간에 보슈가 나타나지 않자 그냥 가버린 건지도 몰랐다.

 보슈는 차에서 내려 매매 광고판에 적힌 중개인 전화번호로 전화를 걸었다. 중개인이 즉시 전화를 받았다.

 "테일러 미첼입니다."

 "사장님? 해리 보슈입니다. 매물로 나온 올랜도의 그 집에 도착했는데, 왔다 가셨나 보네요. 늦어서 미안해요. 오늘따라……."

 타당한 핑계가 없었고 시간을 갖고 생각해 보지도 않아서 전통의 강자로 밀고 나가기로 했다.

 "차가 너무 막혀서요."

"아, 괜찮아요." 미첼이 서글서글하게 말했다. "그리고 왔다 가지 않았어요. 저 지금 그 집 안에서 기다리고 있거든요."

보슈는 그 집을 향해 도로를 건너갔다.

"아, 그래요?" 그가 말했다. "도착해 보니까, 차도 사람도 안 보여서요. 그래서 사장님이 왔다가 가신 줄 알았죠."

"저 이 동네에 살아서 걸어왔어요. 문 앞에서 만나요."

"네, 그러죠."

보슈는 전화를 끊고 집을 둘러싼 키 큰 산울타리에 아치형으로 난 대문을 통과해 들어갔다. 현관으로 오르는 계단 세 개를 올라가는데 현관문이 열리더니 붉은빛이 도는 금발의 젊은 여성이 나타났다. 진심 어린 미소를 짓고 있었고 매력적이었다. 보슈에게 악수를 청하더니 안으로 들였다.

"급하게 연락했는데도 집을 보여주셔서 감사합니다." 보슈가 말했다.

"무슨 말씀을요." 미첼이 말했다. "말씀드렸다시피, 이 근처에 살아요. 주로 집에서 일을 하고요. 이렇게 가까운 곳에 매물이 있으면 걸어 오는 게 낫죠."

보슈가 고개를 돌려 현관 입구에서 보이는 집 안을 천천히 눈에 담았다.

"쭉 한번 보여드릴게요." 미첼이 말했다.

그들은 거실부터 시작해 집 뒤편에 있는 방들로 옮겨갔다. 집에 가구는 있지만 사람이 사는 흔적은 없었다. 생활한 흔적이 전혀 보이지 않았다. 벽난로 선반에 사진 한 장 없었고 냉장고 자석 밑에 쇼핑 목록이 붙어 있지도 않았다. 렉시 파크스의 남편 빈센트 헤릭이 벌써 이사를 나갔나?

 미첼은 보슈를 데리고 복도를 걸어 침실로 들어갔다. 제일 먼저 들어간 곳은 서재로 개조된 방이었다. 보슈는 그 방의 수납공간이 얼마나 되는지 궁금한 척하면서 벽장의 접이식 문을 열고 들여다봤다. 벽장 안은 사건 발생 직후 과학수사요원들이 사진을 찍은 이후로 건드린 적이 전혀 없는 듯했다. 가장 눈에 띄는 것은 아직도 갈색 가죽으로 된 시계 케이스가 맨 위 선반에 그대로 놓여 있다는 점이었다. 보슈는 벽장 앞을 떠나면서 나중에 미첼과 떨어져 벽장 안의 물건들을 훑어볼 기회가 생길 때를 대비해 벽장문을 열어놓았다.

 보슈는 집을 살 생각이 있는 사람처럼 방 안을 둘러보다가 책상 옆 벽에 걸린 학위기 액자 앞으로 다가갔다. 알렉산드라 파크스에게 수여된 학위기 내용을 별 뜻 없이 읽는 척했지만 실은 배심원 신분증을 보면서 어떤 재판이었는지 알려주는 내용이 있는지 살펴봤다.

 가까이 가서 보니 배심원 신분증은 가짜였다. 개그나 모의재판 혹은 연극에서 사용된 것 같은 배심원 신분증 사본이었고 파크스가 기념품으로 간직한 듯했다. 범죄 현장 사진에선 보이지 않았는데 희미한 연필 글씨가 적혀 있었다.

알렉산드라 파크스
판사 겸 배심원

 보슈는 그 신분증의 용도가 무엇이었는지는 모르지만 조사할 필요는 없다고 결론지었다. 범죄 현장을 찍은 사진들을 보면서 보안관국 담당 수사관인 코넬과 슈미트의 능력을 의심했던 것이 미안해졌다.

다음에 들어간 손님방에는 생활한 흔적이 있었다. 침대는 정돈돼 있었지만 급하게 대충 한 듯했고 욕실 슬리퍼는 침대 밑에서 삐죽 나와 있었다. 화장대에는 빗과 동전을 담은 접시가 놓여 있었다. 부부 침실에서 살인사건이 난 이후로 헤릭은 줄곧 이 방을 침실로 사용한 듯했다.

이 방 벽장에 들어 있을 물건에 대해서는 그다지 관심이 없었지만 그래도 벽장 문을 열어 수납공간의 크기를 가늠해 봤다.

복도로 나가자 미첼이 마침내 복도 끝에 있는 방에서 일어난 일에 대해 털어놓았다.

"다음에 들어갈 방에 대해서는 미리 말씀드릴 게 있어요." 그녀가 말했다. "거기서 범죄가 발생했어요. 이 집 여주인이 그 방에서 죽었어요."

그들은 보슈가 사건 현장 사진에서 봤던 방으로 들어갔다. 그러나 그 방은 텅텅 비어 있었다. 가구는 전부 치워졌고 벽장 문 두 개 모두 열려 있어서 벽장 내부도 비어 있는 것이 보였다. 보슈는 실망했다. 사건 현장을 방문하는 목적은 현장에 있는 사물의 공간적 위치를 직접 확인하는 것인데 완전히 빈방이라 그런 목적을 달성하기 어려울 것 같았다.

"그래요?" 보슈가 말했다. "범죄라고요? 무슨 일이 있었죠?"

"이 집 여주인이 자고 있는데 어떤 남자가 침입해서 여주인을 죽였어요." 미첼이 말했다. "하지만 범인이 잡혀서 감옥에 있으니까 걱정할 건 없고요."

방에서 페인트 냄새가 났다. 침대 뒤 벽과 천장에 튄 비산흔을 페인트로 가린 것이 틀림없었다.

"범인과 여주인이 아는 사이였어요? 범인이 누구래요?" 보슈가 물었다.

"아뇨, 우발범죄였나 봐요. 범인이 조폭이었대요. 우발적인 사건이라고 해도 당혹스러운 일인 건 마찬가지죠. 그래서 그 가격에 매물로 나온 거예요. 그런 일이 있었다고 말씀드리지 않는 건 도리가 아닌 것 같아서 말씀드리는 거고요."

"언제 그런 일이 있었어요?"

"올해 초요."

"저런, 최근이구먼. 여주인과 아는 사이였어요? 이 동네에 산다면서요."

"아는 사이였죠. 4년 전에 이 집을 살 때 제가 중개했어요. 렉시는 멋진 여성이었죠. 그런 일이 생기다니, 너무 끔찍해요. 그게 저였을 수도 있었어요! 한 블록 떨어진 곳에 살거든요."

"네, 그걸 우발적인 폭력범죄라고 부른다고 기분이 나아지지는 않죠."

"맞아요. 하지만 확실히 말씀드릴 수 있는 건, 이 동네는 늘 매우 안전한 동네였다는 점이에요. 아이들이 집 앞 잔디밭에서 친구들과 뛰어놀아도 아무 걱정도 안 되는 동네요. 이 집에서 일어난 일은 정말 예외였어요."

"그렇구요."

"뒤쪽 현관 보실래요? 빌트인 바비큐 그릴이 있는데 마음에 드실 거예요."

"조금 이따가요. 먼저 방들 치수 좀 재고 싶은데. 내가 가지고 있는 가구랑 맞는지 보고 싶어서요."

보슈는 침대가 있었다고 알고 있는 공간으로 들어갔다. 범죄 현장 사진을 떠올리면서 피해자가 발견됐던 침대 오른쪽 공간에 가서 섰다. 방 안을 둘러보면서 렉시 파크스가 봤을 것들을 상상했다. 맞은편 벽엔 창문이 두 개 나 있었고 그 너머로 옆마당과 울타리가 보였다. 그는 집중하고 몰입하기 위해 잠깐 눈을 감았다.

"선생님, 괜찮으세요?"

보슈가 눈을 떴다. 미첼이 그를 뚫어지게 바라보고 있었다.

"네, 그럼요. 혹시 줄자 있어요?"

"트렁크에 있을 것 같아요. 아, 참, 차를 안 갖고 왔네요. 죄송합니다. 그런데 매물 설명서에 치수가 다 나와 있어요. 부엌에 한 묶음 있는데."

"그거면 되겠네요."

미첼이 문을 향해 가더니 팔을 뻗어 보슈에게 먼저 나가라는 시늉을 했다. 보슈는 복도로 나가 부엌으로 향하다가 서재 문 앞에 이르렀을 때 걸음을 멈췄다.

"이 방을 한 번 더 봐야겠네요. 딸이 둘 있는데, 한 놈 방이 더 크면 문제가 될 것 같아서요." 보슈가 말했다.

"네, 얼마든지요. 저는 가서 매물 설명서를 가져올게요." 미첼이 말했다.

미첼은 복도를 계속 걸어갔고 보슈는 서재로 들어갔다. 열려 있는 벽장으로 재빨리 걸어가서 팔을 뻗어 손목시계 케이스를 꺼냈다. 미첼이 돌아와서 시계 케이스를 들고 있는 것을 보면 도둑으로 오인하겠다는 생각이 들었다. 재빨리 케이스를 열려고 했지만 정교한 공예 장식 때문에 열기가 까다로웠다. 잠시 후 시계를 담은 케이스가 서랍처럼 열린다는 것을 알아냈다.

부엌에서 미첼의 목소리가 들렸다. 흥분한 목소리로 누군가와 대화를 나누고 있었다. 통화를 하는 줄 알았는데, 곧이어 남자의 낮은 목소리가 들렸다. 이 집 안에 다른 누군가가 들어와 있었다.

케이스를 끌어당겨 열었는데 시계가 없었다. 갈색 벨벳을 덮은 시계 보관용 틀은 있었지만 케이스는 비어 있었다. 상자 안에 설명서와 작은 정사각형 봉투가 있었는데 봉투 겉면에는 잉크로 손 글씨가 적혀 있었다.

영수증. 보지 마!
환불할 게 아니라면. :-(

보슈는 시계 케이스를 재빨리 옆구리에 끼고 봉투를 열어 영수증을 꺼내 펼쳤다. 그 손목시계는 오데마피게가 제작한 것으로 선셋대로에 있는 넬슨그랜트앤드선즈라는 보석 매장에서 구매했다. 모델명은 로열오크오프쇼어였고 2014년 10월 구매 당시 가격은 6322달러였다. 영수증에 적힌 구매자의 이름은 빈센트 헤릭이었다.

보슈는 헤릭이 아내에게 줄 크리스마스 선물로 시계를 구매했을 것이라고 추측했다. 보안관 부관이 어떻게 그런 고가의 시계를 살 수 있었는지 잠시 의문이 들었지만 의혹의 수준으로 의문이 커지지는 않았다. 사람들은 많은 것을 사랑에 양보했고, 그중 돈은 가장 가치가 적은 것이었다.

보슈는 영수증을 봉투에 도로 집어넣고 봉투를 케이스에 넣었다. 케이스 앞면을 밀어서 닫자 쉭 하고 공기 빠지는 소리가 났다. 케이스를 선반 위 원래 자리에 올려놓은 뒤 돌아섰다. 방 중앙으로 걸어오는데 미첼이 매물 설명서를 들고 들어왔다.

"여기 보니까 손님방 두 개 다 가로 3.6, 세로 4.2미터라고 적혀 있네요." 미첼이 말했다. "이 방은 책장 때문에 작게 느껴지는 것 같아요."

보슈는 책상 뒤의 책장을 바라보면서 고개를 끄덕였다.

"아, 그렇군요. 그런 것 같네요." 그가 말했다.

미첼이 보슈에게 매물 설명서를 건넸다. 그는 진짜 관심이 있는 것처럼 설명서를 들여다봤다.

"이제 바비큐 그릴 보러 갈까요?" 미첼이 물었다.

"그러죠. 그런데 여기 누가 있어요? 누구와 이야기하는 것 같던데." 그가 말했다.

"집주인이요. 지금쯤이면 집을 다 봤을 거라고 생각했대요. 늦게 보기 시작했다고 말해줬어요."

"아, 그럼 이제 그만 가봐야겠네요."

"아, 아뇨, 괜찮아요. 집주인도 괜찮대요. 데크로 나갈까요?"

보슈는 미첼을 따라 부엌으로 가서 미닫이 유리문을 열고 나갔다. 헤릭의 모습은 어디에도 보이지 않았다. 그들은 널빤지가 깔린 데크에 올라섰다. 무성하게 퍼진 덩굴식물이 격자무늬의 햇빛 가리개를 덮고 있었고 빌트인 바비큐장이 마련돼 있었다. 멀쩡해 보였지만 오랫동안 사용하지 않은 듯했다. 데크 너머의 마당은 작고 비밀스러워 보였다.

키 큰 산울타리가 집 전체를 에워싸고 있어서 사생활을 완벽하게 보장해 주고 있었다.

"원한다면 온수 욕조를 넣어도 될 만큼 공간은 충분해요." 미첼이 말했다.

"그래요, 그런데 그걸 어떻게 들여올지는 모르겠네요." 보슈가 말했다. "산울타리를 잘라내야겠네."

"아뇨, 기중기를 사용해야죠. 다들 그렇게 해요."

뒤에서 유리문이 열리는 소리가 났다.

"사장님?" 남자가 미첼을 불렀다. "잠깐 저 좀 보실까요?"

"네, 그럼요." 미첼이 대답했다.

보슈가 돌아보니 빈센트 헤릭이 열린 문 앞에 서 있었다. 보슈가 묵례를 하자 그도 묵례로 화답했다.

"미안합니다. 잠깐이면 돼요." 헤릭이 말했다.

"괜찮습니다." 보슈가 말했다.

미첼이 집 안으로 들어가자 헤릭은 보슈가 대화를 들을 수 없도록 문을 닫았다. 시계 케이스를 잘못 놓은 것은 아닌지, 어떤 식으로든 들킨 것은 아닌지 걱정이 되자 이마에 땀이 맺히기 시작했다.

걱정이 길어지기 전에 미닫이문이 열리고 미첼이 걸어 나왔다.

"그래서, 어때요?" 그녀가 물었다.

보슈가 고개를 끄덕였다.

"좋은데요. 아주 좋아요. 생각 좀 해보고 딸들하고도 얘기를 해봐야겠어요." 그가 말했다.

보슈가 유리문 너머의 부엌을 들여다봤지만 헤릭의 모습은 보이지 않았다.

"내일 전화할게요." 보슈가 덧붙였다.

"딸들이 직접 와서 보고 싶다고 하면 말씀하세요." 미첼이 상냥하게 말했다. "바로 옆에 사니까 금방 와서 보여줄 수 있어요."

"고맙습니다."

보슈는 문을 향해 걸어갔다. 그러면서 아직 들고 있던 매물 설명서를 길게 반으로 접어 스포츠 코트 안주머니에 넣었다. 집 안으로 들어가려다가 주춤했다.

"집주인에게 방해가 안 되게 마당을 돌아가는 게 낫지 않을까요?" 보슈가 물었다.

"아, 집주인은 나갔어요. 집 구경이 아직 안 끝났다고 하니까, 겔슨스에 뭐 사러 간다면서요." 미첼이 말했다.

미첼이 보슈 옆으로 와서 미닫이문을 열었다. 보슈는 집 안으로 들어가서 현관문으로 갔다. 다시 한번 미첼에게 감사 인사를 한 후 집을 나갔다.

산울타리에 난 아치 모양의 대문을 통과해 인도로 걸어가던 보슈는 길 건너편에 세워놓은 자신의 체로키 앞에 한 남자가 기대서 있는 것을 봤다. 빈센트 헤릭이 가슴에 팔짱을 끼고 보슈를 기다리고 있었.

보슈는 왠지 느낌이 안 좋은데 대처할 방법을 모른 채 자기 차를 향해 길을 건너갔다.

"보슈 선생님, 맞죠?" 헤릭이 말했다.

"네. 집 구경을 너무 오래 해서 미안합니다." 보슈가 말했다.

"개소리는 접어두시죠."

보슈는 헤릭 앞에 멈춰 섰다. 상대방이 믿지 않는데 연극을 계속할 이유가 없었다. 그는 두 손을 펼쳐 들고 '어떻게 알았어?'라고 묻는 듯한 표정을 지었다.

"처음엔 기자인 줄 알았죠." 헤릭이 말했다. "이런 똥차를 모는 사람이 저런 집을 살 수는 없거든. 그래서 번호판을 조회해 봤더니 로스앤젤레스 경찰국 직원 정보 보호 서비스가 걸려 있더군요. 그래도 전화 몇 통 했더니 다 나오던데요. 퇴직 경찰관. 살인사건 전담 형사였다가 퇴직. 그러니 말해봐요, 보슈 형사님, 내 집에서 뭐 하고 있는 거죠?"

보슈는 상황이 급속히 악화될 수 있음을 알았다. 다콴 포스터 변호인단 소속으로 활동하는 그가 부동산 중개인 테일러 미첼을 속였다는 이야기가 판사 귀에 들어가면 할러에게 역풍이 불 수 있었다. 어떻게 해서든 그런 상황으로 번지는 것만은 막아야 했다.

"솔직하게 말하지." 보슈가 말했다. "이 사건을 조용히 조사해 달라는 부탁을 받았어. 다콴 포스터는 누명을 쓴 거고, 당신 아내를 죽이지 않았다고 믿을 만한 이유를 가진 사람한테서."

헤릭이 눈을 가늘게 뜨고 보슈를 노려봤다. 안 그래도 불그스레한 안색이 더 붉으락푸르락해졌다.

"무슨 말 같잖은 소리를 하는 거야?" 헤릭이 말했다. "그렇게 믿을 만한 이유가 있는 사람이 누군데요?"

"그건 말해줄 수 없고." 보슈가 말했다. "의뢰인과의 비밀 유지 의무가 있어서, 조사하다가 범죄 현장을 직접 보고 싶어서 왔어. 미안. 당신이 귀가해서 이런 상황을 보게 될 줄은 예상치 못했어. 미안해."

헤릭이 대답하기 전에, 길 건너편에서 자기 집으로 돌아가던 미첼이 외쳤다.

"뭐 도와드릴 것 있어요, 선생님들?"

보슈와 헤릭이 그녀를 돌아봤다.

"괜찮아요, 사장님. 고마워요." 헤릭이 외쳤다.

그는 잘 가라고 손을 흔들기까지 했다. 미첼은 모퉁이를 돌아 첫 번째 집에 살았다. 모퉁이에 도착하자마자 왼쪽으로 돌아서 시야에서 사라졌다.

"두 손을 후드 위에 올려놔요." 헤릭이 말했다.

"응?" 보슈가 되물었다.

"두 손을 엔진 후드 위에 올려놓으시라고. 몸수색하게."

"아니, 그건 못 하겠는데."

"감방 가고 싶어요, 보슈?"

"당신이 나를 감방에 처넣어도 오래 머물 것 같진 않은데. 죄를 지은 게 없거든."

"선택지는 딱 하나요. 두 손을 후드 위에 올려놓고 순순히 몸수색에 응하시든가, 아니면 감옥 가시든가."

헤릭은 주머니에서 휴대전화를 꺼내 전화를 걸려고 했다.

"나 비무장인데." 보슈가 말했다. 그러고는 앞으로 걸어가 차 앞쪽 엔진 후드 위에 두 손을 올려놓고 두 발을 벌리고 섰다.

헤릭이 재빨리 보슈의 몸을 수색했지만 무기는 발견하지 못했다. 보슈는 일이 이렇게 흘러가는 것이 마음에 안 들었다. 빨리 그 흐름을 바꿔야 했다.

"아내의 손목시계는 어떻게 된 거야?" 보슈가 물었다.

보슈의 바지 앞쪽 주머니를 만지던 헤릭의 손이 잠깐 얼어붙었다. 잠시 후 그가 허리를 똑바로 펴고 서서 보슈의 팔을 잡고 몸을 돌려세웠다.

"방금 뭐라고 했어요?" 헤릭이 물었다.

"손목시계." 보슈가 침착하게 말했다. "당신이 아내에게 선물했던 거. 오데마피게. 발음이 정확한진 모르겠지만. 아내가 손목에 차고 있지 않았고, 범죄 현장에서 나온 유류품 목록에도 없었어. 다칸 포스터의 집, 화실, 승합차를 압수수색할 때도 나오지 않았고. 손목시계 케이스에도 없고. 그래서 묻는 거야, 어떻게 됐어?"

헤릭은 보슈가 방금 한 말을 곱씹으면서 반 발짝 뒤로 물러섰다. 보슈에게는 그것이 둘 사이에 공간을 만드는 조치이자 주먹을 한 방 날리려는 준비 자세로 보였다. 그는 막을 준비를 했지만 헤릭은 분노 조절에 성공했고 주먹은 날아오지 않았다.

"그냥 가요. 무슨 말인지도 모르면서 떠들지 말고, 어서 꺼지시라고." 헤릭이 말했다.

보슈는 주머니에 손을 넣어 차 열쇠를 꺼낸 후 차 앞으로 돌아 운전석으로 갔다. 뒤돌아봤더니 헤릭은 꼼짝도 하지 않고 있었다.

"난 진실을 찾으려고 노력하고 있어. 그런데 누구 편에서 일하느냐가 뭐가 중요해." 보슈가 말했다. "포스터가 그런 게 아니라면 다른 놈이 그랬다는 거잖아. 그리고 진범은 아직도 잡히지 않고 세상을 활보하고 있고. 그걸 한번 생각해 보라고."

헤릭은 고개를 질레질레했다.

"당신이 뭔데, 당신이 배트맨이야?" 그가 말했다. "잘 알지도 못하면서 말은 잘해요. 손목시계는 고장 났어. 수리 중이었다고. 이 사건하고는 아무 상관 없어."

"그럼 어디 있는데? 찾아왔어?"

헤릭은 무슨 말을 하려다가 멈추더니 고개를 가로저었다.

"됐어, 당신하고는 말 안 해."

헤릭이 돌아서서 차가 오는지 살피더니 길을 건너갔다.

보슈는 헤릭이 아치형 대문을 통과해 집 안으로 들어가는 것을 지켜본 후 체로키를 타고 출발했다. 그는 화가 나서 운전대를 손바닥으로 쾅 내리쳤다. 익명 수사는 방금 끝이 났다. 보슈가 누구를 위해 일하는지 헤릭이 지금은 모르더라도 곧 알게 될 것이다. 그러면 공식적인 민원 제기가 뒤따를 수 있었다. 민원이 제기되든 그렇지 않든 보슈는 자신에게 닥칠 분노의 쓰나미를 맞을 준비를 해야 했다.

18

헤이븐하우스는 무료 HBO[22]와 무료 와이파이를 약속하는 네온 간판이 달린 2층짜리 낡은 모텔이었다. 1940년대 개업 첫날에도 허접해 보였을 것 같고 그 후로도 줄곧 내리막길을 걸어왔을 것 같은 외관이었다. 누구든 자동차를 주 거주지로 삼기 전에 마지막 피신처로 삼았을 것 같은 건물이었다. 보슈는 샌타모니카에서 모텔 주차장 입구로 천천히 들어갔다. 모텔은 깃발형 부지에 자리하고 있었다. 샌타모니카에 있는 좁은 입구로 들어가 진입로를 쭉 따라 들어가면 다른 상가 건물들 뒤편에 크고 넓은 부지가 나왔다. 부지가 이런 모양이기 때문에 모텔의 주차장과 객실은 프라이버시가 잘 보장됐다. 이 모텔이 불법 성매매를 하는 사람들의 성지가 됐다는 사실이 전혀 놀랍지 않았다.

보슈는 6이라는 숫자가 페인트로 적힌 문을 발견하고 그 앞 공간에

---

22 스포츠 전문 케이블 TV 방송망인 홈박스오피스(Home Box Office)의 약자

차를 세웠다. 미제사건을 수사할 때도 이랬다는 사실이 문득 기억났다. 범죄가 발생하고 오랜 세월이 흘렀어도 그는 범죄 현장을 찾곤 했다. 그는 그것을 귀신 찾기라고 불렀다. 아무리 오래전 사건이라고 해도 모든 살인사건은 현장에 흔적을 남긴다고 믿었기 때문이다.

이 경우에는 사건이 발생하고 두세 달밖에 지나지 않았지만 미제사건인 것은 맞았다.

보슈는 차에서 내려 주위를 둘러봤다. 서너 대의 차량이 서 있는 주차장은 한쪽 면은 샌타모니카 쪽에 앞면이 있고 뒤쪽에는 창문 하나 없는 상점들이 들어서 있는 상가 건물로, 다른 두 면은 L자 모양의 아파트 건물로 둘러싸여 있었다. 주차장과 아파트 건물 사이에는 키 크고 무성한 사이프러스 나무들이 일렬로 서서 완충지대 역할을 하고 있었다. 나머지 한 면은 산울타리가 쳐져 있어 개인 주택의 뒷마당과 모텔의 경계가 되었다.

보슈는 제임스 앨런 피살사건에 관한 루시아 소토의 보고 내용을 기억에서 소환했다. 앨런은 이 모텔 6호실에서 피살된 후 시신이 엘센트로의 골목에 유기된 것으로 추정됐다. 시신을 유기한 이유는 논외로 하고, 유기하는 일 자체는 큰 위험 부담 없이 수월하게 실행할 수 있었을 것이다. 한밤의 주차장은 돌아다니는 사람 없이 비어 있었을 것이고 깜깜하고 외져서 주차장이 잘 보이지도 않았을 것이다. 보슈는 주위를 두리번거리며 CCTV 카메라가 있는지 찾아봤지만 하나도 발견하지 못했다. 이곳은 누구도 사진 찍히기를 원하는 장소가 아니었다.

보슈는 모퉁이를 돌아 건물 앞쪽에 있는 사무실로 갔다. 사무실은 아직 닫혀 있었다. 미닫이 유리창 밑에 선반이 있었다. 그 옆에 버튼이 있는 걸 보고 손바닥으로 빠르게 세 번 눌렀다. 기다리다가 다시 누르려고 하는데 아시아계 남자가 유리창을 열고 물기 어린 눈으로 보슈를 바라봤다.

"방이 필요한데. 6호실 좀 씁시다." 보슈가 말했다.

"체크인은 3신데요." 남자가 말했다.

3시라면 앞으로 네 시간을 더 기다려야 했다. 주차장을 돌아보니 체로키까지 포함해 총 여섯 대의 자동차가 있었다. 보슈는 다시 남자를 돌아봤다.

"지금 필요한데. 얼마죠?"

"체크인은 3시, 체크아웃은 정오, 12시. 규칙이에요."

"어제 3시에 체크인해서 오늘 정오에 체크아웃한다고 칩시다."

남자가 보슈를 관찰했다. 일반 손님들하고는 다르다는 것을 눈치챈 듯했다.

"경찰이에요?"

보슈는 고개를 가로저었다.

"아니, 경찰은 아니고. 6호실을 보고 싶어서 그래요. 얼마죠? 12시까진 나올게요. 한 시간도 안 있을 건데."

"40달러요."

"오케이."

보슈가 현금을 꺼냈다.

"60." 남자가 말했다.

보슈는 고개를 들어 남자를 바라보며 사람 잘못 봤다는 메시지를 눈빛으로 전했다.

"좋아요, 40." 남자가 말했다.

보슈는 20달러 지폐 두 장을 창구 카운터에 놓았다. 남자는 작은 숙박부를 내밀었지만 보슈가 휘갈겨 쓴 정보의 진위를 확인할 신분증을 요구하지는 않았다.

남자는 숫자 6이 적힌 다이아몬드 모양의 플라스틱 열쇠고리를 내밀었다. 거기에 열쇠 한 개가 달려 있었다.

"한 시간이요." 남자가 말했다.

보슈가 고개를 끄덕이며 열쇠를 받았다.

"그럼, 그럼." 그가 말했다.

보슈는 건물 모퉁이를 돌아 6호실로 가서 열쇠로 문을 열었다. 안으로 들어가 문을 닫았다. 문간에 서서 방 안 전체를 눈에 담았다. 가장 먼저 눈에 들어온 것은 벽에 있는 직사각형 모양의 변색된 자리였다. 매릴린 먼로 사진이 걸려 있었던 자리인 게 분명했다. 액자는 사라지고 없었다. 아마도 수사관들이 증거물로 수거해 간 모양이었다.

그는 방 안을 천천히 둘러보면서 이상한 것이 있는지 찾아봤고 낡은 가구와 칙칙한 커튼을 기억에 저장했다. 제임스 앨런의 물건은 오래전에 치워지고 없었다. 낡은 가구가 덩그러니 놓인 황량한 객실일 뿐이었다. 여기서 누가 살았다고 생각하니 마음이 울적해졌다. 누가 여기서 죽었을지도 모른다고 생각하니 우울감이 더욱 커졌.

휴대전화가 울려서 보니 할러였다.

"응."

"우리 지금 어디 있지?"

"우리? 우린 지금 할리우드에 있는 대실 모텔의 허름한 객실에 있지. 렉시 파크스가 살해될 당시 다콴 포스터가 있었다고 주장하는 모텔방."

"그리고?"

"그리고 아무것도 없어. 정말 아무것도 안 남아 있어. 포스터가 침대 테이블에 자기 이름 머리글자라도 새겨놨거나 샤워 커튼에 조폭들이 하는 낙서라도 해놨으면 좋았을 텐데. 여기 있었다는 증거가 되잖아."

"내 말은 그리고 형은 거기서 뭐 하고 있냐고."

"내가 할 일을 하고 있지, 뭘 뭐 하고 있어. 모든 돌을 뒤집어 보기. 증거를 모으고 생각하기. 귀신 찾기."

보슈는 퉁명스럽게 대답했다. 나름의 절차대로 잘하고 있는데 그런 질문을 들으니 기분이 좋지 않았다. 또한 다음에 해야 할 말 때문에 스스로에게 화가 나기도 했다.

"저기, 내가 사고를 친 것 같아."

"무슨 사고?"

"집 살 사람인 척하고 렉시 파크스의 집에 들어갔었어. 둘러보고 싶었거든."

"귀신을 찾고 싶었구나? 그런데?"

"피해자 남편이, 그 보안관 부관이 집에 와서 내 번호판을 검색해 봤어. 기자일 거라고 생각했대. 그런데 퇴직한 형사라는 걸, 자기 아내 피살사건을 조사하고 있다는 걸 알게 된 거지."

"그냥 사고를 친 정도가 아니네. 대형 사고를 쳤네. 그 친구가 민원을 제기하면 판사가 나를 가만 안 둘 거야, 알지?"

"알아. 대형 사고라는 것도 알고. 그런데 왜 그랬냐면······."

"됐어. 지금 할 수 있는 게 아무것도 없잖아. 다음은 뭐야? 모텔엔 왜 갔어?"

"같은 이유로."

"귀신 찾으러? 정말?"

"살인사건을 수사할 땐 그 사건이 일어난 곳에, 혹은 일어났다고 추정되는 곳에 가봐야 해."

잠깐 침묵이 흘렀다.

"알았어. 형이 알아서 잘해." 할러가 말했다.

"그래. 나중에 얘기하자." 보슈가 말했다.

그는 전화를 끊고 방을 뚫어지게 보다가 침대로 걸어갔다.

* * *

30분 후 보슈는 들어왔을 때처럼 빈손으로 그 모텔방을 나섰다. 렉시 파크스가 살해된 날 밤 다콴 포스터가 그 방에 있었다는 사실을 입증하는 무언가가 남아 있었다면 로스앤젤레스 경찰국 과학수사요원들이 쓸어간 것이 틀림없었다. 차를 향해 걸어가는데 포스터에게 도움이 되는 다른 증거가 남아 있지 않았을까 하는 의문이 들었다. 제임스 앨런은 남창이었다. 성 산업 종사자들은 기록을 남겼다. 그 기록을 담은 검은 수첩이 요즘과 같은 디지털 시대에는 검은 휴대전화일 것이다. 소토는 알리 카림 형사와 나눈 대화 내용을 전해주면서 시신이나 6호실에서 휴대전화를 수거했다는 말은 하지 않았다.

보슈는 건물 모퉁이를 돌아 모텔 사무실로 갔다. 그가 다시 벨을 누르자 아까 그 남자가 창문을 열었다. 보슈는 방 열쇠를 카운터에 내려놓았다.

"체크아웃할게요. 침대 정리도 할 필요 없어요." 보슈가 말했다.

"네, 아주 잘됐네요, 감사합니다." 남자가 말했다.

남자가 창문을 닫으려는데 보슈가 창문을 잡았다.

"잠깐만요. 지난 3월에 그 방에 묵었던 남자가 살해됐는데, 기억해요?" 보슈가 물었다.

"여기서 살해된 사람 없는데요."

"여기는 아니고. 아니 여기가 아닐 수도 있고. 시신이 골목길에서 발견됐으니까. 하지만 여기 6호실에서 묵었고, 그래서 경찰들이 조사하러 왔었는데. 제임스 앨런. 이제 기억나요?"

"아뇨, 여긴 아니에요."

"맞아요, 여기. 이봐요, 내가 궁금한 건 그 사람 소지품은 다 어떻게 됐느냐 하는 거예요. 그 사람 물건. 경찰이 가져갔겠죠, 물론? 전부 다?"

"아뇨, 친구들이 왔어요. 옷가지와 물건들을 친구들이 가져갔어요."

"친구들? 이름을 적어놨어요?"

"아뇨, 이름은 없어요."

"그 친구들도 그 사람이 했던 일을 해요? 여기 묵어요?"

"가끔은요."

"그중에 지금 여기 묵고 있는 사람 있어요?"

"아뇨, 지금은 없어요. 아무도 없어요."

보슈는 수첩을 꺼내 자기 이름과 전화번호를 적었다. 그 페이지를 찢어 창구 밑으로 직원에게 건넸다.

"친구 누구라도 여기 오면 알려줘요, 돈을 줄 테니까."

"얼마 줄 건데요?"

"50달러."

"지금 줘요."

"아니, 친구가 왔다고 알려줄 때 줄게요."

보슈는 손가락 끝으로 창구 밑의 선반을 톡톡 치다가 돌아서서 사무실을 나갔다. 건물 모퉁이를 돌아가 차에 탔다. 시동을 걸기 전에 할러에게 전화했더니 금방 전화를 받았다.

"얘기 좀 하자."

"별일이네. 30분 전엔 얘기하고 싶어 하지 않는 것 같더니."

"그건 그때고. 다음 할 일에 대해서 얘기 좀 하자고. 이건 네 사건이잖아. 재판에서 너를 불리하게 만들 일은 안 하고 싶어서 그래."

"이를테면 피해자 집에 숨어 들어갔다가 잡히는 일 같은 거?"

"그건 실수였다고 했잖아. 그런 일 다신 없을 거야. 그래서 전화한 거고."

"그래서, 모텔에서 뭐 찾아낸 게 있어?"

"아니, 아무것도. 아직 그 골목길을 확인하지도 않았고, 지금까진 건진 게 아무것도 없어. 그것 말고 다른 얘기 하자는 거야. 다음에 할 일. 네가 법정에서 승부수를 던질 것이냐, 내가 여기서 해결할 것이냐."

"점점 더 궁금해지네. 어디야? 내가 갈게."

"샌타모니카, 가위 근처. 여기서 골목길도 좀 살펴봐야 해."

"그리로 갈게. 차 안이야? 형이 클래식카라고 주장하는 똥차?"

"응, 체로키. 그리고 클래식카 맞아."

보슈는 전화를 끊고 시동을 걸었다. 샌타모니카대로로 나가는 모텔 출구로 가서 잠깐 차를 멈추고 좌우를 살폈다. 4차선 대로를 따라 소상공인들의 영업장이 늘어서 있었다. 산업체와 상점들이 섞여 있었다. 근처에 대형 영화제작사가 여러 개 있었다. 샌타모니카에 늘어선 상점들 뒤로 파라마운트사의 급수탑이 우뚝 서 있었다. 이 말은 소품, 의상, 카메라 장비 대여처럼 거대 기업들에서 떨어지는 빵 부스러기를 먹고 사는 온갖 종류의 공급 업체들이 다양한 패스트푸드점과 함께 그 동네에 모여 있다는 뜻이다. 셀프 손 세차장도 있었고 도로를 건너 반 블록 내려가면 할리우드 스타들이 영면한 할리우드포에버 공동묘지도 있었다.

보슈는 고개를 끄덕였다. 그 묘지가 최고의 단서를 제공해 줄 것 같았다. 더글러스 페어뱅크스 주니어, 세실 B. 드밀, 존 휴스턴 같은 할리우드의 위대한 개척자들뿐만 아니라 루돌프 발렌티노도 이곳에 묻혀 있었다. 여러 해 전에 보슈는 할리우드포에버에서 발생한 자살사건을 수사한 적이 있었다. 피해자는 여성이었는데, 지하에 있는 타이론 파워[23]의 묘 위에 누워 손목을 그었다. 숨이 끊어지기 전에 그녀는 비석에 새겨진 파워의 이름 밑에 자신의 이름을 피로 적어놓았다. 계산해 보니 죽은 여자는 파워가 사망하고도 5년이나 지나서야 출생했다. 그 사건은 살인사건 담당 형사들 대다수가 알고 있는, 미친 인간은 답이 없다는 진실을 다시 한번 되새기게 했다.

---

23 1914년생으로 〈혈과 사〉, 〈면도날〉, 〈애심〉 등에 출연한 미국의 영화배우. 1958년에 사망했다.

보슈는 이 나라의 어느 도시, 어느 마을에서건 공동묘지는 이상한 사람들을 많이 끌어들인다는 사실을 알고 있었다. 할리우드에서는 유명인들의 이름이 새겨진 비석 때문에 그런 이상한 사람의 수가 기하급수적으로 증가했다. 그 말은 보안장비가 설치돼 있다는 뜻이고 CCTV 카메라가 있다는 뜻이다. 타이론 파워의 지하 묘지에서 자살한 여자는 카메라 바로 밑에서 그 짓을 했다. 아무도 카메라를 보고 있지 않아서 여자가 과다 출혈로 사망하긴 했지만.

차량 통행이 일시적으로 뜸해졌을 때, 보슈는 모텔 출구를 나와 좌회전해서 할리우드포에버로 달려갔다. 그 공동묘지는 출입구와 진입로를 제외하고는 2.5미터 높이의 돌벽으로 에워싸여 있었다. 진입로로 들어가면서 보니 돌벽 곳곳에 CCTV 카메라가 설치돼 있었고 카메라는 차로를 집중해서 보고 있었다. 그냥 쓱 본 것만으로는 그 카메라들이 반 블록 떨어진 곳에서 일어나는 일들도 기록하는지 알 수가 없었다. 그러나 카메라가 누구나 볼 수 있는 위치에 설치돼 있고, 따라서 기록장치인 동시에 억제 장치의 역할도 한다는 것을 알 수 있었다. 보슈는 그 카메라들뿐만 아니라 보이지 않는 곳에 설치된 카메라들에도 관심이 있었다.

묘지 구내로 들어가자 주차장과 복합건물이 보였다. 복합건물에는 예배당, 관과 비석 전시장뿐만 아니라 공동묘지 사무실도 있었다. 원스톱 풀서비스를 지향하는 것이 분명했다. 그 너머로는 묘지가 광활하게 펼쳐져 있었고 다양한 차선과 작은 주차 구역에 의해 구획이 지어져 있었다. 묘지 뒤쪽 돌벽 위로는 파라마운트 스튜디오의 거대한 무대들과 급수탑이 솟아 있었다. 급수탑에 설치된 여러 대의 카메라도 보였다.

공동묘지의 여러 구역에 차들이 많이 주차돼 있었고 비석들 사이를 걷고 있는 행인들도 많았다. 방문객이 많은 날이었다. 미니 관광버스 한 대가 큰 기념비 옆을 천천히 지나가고 있었다. 버스는 화려하게 페인트칠이 돼 있었고 운전자 뒤 여섯 줄에 앉은 관광객들에게 막힘없는 전경을 선사하기 위해 버스 지붕은 잘려 나가고 없었다. 버스에는 관광객이 가득 차 있었다. 보슈가 차 창문을 내리자 묘와 비석들 사이로 울려 퍼지는 관광 가이드의 증폭된 목소리가 들렸다.

"스타들의 마지막 휴식처인 이곳 할리우드포에버에 가장 최근에 보금자리를 마련한 스타는 미키 루니예요."

보슈는 창문을 올리고 차에서 내렸다. 사무실로 가면서 할러에게 전화를 걸어 행선지를 알렸다.

할리우드포에버의 보안 책임자는 오스카 개스컨이라는 남자였다. 전직 로스앤젤레스 경찰관이었지만 아주 오래전에 퇴직했기 때문에 누구를 아느냐고 물어보면서 안면을 틀 수가 없었다. 보슈는 전직 경찰로서 유대감이 있다는 데 만족했고 그 사실이 조금이라도 유리하게 작용하기를 바랐다. 그는 곧바로 본론으로 들어갔다.

"제가 사건을 하나 조사하고 있는데, 피의자의 알리바이를 확인하고 싶어서 왔습니다."

"네, 여기서요?"

"아뇨, 사실은 저 도로를 따라 내려가다 있는 헤이븐하우스에서요."

"그 쓰레기장? 싹 쓸어버려야 하는데."

"반대는 못 하겠네요."

"그런데 우리 할포가 무슨 관련이 있죠?"

할포가 할리우드포에버의 줄임말이라는 것을 알아차리기까지 잠깐 시간이 걸렸다. 두 사람은 개스컨의 협소한 사무실에서 책상 대신 쓰고 있는 작은 탁자에 마주 앉았다. 탁자에 다양한 모양의 묘비와 조각상을 전시한 전단 뭉치가 있는 것을 보고 보슈는 개스컨이 이곳에서 보안 책임만 맡은 것이 아니라는 것을 알아차렸다. 그는 영업도 하고 있었다.

"사실 관련이 있는 건 아니고요, 여기 설치된 카메라가 궁금해서요." 보슈가 말했다. "헤이븐하우스의 입구 쪽이 여기 카메라에 잡힙니까?"

개스컨은 달과 별을 따다가 상자에 담아 리본으로 장식해서 달라는 요구라도 들은 것처럼 휘파람을 불었다.

"영상이 필요한 날짜는요?" 개스컨이 물었다.

"2월 9일요. 그렇게 오래전 것까지 보관하세요?" 보슈가 말했다.

개스컨은 고개를 끄덕이더니 옆의 다른 책상에 있는 오래된 컴퓨터의 화면을 톡톡 두들겼다.

"그럼요, 클라우드에 백업을 해놓죠." 개스컨이 말했다. "보험회사가 1년치를 보관하라고 해서. 그런데 모르겠네. 한 블록 떨어진 곳이라. 그렇게 먼 곳이면 초점이 안 맞아서 흐릿할 텐데."

개스컨은 말을 멈추고 기다렸다. 보슈는 그게 무슨 뜻인지 알아차렸다. 그는 전단 한 장을 집어 들고 쓱 훑어봤다.

"이런 거 판매도 하세요?" 보슈가 물었다.

"네, 뭐, 부업으로." 개스컨이 말했다.

"이런 것 한 개 팔면 얼마나 받으세요?"

"돌에 따라 달라요. 조니 라몬[24] 조각상으론 1천 달러를 벌었죠. 디자인 따로 하고 특별 주문을 했거든."

보슈는 전단을 내려놓았다.

"이렇게 하죠." 그가 말했다. "지금 저를 고용한 사람이 저를 만나러 여기로 오는 중이거든요. 여기 카메라에 우리가 쓸 영상이 있으면 그 사람이 돌을 하나 살 겁니다."

두 사람은 서로를 물끄러미 바라봤다. 개스컨은 돈을 벌 가능성에 굉장한 관심이 생긴 것 같았다.

"파라마운트 급수탑에 있는 카메라도 볼 수 있나요?" 보슈가 물었다. "이쪽을 보고 있는 것 같던데."

"볼 수 있어요, 그것도 우리 거니까. 전경全景이 필요했거든. 파라마운트와 협약을 맺었어요. 그쪽도 카메라를 확인할 수 있죠." 개스컨이 말했다.

보슈는 고개를 끄덕였다.

"그럼, 한번 볼까요?" 그가 물었다.

"그래요, 그럽시다. 안 될 이유가 있나? 여기선 아무 일도 일어나지 않는데. 다 죽어 있거든." 개스컨이 말했다.

보슈는 아무 말도 하지 않았다.

"무슨 말인지 이해했어요?" 개스컨이 물었다.

보슈는 고개를 끄덕였다. 개스컨은 기회 있을 때마다 농담이랍시고

---

24) 펑크록 밴드의 대표 격인 라몬즈의 멤버

그 말을 하는 모양이었다.

"네, 그럼요." 보슈가 말했다.

개스컨은 컴퓨터를 향해 돌아앉아 행동을 개시했다. 그가 명령어를 입력하는 동안 보슈는 잡담하듯 태연한 어조로 다음 질문을 던졌다.

"지난 3월에 헤이븐하우스에서 살인사건이 있었다는 건 아세요?"

"그런가 봅디다." 개스컨이 말했다. "여기 왔던 경찰들 말로는 사건 발생 장소는 확실치 않지만 살해된 피해자가 거기 살았다더구먼. 드래건이었다고 하던데."

드래건은 예전부터 로스앤젤레스 경찰들이 써온 드래그 퀸, 남자 동성연애자를 가리키는 은어였다. 그 말은 복장도착자에서부터 성전환자에 이르기까지 온갖 유형의 동성연애자를 아우르는 표현이었다. 예전에는 보고서에도 자주 등장했었는데, 요즘에는 반발을 사곤 했다. 개스컨이 드래건을 언급하자 보슈는 공식적인 경찰 보고서에서는 드래그 퀸을 DQ로 줄여 쓴다는 사실이 기억났다. 그 사실을 다콴 포스터가 알고 자기 별명을 DQ로 한 것이 아닐까 하는 의문이 들었다.

"그래서 경찰이 CCTV 영상을 확인하러 왔었다고요?" 보슈가 물었다.

"그래요, 왔었지." 개스컨이 말했다. "하지만 형사님도 곧 알게 되겠지만 우리 카메라에 잡힌 그 장소는 볼 게 별로 없더구먼."

* * *

보슈는 주차장에서 할러를 기다렸다. 사무실로 들어가서 개스컨을 만나고 CCTV를 다시 보기 전에 따로 할 얘기가 있었다.

링컨 차가 다가와서 서는데 할러는 뒷좌석에 앉아 있었다. 그가 서류 가방을 들고 차에서 내렸다.

"운전사를 데려왔네." 보슈가 말했다.

"어쩔 수가 없었어." 할러가 말했다. "그 새끼들이 음주 운전 혐의를 뒤집어씌우는 바람에 면허가 정지됐잖아. 그런데 왜 공동묘지에서 만나자고 했어?"

보슈는 드넓은 묘지 저 멀리에 있는 뒷벽을 가리켰다. 그 돌벽 뒤로 보이는 가장 높은 건축물은 파라마운트 스튜디오의 급수탑이었다.

"저기 CCTV 때문에." 보슈가 말했다. "이 공동묘지는 파라마운트와 보안 협정을 맺었어. 네가 내 뒷배를 봐주면 나도 네 뒷배를 봐줄게, 이런 거지. 저 탑 위에 CCTV 카메라가 있어. 공동묘지 전체와 다른 것들도 일부 카메라에 담고 있지."

그들은 사무실로 걸어갔다.

"그런데 네가 비석을 하나 사야 할 것 같다." 보슈가 낮은 목소리로 중얼거렸다.

할러가 걸음을 멈췄다.

"뭐?"

"협조를 얻으려면 어쩔 수가 없어. 이젠 나한테 경찰 배지가 없잖니. 부업으로 비석을 판대서, 협조하면 네가 돌 하나 살 거라고 말했어."

"첫째, 비석이 내게 왜 필요할까? 누구 이름을 거기 새기라고? 그리고 둘째, 이게 더 중요한 건데, 잠재적 증인에게 대가를 지불할 순 없어. 생각해 봐, 그러면 법정에서 어떻게 비춰질까?"

"그 사람이 중요한 게 아니잖아. 중요한 건 그가 가진 CCTV 영상이지."

"하지만 그 영상을 법정에 소개하려고 그 사람을 증인으로 부를 수도 있어. 영상에 관해 설명을 들으려고 말이야. 검사가 대가를 얼마나 받았느냐고 물어볼 수도 있잖아, 상상도 하기 싫지만. 배심원단에겐 안 좋게 보일 거야."

"비석이 싫으면 안 사도 돼. 그래도 협조에 보답은 해야 해. 자기가 뭘 받느냐가 중요한 사람이니까. 그게 상황을 바꿀 만큼."

5분 뒤 보슈와 할러는 개스컨 뒤에 서 있었고 개스컨은 컴퓨터 앞에 앉아 파라마운트 급수탑에 설치된 CCTV 카메라의 녹화 동영상을 찾고 있었다.

모니터 화면에는 공동묘지의 전경이 보였다. 보안 카메라가 찍은 풀샷이었다. 화면의 끝에는 샌타모니카대로까지 보였다. 좌측 상단 모서리에는 샌타모니카에서 헤이븐하우스 모텔로 들어가는 출입구가 있었다. 모텔 건물과 뒤쪽의 주차장은 프레임에서 잘려서 보이지 않았다. 그러나 그 출입구에서 자동차가 들고나는 모습은 보였다. 화면 하단에는 2015년 2월 9일 저녁 9시 44분이라고 시각이 찍혀 있었다.

"설명 좀 해봐." 할러가 말했다.

보슈는 화면의 곳곳을 손으로 가리키며 설명했다.

"여기가 샌타모니카대로, 여기는 헤이븐하우스 출입구. DQ가 9일 밤에 있었다고 주장하는 곳."

"오케이."

"헤이븐하우스는 깃발형 부지야. 그게 뭔지 아니?"

"응."

"좋아, 여기선 차량이 들고나는 출입구만 보여. 더 들어가면 사무실이 있고, 객실이 있고, 그 뒤로 주차장이 있어. 지극히 사적인 공간이지."

"이해했어."

"좋아, 이제 이 승합차를 봐봐. 부탁해요, 오스카."

개스컨이 동영상을 재생하기 시작했다. 보슈는 개스컨의 어깨너머로 샌타모니카에서 서쪽으로 달리는 흰색 승합차를 가리켰다. 그 차가 공동묘지 앞을 가로지르고 있었다. 보슈가 설명을 보탰다.

"네가 준 사건 기록을 보니까, 보안관국이 포스터의 1993년형 흰색 포드 이코노라인을 압수수색했지만 사건과 관련된 증거는 전혀 찾지 못했다고 적혀 있어. 그런데 화면의 저 승합차가 흰색 포드 이코노라인이야. 라이트를 보면 알 수 있어. 이렇게 봐서는 생산 연도는 모르겠지만 신형이 아닌 건 분명해. 그런데 저게 2월 9일 밤 9시 45분에 헤이븐하우스로 들어가."

"오호, 그래?"

"오스카, 점프해 봐요."

개스컨이 빠른 재생을 누르자 영상에서는 샌타모니카대로의 차들이 속도를 내 내달리고 시각 표시부에 찍혀 있는 분이 초처럼 움직였다. 11시 40분대가 되자 개스컨은 속도를 줄여 정상 재생을 시켰다.

"지금부터 잘 봐." 보슈가 말했다.

11시 43분, 승합차가 다시 나타나 모텔 출입구에서 좌회전하려고 기다리고 있었다. 차량 통행이 뜸해지자 좌회전해서 샌타모니카대로의 동쪽으로, 아까 왔었던 방향으로 달려갔다.

"네 의뢰인이 화실에서 오는 거였다면 110번 도로를 타고 오다가

101번으로 갈아타고 샌타모니카에서 빠졌을 거야." 보슈가 말했다. "그리고 모텔을 향해 서쪽으로 달려왔겠지. 지금은 동쪽으로 달려서 돌아가는 거고."

"보안관국이 이거 갖고 있어?" 할러가 물었다.

"아니, 아직은." 보슈가 말했다.

"저게 포스터의 승합차인지 확인해야겠어." 할러가 말했다.

"오스카, 이거 복사 좀 해줄래요? 미키, 화질을 개선해서 확인해 줄 사람을 찾아봐."

"한 명 있어."

"그럼 나는?" 개스컨이 모니터 화면에서 눈을 떼지 않은 채로 물었다.

"당신은 어떡하냐고요, 오스카?" 할러가 말했다. "보슈 씨가 나와 상의 없이 말을 했더라고요. 난 비석을 살 생각이 없어요. 쓸데가 없어서. 하지만 열쇠고리에 USB가 달려 있는데 거기에 동영상을 넣어주면 그 대가는 지불할게요. 후하게."

보슈는 고개나 끄덕이고 있을 수밖에 없었다.

"그럽시다, 뭐." 개스컨이 말했다.

할러는 열쇠를 꺼내면서 보슈를 돌아봤다.

"둘이 알아서 해, 난 밖에서 기다릴게." 보슈가 말했다.

19

보슈는 잔디밭 가에 서서 천여 편의 만화영화에 출연했던 성우 멜 블랑의 묘를 보고 있었다. 묘비에는 〈이게 다야, 친구들!〉이라고 새겨져 있었다.

할러가 사무실을 나와 다가오자 보슈가 그를 향해 돌아섰다.

"좋은 걸 건졌어." 할러가 말했다.

"얼마 줬어?" 보슈가 물었다.

"200달러. 돈 있는 의뢰인을 맡았다면 이 정도는 껌값인데."

"그림을 준다고 해보지 그랬어."

"개스컨이 예술 애호가로 보이진 않던데."

그들은 정처 없이 묘지 안을 걷기 시작했다.

"부검 감정서는 렉시 파크스의 사망 시각을 밤 10시에서 자정 사이로 추정하고 있어." 할러가 밀했다. "시간대가 부정확하다고 주장할 거야. 그리고 빠듯하긴 해도 포스터가 범행 현장에 갈 시간이 있었다고 주장하겠지."

"배심원단은 검사가 억지 주장을 하고 있다는 걸 알 거야." 보슈가 말했다. "게다가 포스터가 남창과 두 시간이나 뒹굴었다면 급히 승합차를 타고 웨스트할리우드로 달려가서 렉시 파크스를 살해하고 강간할 이유가 있을까? 그리고 아까 영상 보면 포스터가 헤이븐하우스를 나와서 다른 방향으로 가잖아. 웨스트할리우드에서 멀어지는 방향으로."

"알지, 알지. 검사가 할 수 있는 주장을 다 생각해 보는 거야. 영상을 보면 그 모텔에 들고나는 차들이 많잖아. 검사가 그럴 거야, 포스터가 다른 차를 타고 모텔을 빠져나가 범행을 저질렀을 수도 있지 않느냐고."

보슈는 반박하지 않았다. 동영상을 찾았을 때는 굉장한 걸 발견했다고 생각했다. 그러나 지금은 그 흥분이 빠르게 가시고 있었다.

"난 단지 가능한 모든 상황에 대비하려는 거야." 할러가 말했다. "이 동영상이 없는 것보다는 있는 게 낫지, 물론."

보슈는 고개를 끄덕였다.

"네가 아는 비디오 기술자가 이걸 분석하는 데 얼마나 걸릴까?"

"글쎄, 잘 모르겠어. 어쨌든 바로 시작하게 할 거야."

"그래, 그래야지."

그들은 한동안 말없이 걸었다. 보슈는 비석에 적힌 이름을 건성으로 읽고 있었다.

"무슨 생각해?" 할러가 물었다.

"많은 걸 생각하지. 많은 가능성, 많은 시나리오. 제임스 앨런 사건 기록을 봐야겠어." 보슈가 대답했다.

할러가 고개를 끄덕였다.

"경찰이 그 모텔방을 샅샅이 뒤졌어." 할러가 말했다. "모발, 섬유, 지문 다 찾아갔지. 그러니까 다콴이 그 방에 있었다는 증거를 확보했을 수도 있어."

"그렇지. 그리고 넌 승합차가 찍힌 동영상을 확보했으니까, 다콴이 거기 간 날이 그날이라고 확정할 수 있지, 2월 9일."

"우와, 좋은데. 이래서 내가 형한테 도움을 청한 거야."

"내가 무료로 일할 것을 알아서가 아니고?"

"그런 소리 하지 마. 당연히 임금을 지불할 거야. 형은 예술 애호가잖아."

"헛소리 집어치우고. 네 조사관이 일했더라도 결국에는 여기까지 왔을 거야."

"아마도."

"그래, 이제 어떡할 거야? 법원에 가서 앨런 사건 감식 보고서 열람을 요청하면 네가 가진 패를 검찰에 보여주는 게 될 텐데, 괜찮겠어?"

"검찰에 뭘 보여주기는 싫어. 비디오 기술자가 승합차 영상으로 뭘 건져내는지 본 후에 다음 조치를 취할 거야. 우리가 무슨 일을 하는지 광고를 하더라도 그때 하려고."

보슈는 고개를 끄덕였다.

"알아서 해. 감식 보고서에도 크게 기대할 건 없지 싶어. 특히 지문은 없었을 거야. 앨런이 그 방에서 살해됐다면 범인이 그 방을 싹 치워 놓았겠지. 실제로 그랬던 것 같아. 그 방에서 포스터의 지문이라도 나왔다면 경찰이 구치소로 찾아가서 앨런에 대해 물어봤겠지."

"아니면 보안관국에 먼저 알아보고 손을 뗐거나. DQ는 그때 감옥에 있었으니까 DQ가 범인일 리 없잖아."

"진짜 변호사처럼 말하네. 항상 음모를 찾아다니는 변호사."

"형도 그런 식으로 생각하는 게 좋을 거야."

"그럴지도."

할 얘기는 다 했지만 그들은 계속 걸었다. 무릎을 꿇은 천사 조각상을 머리에 얹은 묘비를 지나갔다. 누가 일부러 파손했는지 아니면 지진 때문인지 몰라도 쓰러졌던 것을 다시 세워놓은 듯 날개가 부러져 있었다.

보슈가 입을 열었다. "당분간은 조용히 앨런 피살사건 자료나 보고 있을게. 너도 조용히 알아봐."

"오케이. 조심조심."

"그리고 네가 해야 할 일이 하나 더 있어."

"뭔데?"

"DNA 분석해 주는 실험실 있잖아, 네가 거래하는. CTE 검사도 해 줄 수 있는지 알아봐."

"CTE가 뭔데?"

"콘돔 흔적 증거condom trace evidence."

"무슨 얘긴지 잘 모르겠는데."

"과학이 믿을 만한 것이고 네가 거래하는 그 실험실이 검찰의 주장과 일치하는 결과를 내놓는다면, 포스터의 DNA가 어떻게 범죄 현장에서 나오게 됐는지를 설명해야 하지 않을까? 어떻게 누명을 쓰게 됐는지 설명해야 할 것 아니냐고. 네 의뢰인이 결백하다면 그의 DNA가 어떻게 범죄 현장에서 검출됐고 어떻게 옮겨졌을까?"

할러는 걸음을 멈추고 보슈의 말을 곱씹었다.

"우와, 진짜. 진짜 좋다. 이것 갖고 법정에서 다 쓸어버릴 수 있겠는데. 진짜 마음에 든다." 할러가 말했다.

"호들갑 떨지 마. 그건 사라진 퍼즐 조각들 중 하나일 뿐이야. 사라진 게 많아. 열심히 찾고 있긴 하지만." 보슈가 말했다.

"보안관국 과학수사 실험실에서 CTE 확인하지 않았을까?"

"아냐, 안 했어. 로스앤젤레스 경찰국과 보안관국의 실험실이 같은 건물에 있어. 내가 확실히 아는데 CTE 검사는 DNA 규약에 들어 있지 않아. 비용이 너무 많이 들거든. 요청이 있을 때만 검사를 하는데 그것도 외주를 준다고. 내가 수사했던 사건 중엔 CTE 검사가 필요했던 사건이 딱 한 건 있었는데, 샘플을 샌디에이고에 있는 실험실에 보냈어. 블랙레지라는 전문가한테. 그런데 그 사람은 정년퇴직했다고 들었어."

"공공 분야에서 퇴직한 사람들 상당수가 민간 분야로 옮겨가지."

"그 사람도 그럴 수 있겠네."

할러는 고개를 끄덕였다. 냄새를 맡았으니 쫓아가기만 하면 됐다.

"여기선 어디로 갈 건데? 앨런의 시신이 발견된 골목길 확인하러?" 할러가 물었다.

보슈는 고개를 가로저었다. 그는 공작 한 마리가 그들을 계속 따라오고 있는 것을 알아차렸다.

"현장 사진을 안 본 상태에선 갈 필요 없어." 보슈가 말했다. "현장 구조를 알기 전에는 가봤자 소용없거든. 걱정하지 마. 열심히 돌아다니는 중이니까. 파크스 사건에 관해서 할 일이 아직 많아."

빈 손목시계 케이스가 보슈의 머릿속에 퍼뜩 떠올랐다. 헤릭의 설명이 영 석연치 않았다. 시계가 고장 나서 수리점에 맡겼다면 빈 케이스는 왜 집 안에 있었을까?

"걱정 안 해." 할러가 말했다.

할러는 멈춰 선 곳의 잔디 속에 있는 묘비를 내려다봤다.

"여기 봐. 칼 스위처야. 〈아워 갱〉에서 알팔파. 어렸을 때 재방송 많이 봤는데." 할러가 말했다.

"응, 나도." 보슈가 말했다.

할러는 반짝이는 구두 끝으로 날짜들을 가리켰다.

"요절했네. 서른한 살에."

"밸리에서 개 때문에 싸우다가 총에 맞아 죽었어."

할러가 묘비에서 고개를 들어 보슈를 바라봤다.

"우와, 실화야?"

"응, 실화야. 그리고 아무도 기소되지 않았어. 정당방위로 판결이 났거든."

"아니, 내 말은, 도대체 그런 건 어떻게 알았어?"

"경찰국 본부에 살인사건 기록을 다 모아뒀거든. 그 기록을 읽곤 했어. 사건을 기다리고 있을 때."

"사건 기록을 읽었다고 1959년에 일어난 사건에 대해서 다 기억해?"

"다 기억하는 건 아니고 일부는 기억해. 알팔파가 죽었는데 그 정도는 기억해야지."

"형은 퇴직했어도 퇴직을 한 게 아니네."

"그러게."

그들은 돌아서서 각자의 차를 향해 걸어갔다.

20

 엘리스와 롱은 샌타모니카대로의 북쪽에 있는 주차 공간에서 공동묘지를 지켜보고 있었다. 롱은 휴대전화로 누군가에게 문자메시지를 보내고 있었고 엘리스는 계속 지켜보고 있었다. 엘리스는 쌍안경을 무릎에 내려놓고 가끔 들어 보슈와 할러를 자세히 살폈다.
 엘리스는 보슈와 그가 하는 일에 매료됐다. 뒷조사를 통해 그가 경찰국에서 전설적인 존재라는 것을 알게 됐기 때문이다. 그런데 지금 그의 모습은 충격적이었다. 얼뜨기 변호사 밑에서 조사관 일이나 하고. 조직에 대한 충성심이라고는 찾아볼 수 없었다. 도덕적 나침반이 사라진 하찮은 인간이 되고 말았다.
 "저자들 뭐 하고 있는 것 같아요?" 롱이 휴대전화를 들여다보면서 물었다.
 "뭔진 모르지만 사무실에서 발견한 것에 대해 얘기하고 있겠지." 엘리스가 말했다.

"그게 뭘까요?"

"내 생각엔 동영상이야. 저 위 파라마운트 급수탑에 CCTV가 달려 있거든."

그 말에 관심이 생겼는지 롱이 휴대전화에서 고개를 들었다.

"빌어먹을, 그러니까……."

"모르겠어. 우리가 저자들처럼 저 안에 들어가서 물어보지 않는 이상 알 길이 없지. 그런데 그렇게 할 수는 없잖아. 그러니까 지켜보자고."

"빌어먹을. 이런 거 진짜 내 스타일 아닌데."

"알아."

"가는데요."

"나도 눈 있어."

"우린 화가 따라가요?"

롱은 보슈의 이름 때문에 그를 화가라고 불렀다. 엘리스는 그것이 거슬렸다.

"그래, 보슈 따라가자고." 엘리스가 말했다.

"어디로 갈지 알 것 같아요." 롱이 말했다.

"어디로 가는데?"

"그 골목요. 논리적으로 거기가 다음 단계죠."

"그럴지도. 그런데 이자는 달라."

"이 인간은 언제 제거하죠?"

"제거 안 할 거야. 지난번에 한 명 제거했잖아. 그런데 같은 사건을 맡은 조사관을 또 제거한다? 우연처럼 보이지 않을 거야. 뭔가 다른 방법을 찾아야 해."

***

 롱의 추측이 틀렸다. 공동묘지를 나온 보슈는 샌타모니카에서 동쪽으로 방향을 틀었다. 잠복수사 차량이 반대쪽을 향하게 세워놨던 엘리스는 유턴해서 따라가야 했다.

 샌타모니카대로를 동쪽으로 달려가던 보슈는 노르망디로 들어서서는 남쪽으로 방향을 틀었다. 늘 그렇듯 차가 끔찍이도 막혔다. 보슈가 윌셔에서 우회전한 직후 코리아타운에 있는 허름한 사무 건물의 주차장으로 들어갈 때까지 20분 동안 엘리스와 롱은 말없이 그를 미행했다.

 "뭐야, 이거?" 롱이 중얼거렸다.

 "행동과학센터에 가는구먼." 엘리스가 말했다.

 "왜요? 퇴직했는데."

 "퇴직자 상담도 해주나 보지. 사람을 많이 죽였잖아. 수십 년에 걸쳐서."

 "퇴직할 때까지 정의의 사도였나 보네요."

 "적어도 공식적으로는."

 두 사람은 동시에 싱긋 웃었다. 엘리스는 보슈의 차를 지나쳐 반 블록 더 가서 빨간색 도로 경계석에 차를 바짝 붙여 세웠다. 그는 보슈의 차를 지켜볼 수 있도록 백미러를 조정하기 시작했다.

 "들어가 볼까요?" 롱이 물었다.

 "아냐, 그냥 있어. 곧 나올 거니까." 엘리스가 말했다.

 "어떻게 알아요?"

 "주차 요금 정산기에 돈을 안 넣었어. 이젠 민간인이라 돈을 내야 하는데도. 그러니까 처방전을 받아오거나 짧은 용무가 있어 들어간 게 틀림없어."

"비아그라 같은 거요?"

엘리스는 휴대전화가 진동하는 것을 느꼈다. 액정화면을 보니 곤잘레스 경위였다.

"곤조야." 엘리스가 롱에게 조용히 하라는 시늉을 하며 말했다.

그는 시동을 끄고 전화를 받았다.

"안녕하십니까, 경위님."

"어디야, 엘리스?"

"용의자 감시 중입니다. 지시하신 대로."

"뭐라도 나왔어?"

"아직은요."

"집에 있기는 한 거야? 낮엔 일 안 하나?"

"글쎄요, 잘 모르겠습니다, 경위님. 민원에는 '밤낮으로'라는 표현이 있기는 한데. 생활 징후가 보이지 않으면 다른 방도를 찾아 보고 직접 가서 문을 두드릴지 생각 중이에요."

"허튼짓하고 돌아다니지 마. 거기 없으면 다음으로 넘어가자고. 하루만 더 시간을 줘보고, 안 되겠으면 협박해서라도 웨스트할리우드로 끌고 가. 보안관국에 넘기라고."

"네, 경위님. 좋은 생각이십니다."

"수시로 보고해, 엘리스. 내가 자네들 꽁무니를 쫓아다니게 하지 말고."

"네, 그럼요, 경위님."

"그리고 파트너에게 전해, 그 느끼한 웃음 좀 치우라고."

곤잘레스가 전화를 끊었다. 엘리스가 전화기를 내리고 롱을 바라봤다. 과연 그가 웃고 있었다.

"곤조가 다 보고 있어, 파트너. 조심 좀 하지 그래."

"알겠슴다."

롱은 킥킥거렸고 엘리스는 고개를 가로저었다. 엘리스는 보슈가 엘리베이터 타는 곳의 유리문을 열고 나오는 것을 봤다.

"나왔다." 엘리스가 말했다.

그는 보슈가 차에 타는 모습을 백미러로 지켜봤다.

"파일을 갖고 있네. 처방전이 아니라." 엘리스가 말했다.

"색깔은요?" 롱이 물었다.

"일반색."

"일반색이 뭐예요?"

"마닐라 파일."

"심리상담 자료는 아니에요. 그건 파란색 파일에 넣거든요."

보슈의 차가 출발하더니 힐에서 유턴해서 고속도로로 돌아갔다. 엘리스가 시동을 걸었다.

* * *

그들은 우드로윌슨 길까지 보슈를 미행한 후에는 들킬 것을 우려해 더 이상 따라가지 않았다. 전날 저녁에 보슈의 체로키에 차량 위치 추적 장치를 달아놓았기 때문에 계속 쫓아다닐 필요는 없었다. 롱이 짐수

레에 누워 차체 밑으로 굴러가서 GPS 추적 장치를 설치했다. 그리고 자기 휴대전화엔 차량이 움직이면 그 사실을 알려주는 앱을 설치했다.

그들은 보슈가 두세 시간은 집에 머물 것이라고 추측했고 그동안 감시 담당 구역인 크레센트암즈 아파트로 가서 임무를 수행할 수 있겠다고 생각했다.

* * *

엘리스와 롱은 감시 대상을 밥시 쌍둥이[25]이라고 불렀다. 이런 별명이 붙은 것은 그들이 인터넷에 올린 동영상에서 한 남자를 가운데 두고 이 여자들이 마주 보면서 오럴 섹스를 할 때 동시에 머리를 깐닥거렸기 때문이었다[26]. 밥시 쌍둥이는 두 달 전에 크레센트암즈에 있는 방 두 개짜리 아파트로 이사 온 포르노 배우들이었다. 그전에 그녀들은 인터넷 무료 포르노 사이트에 다양한 쇼츠를 올렸다. 이 쇼츠들 덕분에 포르노 배우로 명성을 얻게 됐고 웹사이트에 구독자들이 몰려왔다. 이 웹사이트에는 결제창이 있어서 팬들이 결제하면 배우들과 직접 연락할 수 있었다. 결제 단계에 이르면 경찰의 조사를 걸러내는 신원 조회 과정이 있고, 그 과정을 거친 후에는 만남이 성사됐다. 용감무쌍한 팬들은 결제 후 배우 한 명 혹은 둘 다와 대면 만남을 갖고 온갖 성적인 방종을 즐길 수 있었다. 이 여자들과 놀기 위해 저 멀리 일본에서

---

25 스트라트마이어 신디케이트가 로라 리 호프라는 필명으로 1904년에 출간한 아동소설 제목
26 밥시(Bobbsey)에서 밥(bob)은 '머리를 깐닥거리다'라는 뜻을 갖고 있다.

날아온 고객도 있었다. 고객들 대다수는 자신이 아파트에 들어서는 순간부터 나가는 순간까지 몰래카메라로 촬영이 된다는 사실을 전혀 알지 못했다.

이 사업의 문제점은 장사가 너무 잘돼서 밤낮을 가리지 않고 너무 많은 남자가 아파트를 들락거린다는 점이었다. 아파트 주민들이 며칠 안에 이 사실을 알아차렸다. 일주일 정도 지나면 관리실에 민원이 들어가기 시작했고, 한 달쯤 되면 그 민원이 로스앤젤레스 경찰국까지 들어왔다. 일이 늘 그 주기로 돌아갔다. 애슐리 저그스와 애니 밍스라는 예명으로 불리는 이 포르노 배우들은 전년도엔 거의 8주마다 한 번씩 집을 옮겼다. 여자 장사를 할 새집을 구하는 것이 엘리스와 롱에게는 줄기차게 반복되는 임무가 됐다. 성범죄 전담반에 민원이 들어올 때 대기하고 있다가 받는 것도 고역이었다. 그러나 장사가 너무 잘돼서 그만둘 수가 없었다.

크레센트암즈는 안뜰이 있는 2층짜리 아파트 건물로 계단과 통로가 외부로 드러나 있었다. 롱과 함께 2B호에 도착한 엘리스는 노크도 없이 열쇠로 문을 열었다. 밥시 쌍둥이 중 한 명이 소파에 앉아 평면 TV로 홈쇼핑 방송을 보고 있었다. 엘리스와 롱을 보고도 놀라는 기색이 전혀 없었다. 그녀는 3개월 할부로 손쉽게 살 수 있는 고성능 믹서기의 판매 마감 카운트다운이 진행되는 TV 화면에서 눈을 떼지 못했다.

"애슐리는?" 엘리스가 물었다.

"내가 애슐린데요." 여자가 말했다.

"미안. 애니는 어딨어?"

"자기 방에 있겠죠."

"손님이 있어? 곰은 못 봤는데."

손님이 와 있어 아파트에 출입하면 안 될 땐 현관문 옆 창가에 작은 테디베어를 놓아두기로 약속했었다.

"아뇨, 퍼져 자고 있겠죠." 애슐리가 말했다.

"나오라고 해." 엘리스가 말했다.

"빨딱 일어서." 롱이 말했다.

애슐리가 소파에서 일어섰다. 그녀는 음모를 싹 밀어버린 가랑이를 살짝 덮을 정도 길이의 핫핑크 티셔츠만 입고 있었다. 셔츠에 프린트된 〈폰스타 Porn Star〉라는 글자는 부자연스럽게 큰 가슴 때문에 늘어나 있었다. 애슐리는 뒤쪽 침실로 이어지는 복도로 재빨리 사라졌다. 엘리스와 롱은 잠자코 기다렸다. 엘리스는 소파 앞에 있는 이케아 탁자로 가서 리모컨으로 텔레비전을 껐다. 그러고는 현관문 옆 외투 거는 벽장으로 가서 잠금장치를 풀고 문을 열었다. 철제 선반에 놓인 비디오 감시 장비가 보였다. 맨 위에는 9인치 모니터가 있었다. 엘리스는 되감기를 해서 최근에 쌍둥이를 찾아온 손님들을 확인했다. 쌍둥이 각자의 방에는 두 대의 핀홀 카메라가, 한 대는 천장 선풍기 속에, 다른 한 대는 문 옆 벽에 붙은 가짜 온도조절 장치 속에 설치돼 있었다. 거실에도 두 대의 몰래카메라가 설치돼 있었다.

엘리스는 빠른 재생을 눌러 모든 성관계 장면을 빠르게 훑어봤다. 그러다가 가끔 일시 멈춤 버튼을 눌러 고객의 모습을 살폈다. 보통은 고객이 옷을 입고 있을 때 살펴보면서 재력을 평가하고 직업에 관한 힌트를 얻었다. 그런 것들은 옷을 벗으면 판단하기 어려웠다. 보통 부유한 남자들은 뚱뚱하고 못생겼다. 그들이 옷을 입고 있고 자신감을 장착하고 있을 때의 모습을 봐야 했다. 또한 결혼반지나 최근까지 결혼반지를 끼고 있다가 빼서 생긴 손가락의 반지 자국을 찾곤 했다.

롱이 다가와서 엘리스의 어깨너머로 화면을 조용히 함께 봤다. 엘리스는 다섯 명의 고객을 살펴봤다. 쌍둥이 한 명당 두 명의 손님이 있었고 그 다음엔 거실 소파에서 스리섬[27]이 있었다. 맛있는 먹잇감으로 보이는 남자는 한 명도 없었다.

"괜찮은 놈 있어요?" 롱이 물었다.

"없는 것 같아." 엘리스가 말했다.

그는 장비를 녹화 기능으로 다시 설정해 놓고 문을 닫고 잠갔다. 돌아서니 애슐리와 애니가 소파에 나란히 앉아 있었다. 애니는 형광 핑크색의 팬티와 검은색 브래지어를 입고 있었다. 둘이 한 세트의 의상을 나눠 입은 것 같았다. 둘은 머리를 금발로 염색했고 가슴은 확대 수술을 받았으며 스프레이 태닝으로 피부를 관리했다. 입술은 자연적인 경계선을 넘어 팽창돼 있었다. 자연스러운 부분이 하나도 없었다. 그래서인지 최근의 어떤 손님은 후회를 표현하기도 했다. 무료 포르노 사이트에 올라가 있는 동영상들은 5년 정도 된 것으로 여자들이 몸매 개선 작업을 시작하기 전에 찍은 것들이었다. 포르노의 세계에서 5년은 평생이나 마찬가지였기 때문에 새로운 동영상을 올려서 해결될 일이 아니다. 포르노 사업은 어린 여성들의 영역이다. 이 경우에는 정직한 광고가 역효과를 낼 수 있었다.

"또 이사할 때가 됐어. 그러니까 내일 아침에 여행 가방 꺼내서 짐

27 세 명이 함께 하는 성행위

을 싸놔. 2시에 데리러 올 테니까." 엘리스가 말했다.

"어디로 가요?" 애니가 귀찮은 듯한 목소리로 물었다.

"베벌리에 있는 아파트. 농산물 시장 근처야. 세대수가 많은 대형 아파트니까 이번에는 좀 더 오래 있을 수 있을 거야. 그리고 걸어갈 수 있는 거리에 스타벅스도 있어."

엘리스는 말을 멈추고 여자들의 표정을 살폈다. 쌍둥이는 아무 말도 하지 않았다. 불만이 있어도 표현하면 안 된다는 것 정도는 둘 다 알고 있었다.

"좋아, 그럼. 오늘은 스케줄이 어떻게 돼?" 엘리스가 말했다.

"밤 10시에 더블[28] 한 건요. 지금까진 그게 전부예요." 애니가 말했다.

"얼마 준대?"

"두 장요."

엘리스는 침묵으로 실망감을 표현했다. 더블은 적어도 3천 이상은 받아야 했다.

"일이 없는 것보다야 낫네요." 롱이 말했다.

엘리스가 롱을 노려봤다. 그가 여자들에게 교훈을 줄 수 있는 순간을 망친 것이다.

"가자." 엘리스가 말했다.

엘리스는 문을 향해 걸어갔다. 문을 열기 전에 쌍둥이를 향해 돌아섰다. "잊지 마, 내일 2시야." 그가 말했다.

---

28 두 개의 성기 혹은 성기와 인공 남근을 여자의 질과 항문, 입 등 두 군데에 동시에 삽입하는 성행위

21

 이노호스 박사에게서 받은 파일에는 세 건의 프로파일링 보고서가 들어 있었다. 보고서에는 개인정보 보호를 위한 조치가 아주 세심하게 이루어져 있었다. 피해자와 증인들의 이름은 검은 마커로 지워졌고 사건 현장 사진은 첨부되지 않았다.

 파일에 든 두 번째 프로파일링 보고서가 제임스 앨런 피살사건에 관한 것이었다. 헤이븐하우스라는 모텔 이름과 사건 발생 일자가 사건 요약 부분에 명시돼 있었기 때문에 확신할 수 있었다. 보슈는 다른 두 보고서는 제쳐두고 이 보고서에 달려들었다. 그가 형사 시절에 봤던 모든 프로파일링 보고서에는 유사점이 있었다. 그 보고서가 경찰국 산하 행동과학센터에서 나온 것이든, 콴티코에 있는 FBI 프로파일러들이 작성한 것이든 마찬가지였다. 사이코패스와 성폭력범의 멈출 수 없는 충동을 묘사하는 방식은 그다지 많지 않았다. 보슈는 앨런 피살사건에 관한 프로파일링 보고서를 읽은 다음, 보안관국이 작성한 렉시 파크스 살인범에 관한 프로파일링 보고서를 다시 읽었다. 렉시 파크스 사건의 보고서는 피해자의 몸속과 피부에서 발견된 DNA가 다콴 포스터의 것과 일치한다는 결과가 나오기 이전에 작성된 것이었다. 이 보고서들은 기본적 유사성을 갖고 있었지만 각 사건의 범인에 관한 프로파일러의 결론은 분명히 달랐다.

파크스 사건의 프로파일링 보고서는 범인을 신참 성범죄자로 못 박았다. 파크스를 스토킹했을 가능성이 높고 살인 계획을 면밀하게 세웠지만 어설프게 실행하면서 여러 가지 실수를 범했으며 그중 압권은 DNA를 남긴 것이라고 주장했다. 피해자가 사망하자 범인은 죄책감을 느껴 피해자의 얼굴을 베개로 덮어 자신의 범죄를 심리적으로 은폐하려 했다. 이것은 살인은 처음이지만 비교적 중하지 않은 다른 성범죄로 시작해 살인까지 차근차근 단계를 밟아온 성범죄자를 가리켰다.

제임스 앨런 살인범에 관한 프로파일링 보고서는 달랐다. 피해자의 직업 때문에 사건은 매매춘에서 시작됐고 충동적 성적 욕구가 동기가 된 것은 아니라는 결론이 내려졌다. 그러나 파크스 사건 때와 마찬가지로 죄책감이 동기의 일부가 됐다는 증거가 있었다. 이번에는 범인 자신의 행동이 피해자 때문이라고 비난하고 처벌하는, 죄책감의 전가라는 형태로 나타났다. 프로파일러는 앨런을 죽인 범인이 이성애적 생활을 하면서 성적 취향을 숨기고 사는 벽장 속 동성애자 남성일 가능성이 있다고 추측했다. 더 나아가 범인은 처자식이 있는 가장이고 직업인이며 그 모든 것이 앨런과의 성적 접촉으로 인해 위협받고 있다고 생각했을 가능성이 있다고도 추측했다. 그런 위기감은 분노로 변했고 "범인의 약점을 이용하는" 앨런을 향했을 것이다. 범인은 앨런을 비난했고 그를 제거함으로써 가족과 생계에 대한 위협을 끝내려고 했을 것이다. 시신을 골목길에 유기한 것은 범인이 앨런을 쓰레기로 본다는 사실을 의미했다. 앨런은 골목길에 버려져 수거를 기다리는 인간 쓰레기였다.

또한 이 범인이 이전에도 유사한 범행을 저질렀을 수 있다는 추정도 있었다. 알리 카림 형사가 소토에게 들려준 14개월 전 살인사건의 자세한 내용이 프로파일링 보고서에 들어 있었지만 개인정보는 삭제돼 있었다. 피해자의 이름은 삭제됐지만 요약된 사건 내용은 앨런 사건과의 기괴한 유사성과 명백한 차이점을 동시에 보여줬다.

주된 유사점은 피해자들이 남창이었고 다른 곳에서 살해돼 골목길에, 같은 장소에 같은 자세로 "전시되"었다는 점이었다. 차이점은 피해자의 유형이었다. 둘 다 남창이었지만 한 명은 왜소한 백인인 반면, 다른 한 명은 덩치가 큰 흑인이었다. 보고서에는 둘의 "삽입 시" 역할이 달랐다고, 앨런은 보텀[29]인 반면, 다른 피해자는 톱[30]이었다고 적혀 있었다. 이런 역할은 고객 기반이 다르다는 것을, 따라서 범인이 다를 것임을 시사했다.

14개월 전 살인사건의 수사관들은 살인사건 현장을 발견하지 못했다. 피해자는 이스트할리우드의 공유 아파트에 살았지만 거기서 살해되지 않았다. 그렇다면 그것은 알려지진 않았지만 범인과의 다른 만남의 장소가 있다는 뜻이 될 수 있었다. 반면 앨런 사건에서는 앨런이 자

---

29 bottom. 여자 역할을 하는 동성애자
30 top. 남자 역할을 하는 동성애자

신의 모텔 방에서 살해돼 골목길로 옮겨져 버려졌다는 사실을 보여주는 증거가 있었다.

프로파일러 이노호스 박사는 두 살인사건이 다른 두 범인의 범행이라고 결론지었다. 더 나아가 앨런의 살인범은 언론이나 소문 혹은 법 집행기관의 소식통을 통해 첫 번째 살인사건에 대해 들어서 알고 있었고 자신에 대한 수사를 피하고자 그 범죄의 특징을 모방하려 했을 수도 있다고 추측했다.

이노호스는 또한 수사관들이 고려해야 할 다른 몇 가지 사항들을 제시했다. 앨런의 몸에서 DNA 증거가 검출되지 않았고 부검에서도 성폭행이나 합의에 의한 성관계의 증거가 전혀 발견되지 않았다. 이것은 살인할 만큼 강렬한 분노가 성행위가 있기 전에 발생했을 가능성을 보여줬다. 프로파일러는 또한 성행위가 먼저 있었고 범인이 그 모텔방을 떠났다가 돌아와서 앨런을 살해했다는 추측은 가능성이 낮다고 일축했다. 그림 액자 거는 철사를 사용해 피해자의 목을 졸랐다는 사실은 범인이 살인을 계획하고 준비해 온 것이 아니고 앨런의 방에 있는 동안 충동적으로 범행했다는 것을 시사했다. 앨런이 화장실에 있거나 딴 데 정신을 빼앗겼거나 어떤 식으로든 무방비 상태였을 때, 그림 액자에서 철사를 제거해 그의 목을 조른 것이다.

보슈는 두 개의 프로파일링 보고서를 이노호스가 준 파일에 넣었다. 그러고는 일어서서 거실을 서성이면서 자신이 읽은 것과 알고 있는 것에 대해 생각했다. 이젠 사건들을 면밀히 살피고 분명한 시나리오를 짤 때가 됐다.

두 건의 살인사건과 두 명의 다른 살인범. 프로파일링 보고서는 두 사건의 심리적 동기도 다르다고 진단했다. 다콴 포스터가 렉시 파크스 살해 혐의로 기소됐지만 DNA 일치 결과가 나오기 전에 작성된 프로파일링 보고서는 심리적으로나 증거 구성 요건상 다콴 포스터와 일치하지 않는 범인의 모습을 그려냈다. 공교롭게도 다콴 포스터는 제임스 앨런 피살사건의 범인의 모습과 일치했다. 그런데 그는 감옥에 있었다는, 철통같은 알리바이가 있었다.

보슈는 유리문 너머로 바깥 풍경을 내다보려고 데크로 나가는 미닫이 유리문 앞에서 걸음을 멈췄다. 그러나 유리문에는 자신의 모습만 검게 비쳤다. 자신이 그려낸 두 사건 사이의 복잡한 길을 생각하니 한숨이 절로 나왔다. 앨런은 파크스 살인사건에서 포스터의 알리바이였고 앨런의 죽음으로 포스터의 변호전략이 상당한 타격을 입었다.

그리고 DNA가 있었다. 포스터가 마지못해 실토했고 할리우드포에버의 CCTV 영상이 확인해 줬듯이 파크스가 살해된 시각에 포스터가 앨런과 함께 있었다면 포스터의 DNA는 범인이 수사에 혼선을 주고 포스터에게 누명을 씌우기 위해서 파크스에게 심어놓았다는 뜻이 됐다.

보슈는 유리문에서 물러서서 다시 방 안을 서성이기 시작했다. 에너지가 샘솟는 느낌이었다. 무언가에 다가가고 있다는 느낌은 드는데 그게 뭔지는 막연했다. 아직 사건의 핵심과는 너무도 거리가 멀었지만 어쨌든 꾸역꾸역 그 핵심을 향해 나아가고 있었다. 그는 렉시 파크스가 두 사건의 비밀을 쥐고 있다고 믿었다. 파크스는 왜 살해됐을까? 그 의문에 대한 답을 찾으면 모든 것이 풀릴 거라고 보슈는 확신했다.

* * *

보슈가 찝찝한 기분이 들었던 것은 설명이 안 된 석연찮은 부분들 때문이었다. 해답을 찾지 못한 질문들. 그것들이 살인사건 전담 형사에게는 언제나 골칫거리였다. 큰 의문일 때도 있고 사소한 궁금증일 때도 있었지만 늘 신발에 들어간 돌멩이 같았다. 지금은 사라진 손목시계가 그랬다. 남편의 설명이 한 가지 의문에는 답이 됐지만 또 다른 의문을 낳았다. 렉시 파크스는 왜 시계를 케이스에 넣어서 수리를 맡기지 않았을까? 그 비싼 시계를 그냥 맡겼다고?

그 부분이 도저히 이해가 안 됐기 때문에 손목시계를 밀쳐둘 수가 없었다.

그리고 앨런 사건을 계속 살펴볼 필요를 느꼈다. 수사가 지지부진해지면 다시 활기를 띠게 하기가 힘들었다. 방전된 배터리로 차에 시동을 걸려고 하는 것과 같았다.

보슈는 루시아 소토의 휴대전화로 전화를 걸었다.

"아직 사무실이야?"

"네. 빨간 자석을 옮기려는 중이었어요."

반장이 사무실에 걸어둔 자석 칠판이 떠올랐다. 형사들은 퇴근할 때 빨간 자석을 비번 칸으로 옮겨놓아야 했다. 자신이 통솔력을 발휘하고 있다고 느끼고 싶은 반장의 바람에서 나온 어리석은 장치였다. 기업 경영에 관한 책에서 아이디어를 얻었을 것이다. 거기 있을 때 보슈는 늘 자석을 무시했었다. 자신이 항상 근무 중이라고 느꼈기 때문이기도 했다.

"오늘 밤에 한잔할까?" 보슈가 물었다.

"오늘 밤에요? 어······."

"자네가 알려준 앨런 사건 기록의 내용에 대해 의견을 구할 게 있어서 그래."

"아, 네, 좋아요. 언제요?"

"시간과 장소는 자네가 정해."

"정말요? 제 구역으로 오시게요?" 소토는 감동한 목소리로 말했다.

"자네 구역이 내 구역인데 뭘. 언제 어디서 만날까?"

"네, 그럼 8시 어때요? 보일하이츠에 있는 제 단골 술집에 가 있을게요."

"술집 이름은?"

"1번가에 있는 이스트사이드드러브요. 홀런벡역에서 두 블록 떨어진 곳에 있어요."

보슈는 부엌으로 들어오는 간이 차고 문이 열리는 소리를 듣고 딸이 집에 온 것을 알았다. 통화에 얼마나 집중했던지 차가 들어오는 소리를 듣지 못했다.

"좋아, 거기로 갈게." 보슈가 전화기에 대고 말했다.

"좋아요. 그때 봬요." 소토가 말했다.

보슈는 전화를 끊었다. 매디가 냉장고 여는 소리가 나더니 곧 주스 병을 들고 배낭을 멘 채로 거실로 나왔다.

"안녕, 아빠."

"안녕, 매디."

"뭐 해?"

"통화했어. 학교는 어땠어?"

"좋았어."

"과제는?"

"많지."

"저런. 매디, 아빠 좀 이따가 두 시간 정도 외출할 거야. 저녁을 만들어 먹거나 시켜 먹을래?"

"알았어."

"꼭 먹을 거지?"

"응, 약속할게."

"그래야지."

그는 딸의 순순한 대답이 고마웠고 미키 할러를 도와 살인 피의자를 위해 일하고 있는 자신에 대해 별말을 하지 않는 것도 고마웠다.

"누구랑 데이트해? 버지니아?"

"아니, 옛 동료 만나서 술이나 한잔하려고."

"옛 동료 누구?"

"루시아."

"아, 좋겠네."

"그리고 버지니아 얘기가 나와서 말인데, 우리 헤어졌어."

"정말? 무슨 일이 있었어?"

"어, 아니 뭐, 자주 못 만나다 보니까 사이가 어색해졌고……."

"버지니아가 찼구나."

보슈는 '찼다'는 표현이 너무 싫었다.

"그렇게 단순하게 말할 건 아니고. 요 전날 밤에 저녁을 먹으면서 얘기하다가 당분간은 이대로 지내기로 합의했어."

"버지니아가 찼네."

"어, 그래, 그런 것 같다."

"괜찮아?"

"응, 괜찮아. 그럴 것 같았거든. 안심도 되고."

"그렇다면 뭐. 나 과제하러 갈게."

"난 괜찮아. 진짜."

"그래, 아빠. 어쨌든 안됐네."

"그렇게 생각하지 마. 진짜 괜찮거든."

"알았어."

보슈는 딸과의 어색한 대화를 끝낼 수 있어서 기뻤다. 딸은 복도를 향해 돌아섰다. 딸은 늘 과제를 하기 위해 자기 방으로 사라졌다. 그때 보슈의 머릿속에 퍼뜩 떠오르는 것이 있었다.

"아, 잠깐만. 이것 좀 봐봐."

보슈는 테이블로 걸어가서 프로파일링 보고서가 든 파일을 집어 들었다.

"이노호스 박사 기억하니? 오늘 우연히 만났는데, 네게 보여줄 만한 프로파일링 보고서가 있는지 물어봤어. 네가 심리학 전공을 희망하고 그 방향으로 가고 싶어 한다고 말했어. 프로파일링 말이야."

"아빠, 남들한테 그런 얘기 좀 하지 마."

아빠가 자기를 너무 수치스럽게 한다는 듯한 어조였다. 보슈는 자신이 무엇을 잘못했는지 알 수가 없었다.

"그게 무슨 말이야? 프로파일러 되고 싶은 거 아니었어?"

"그건 맞아, 하지만 사방팔방에 떠들고 다니진 말라고."

"그러니까 그게 비밀이야? 난 도무지⋯⋯."

"비밀은 아니지만 내 일을 모두가 알고 있는 건 싫어."

"모두에게 말하진 않았어, 프로파일러에게 말했을 뿐이지. 앞으로 너에게 많은 도움을 줄 수 있는."

"어쨌거나."

보슈는 파일을 내밀었다. 그는 매디의 사고방식을 이해하고 매디에게 스트레스를 주는 것들을 알아내려는 시도를 그만두었다. 아무리 노력해도 늘 실패했고 하지 말아야 할 말을 하거나 하지 말아야 할 축하를 하거나 하지 말아야 할 칭찬을 했다.

매디는 고맙다는 말도 없이 파일을 받아 들고 자기 방으로 이어지는 복도를 향해 걸어갔다. 무거운 배낭이 어깨에 걸려 있었다. 노트북과 아이패드와 온갖 디지털미디어의 시대에 매디는 어디를 가든 여전히 책을 잔뜩 넣은 배낭을 메고 다녔다.

그것도 보슈는 이해할 수 없었다.

"이노호스 박사님은 왜 만났어?" 매디가 뒤를 돌아보지도 않고 물었다. "아빠가 살인죄를 벗겨주려고 애쓰는 그 피의자 때문에?"

보슈는 딸이 걸어가는 것을 지켜봤다. 그는 아무 대답도 하지 않았고 매디도 대답을 들으려고 멈춰 서지 않았다.

22

 이스트사이드러브는 길모퉁이의 술집으로, 바깥벽엔 흰 구레나룻이 있고 넓은 챙의 밀짚모자를 쓴 늙은 마리아치[31]를 그린 벽화가 있었다. 보슈는 수백 번도 더 이 앞을 지나다녔지만 들어가 본 적은 한 번도 없었다. 이곳은 보일하이츠의 변신을 주도하는 치카노[32] 멋쟁이들을 위한 고급 술집이었다.
 그 술집의 주축이 되는 바는 손님들이 두세 겹 겹쳐 있을 만큼 사람이 많았고 보슈가 출입문을 열고 들어가자 많은 손님이 그를 돌아봤다. 스피커에서는 세차게 내리는 비를 슬퍼하는 로스 로보스[33]의 노래가 쾅쾅 울려 퍼지고 있었다. 보슈는 술집 안을 둘러보다가 뒤쪽 구석 테이블에 혼자 앉아 있는 소토를 발견했다. 그녀에게로 걸어가서 맞은

---

31 멕시코의 전통 음악 또는 그 음악을 연주하는 유랑 악사
32 멕시코계 미국인
33 캘리포니아의 록밴드로 영화 〈라밤바〉의 주제곡을 불러 유명하다.

편 의자를 끌어냈다.

"칩스터[34]인 줄 몰랐네." 보슈가 말했다. "라스팔로마스 파인 줄 알았는데."

라스팔로마스는 근처에 있는 다른 바였는데 강한 조명과 더 강한 술이 있는 시민형 술집이었다. 보슈는 경찰 생활을 할 때 사람을 찾으러 그곳에 들어가 본 적이 여러 번 있었다.

보슈의 말에 소토가 웃음을 터뜨렸다.

"거기도 가끔 가는데 자주 가진 않아요."

소토가 벌써 모델로 맥주 두 병을 주문해 놓았다. 그들은 맥주를 들고 병을 부딪쳐 건배했다.

"만나줘서 고마워." 보슈가 소리치는 순간 음악이 멈췄다.

그 바람에 손님들이 또 보슈를 돌아봤고 보슈와 소토는 유쾌하게 웃었다.

소토는 잘 지내는 것 같았다. 긴 생머리에 검은 민소매 셔츠와 색 바랜 청바지를 입고 있었다. 갈색의 매끈한 두 팔에는 직장에선 보여서는 안 되는 문신이 여러 개 있었다. 왼 팔뚝 안쪽엔 그녀가 웨스트레이크에서 자랄 때 사고로 죽은 친구들을 추모하며 이름을 새긴 문신이 있었고, 오른팔에는 가시철사 같은 글씨체의 스페인어 문구가 이두박근을 감싸고 있었다.

"이 동네는 주차가 왜 이렇게 어려워? 뒤쪽에 자네 차 안 보이던데?" 보슈가 말했다.

---

34 치카노와 힙스터를 합성한 신조어로 박식하고 유행에 민감한 멕시코계 미국인이라는 뜻

"차 안 갖고 왔어요. 우버 탔어요. 음주 운전 딱지 하나면 강력계 형사에서 순경으로 돌아가야 해요." 소토가 말했다.

둘은 다시 건배하고 맥주를 더 마셨다.

"우버……, 그거 택시지?" 보슈가 물었다.

"네, 택시 앱이에요. 한번 이용해 보세요." 소토가 말했다.

"그래야지. 그런데 앱이 뭐야?"

소토는 미소를 지었다. 앱이 뭔지 보슈가 알고 있다는 걸 알았고, 하지만 우버나 다른 무언가를 이용하지는 않으리라는 것도 알았다.

"제 의견이 듣고 싶으시다고요?"

"응, 물어볼 게 더 생겨서……."

"물어볼 필요 없어요. 직접 보세요."

소토는 옆의 빈 좌석에서 빨간색 토트백을 들어 테이블에 올려놓고 지퍼를 열어 두꺼운 청색 바인더를 꺼냈다. 로스앤젤레스 경찰국 살인 사건 기록 파일이었는데 소토가 어떻게, 왜 그것을 가져왔는지 알 수가 없었다.

"앨런 사건 자료야?" 보슈가 물었다.

"네. 카림 형사님 퇴근하신 다음에 책상에서 빌려왔어요." 소토가 말했다.

보슈는 경악했다. 그것은 보슈가 정직당하고 결국에는 경찰국에서 쫓겨나게 만든 일보다 훨씬 더 중대한 규칙 위반이었다.

"루시아, 이러면 안 돼." 보슈가 말했다. "음주 운전보다 더 중대한 일을, 자네의 경력을 한 방에 날려버릴 일을 하는 것은 결코 원하지 않아. 자넨……."

"진정하세요, 보슈 형사님." 소토가 말했다. "카림 형사님은 절대 모를 거예요. 형사님이 지금 살펴보시고 나면 좀 이따가 다시 가져다 놓을 거거든요. 그리고 규칙을 어긴 건 카림 형사님이 먼저예요. 밤엔 자료를 캐비닛에 넣고 잠가야 하는데."

"카림은 관심 없어. 맥주 몇 병 마시고 다시 들어가서 책상에 도로 놓고 나온다고?"

"네, 그러면 안 돼요?"

"왜 그런 위험을 무릅쓰려고 그래, 루시아. 일이 틀어지면 나한테 불똥 튀는 건 원치 않아. 자네가 이미 해준 것만으로 충분해. 난 그냥 몇 가지 추가로 물어보고 싶은 것이 있어서 온 거야. 그뿐이야."

보슈가 엄격하게 말할 때 딸이 항상 그러듯이 소토는 고개를 끄덕였다. 소토가 매디보다 열 살이나 많지만 이럴 땐 아직 애 같았다. 자료를 몰래 가지고 나오다니, 어리석고 위험한 일이었다.

"저기요, 보슈 형사님, 작년에 우리가 파트너로 일할 때 형사님이 저를 위해 큰 위험을 무릅써 주셨잖아요." 소토가 말했다. "그때 빚진 것을 이렇게라도 갚을 수 있어서 다행이에요. 그러니까 그 이야기 그만하시고 필요한 걸 찾아보시는 게 어때요? 전 형사님을 믿어요. 형사님이 변호사를 위해 일하고 계시다는 건 알지만, 진실을 찾고 있다고 말씀하셨잖아요. 전 그 말씀을 믿어요, 결과가 어떻게 나오든."

지금은 보슈가 고개를 끄덕일 차례였다. 그는 테이블 위로 손을 뻗어 바인더를 천천히 끌어당겼다. 음악이 다시 시작되더니 날카로운 호른 반주에 스페인어로 부르는 노래가 시끄럽게 울려 퍼졌다.

"내 차로 갈까?" 보슈가 물었다. "여긴 너무 시끄러워서 집중할 수가 없네."

소토는 싱긋 웃으면서 고개를 절레절레했다.

"노인네 다 되셨네. 가시죠." 그녀가 말했다.

보슈는 병을 들어 맥주를 벌컥벌컥 다 마시고 나서 일어섰다.

23

 보슈는 범죄 현장 사진부터 살펴봤다. 그것이 현장에 출동해 자세히 관찰하고 수사를 할 수 없는 그가 할 수 있는 최선이었다.
 제임스 앨런의 시신은 옷을 다 입고 샌타모니카대로와 엘센트로를 잇는 골목길에 있는 자동차 수리 및 판매점 차고 뒷벽에 기대앉은 채로 발견됐다. 그 골목은 사회기반시설이 무너져 내리는 주州나 도시에 있는 다른 골목들과 별반 다르지 않았다. 수십 년 된 콘크리트 길에서 부서지고 떨어져 나간 부분을 아스팔트와 자갈로 땜질을 해놓아 얼룩덜룩했다.
 시신이 발견된 지점을 찍은 배경 사진들을 보면 골목의 한쪽은 차고에, 다른 쪽은 아파트 건물 뒷면에 가려져 있었다. 아파트에서 이 골목이 보이는 쪽에 난 창문은 화장실 창문들뿐이었다. 엘센트로에서 15미터쯤 들어오면 골목길이 넓어지며 4층짜리 벽돌로 된 공장 건물 뒤에 있는 커다란 주차장이 나왔다. 보슈는 사진을 보자 앨런의 시신을 거기에 유기한 범인은 그 골목길을, 그리고 자동차 수리점 뒤편에 들키지 않고 시신을 유기할 수 있다는 사실을 잘 알고 있었다는 생각이 퍼뜩 들었다. 범인은 또한 그다음 날 아침 주차장으로 들어오는 공장 직원이 시신을 발견할 가능성이 높다는 것도 알았을 것 같았다.

시신을 근접 촬영한 사진들도 자세히 들여다봤다. 피해자는 회색 운동복 반바지에 분홍색 폴로셔츠를 입고 있었다. 신발은 신지 않았지만 여자들이 양말이나 스타킹을 신지 않고 신발을 신을 때 물집이 생기지 않도록 신는 페이크 삭스를 신고 있었다. 머리에는 가발 속에 쓰는 스타킹 캡을 쓰고 있었다. 셔츠 깃이 목에 감긴 끈 철사를 가리고 있었다. 철사를 어찌나 단단히 감았는지 피부를 파고 들어갔다. 철사가 피부를 뚫고 들어간 직후에 심장이 멈췄기 때문에 출혈은 많지 않았다.

피해자는 체모가 전혀 없는 두 다리를 쫙 뻗고 두 손을 무릎에 가지런히 얹고 있었다. 두 손을 근접 촬영한 사진을 보니 부러진 손톱이나 혈흔은 보이지 않았다. 그것을 보자 목에 철사가 감겼을 때 앨런은 이미 항거 불능 상태가 아니었을까 하는 의심이 들었다.

"왜요?" 소토가 물었다.

보슈가 사진을 들여다보는 동안 소토는 조수석에 조용히 앉아서 술집에서 갖고 나온 맥주를 홀짝이고 있었다.

"응?" 보슈가 물었다.

"선배님이 살인사건 기록을 살펴보시는 모습을 전 많이 봤잖아요." 소토가 말했다. "그래서 뭔가 석연찮은 것을 발견했을 때 어떤 표정을 지으시는지 알거든요."

보슈가 고개를 끄덕였다.

"손에 외상이 전혀 없어. 혈흔도 없고, 깨진 손톱도 없고. 누가 내 목에 철사를 감아 조이면 두 손이 목으로 올라가서 철사를 잡고 버둥거리는 게 정상 아닌가?"

"그럼 그게 무슨 뜻이에요?"

"목이 졸릴 때 의식이 없었거나 무언가가 혹은 누군가가 그의 두 손을 잡고 있었다는 뜻이겠지. 팔목에 묶인 자국이 전혀 없으니까, 그건……."

그는 말끝을 흐렸다.

"왜요? 묶인 자국이 없다는 게 뭘 의미하는데요?"

"어쩌면 두 명일 수도 있다는 것."

"범인이 두 명이라고요?"

"한 명은 피해자의 두 손을 잡아 제압하고 다른 한 명은 철사로 목을 조르는 거지. 그리고 다른 것들도 있어."

"카림 형사님, 스토터 형사님은 그건 놓친 것 같은데요. 다른 것들은 뭐예요?"

보슈는 어깨를 으쓱거렸다.

"피해자의 발. 신발은 안 신었는데 덧신은 신고 있어."

"그런 걸 페이크 삭스라고 해요."

"그래, 페이크 삭스. 시신의 다리나 다른 어디에도 질질 끌려와서 생긴 찰과상 같은 건 보이지 않네."

소토는 센터 콘솔 너머로 몸을 기울이고 보슈가 보고 있는 사진을 같이 들여다봤다.

"그러네요, 정말." 소토가 말했다.

"시신이 벽에 기대앉아 있어." 보슈가 말했다. "차에서 꺼내서 갖다 놨다고 추정해 볼 수 있겠지. 실려 온 거야. 피해자는 덩치가 크지 않아. 그러니 한 명이 옮겼을 수도 있겠지. 그래도, 한 명이 차에서 현장으로 시신을 들어 옮긴다? 글쎄, 모르겠어. 확신이 안 서네."

소토는 몸을 바로 세우고 자기 자리로 돌아가 앉아 맥주를 한 모금 더 마신 뒤 고개를 끄덕였다.

사진들은 구멍이 세 개 뚫린 바인더의 비닐 속지 안에 담겨 있었다. 보슈는 속지를 앞뒤로 넘기며 사진을 보면서 자신이 한 말이 맞는지 확인했다. 그러고는 휴대전화를 꺼내 사진 한 장을 촬영했다. 시신이 자동차 수리점의 낙서가 가득한 뒷벽에 기대앉아 있는 모습 전체가 나오게 찍은 중거리 촬영 사진이었다.

"안 돼요, 형사님." 소토가 말했다.

보슈는 무슨 뜻인지 알았다. 범죄 현장 사진을 찍은 사진이 법정이나 다른 어디에 등장하면 보슈가 살인사건 기록을 봤다는 뜻이 될 것이다. 그러면 조사가 시작될 수 있고 화살이 소토에게로 향하게 될 것이다.

"알아." 보슈가 말했다. "벽을 보려고 찍은 거야. 골목을 확인할 때 쓰려고. 위치를 정확히 알고 싶은데, 이 낙서가 도움이 될 것 같거든. 거기 가서 확인한 다음엔, 사진 지울게. 어때?"

"그렇다면, 뭐, 좋아요."

보슈는 다음 사신들로 넘어갔다. 헤이븐하우스 6호실에서 제임스 앨런의 물건들이 널려 있을 때 찍은 것들이었다. 벽장에는 옷이 있었고 바닥에는 운동화 몇 켤레와 하이힐 몇 켤레가 있었다. 금발 가발과 흑갈색 가발이 각각 서랍장 위 가발 걸이에 걸려 있었다. 방 안에 양초가 여러 개 있었는데, 서랍장 위에 하나, 침대 양쪽 협탁에 하나씩, 침대 머리판 위 선반에 하나가 놓여 있었다. 그리고 그 선반에는 콘돔이 반쯤 들어 있는 크고 투명한 플라스틱 케이스도 놓여 있었다. 케이스에 붙은 라벨에는 레인보우프라이드라는 상표가 찍혀 있었다. 여섯 가지 색상의 윤활유를 바른 콘돔 300개가 들어 있다고도 적혀 있었다. 보슈는 할러에게 알려주려고 수첩을 꺼내 세부 정보를 적었다. 전날 사진을 보면서 소토가 한 말이 맞았다. 콘돔 상자는 진료실이나 편의점 계산대 옆에 있는 사탕 상자를 닮았다.

보슈는 모텔방을 찍은 사진들을 면밀히 살피면서 휴대전화를 찾아봤지만 보이지 않았다. 카운티 구치소에서 접견할 때 다콴 포스터는 렉시 파크스가 살해된 날 밤 앨런에게 전화를 걸어 예약을 했다고 말했기 때문에 어딘가에 휴대전화가 있는 것은 확실했다.

보슈는 살인사건 기록에서 유류품 보고서가 들어 있는 5부로 넘어갔다. 범죄 현장인 골목길과 앨런이 살았던 모텔 방에서 수사관들이 수거한 유류품들을 점검했다. 휴대전화에 대한 언급은 어느 목록에도 없었다.

결론: 앨런의 휴대전화에 범인과 연락한 기록이 들어 있기 때문에 범인이 전화기를 가져갔다.

보슈는 빠르게 살인사건 파일을 넘기며 카림과 스토터가 통화 내역을 조회했는지 찾아봤다. 통화 내역도, 통화 내역 조회 신청서를 작성하거나 제출했다는 기록도 없었다. 보슈는 앨런이 타인 명의로 등록된 합법적인 휴대전화를 사용했거나, 아니면 전화기나 전화번호, 통신사업자에 대한 정보가 없으면 기록을 확보하는 것이 불가능한 일회용 전화기를 사용했을 것이라고 추측했다.

보슈는 다콴 포스터를 다시 접견해 그가 사용했던 앨런의 연락처를 알아내야 한다고 메모했다. 그것이 앨런의 휴대전화 행방을 추적하는 첫걸음이 될 것이다.

"미안해." 보슈가 말했다.

"뭐가요?" 소토가 물었다.

"저녁 내내 차에 앉아 있게 해서."

"괜찮아요. 진짜 볼거리는 좀 더 있어야 나와요. 좀 더 있어야 사람들이 바에서 춤을 추기 시작하고 옷을 벗어 던지거든요."

"그래?"

"네, 진짜로요."

"그러면 그거 놓치지 않게 서두를게."

"형사님도 보고 가세요. 긴장도 좀 푸시고요."

보슈는 소토를 흘끗 보고는 다시 파일로 시선을 돌렸다. 부검 감정서를 찾고 있었다.

"내가 너무 딱딱해?"

"저랑 있을 때는요. 형사님은 늘 제가 이 일을 하기에는 너무 약하다고 생각하시잖아요. 마음속 깊은 곳에서는 이건 남자들이 하는 일이라고 생각하시는 것 같아요."

"아냐, 그렇지 않아. 내 딸도 자네가 하는 일을, 내가 한 일을 하고 싶어 했어. 오래전부터 그러더라고. 난 말리지 않았어."

"하지만 지금은 프로파일러가 되고 싶어 하잖아요, 그죠?"

"그렇긴 한데, 두고 봐야지."

"따님도 아마 제가 형사님한테서 받은 것과 똑같은 메시지를 받았을 거예요. 넌 이 일에 안 어울린다."

"그래, 뭐, 아마도 내가 꼰대라서 그렇겠지. 난 여자들이 남자들의 악행을 보는 게 너무 싫거든. 그래서 그런가 봐."

부검 감정서를 찾았다. 보슈는 그동안 부검 감정서를 천 건 가까이 읽었다. 그래서 그 보고서의 서식을 환히 꿰고 있었고 그 서식은 지난 40년간 거의 바뀌지 않았다. 그는 재빨리 페이지를 넘겨서 신체 치수를 찾았다. 부검 결론 같은 것은 필요 없었다. 피해자의 체중만 알고 싶었다.

"여기 있네. 피해자의 체중은 68킬로그램이야. 과체중은 아니지만 단독범이라면 68킬로그램을 끌고 가지, 들고 가진 못했을 거야." 보슈가 말했다.

"카림과 스토터 형사님께 말씀드릴게요." 소토가 말했다.

"아냐, 하지 마. 이 대화는 한 적이 없는 거야."

"아, 맞다."

보슈는 손목시계를 봤다. 차 안에서 벌써 한 시간 동안 있었다. 그는 몇 시간이고 앉아서 살인사건 자료를 기꺼이 볼 수 있었다. 같은 골목길에서 발생한 이전 살인사건 기록은 아직 펼쳐보지도 못했다. 그러나 곧 소토를 보내줘야 했다. 그녀는 예전 파트너에게 할 만큼, 아니 그 이상을 했다. 그것도 이젠 경찰이 아닌 파트너에게.

"후다닥 마저 보고 나서 여기서 내보내 줄게." 보슈가 말했다.

"괜찮아요, 선배님." 소토가 말했다. "선배님이 그만두시고 나서 일하시는 모습을 다시는 보지 못할 거라고 생각했어요. 그런데 다시 보니까 얼마나 기쁜지 몰라요. 배우는 것도 있고요."

"배우긴 뭘 배워? 거기 앉아서 자료 읽는 걸 보기만 해놓고."

"선배님이 무엇을 중요하게 여기는지, 상황을 어떻게 종합하는지, 어떤 결론을 내리는지 보고 배웠어요. 기억하세요? 언젠가 말씀하셨는데, 모든 해답은 사건 기록에 다 들어 있다고. 우리가 그걸 보지 못할 뿐이라고."

보슈는 고개를 끄덕였다.

"응, 기억나."

그는 제임스 앨런의 긴 전과 기록을 보고 있었다. 여섯 페이지에 달했다. 지난 7년간 여러 건의 성매매와 성매매 의도를 가진 배회, 몇 건의 마약 소지 혐의가 있었는데, 반복되는 내용이 많아서 빠르게 훑어 내려갔다. 남창에게는 대단히 일반적인 전과 기록이었다. 체포는 됐지만 기소되지 않은 경우가 여러 번 있었는데, 앨런이 재판으로 가기 전에 성산업 종사자와 마약 중독자를 위한 재활 프로그램을 이수하기로 동의했기 때문이다. 그러나 그런 재활 프로그램이 효과가 없는 것으로 판명되자, 체포되면 유죄평결과 징역형으로 이어졌다. 주립 교도소에서 복역한 적은 한 번도 없고 매번 카운티 교도소에서 단기간 복역했다. 여기서 30일, 저기서 45일 복역하는 것은 범죄 억제 장치의 역할이 아니라 회전문의 역할을 했다. 성매매 상습범의 슬픈 쳇바퀴였다.

앨런의 전과 기록에서 딱 하나 이상한 것은 마지막 체포였다. 보슈의 눈길을 끈 것은 앨런이 피살되기 14개월 전에 성매매 의도를 가진 배회 혐의로 체포됐는데 불기소처분으로 끝났다는 점이었다. 그냥 석방됐다.

"잠깐만." 보슈가 말했다.

그는 기록의 앞쪽으로 페이지를 넘겨 카림과 스토터가 작성한 앨런 피살사건 사건 조서를 훑어본 후 요약 부분을 읽었다.

"왜요?" 소토가 물었다.

"이 친구 1년 이상 체포되지 않았어." 보슈가 조서를 읽으면서 말했다.

"그런데요?"

"거기 샌타모니카의 모텔에서 진을 치고 영업했는데……."

"그래서요?"

보슈는 급히 페이지를 뒤로 넘겨 전과 기록을 펼친 후 소토에게 보여줬다. 그러고는 페이지를 넘기기 시작했다.

"이 친구는 5년간 1년에 서너 번씩 체포가 돼. 그런데 죽기 전 14개월 동안은 한 번도 체포되지 않았어. 수호천사가 있었다는 느낌이 드네." 그가 말했다.

"그게 무슨 말씀이세요? 로스앤젤레스 경찰국의 누군가가 뒤를 봐줬다고요?"

"응, 앨런이 누군가에게 정보를 물어다 줬던 것 같아. 물론 여기엔 앨런이 경찰 정보원이었다는 내용은 전혀 없어. 비밀 정보원 번호도 없고 보고서도 없고."

로스앤젤레스 경찰국에는 비밀 정보원을 쓰는 것과 관련한 규약이 따로 마련돼 있었고, 정보원이 살해된 경우의 규약도 따로 정해져 있었다. 그러나 살인사건 기록에는 제임스 앨런이 비밀 정보원이었다는 것을 암시하는 어떤 언급도 없었다.

"어쩌면 운이 좋아서 체포를 피할 수 있었던 건지도 모르죠." 소토가 말했다. "작년엔 전반적으로 체포 건수가 줄었잖아요. 퍼거슨[35], 볼티모어[36] 소요 같은 것들 때문에 제복들이 되도록 체포를 안 하려고 해요. 이젠 적극적으로 체포하겠다고 나서는 경찰이 거의 없어요."

"계산을 해봐." 보슈가 말했다. "이 14개월은 볼티모어나 퍼거슨 소요보다 훨씬 전이야."

보슈는 고개를 가로저었다. 전과 기록에 따르면 앨런은 5년간 열일곱 번이나 체포됐는데, 그다음엔 1년 넘게 체포되지 않고 깨끗하게 살았다.

"누구를 위해 일했던 것 같아. 비밀스럽게." 보슈가 말했다.

경찰관이 한 개인을 비밀 정보원으로 상관에게 보고하지 않고 비밀 정보원 추적 시스템 데이터베이스에 이름을 입력하지 않은 채 일을 시키는 것은 경찰국 규칙 위반이었다. 그러나 그런 일은 심심치 않게 일어났다. 오랜 세월 공을 들여 정보원을 확보하고 시범적으로 이용해 보기도 했다. 그래도 14개월은 앨런이 믿을 만한 정보원이 될 것인지 시험하기 위한 시간이라고 보기에는 너무 길었다.

보슈는 스토터와 카림이 전부 확보한 앨런의 체포 보고서를 훑어보기 시작했다. 체포 경찰관의 이름은 요약 보고서에 나와 있지 않았지

---

35 2014년 흑인 소년 마이클 브라운이 경찰의 총에 맞아 사망한 사건을 계기로 퍼거슨 시에서 일어난 무장 소요사태. '흑인의 생명도 소중하다' 운동의 시발점이 됐다.
36 2015년 흑인 청년 프레디 그레이가 경찰에 구금됐다가 사망한 사건을 계기로 볼티모어에서 일어난 무장 소요 사태를 뜻한다.

만 그들의 순찰조 고유 번호는 기재돼 있었다. 보슈는 앨런이 체포되지 않고 보낸 14개월 이전에 마지막으로 체포된 다섯 번 중 세 번이 같은 고유 번호를 가진 순찰조에게 체포된 것을 발견했다. 그 고유 번호는 6-빅터-55였다. 6은 할리우드 경찰서를, 빅터는 성범죄 전담반을 의미했고, 55는 2인 1조의 잠복수사팀이라는 뜻이었다. 보슈는 그 고유 번호를 수첩에 옮겨 적은 뒤 다음 페이지에도 다시 한번 적었다. 그러고는 두 번째 페이지를 찢어 소토에게 건넸다.

"앨런을 정보원으로 쓴 사람들이 이 사람들인 것 같아." 보슈가 말했다. "경찰국 컴퓨터에 접속하면 할리우드 성범죄 전담반에서 이 친구들 이름 좀 알아봐 줘. 만나봐야겠어."

소토는 그 번호를 흘끗 보더니 쪽지를 접어서 청바지 주머니에 넣었다.

"그럴게요."

보슈는 살인사건 기록을 덮고 소토에게 건네줬다. 소토는 그것을 빨간색 토트백에 넣었다.

"진짜 조용히 도로 갖다놓을 수 있겠어?" 보슈가 물었다.

"절대 모를 거예요." 소토가 말했다.

"그렇다면 다행이고. 고마워, 루시아. 큰 도움이 되겠어."

"그렇다면 다행이에요. 다시 들어가서 맥주 한 병 더 하실래요?"

보슈는 잠깐 고민하다가 고개를 저었다.

"아냐, 느낌 올 때 계속 좀 들여다봐야겠어."

"탄력받으셨어요?"

"응, 탄력받았어, 오랜만에, 자네 덕분에."

"알았어요, 파이팅 하세요. 몸조심 하시고요."

"자네도."

소토가 차 문을 열고 내렸다. 보슈는 시동을 켰지만 바로 출발하지 않고 소토가 안전하게 술집 뒷문으로 들어가는 것을 지켜본 후에 출발했다.

24

보슈는 엘센트로의 그 골목으로 들어가면서 손목시계를 확인했다. 밤 10시 40분, 3월 21일 밤 제임스 앨런이 살해돼 자동차 수리점 뒷벽에 유기된 시각으로 추정되는 시간대였다. 부검 감정서에서는 사망 시각을 밤 10시부터 새벽 1시 사이로 추정했지만 보슈는 자신이 그날 밤과 전반적으로 같은 환경적 상황에 들어와 있다고 생각했다. 로스앤젤레스의 밤 기온은 3월이나 5월이나 큰 차이가 없었다. 그러나 보슈는 날씨 외에도 주변의 조명과 그 출처, 소리의 울림 정도 그리고 제임스 앨런의 시신이 유기된 날 밤 작용했을지 모를 다른 요소들에 대해서도 알아보고 싶었다.

수리점을 지나 공장 건물 뒤에 있는 주차장에 차를 세웠다. 주차장은 텅 비어 있었다. 시동을 끄고 글러브박스에서 손전등을 꺼내 들고 차에서 내렸다.

수리점으로 가다가 걸음을 멈추고 골목길 전경과 사건 현장을 휴대전화로 촬영했다. 그러고는 수리점 뒷벽으로 다가갔다. 실망스럽게도 벽의 그래피티는 사건 발생 이후에 페인트로 지워지고 새로운 그래피티가 그려져 있었다. 새로 칠한 페인트 위에 그려진 그래피티는 딱 한 개, 뱀이 숫자 18의 형태로 또아리를 틀고 있는 모습이었다. 18은 램파트에서 시작돼 할리우드를 비롯해 로스앤젤레스 전역에 지부를 두고 있는 악명 높은 18번가 폭력조직을 상징하는 숫자였다.

그는 살인사건 기록에서 찍어둔 벽 사진을 휴대전화에서 찾아 사진 속 부서진 아스팔트 모양을 실제와 대조해 제임스 앨런의 시신이 기대앉아 있었던 정확한 지점을 알아낼 수 있었다.

그 지점으로 걸어가 벽에 등을 기대고 섰다. 골목길을 위아래로 둘러보고 맞은편에 있는 아파트 건물을 올려다봤다. 2층의 작은 화장실 창문 한 개에 불이 켜져 있었다. 몇 센티미터 열려 있기도 했다. 보슈는 부아가 치밀었다. 소토의 저녁 시간을 전부 뺏으면 안 된다는 생각에 사로잡혀 적절한 시간을 들여, 혹은 소토가 허용했을 정도의 시간만이라도 들여 살인사건 기록의 모든 부분을 충분히 살펴보지 못한 자신에게 화가 났다. 시신이 발견된 후 현장 주변 주민들을 탐문조사한 보고서는 보지 못했다. 그런데 지금 범죄 현장이 내려다보이는 창문이 불이 켜지고 열린 채로 그의 눈앞에 있었다. 거기 사는 주민은 경찰에게 조사를 받았을까? 받았을 가능성이 높았지만 확신은 할 수 없었다.

소토에게 전화해 기록을 찾아봐 달라고 부탁할까 싶었으나 이미 도움을 너무 많이 받았다는 생각이 들어 단념했다. 전화하고 부탁할 때마다 적과 내통하다 들킬 위험 부담을 소토에게 주고 있는 것이었다. 보슈는 경찰 배지를 달고 다닐 때 자기 자리 칸막이에 붙여두었던 문구를 떠올렸다. 엉덩이 떼고 일어나서 문을 두드리고 다녀라.

보슈는 벽에서 몸을 떼고 서서 엘센트로를 향해 골목을 걸어 나왔다. 건물 뒷면이 골목에 면한 그 아파트는 1980년대 건설업 활황기에 값싼 분홍색 치장 벽토를 써서 급조한 건물이었다. 출입문의 선 세공된 장식을 빼면 건축적 미학은 거의 보이지 않았다. 보슈는 뒤로 물러서서 2층을 올려다보며 화장실에 불이 켜진 아파트가 어느 집인지, 몇 호실인지 가늠해 봤다.

출입구 인터폰 옆에 있는 안내판엔 101호부터 104호, 201호부터 204호까지 총 여덟 세대가 적혀 있었다. 머릿속에 지도를 그려서 불 켜진 화장실이 있는 아파트 위치를 가늠해 본 보슈는 먼저 203호를 눌러보기로 했다. 수화기를 들고 지시에 따라 세대를 호출했지만 인터폰을 받는 사람이 없었다. 204호를 호출했더니 응답이 있었다.

"케(네)?"

"올라(안녕하세요). 폴리시아(경찰입니다). 아비에르토 포르 파보르(문 좀 열어주세요)." 보슈가 머뭇거리며 말했다.

스페인어로는 경찰관만 알지 사립 탐정은 뭐라고 하는지 알지 못했다.

인터폰을 받은 여자가 말을 너무 빨리해서 알아들을 수가 없었다. 보슈는 같은 말을 좀 더 엄격하게 다시 했다.

"폴리시아. 아비에르토."

금속 문에서 윙 하는 소리가 나더니 문이 열렸다. 보슈는 문을 잡아당겨 열고 안으로 들어갔다. 건물 양쪽 끝에 계단이 있었다. 오른쪽 계단을 올라가자 골목 쪽에 뒷면이 있는 아파트 두 세대로 가는 복도가 나왔다. 문을 열어준 사람은 204호 주민이었다. 보슈는 화장실 창문이 열려 있고 불이 켜져 있던 집은 203호라는 것을 확인할 수 있었다. 먼저 203호로 가서 문을 두드렸다. 누가 나오기를 기다리는데 204호 현관문이 열리더니 연세 지긋한 할머니가 고개를 빼꼼 내밀고 그를 봤다. 보슈는 이번에는 더 세게 203호 문을 두드리고는 열린 문간에 서 있는 204호 할머니에게로 걸어갔다.

"영어 하세요?" 보슈가 물었다.

"포키토(아주 조금)." 할머니가 말했다.

"골목에서 살인사건이 있었잖아요? 두 달 전쯤? 엘 아사시나토(살인사건)?"

"시(네)."

보슈는 손가락으로 자기 귀를 가리키고 이어 자기 눈을 가리켰다.

"무슨 소리 들었어요? 뭐 본 것 있어요?"

"오, 아니. 그들은 아주 조용해. 난 아무것도 못 들어."

"그들요?"

"로스 마타도레스(살인자들)."

이제 보슈는 손가락 두 개를 펼쳐 보였다.

"마타도레스? 두 명?"

할머니는 어깨를 으쓱거렸다.

"몰라."

"그런데 왜 '그들'이라고 했어요?"

그녀는 조금 전 보슈가 두드린 현관문을 가리켰다.

"저 집 여자가 말하던데."

보슈는 대답 없는 문을 바라보고는 다시 할머니를 돌아봤다.

"저 집 여자는 어디 있죠?"

"지금 일하지."

"어디서 일하는지 알아요?"

할머니는 두 팔을 접어 아기를 안고 흔드는 시늉을 했다.

"베이비시터? 아기를 봐줘요?" 보슈가 물었다.

"시, 시, 시."

"언제 집에 오는지 알아요?"

할머니의 표정을 보니 말을 못 알아들은 것 같았다.

"어, 피니토(끝나는)?"

보슈는 두 손가락을 손바닥에 올려놓고 203호 문을 향해 걸어가는 시늉을 했다. 할머니는 고개를 가로저었다. 언제 집에 오는지 모르거나 여전히 말귀를 못 알아들은 것이다. 보슈는 고개를 끄덕였다. 더 어찌해 볼 도리가 없었다.

"그라시아스(감사합니다)."

그는 계단을 향해 걸어가서 아래층으로 내려갔다. 공동 현관문 앞에 이르기 전에 뒤에서 부르는 소리가 들렸다.

"저기요, 폴리시아."

보슈가 돌아섰다. 103호 현관문 옆 벽감에 남자가 서 있었다. 현관등 밑에서 담배를 피우고 있었다. 보슈가 그에게 다가갔다.

"경찰 맞아요?" 남자가 물었다.

다가가서 보니 서른 살쯤 돼 보이고 체격이 건장한 라틴계 남자였다. 흰 티셔츠를 입고 있었는데 표백을 얼마나 자주 했는지 불빛 아래서 형광색으로 빛났다. 눈에 보이는 곳에 문신이 없는 것을 보니 조폭은 아닌 듯했다.

"형사야. 지난 3월에 이 골목길에서 발생한 살인사건을 수사 중이지. 뭐 아는 거 있어?" 보슈가 말했다.

"그 게이 남창 새끼가 목 졸려 뒈진 사건 말씀하시는 거구나." 남자가 말했다.

"그날 밤에 집에 있었어?"

"그럼요."

"뭐 본 거 있어?"

"아뇨, 아무것도 못 봤어요. 누워 있었거든요."

"소리는 들었어?"

"어, 네, 사람들 움직이는 소리는 들었지만 별일 아닌 것 같아서 일어나서 보진 않았죠."

"무슨 소리를 들었는데?"

"그들이 그 새낄 갖다 버리는 소리요."

"어떤 소리가 났지?"

"트렁크 소리를 들었어요. 자동차 트렁크가 닫히는 소리. 골목에서 났어요."

"트렁크?"

"그래요, 트렁크. 차 문 소리와 트렁크 소리 다르다는 거 알죠? 분명히 트렁크 소리였어요."

"그럼 차 문 소리도 들었어?"

"네, 그것도 들었어요. 트렁크 소리를 듣고 나서 차 문들이 닫히는 소리도 들었어요."

"차 문들?"

"네, 차 문 두 개요."

"차 문 두 개가 닫히는 소리를 들었다고? 확실해?"

남자가 어깨를 으쓱거렸다.

"그 골목에서 온갖 소리가 다 나요. 어떤 땐 밤새도록."

"그렇군. 지금 말한 거 경찰한테도 말했어?"

"아뇨."

"왜?"

"글쎄요, 언젠가 현관문에 명함을 끼워놨더라고요, 전화 좀 달라고. 그런데 전화 안 했어요. 바빠서. 무슨 말인지 알죠?"

"명함을 끼워놨어? 아직 갖고 있나?"

"네, 냉장고에 붙여 놨는데. 지금이라도 전화할 수 있지만 당신한테 말해주는 거예요, 알겠어요?"

"알았어. 명함 좀 볼 수 있을까? 이름을 알고 싶은데."

"뭐, 그러죠. 잠깐만요."

남자가 현관문을 열고 안으로 들어갔다. 그가 문을 열어놓아 가구가 별로 없는 거실이 다 보였다. 벽에는 십자가가 걸려 있고 소파에는 멕시코식 담요가 걸쳐져 있었다. 벽에 대형 평면 텔레비전이 걸려 있는 것을 보니 텔레비전에는 비용을 전혀 아끼지 않은 것이 분명했다. 어딘가에서 하고 있는 축구 경기를 보여주고 있었다.

남자가 부엌에서 나타나 밖으로 나온 후 현관문을 닫았다. 그러고는 에드워드 몬티즈라는 이름이 적힌 로스앤젤레스 경찰국 표준 서식의 명함을 보슈에게 건넸다. 뒷면에는 2개 국어로 쓴 메모가 있었다. 영어로는 "전화 주세요"라고 적혀 있었다.

보슈는 몬티즈라는 이름은 들어봤지만 만난 적은 없었다. 스토터와 카림이 사건 현장 주변 주민 탐문수사를 몬티즈와 그의 파트너에게 맡긴 것이 분명했다. 몬티즈가 문에 명함을 끼워놓고 재방문이나 재연락 없이 끝났다면 임무를 제대로 수행하지 않은 것이다. 놀랄 일은 아니었다. 수사관들이 인간이 아닌 목격자들, 즉 CCTV 카메라를 찾는 데만 주력하는데 제 발로 나서서 목격자로 관여하고 싶어 하는 사람이 소수민족이 사는 동네에서는 거의 없었다.

"그러니까 그날 밤에 대해 경찰에 진술한 적은 없는 거네?" 보슈가 말했다.

"없다니까요. 그날 밤엔 아무도 안 왔고 나는 낮에 일을 하거든요. 낮에 명함을 두고 갔더라고요."

"이 건물에서 경찰을 만난 사람이 있어?"

"지미네스 부인이 만났대요. 위층 사는 아줌마요. 하지만 아무것도 못 봤대요. 귀도 잘 안 들리고."

"트렁크와 차 문 소리 외에 더 들은 것 있어?"

"아뇨, 그게 다예요."

"무슨 일인지 보려고 창밖을 내다보진 않았고?"

"네, 안 봤어요. 피곤했거든요. 일어나고 싶지 않았어요. 게다가……."

"게다가 뭐?"

"남의 일에 참견하면 문제가 생길 수도 있어요."

"조폭들이라?"

"네, 뭐 그런 거요."

보슈는 고개를 끄덕였다. 18번가라는 폭력 조직은 자기 구역이라고 주장하는 동네에서 평화로운 공존을 추구하는 조직으로 알려져 있지는 않았다. 남자가 창가로 달려가서 골목에서 무슨 일이 벌어지는지 확인하지 않았다고 해서 그를 비난할 수는 없었다.

"트렁크와 문 소리를 들었을 때가 몇 시였는지 기억해?"

"아뇨, 이젠 기억 못 하죠. 하지만 살인사건이 있던 날 밤이었던 건 확실해요. 다음 날 아침에 골목에 경찰이 쫙 깔렸거든요. 출근하다가 봤어요."

"어디서 일해?"

"락스[37]요."

"보안검색대에서?"

그는 농담을 들은 것처럼 웃었다.

"아뇨, 짐 찾는 곳에서요. 델타 항공 소속이에요."

보슈가 고개를 끄덕였다.

"그렇군. 이름이 뭐야?"

"리카도."

"성은?"

"당신 경찰 아니죠?"

"전직 경찰이야."

"전직? 그게 무슨 뜻이죠?"

---

37 LAX. 로스앤젤레스 국제공항의 코드명

"글쎄."

"리카도예요, 됐죠?"

"그래. 고마워, 리카도."

리카도는 담배를 콘크리트 바닥으로 던지고 발로 밟아 끄더니 근처의 화단으로 찼다.

"좋은 밤 되세요, 전직 경찰 아저씨."

"오케이, 좋은 밤."

보슈는 공동 현관문을 나와 걸음을 멈추고 안내판을 들여다봤다. 지미네스라는 이름은 203호에 적혀 있었고, 103호 옆에는 R. 베니테즈라고 적혀 있었다. 그는 차가 기다리고 있는 골목으로 돌아갔다.

* * *

보슈는 운전석에 앉자마자 점화 스위치에 열쇠를 꽂았지만 시동을 걸지는 않았다. 한동안 가만히 앉아 전면 창 너머로 제임스 앨런의 시신이 놓여 있었던 곳을 바라보며 리카도 베니테즈에게서 들은 얘기를 곱씹어 봤다. 베니테즈는 자동차 트렁크가 닫힌 후 두 개의 차 문이 닫히는 소리를 들었다고 했다. 보슈는 라이트를 모두 끈 채 골목으로 들어오는 자동차를 상상했다. 두 명이 내리고 차 문은 그대로 둔 채 트렁크로 간다. 시신을 꺼내 벽에 기대 앉혀놓고 차로 돌아온다. 한 명이 트렁크를 닫고 차 뒤쪽을 돌아간다. 둘이 차에 타고 각자의 문을 닫고 출발한다. 왔다가 가는 데 30초나 걸렸을까?

보슈는 고개를 끄덕였다.

두 명이네, 그는 생각했다.

그는 열쇠를 돌려 시동을 걸었다.

25

집에 들어간 보슈는 딸의 방문 밑으로 불빛이 새어 나오는 것을 봤다. 복도에서 잠깐 망설이다가 가볍게 문을 두드렸다. 딸이 이어폰을 끼고 음악을 듣고 있을 가능성이 높아 아무 대답도 없을 거라고 예상했다. 그러나 놀랍게도 대답이 들렸다.

"들어와, 아빠." 매디가 말했다.

보슈가 문을 열고 들어갔다. 매디는 이불을 덮고 침대에 앉아 있었고 앞에는 노트북이 펼쳐져 있었다. 귀에는 이어폰을 끼고 있었다.

"아빠 퇴근했어." 그가 말했다.

매디가 이어폰을 뺐다.

"알아."

"뭐 하니?"

"음악 들어."

보슈가 다가가 침대맡에 앉았다. 딸의 단답형 대답에 실망감을 드러내지 않으려고 노력했다.

"어떤 음악?"

"데스캡."

"그게 노래야, 밴드 이름이야?"

"밴드 이름이 데스캡포큐티야. 내가 좋아하는 노래는 〈블랙 선〉이고."

"뭔가 희망을 주는 노래 같네."

"멋진 곡이야, 아빠. 그걸 들으면 아빠 생각이 나."

"왜?"

"모르겠어. 그냥 그래."

"프로파일링 보고서 봤니?"

"응."

"어때?"

"첫째, 놀랄 정도로 반복적이던데. 다른 사건, 다른 살인범이지만 모든 사건에 같은 원리를 적용할 수 있겠더라고."

"그래서 부정확한 과학이라고들 해."

매디가 가슴에 팔짱을 꼈다.

"그게 무슨 뜻이야?" 매디가 물었다.

"나도 잘 몰라. 프로파일러들은 모든 것을 파악하고 만반의 준비를 하려고 노력해." 그가 말했다. "그래서 누군가가 잡히면 먼저 일반론적으로 접근을 하지."

"뭐 하나 물어볼게, 아빠. 범인이나 범죄 현장에 대한 프로파일링이 아빠가 사건을 해결하는 데 도움을 준 적이 있어? 진실을 말해줘."

보슈는 잠깐 대답을 고민했다.

"침묵이 대답 같네." 매디가 말했다.

"아냐, 잠깐만." 보슈가 말했다. "잠깐 생각 중이었어. 내가 맡은 사건 중에 직접적으로 프로파일링을 받은 것은 없어서. 다 너무나 명확해서 범인을 잡을 수 있었거든. 그래도 도움이 됐던 경우는 많이 있어. 네 엄마도……."

매디는 잠자코 기다렸지만 보슈는 말을 잇지 못했다.

"엄마가 뭐?"

"아냐, 엄마는 프로파일러가 아니었지만 내가 알았던 사람 중에 가장 훌륭한 프로파일러였다고 말하려고 했어. 엄마는 사람들의 마음을 읽을 수 있었어. 인생의 경험이 엄마를 공감 잘하는 사람으로 만들어 준 것 같아. 엄마는 항상 범죄 현장에 대해, 살인범의 동기에 대해 촉이 좋았어. 엄마한테 내가 맡은 사건의 현장 사진을 보여주면 의견을 말해주곤 했었지."

"엄만 그런 얘기 안 했는데."

"네가 어렸잖니. 어린 딸과 살인에 관해 얘기하고 싶진 않았을 거야."

보슈는 오랫동안 엘리너 위시를 잊고 있었다는 것을 깨닫고 슬퍼서 잠깐 말을 잃었다.

"엄마는 나름의 이론을 갖고 있었어. 항상 말했지, 모든 살인사건의 동기는 결국에는 수치심으로 귀결된다고." 보슈가 조용히 말했다.

"그냥 수치심? 그게 다야?" 매디가 되물었다.

"응, 그냥 수치심. 사람들은 수치심을 숨기려고 하고 그러기 위해 온갖 방법을 다 동원한다는 거야. 잘 모르겠지만 굉장히 일리 있는 말 같지 않니?"

매디가 고개를 끄덕였다.

"엄마가 그리워." 매디가 말했다.

보슈는 고개를 끄덕였다.

"그래, 그 마음 알지. 아마 평생 엄마가 그리울 거야." 그가 말했다.

"엄마가 살아 있으면 어떨까 궁금해. 뭔가 결정을 해야 할 때 엄마가 곁에 있으면 좋을 텐데." 매디가 말했다.

"그럴 땐 아빠랑 의논해. 아빤 항상 준비가 돼 있어, 알지?" 보슈가 말했다.

"여자들끼리만 할 수 있는 얘기도 있어."

"그렇겠지."

보슈는 무슨 말을 할지 알 수 없었다. 매디가 오랜만에 마음을 열어줘서 행복했지만 자기가 준비가 덜 돼 있어 그 기회를 잡지 못한 것 같았다. 아빠로서 실격이라는 느낌도 들었다.

"학교 문제니? 무슨 걱정 있어?" 보슈가 물었다.

"아니, 학교는 학교지 뭐. 그냥 여자애들끼리 자기 엄마는 멍청하다는 둥, 엄마가 간섭이 심하다는 둥 수다를 떨어. 졸업하고 대학 가고 하는 일에 일일이 간섭한다고. 가끔은 나도 그런 엄마가 있으면 좋겠다는 생각이 들어."

보슈는 고개를 끄덕였다.

"아빠도 엄마나 아빠가 없었다고 하지 않았나?" 매디가 말했다.

"나는 상황이 좀 달랐어. 아빠도 여자애한테는 정말로 엄마가 필요하다고 생각해." 보슈가 말했다.

"힝, 나는 없는데."

보슈는 몸을 숙여 딸의 정수리에 입을 맞췄다. 웬일인지 딸은 저항하는 기색을 보이지 않았다. 침대에서 일어선 보슈는 커다란 회색 더플백이 다 꾸려진 채로 바닥에 놓여 있는 것을 봤다. 바로 다음 날 학교에서 출발해 캠핑하러 간다는 사실이 기억났다.

"이런." 그가 말했다.

"왜?" 매디가 물었다.

"내일 캠핑 가는 걸 잊었어. 외출하지 말았어야 했는데."

"괜찮아. 어차피 짐을 마저 싸야 했어. 그리고 사흘 밤만 자면 돌아올 텐데, 뭘."

보슈가 다시 침대에 앉았다.

"미안하다." 그가 말했다.

"미안해하지 마." 매디가 말했다.

"재밌게 놀다 와."

"자신 없는데."

"노력해. 알았지?"

"알았어."

"문자 보내고."

"신호가 잘 안 터진다던데."

"알았어. 신호가 잡히면, 잘 지내고 있는지 소식 전해줘."

보슈는 몸을 기울이고 딸의 정수리에 또 한 번 입을 맞추면서 이번에는 맥주 냄새를 풍기지 않으려고 숨을 참았다.

그가 일어서서 문으로 걸어갔다.

"사랑한다, 딸. 내일 아침에 보자." 그가 말했다.

"사랑해, 아빠." 매디가 말했다.

그는 딸의 말이 진심이라고 믿었다.

26

 다음 날 아침 매디는 아빠가 더플백을 자기 차까지 들어다 주는 것을 마지못해 허락했다. 그러고는 학교로 출발하면서 학교에서 졸업 여행 캠핑지가 있는 산까지는 버스를 타고 간다고 말했다.

 보슈는 매디가 차를 달려 내려가는 것을 지켜보면서 앞으로 사흘 밤 동안 딸이 집에 없을 것이라는 사실에 허전함을 느꼈다. 집 안으로 들어와서 커피를 한 주전자 내려 한 잔을 따라 들고 작업 테이블로 쓰고 있는 식탁으로 가서 앉았다. 그러고는 경찰 배지를 달고 다닐 때 늘 하던 일을 했다. 사건 기록으로 돌아갔다.

 그는 살인사건 기록이 진화하는 도구라고 생각했다. 사실 이 사건은 기록 사본만 갖고 있었고 자체적으로 수사해도 기록에 단 한 줄도 추가할 수 없었다. 기록을 몇 번을 보더라도 페이지 수는 변하지 않을 것이고 모든 단어가 그대로 있을 것이다. 그러나 그런 것은 중요하지 않았다. 수사가 진전되면서 상황의 의미가 달라졌다. 간단히 말해 보슈는 렉시 파크스 피살사건 기록을 마지막으로 봤을 때보다 지금 더 많은 것을 알고 있었다. 그 말은 그가 점점 많아지는 사건에 대한 지식이라는 그물로 상황들을 거르면 그 의미가 바뀔 수 있다는 뜻이었다.

그는 기록을 첫 장부터 다시 읽기 시작했고 이제 통화 기록에 이르렀다. 담당 수사관들은 피해자가 살해되기 석 달 전부터 개인 휴대전화와 업무용 전화로 통화한 기록을 조사하기 시작했다. 렉시 파크스와 통화한 사람들의 신원을 파악하고 통화 내용에 대한 조사를 진행하던 중 사건 현장에서 발견된 DNA가 다관 포스터의 DNA와 일치한다는 분석 결과가 나왔다. 그 일로 상황은 새로운 국면으로 접어들었고 포스터가 유일한 수사 대상으로 좁혀지면서 통화 기록에 대한 조사는 중단된 듯했다. 그래도 통화 기록에 대해 상당한 조사가 이미 이루어졌고 스프레드시트에 나온 대다수의 전화번호에는 한두 문장의 설명이 붙어 있거나 '의심스럽지 않다 not suspicious'의 줄임말인 NS가 적혀 있었다.

보슈가 전에도 스프레드시트를 확인했지만 이번에 훑어볼 땐 걸리는 이름이 한 개 있었다. 알렉산드라 파크스는 살해되기 나흘 전에 넬슨그랜트앤선즈에 전화를 걸었다. 수사관들은 그 통화를 NS로 분류해 놓았다.

그 통화는 고장 난 손목시계에 관한 것이 분명했고 따라서 보안관국 수사관들로부터 아무런 의심을 사지 않은 듯했다. 그러나 그 손목시계는 파크스의 집 선반에 놓여 있던 빈 케이스 때문에 보슈의 레이더망에 걸려 있었다. 파크스는 손목시계 수리가 끝났는지 알아보려고 전화했을까? 보슈는 나머지 통화 기록을 훑어본 뒤 파크스의 사무실

전화의 통화 기록을 살펴보기 시작했다. 거기에는 그 보석 매장과의 통화 기록이 전혀 없었다.

사무실 전화 통화 기록 스프레드시트는 불완전했다. 파크스는 사망 전 몇 달간 사무실 전화로 수백 통의 통화를 했기 때문에 그 내역을 일일이 조사해 정리하는 것은 방대한 고역이었다. 코넬과 슈미트는 일치하는 DNA가 나오자 뛸 듯이 기뻐하며 모든 화살이 다콴 포스터를 향하게 하고 통화 기록을 집어 던졌을 것이다. 당시 그들이 해야 했던 일은 피해자와 용의자 사이에 직접적 연락이 있었는지 통화 기록을 확인하는 일뿐이었다. 직접적 연락은 한 건도 없는 것으로 밝혀지자 통화 기록 분석 작업은 중단됐다. 이것은 미묘한 형태의 터널 시야 현상이었다. 그들에게는 독 안에 든 쥐, 포스터가 있었기 때문에 용의자와 직접적 관련이 없는 수백 통의 통화와 전화번호를 조사하는 일을 굳이 끝까지 할 필요가 없었다.

보슈는 노트북을 켜고 넬슨그랜트앤드선즈를 검색했다. 구글 지도로 선셋대로에 있는 고급 쇼핑센터에서 그 보석 매장을 찾아냈다. 그 매장은 매일 오전 10시에 영업을 시작한다고 적혀 있었다.

그는 매장이 오픈하자마자 방문하기로 결정했다. 아직 한 시간 가까이 더 기다려야 했다. 그 매장의 웹사이트로 들어가 둘러보니 다양한 종류의 보석과 손목시계 신상품을 판매할 뿐만 아니라 중고 판매도 한다는 사실을 알 수 있었다. 그러나 오데마피게 시계에 대한 언급은 전혀 없었다.

구글에서 오데마피게를 검색하자 여러 개의 온라인 판매 사이트가 떴다. 그중 한 곳을 클릭했더니 그 스위스 시계 제조업체가 만든 다양한 종류의 손목시계가 주르르 나타났다. 검색 조건을 좀 더 제한해 로열오크오프쇼어 모델을 클릭하자 1만 4천 달러의 가격표가 붙은 손목시계가 나타났다.

보슈는 휘파람을 불었다. 1년 전 빈센트 해릭이 같은 모델의 시계를 사면서 지불한 금액과 현재 온라인 소비자 가격은 거의 1만 달러 가까이 차이가 났다.

그는 시계 제조업체 웹사이트로 돌아가 오데마피게 공식 오프라인 매장 목록을 클릭했다. 미국에는 공식 매장 겸 서비스 센터가 단 세 곳밖에 없었다. 로스앤젤레스에서 가장 가까운 공식 매장은 라스베이거스에 있었다. 보슈는 거기 서비스 센터 번호 두 개를 찾아내 살인사건 기록에 있는 통화 기록으로 돌아갔다. 라스베이거스 지역 번호가 702로 시작되기 때문에 그 번호들과 일치하는 번호가 있는지 통화 기록을 조사하는 일은 수월하게 금방 끝났다. 그 서비스 센터 번호와 통화한 내역이 두 건 나왔다. 2월 5일 목요일, 렉시 파크스가 넬슨그랜트앤드선즈에 전화한 바로 그날, 그녀의 사무실 전화가 오데마피게 서비스 센터에 전화를 걸었다. 통화는 6분 가까이 지속됐다. 그리고 나서 네 시간 후에 서비스 센터가 파크스의 사무실로 전화를 걸었다. 그 통화는 2분간 지속됐다.

모든 통화는 파크스의 손목시계 수리에 관한 내용이었을 것 같았다. 보슈는 휴대전화를 꺼내 첫 번째 서비스 센터 번호로 전화를 걸려다가 잠깐 기다리기로 했다. 무턱대고 전화를 걸기보다는 더 많은 정보를 확보할 필요가 있었다.

그는 사건 파일 표지 안쪽에 렉시 파크스가 걸고 받은 전화를 시간

대별로 정리했다. 첫 번째 전화는 파크스가 라스베이거스에 있는 서비스 센터로 걸었다. 이 전화는 파크스가 손목시계 수리를 맡기는 문제로 문의하는 내용이었을 것이 틀림없었다.

그로부터 14분 후에 파크스는 남편이 손목시계를 구매했던 넬슨그랜트앤드선즈에 전화를 걸었다. 이 통화는 겨우 77초간 지속됐다.

그리고 나서 네 시간 후엔, 라스베이거스 서비스 센터 직원이 파크스의 사무실 전화번호로 전화를 걸었다. 이 통화는 2분 2초간 지속됐다.

보슈는 이것이 무슨 뜻인지 알 수 없었다. 나흘 후에 발생할 살인사건과 관련이 있는지조차 알 수 없었다. 어쨌든 굉장히 이례적인 일이어서 완전히 이해하기 전에는 놔줄 수가 없었다. 손목시계는 보안관국 수사관들의 수사망에도 걸리지 않았다. 그들은 터널 안으로 너무 깊이 들어가 있었다. 그래서 손목시계가 보슈에게 굴러들어 왔다. 그는 피해자의 남편이 대폭 할인된 가격에 그 시계를 구매한 보석 매장부터 조사하기로 결심했다. 거기서 제조업체의 서비스 센터로 옮겨갈 생각이었다.

모든 보고서를 차곡차곡 쌓아 모서리 각을 맞춘 뒤 식탁에 놓았다. 부엌에 들어가 여행용 머그에 커피를 따르고 차 열쇠를 집었다. 부엌 문을 열고 차고로 나가려는데 현관에서 초인종이 울렸다. 그는 조리대에 커피를 내려놓고 현관으로 갔다.

한 쌍의 남녀가 문 앞에 서 있었다. 둘 다 다부진 체격에 남성 정장을 입고 있었고 남자는 넥타이를 매고 있었다. 둘 다 웃음기 하나 없고 눈빛이 차가워서 자기소개를 하기도 전에 경찰이라는 것을 알 수 있었다.

"보슈 선생님?" 남자가 물었다.

"전데요. 무슨 일이죠?" 보슈가 말했다.

"우리는 보안관국 수사관입니다. 이쪽은 슈미트 형사, 저는 코넬이고요. 시간 되시면 잠깐 얘기를 나누고 싶은데요."

"그러죠. 시간이 좀 있으니까."

보슈가 집 안으로 들어오라는 말을 하지 않아 잠시 어색한 침묵이 흘렀다.

"여기 문 앞에서 얘기하시려고요?" 코넬이 물었다.

"그게 낫겠어요. 금방 끝날 것 같은데. 어제 내가 그 집에 간 것 때문에 그러죠?" 보슈가 말했다.

"파크스 사건의 피고인 측에서 일하세요?"

"네."

"사립 탐정 면허 있으신가요?"

"12년 전엔 있었는데 기간이 만료됐어요. 재발급 신청해 놨고, 주 정부 면허가 있는 사립 탐정 밑에서 일하고 있죠. 합법적인 채용 계약서도 가지고 있고요."

"그 계약서 좀 볼까요, 선생님?"

"그럽시다. 잠깐만 기다리세요."

보슈는 그들을 거기 세워두고 현관문을 닫았다. 할러가 준 채용 계약서를 가지고 왔다. 그동안 한마디도 하지 않았던 슈미트가 그것을 받아 읽었고 파트너는 보슈에게 훈계를 했다.

"어제 참 모양 빠지는 일을 하셨더라고요." 코넬이 말했다.

"뭐가요?" 보슈가 되물었다.

"뭔지 아시잖습니까. 사건 현장에 접근하려고 거짓말을 하셨잖아요."

"무슨 소린지 모르겠네. 난 매물로 나온 집을 보러 갔을 뿐이에요. 이 집을 팔지 생각 중이거든요. 곧 대학 갈 자식이 있어서 그 집을 사서 담보로 대출이라도 받아볼까 하는데."

"보슈 선생님, 허튼소리는 안 하시는 게 좋을 것 같습니다. 다시 한번 선을 넘으시면 그땐 대가를 치르실 겁니다. 오늘은 봐드리는 거예요. 뒷조사를 해봤더니 우리 편이셨더군요. 예전에 말이죠. 지금은 아니고."

"개소리는 당신들이 하고 있던데요, 코넬. 당신들이 수사한 거 다 봤어요, 사건 기록에서. 부족한 게 너무 많던데."

슈미트가 채용 계약서를 보슈에게 건넸지만 보슈가 손을 뻗기도 전에 코넬이 낚아챘다.

"선생님의 채용 계약서에 대한 제 평가는 이겁니다." 코넬이 말했다.

코넬은 채용 계약서를 쥔 손을 정장 재킷 속으로 넣어 바지 뒤쪽으로 가져갔다. 그러고는 채용 계약서로 엉덩이를 닦는 시늉을 한 후 보슈에게 내밀었다. 보슈는 받지 않았다.

"좋았어요. 전통적이면서도 기발한데." 보슈가 말했다.

보슈는 현관문을 닫으려고 뒤로 한 걸음 물러섰다. 코넬이 재빨리 채용 계약서를 구겨 공 모양으로 만든 뒤 문을 닫는 보슈에게 던졌다. 그 공이 그의 가슴에 맞고 바닥으로 떨어졌다.

보슈는 문 앞에 서서 코넬과 슈미트가 멀어지는 발소리를 듣고 있었다. 굴욕감으로 얼굴이 화끈거렸다. 그들이 뒷조사를 했다면 그가 선을 넘어 어둠의 품에 안겼다는 것을 로스앤젤레스 경찰국 직원 모두가 알게 될 것이다. 보슈가 피고인의 결백을 믿는다는 사실은 그들에게는 중요하지 않았다. 중요한 것은 이젠 보슈가 피고인 측 조사관이 됐다는 사실이었다.

보슈는 문에 이마를 갖다 댔다. 일주일 전엔 퇴직한 로스앤젤레스 경찰국 형사였는데 이젠 완전히 새로운 정체성을 갖게 됐다. 도로에서 그들의 자동차에 시동이 걸리는 소리가 들렸다. 그는 문에 이마를 댄 채 그 차가 출발하기를 기다렸다. 그러고 나서 그도 집을 나섰다.

27

 보슈는 넬슨그랜트앤드선즈가 문을 열기도 전에 그 상점 앞 도롯가에 차를 세우고 기다리고 있었다. 먼저 조명등이 켜지더니 10시 5분이 되자 매장 안에 있던 젊은 아시아인 남자가 앞쪽 유리문으로 다가와 허리를 굽히고 바닥에 있는 잠금장치를 풀었다. 그러고는 소유물 처분 판매 광고판을 들고나와 인도에 세워놓고 매장으로 들어갔다. 넬슨그랜트앤드선즈가 영업을 시작한 것이다. 보슈는 커피를 마저 마시고 체로키에서 내렸다. 늦은 오전 시각이고 선셋대로에 차는 많았어도 인도와 선셋플라자에는 사람이 거의 없었다. 이곳은 주로 유럽 관광객들이 선호하는 쇼핑센터와 식당이 밀집해 있어서 점심시간이나 되어야 활기를 띠기 시작했다.
 보슈가 매장에 들어가자 뒤쪽 어딘가에서 차임벨 소리가 작게 들렸다. 상점 안에는 아무도 없는 것 같았다. 몇 초 뒤 아까 봤던 젊은 남자가 입안 가득 음식을 넣고 씹으면서 뒤쪽 방에서 나왔다. 그는 U자형

유리 진열장 중앙에 서서 한 손가락을 들어 잠깐만 기다려달라는 시늉을 했다. 마침내 음식을 다 씹어 삼킨 뒤 웃으면서 무엇을 도와드리면 좋겠느냐고 물었다.

"오데마피게 있어요?" 보슈가 남자 앞으로 다가가며 물었다.

"오데마피게요?" 남자의 발음은 보슈와는 많이 달랐다. "저희가 공식 매장은 아니지만 소유물 처분 판매를 하고 있긴 하죠. 작년에도 AP 시계 두 점이 들어왔는데 둘 다 팔렸어요. 소장가들이 선호하는 상품이라 들어오면 금방 팔립니다."

"그러니까 중고를 판다는 거군요."

"저희는 소유물 처분 판매라는 표현을 선호합니다만."

"그래요, 소유물. 그 얘길 하니까 생각나는데, 작년에도 왔다가 하나 봤던 기억이 나네. 여성용 손목시계였죠? 작년 12월이었나, 그랬던 것 같은데."

"아, 네, 그럴 겁니다. 그게 저희가 판매한 마지막 AP 시계거든요."

"로열오크, 맞죠?"

"정확히 말하면 로열오크오프쇼어였어요. 소장가이십니까, 선생님?"

"소장가요? 뭐, 그렇다고 할 수 있죠. 내 친구 중에 빈센트 헤릭이라는 사람이 있는데, 알아요? 작년 12월에 그 친구가 그 AP 손목시계를 샀는데."

남자는 의심스럽고 혼란스러운 표정이 됐다.

"고객 정보는 보호해야 하는 입장이라서요, 선생님. 여기 있는 상품 중에 보고 싶은 시계가 있으십니까?"

그가 한 팔을 들어 유리 진열장을 빙 둘러 가리켰다. 보슈는 말없이 그를 바라봤다. 뭔가 이상했다. 헤릭이 12월에 산 손목시계 이야기를 하자마자 남자는 불안해하기 시작했다. 뒤쪽 밀실을 흘끗 돌아보기도 했다.

보슈는 좀 더 밀어붙이고 남자의 반응을 살피기로 결정했다.

"그래서 누가 죽었죠?" 그가 물었다.

"무슨 말씀을 하시는 거죠?" 남자가 날카로운 목소리로 대꾸했다.

"소유물 처분 판매를 하려면 누가 죽어야 하는 거잖아요, 아닌가?"

"아뇨, 항상 그런 건 아니죠. 무슨 이유에서건 소장한 보석을 팔려는 분들이 있거든요. 손목시계도 그렇고. 그런 것들을 소유물이라고 간주합니다."

남자가 약간 몸을 틀어 다시 밀실 쪽을 돌아봤다.

"그랜트 씨가 거기 있어요?" 보슈가 물었다.

"누구요?"

"넬슨 그랜트 씨. 밀실에 계시냐고요."

"넬슨 그랜트라는 사람은 없습니다, 선생님. 그냥 상호로 쓰는 이름이에요. 이 가게를 여실 때 저희 아버지가 지으셨답니다. 우리 이름은 발음하기 어려워서요."

"아버님이 저 뒤에 계세요?"

"아뇨, 아무도 없는데요. 아버지는 오래전에 은퇴하셨죠. 이 매장은 저희 형제가 운영하고요. 무슨 일 때문에 그러시죠?"

"살인사건 때문에요. 당신 이름이 뭐죠?"

"제 이름을 알려드릴 이유는 없을 것 같은데요. 저희 상품에 관심이 있는 게 아니라면 그만 나가주시겠습니까, 선생님?"

보슈가 미소를 지었다.

"진짜요?"

"네, 진짜요. 나가주십시오."

보슈의 오른쪽 유리 진열장 위에 플라스틱으로 된 명함꽂이가 있었다. 보슈는 천천히 그곳으로 걸어가서 맨 위에 놓인 명함을 집어 들었다. 두 개의 이름이 적혀 있었다. 형제. 그는 그 이름을 큰 소리로 불렀다.

"피터와 폴 응우옌. 발음 맞게 했나요?"

"네. 이제 그만 나가주시죠."

"아버님이 그랜트라는 이름을 쓰신 이유를 알겠네. 당신은 피터? 폴?"

"그걸 왜 알려고 하죠?"

"수사에 필요하니까."

보슈는 지갑에서 로스앤젤레스 경찰국 신분증을 꺼냈다. 신분증을 두 손가락으로 집어 남자에게 들어 보일 때 앞쪽에 있는 손가락으로 퇴직이라는 단어를 전략적으로 가렸다. 침실 서랍장 위에 걸린 거울을 보면서 열심히 연습한 동작이었다.

"경찰 배지는요? 배지도 보여주시죠." 남자가 말했다.

"간단한 질문 몇 개 하는데 배지까지 보여줄 필요는 없을 것 같은데. 당신이 협조만 잘 해준다면."

"뭔진 몰라도 빨리 끝내시죠."

"좋아요. 우선 어느 쪽이죠? 피터? 아니면 폴?"

"피터요."

"좋아요, 피터, 이것 좀 봐요."

보슈는 휴대전화의 사진 갤러리를 열었다. 그러고는 〈로스앤젤레스 타임스〉의 렉시 파크스 피살사건에 관한 기사에 나온 렉시 파크스의 사진을 자신이 휴대전화로 찍어놓은 것을 찾아서 피터 응우옌에게 들어 보였다.

"이 여자 알아요? 올해 초에 여기 온 적 있어요?"

응우옌은 황당하다는 표정으로 고개를 저었다.

"새해 첫날부터 얼마나 많은 손님이 왔다 가셨는지 아세요?" 그가 물었다. "그리고 제가 여기 계속 있는 것도 아니고요. 직원들이 있거든요. 선생님의 질문에 대답을 못 드리겠네요."

"이 여자가 살해됐어요."

"유감입니다만, 저희 매장과는 아무 관계가 없는 것 같은데요."

"살해되기 나흘 전에 여기로 전화를 걸었어요. 지난 2월에."

남자가 갑자기 얼어붙더니 무언가 기억이 나는 듯 입을 동그랗게 오므렸다.

"왜요?" 보슈가 물었다.

"이제야 기억이 나네요. 그 일로 보안관국으로부터 전화를 받았거든요. 여형사가 전화해서 살해된 여자와 그 전화 통화에 대해 묻더군요." 남자가 말했다.

"그 여형사 이름이 슈미트였어요? 무슨 말을 해줬죠?"

"형사 이름은 기억이 안 나네요. 동생한테 물어봐야 했어요, 문제의 그날은 동생이 일했거든요. 동생 말로는 전화한 여자가 시계 수리에 대해 문의했고 그래서 그 브랜드 웹사이트에 들어가서 서비스 센터에 연락해 보라고 했다더군요. 우린 시계 수리는 안 하거든요. 판매만 하죠."

보슈는 그를 노려봤다. 그가 거짓말을 하고 있거나 그의 동생이 그에게 거짓말을 한 것이다. 렉시 파크스는 라스베이거스에 있는 오데마 피게 서비스 센터와 통화를 하고 나서 이 매장에 전화했다. 따라서 시계 수리에 대해 문의하러 여기에 전화했을 것 같지는 않았다. 파크스는 다른 이유로 전화했는데 응우옌 형제가 그것을 숨기고 있었다.

"동생은 어디 있죠?" 보슈가 물었다. "만나봐야겠는데."

"휴가 중입니다." 피터 응우옌이 말했다.

"언제까지죠?"

"돌아올 때까지요. 선생님, 우린 아무 잘못도 하지 않았습니다. 폴이 전화를 받아서 안내해 줬다니까요."

"거짓말이잖아요, 피터. 거짓말인 걸 당신도 알고 나도 알고. 당신이 거짓말하는 이유를 알아내면 돌아올게요. 물론 지금 사실대로 얘기해 주면 번거롭고 힘든 일을 피할 수 있어서 당신한테도 더 좋겠지만."

피터 응우옌은 말없이 보슈를 바라봤다. 보슈가 미끼를 하나 더 던졌다.

"그리고 당신 아버지를 이 일에 끌어들여야 한다면 그렇게 할 거예요."

"아버지는 돌아가셨습니다. 돌아가실 즈음엔 이 매장이 거의 망해 가고 있었는데, 저희 형제가 이만큼 살려놓았죠."

피터 응우옌은 한 팔을 들어 모든 진열장과 그 속에 든 반짝이는 보석들을 가리켰다. 그때 다른 손님이 유리문을 열고 들어와 오른쪽 진열장으로 걸어갔다. 그는 챙이 넓은 중절모를 쓰고 있었다. 그가 진열장 위로 허리를 굽히고 보석들을 들여다보기 시작했다.

보슈는 그 손님을 흘끗 보고는 다시 응우옌을 돌아봤다.

"손님이 있으니까 이제 가세요." 응우옌이 말했다.

보슈는 주머니에서 명함을 꺼냈다. 로스앤젤레스 경찰국에 있을 때 쓰던 명함이었다. 미해결사건 전담반 전화번호를 칼로 긁어 지우고 자기 휴대전화 번호를 써놓았다. 혹시 명함이 들어가지 말아야 할 사람 손에 들어가서 악용될까 봐 겨우 알아볼 수 있을 글씨로 "퇴직"이라는 단어도 갈겨 써놓았다.

보슈는 응우옌 앞에 명함을 내려놓았다.

"잘 생각해 보고 동생더러 전화하라고 해요, 너무 늦기 전에." 그가 말했다.

보슈는 차로 돌아갔다. 보석 매장에서 믿을 만한 정보는 확보하지 못했지만 응우옌을 들쑤셔서 어쩌면 더 중요한 것을, 이곳이 의심스럽다는 확신을 얻어냈다. 그는 교차점에 다가가고 있다고, 렉시 파크스가 죽음의 전선에 걸려 넘어진 곳에 다가가고 있다고 느꼈다.

운전석에 앉아 시동은 켜지 않고 다음 할 일에 대해 생각했다. 커피 컵을 들었지만 다 마셨다는 것이 기억났다. 자신의 직감을 따르고 자기가 원하는 방향에 그물을 던지는 것이 참으로 자유롭다는 것을 처음으로 느꼈다. 경찰국에 있을 때도 직감을 따르기는 했지만 보고하고 승인받을 것을 요구하는 경위와 때로는 경감까지 있었다. 절차와 증거에도 규칙이 있었다. 파트너가 있었고 노동 분업이 있었다. 예산이 있었고 그가 취한 모든 조치와 그가 작성한 모든 보고서는 평가받고 그에게 불리한 방향으로 이용될 가능성이 항상 있었다.

지금은 그런 부담이 전혀 없었고 그런 변화를 처음으로 실감했다.

그의 마음의 소리는 그가 제대로 발음할 수도 없는 브랜드 이름을 가진 그 손목시계가 이 사건 미스터리의 핵심에 있다고 말하고 있었다. 응우옌이 자기 구역인 보석 매장에서 너무나 의심스럽게 행동했기 때문에 손목시계라는 단서를 무시할 수 없었다. 보슈는 손님이 떠날 때까지 기다렸다가 다시 들어가서 응우옌을 더 추궁해 볼까, 아니면 이렇게 차에 앉아서 피터 응우옌의 동생이 나타나는지 지켜볼까 고민했다. 그러나 그는 허락을 구할 필요 없이 직감을 따를 수 있는 자유를 마음껏 누리기로 결심했다.

   그는 체로키에 시동을 걸고 출발했다.

28

롱은 차로 돌아와 선셋대로를 관찰했다.

"보슈는 어디 갔어요?" 롱이 물었다.

운전석에 앉은 엘리스가 동쪽을 가리켰다.

"집에 갔겠지." 엘리스가 말했다. "응우옌이 뭐래?"

"보슈가 손목시계에 대해 물었고 파크스한테서 온 전화에 대해 물었대요. 응우옌은 모르는 척 시치미를 떼고 동생이 전화를 받았다고 했고요. 하지만 보슈는 또 올 거예요, 분명히. 일이 점점 심각해지고 있어요, 파트너. 그 인간이 점점 다가오고 있다고요."

엘리스는 롱의 말을 곱씹었다. 아직 차에 시동을 걸지 않고 있었다.

"또 뭐래?" 엘리스가 물었다.

"그게 다래요. 나를 엄청 무서워했어요. 무슨 얘기를 더 했었다면 순순히 불었을 거예요." 롱이 말했다.

엘리스는 시동을 걸려다가 포기했다.

"동생이라는 놈은 도대체 어디 간 거야?"

"응우옌도 모른대요. 멕시코에 간 게 아닐까 생각한다던데."

"들어갔을 때 무슨 얘기를 하고 있었어?"

"끄트머리만 들었어요. 응우옌이 하는 말을 보슈가 믿지 않는 것 같더라고요. 그건 확실해요. 이거 지금 해결해야 해요. 입을 다물게 해야 한다고요. 보슈는 그 라이더 새끼하고는 차원이 달라요. 그 새끼를 친 건 예방 차원이었지만 보슈는 지금 진짜 위협이 되고 있다니까요."

"응우옌 형제가 모일 때까지 기다려야 해. 멕시코 이야기는 뻥이야."

"그건 나도 그렇게 생각했어요. 그러니까 보슈는 기다려 보자는 거죠?"

엘리스가 대답하지 않아 차 안에 침묵이 흘렀다. 조금 후 롱이 대답을 재촉했다.

"언제까지요?"

"휴대전화에서 확인해 봐, 보슈가 어디 갔는지."

"집에 갔을 거라면서요."

"그러니까, 확인하라고."

롱은 휴대전화에서 위치 추적 앱을 켰다. 보슈의 위치를 알아내는 데 약간 시간이 걸렸다.

"라시에네가를 달리고 있네요, 10번 고속도로 쪽으로."

엘리스가 차에 시동을 걸었다.

"그래서 보슈는 어떻게 할 건데요?" 롱이 물었다. "제거하고 끝냅시다."

엘리스는 고개를 가로저었다.

"그렇게 간단한 문제가 아니야. 그자에겐 친구들이 있어. 두 번째 조사관까지 잃으면 할러가 의문을 가질 거야. 그런 관심을 불러일으킬 필요가 없지." 그가 말했다.

엘리스는 출발 전에 백미러를 확인하려고 고개를 들었다.

"우리에게 선택의 여지가 없는 순간이 닥칠 거예요." 롱이 말했다.

"그럴 수도 있겠지. 아직은 아니잖아." 엘리스가 말했다.

그는 백미러 속에서 낯익은 인물이 선셋대로를 건너는 것을 봤다.

"하늘은 기다리는 사람을 돕는구먼. 동생이 저기 오네." 엘리스가 말했다.

"어디요?" 롱이 물었다.

"우리 뒤에. 가게로 가고 있어. 거짓말인 줄 알았다니까."

엘리스는 시동을 껐다. 형제가 한자리에 모인다면 이야기는 달라졌다.

29

 보슈는 선셋에서 라시에네가를 타고 10번 고속도로를 향해 달렸다. 가다가 주유를 했고 얼마 후엔 고속도로를 타고 유리와 대리석으로 지은 고층 건물이 즐비한 시내를 향해 동쪽으로 달렸다. 도심을 통과한 뒤엔 15번 고속도로로 진입해 라스베이거스를 향해 쭉 뻗은 고속도로를 달리기 시작했다. 손목시계의 자취를 직접 따라가 보기로 결심했다. 경찰 배지가 있건 없건 정보를 얻는 최선의 방법은 직접 요청하는 것임을 그는 알고 있었다. 전화는 쉽게 끊을 수 있지만 면전에서 문을 닫는 것은 훨씬 더 어려웠다.
 게다가 생각하고 상황을 정리할 필요가 있었다. 로스앤젤레스와 라스베이거스 사이의 광활한 사막이 마음의 눈을 열고 수사의 뉘앙스와 가능성을 잘 볼 수 있게 도와줄 것이다. 이것이 그가 네바다 사막에 있는 도박의 성지로 갈 때마다 비행기보다 차로 가는 것을 선호하는 이유였다.

절반쯤 갔을 때 보슈는 할러에게 전화를 걸기로 했다. 함께 묘지를 산책한 이후로 할러를 본 적도 소식을 들은 적도 없었다. 전화가 음성 사서함으로 넘어가자 그는 라스베이거스로 가는 중이고 통화할 시간이 있다고 보고했다.

20분 후 할러가 전화를 걸어왔고 다른 사건의 심리에 들어갔다가 방금 나왔다고 말했다.

"베이거스? 베이거스에 뭐가 있는데?" 할러가 물었다.

"모르겠어." 보슈가 말했다. "나비를 따라가는 것과 비슷해. 뭔가 알아내면 제일 먼저 알려줄게."

"전화로 하지 그랬어? 네 시간이나 달려야 하잖아."

"누구한테 걸어야 하는지 알아야 전화를 하지. 그리고 때로는 느낌이 팍 와, 직접 가야 한다고."

"도 닦았어, 형?"

"아니, 살인사건 수사학 개론 1장에 나오는 말씀."

보슈는 네바다주 경계선에 있는 프림을 통과하고 있었다. 목적지에는 한 시간 안으로 도착할 것이다.

"그래서 묘지에서 가져온 동영상은 어떻게 됐어?" 보슈가 물었다.

"오늘 전문가에게 맡겼어. 뭐라도 나오면 알려줄게." 할러가 말했다.

"알았다."

"렉시 파크스의 집에서 형이 사고 친 거, 후폭풍이 불었어. 보안관국이 검찰청에 항의했고 검찰은 이 사건 담당 판사에게 항의했어. 이따가 판사실에 불려 가서 경위를 설명해야 해."

"이런. 미안하다, 진짜. 나도 갈까? 차 돌릴게."

"아니, 법원 근처에는 얼씬도 하지 마. 사실 형이 라스베이거스에 가서 다행이야. 핑계가 생겼거든. 내가 처리할 수 있을 거야. 판사를 잘 알아. 예전에 변호사였다가 판사가 된 사람이라 내 곤경에 동정적일 거야. 요즘에는 유능한 조사관을 구하기가 너무 힘들다고 하소연 좀 하려고."

보슈는 미소를 지었다. 할러도 웃고 있을 것이 분명했다.

"그래, 지가 무슨 일을 하는지도 모르고 있더라고, 완전 신참이라고 얘기해."

"그래야지."

그들은 사건 얘기는 거기서 끝내고 딸들의 졸업 얘기를 했다. 할러는 딸들에게 공동으로 선물을 하자고, 캐나다 서해안에서 알래스카까지 가는 크루즈 여행을 시켜주자고 제안했다. 알래스카에 가서는 빙하에서 개썰매를 타면서 서로를 더 잘 알아갈 수 있을 거라고, 가을부터 채프먼에서 룸메이트로 함께 살기 전에 친해질 수 있는 좋은 계기가 될 거라고 설득했다. 보슈는 졸업 선물에 대해서는 생각한 적도 없고 졸업 선물을 해야 한다는 생각도 하지 못했던 터라 머리를 세게 한 대 얻어맞은 듯 띵한 기분이 들었다.

보슈는 결국 크루즈 여행에 찬성했고 할러는 자기가 알아서 준비하겠다고 말했다. 거래하는 여행사가 있다고 했다. 그러고 나서 그들은 전화를 끊었고 보슈는 사건으로 돌아가 목적지에서 할 일을 생각하기 시작했다.

* * *

보슈가 수사차 마지막으로 라스베이거스를 방문한 이후로 오랜 세월이 흘렀고, 그동안 도시는 새 카지노와 트래픽 패턴[38]과 쇼핑의 성지들로 새 단장을 한 모습이었다. 오데마피게 공식 매장 겸 서비스 센터는 번화가인 스트립 거리에 있는 새 쇼핑센터 안에 있었다. 그 쇼핑센터는 거대한 유리로 된 복합건물로 카지노와 호텔, 상업시설과 주거시설이 함께 들어 있었고 주변의 모든 것을 왜소해 보이게 만들었다. 보슈의 마지막 방문 이후로 지어진 건물이었다. 차가 많아서 건물 주위를 두 번이나 돌다가 15분이나 지나서 주차장 입구를 발견했다. 잠시 후 그는 베벌리힐스의 로데오 거리를 포함해 이제까지 그가 본 것 중 가장 고급스러운 상점들이 줄지어 서 있는 쇼핑몰을 걷고 있었다.

오데마피게 매장에는 짙은 색 원목과 유리로 된 진열장이 있고 그 속에는 개별 받침대에 앉아 있는 손목시계가 줄줄이 전시돼 있었다. 첩보 요원처럼 이어폰을 낀 보안 직원이 입구에 버티고 서 있었다. 그는 보슈가 이제까지 가졌던 어떤 정장보다도 더 좋은 정장을 입고 있었다. 오페라에 가려고 차려입은 것 같은 여직원이 접수창구 뒤에 앉아 진심 어린 미소로 보슈를 맞았다. 그녀는 보슈가 입고 있는 청바지와 코르덴 스포츠 재킷으로 그를 평가하는 우를 범하지 않았다. 라스베이거스를 찾는 도박꾼들은 초라한 행색 뒤에 부를 숨기는 경우가 많았다. 보슈도 그런 행색을 하고 있었다. 그는 재킷 소매가 오른 손목에

---

[38] 사람이나 차, 비행기 등의 이동 유형

차고 있는 타이맥스 시계를 가릴 만큼 긴 것이 다행이라고 생각했다.

"서비스 센터는 출입문이 다른가요?" 보슈가 물었다.

"아뇨, 이 매장이 서비스 센터를 겸하고 있습니다, 고객님." 여직원이 상냥하게 대답했다. "시계를 찾으러 오셨어요?"

"아뇨, 그건 아니고. 서비스 책임자를 만나볼 수 있을까요? 올 초에 수리를 맡긴 손목시계와 관련해서 물어볼 게 있는데."

여직원이 눈살을 찌푸리자 눈썹이 45도 각도로 올라갔다.

"제라드 씨를 불러드리겠습니다." 그녀가 말했다.

여직원이 일어서서 책상 뒤에 있는 출입구로 사라졌다. 기다리는 동안 보슈는 뒷덜미에 꽂히는 보안 직원의 따가운 눈길을 느끼면서 진열된 다양한 상품을 구경했다.

"선생님?"

돌아서니 진열장 옆에 남자가 서 있었다. 넥타이를 맨 정장 차림의 남자는 머리숱이 줄어드는 것을 보상이라도 하듯 턱수염이 덥수룩했으며 안경을 끼고 있었는데 왼쪽 안경렌즈 위에 돋보기를 덧끼고 있었다.

"무엇을 도와드릴까요?" 남자가 물었다.

"네, 올해 초에 수리를 위해 이곳에 배달된 손목시계에 관해서 물어볼 게 좀 있는데요." 보슈가 말했다.

"이해가 잘 안 가는데요. 선생님이 시계 주인이십니까?"

그는 보슈가 바로 알아차리기 어려운 억양으로 말했다. 유럽식이었다. 스위스, 어쩌면 독일 억양인 것도 같았다.

"아뇨, 주인은 아니고 조사관입니다. 로스앤젤레스에서 왔죠. 손목시계의 행방을 알아내고 자세한 정보를 확보하려고 왔어요."

"대단히 이례적인 일이군요. 경찰이십니까?"

"로스앤젤레스 경찰국에서 얼마 전에 퇴직했죠. 손목시계를 조사해 달라는 부탁을 받았어요. 살인사건과 관련이 있어서."

마지막 말을 들은 남자의 안색이 의심으로 어두워졌다.

"살인사건요?"

"그래요. 예전에 살인사건 담당 형사였거든요. 믿어지지 않는다면 내 신원을 확인해 주고 보증해 줄 만한 로스앤젤레스 경찰국 사람들 이름과 전화번호를 제공할게요."

"신분증 좀 보여주시겠습니까?"

"물론이죠."

보슈는 지갑에서 로스앤젤레스 경찰국 신분증을 꺼냈다. 이번에는 '퇴직'이라는 단어를 가릴 필요가 없었다.

"어떤 시계를 말씀하시는 거죠?" 신분증을 도로 주면서 남자가 물었다.

"선생님이 제라드 씨인가요?" 보슈가 물었다.

"네, 버트런드 제라드입니다. 여기 점장이자 서비스 센터장이기도 하죠. 누가 살해됐습니까?"

"알렉산드라 파크스라는 여성이요. 지난 2월에. 여기서도 그 뉴스가 나왔습니까?"

제라드는 금시초문이라는 표정으로 고개를 가로저었다. 파크스라는 이름을 아는 것처럼 보이지는 않았다.

"로스앤젤레스에서는 상당히 큰 사건이었어요." 보슈가 말했다. "하지만 손목시계 수리를 맡길 땐 남편 성을 썼는지도 모르겠군요. 남편 성은 헤릭인데."

이제야 반응이 있었다. 긴장이나 경계의 표정이 아니라 누군지 알 겠다는 듯한 표정이었다.

"누군지 알겠어요?" 보슈가 물었다.

"네, 아는 이름이군요." 제라드가 대답했다. "하지만 그런 일이 있었 다는 건 몰랐습니다. 그 고객의 전화번호는 갑자기 없는 번호로 나오 고 원주인은 시계를 돌려받길 원하지 않았어요. 그래서…… 아직도 저 희가 보관하고 있죠."

보슈는 멈칫했다. 그가 모르고 있었거나 이해하지 못했던 것을 제 라드가 방금 폭로했다. 제라드가 계속 말하게 하고 싶었고 협조에 방 해가 되는 일은 하고 싶지 않았다.

"원주인." 보슈가 머뭇거리며 말했다. "그녀는 왜 시계를 돌려받길 원하지 않았죠?"

"그녀가 아니라 그였습니다." 제라드가 말했다. "구매자가 남자였어 요. 아내에게 줄 선물로 구매하셨죠. 누구 부탁을 받으셨습니까, 선생 님, 이 문제를 조사해 달라고?"

대화가 우려했던 방향으로 갔다. 보슈는 주위를 돌아봤다. 분위기를 바꿀 필요가 있었다.

"제라드 씨, 둘이서 조용히 얘기할 수 있는 곳이 있을까요?"

이젠 제라드가 망설였고 이 일에 어디까지 발을 들여놓아야 할지 고민하는 듯했다.

"네, 따라오시죠." 마침내 그가 말했다.

제라드는 진열장 뒤로 이어지는 출입문으로 보슈를 들이면서 보안 직원에게 고개를 끄덕여 괜찮다는 표시를 했다.

제라드는 커다란 밀실 옆에 작은 개인 사무실을 두고 있었다. 밀실에는 작업대가 있고 다양한 소형 도구가 선반에 놓여 있었다. 뒷벽에는 바닥에서 천장까지 닿는 금고가 있었는데, 재고를 보관하는 곳인 듯했다. 밀실에는 아무도 없었다. 그 사실과 안경에 덧끼워진 돋보기는 제라드가 이 매장의 점장이자 시계 수리 기술자이기도 하다는 분명한 증거였다.

제라드는 얼룩 하나 없이 깨끗한 책상 뒤에 앉아서 달력 수첩을 펼쳤다. 페이지를 앞으로 넘기다가 메모를 발견하고는 서랍을 열어 메모에 맞는 파일을 꺼냈다. 그 파일에는 손목시계가 들어 있는 솜을 덧댄 주머니가 묶여 있었다. 그는 그 주머니를 떼어내 시계를 꺼낸 뒤 책상에 조심스럽게 내려놓고 파일을 펼쳤다.

"이 시계는 알렉산드라 헤릭 님이 수리를 요청하며 저희에게 보내신 건데요." 그가 말했다. "캘리포니아주 웨스트할리우드에서 보내셨네요. 그건 이미 알고 계시겠고."

"그렇죠." 보슈가 말했다.

제라드가 말하는 동안 보슈는 제라드의 폭로에 제동을 걸 어떤 말실수도 하고 싶지 않아서 최대한 말을 아꼈다.

"우리 웹사이트는 시계 정비나 수리를 받기 위해 진행해야 할 절차를 정확하게 안내하고 있죠."

"그 시계는 뭐가 문제였죠?" 보슈는 이 말을 하자마자 괜히 끼어들었다고 후회했다.

제라드가 손목시계를 집어 들더니 한 손가락으로 문자판 둘레를 만졌다.

"크리스털이 깨졌더군요." 제라드가 말했다. "깨진 경위는 설명하지 않으셨고요. 하지만 수리는 간단했어요. 유일한 문제는 대체 크리스털이었죠. 스위스에 주문해 배달을 받아야 했는데 열흘 정도 걸렸습니다."

제라드가 시계에서 고개를 들어 보슈를 바라보면서 다음 질문을 기다렸다. 보슈는 괜한 질문으로 진술의 흐름을 막았던 터라 다시 활기를 띠울 질문을 고민했다.

"시계는 언제 여기에 도착했죠?" 보슈가 물었다.

제라드는 파일에 적힌 메모를 참조했다.

"2월 2일에 수령했네요. 페덱스로 왔고요." 그가 말했다.

보슈는 그 날짜에 주목했다. 2월 2일은 알렉산드라 파크스가 살해되기 일주일 전이었다.

"시계를 수령한 날짜가 그날이었다는 겁니다. 저흰 모든 사항을 기록해 두죠." 제라드가 말했다. "하지만 제가 상자를 열어 내용물을 확인한 것은 그로부터 사흘 후였어요. 2월 5일요."

"그땐 무슨 일이 있었죠?" 보슈가 물었다.

"저희가 판매하는 모든 상품은 판매와 동시에 등록이 됩니다." 제라드가 말했다. "재판매의 경우에는 새 구매자가 재등록을 해야 하죠. 그래야 고객 서비스 혜택을 누리실 수 있거든요. 그런데 이 손목시계는 헤릭이라는 이름으로 등록돼 있지 않았어요. 여전히 원주인의 이름으로 등록돼 있더군요."

"선물용으로 중고로 샀다고 들었어요. 소유물 처분 판매." 보슈가 말했다.

"문제는 제가 이 손목시계에 대해 잘 알고 있었다는 겁니다." 제라드가 말했다. "처음에 판매한 사람이 저였거든요."

제라드는 거기에서 말을 멈췄고 보슈는 이제 무엇을 물어야 할지 알 수가 없었다. 뭔가 거리끼는 게 있는 것이 분명한데 그것을 말하게 해야 했다.

"당신은 새 제품을 팔았고, 그 시계가 나중에 중고로 판매됐다는 이야기는 듣지 못했다는 건가요?"

"네, 바로 그겁니다."

"누구에게 새 제품을 팔았죠?"

"그건 말씀드릴 수 없습니다. 개인정보 보호 정책에 따라 고객 성함은 공개할 수 없거든요. 이런 고급 시계를 구매하시는 고객들은 높은 수준의 정보 보호를 기대하시고 저희가 그렇게 해드리고 있죠."

"좋아요, 그래서 어떻게 했습니까?"

"원 고객은 지난 3년간 제게서 손목시계 두 점을 구매하셨어요. 고급 시계 소장가이신데 자신과 아내를 위해 구매하셨죠. 그리고 저는 그분이 그 시계 두 점을 계속 소장 중이라고 알고 있었는데, 이 시계가 다른 사람을 통해 들어온 겁니다. 그래서 원 고객님의 자택으로 전화를 드렸죠, 재판매가 합법적으로 이루어졌는지 확인하려고요."

제라드는 얘기를 잘하다가 멈추고 재촉을 해야 다시 이어가는 양상을 보이고 있었다. 보슈의 경험에 따르면 그것은 내키지 않는다는 표시였다. 완벽하게 결백하거나 관련이 없는 사람들이 살인사건과 관련된 질문을 받을 때 자주 보이는 양상이었다.

"고객이 뭐라던가요?"

"처음에는 고객과 통화를 못 했어요. 부인이 전화를 받았죠. 남편을 바꿔달라고 했더니 집에 없다고 하더군요."

"그래서 그 부인과 통화를 했군요."

"괜히 부인을 놀라게 하고 싶지 않았어요. 그래서 제 소개를 하고는 구매한 시계는 잘 쓰고 있는지, 뭐 도와드릴 것은 없는지 확인차 전화했다고 말했죠. 저희가 무료 세척 및 점검 서비스를 고객에게 제공하거든요. 택배비와 보험료만 고객이 부담하고요."

"일을 아주 슬기롭게 잘 처리하셨네. 그 부인은 뭐라던가요?"

"저희 매장에서 구매한 시계를 두 점 다 도난당했다고 하더라고요."

"도난당했다고요?"

"네, 도둑이 들었다고 하더라고요. 자기는 파리 여행 중이었대요. 강도를 만날까 두려워서 시계를 차고 가진 않았다고 했어요. 시계는 집에 놔뒀대요. 남편은 출근해야 해서 집에 남았고요. 그런데 남편이 집에 없을 때 도둑이 들어서 보석을 몽땅 털어 갔다더군요."

"그게 언제래요?"

"두세 달 전이라던데, 정확한 날짜는 물어보지 않았어요."

"그 사람들 여기 라스베이거스에 삽니까?"

제라드는 잠시 망설였지만 고객의 거주지 정보를 제공하는 것이 규칙 위반은 아니라고 판단한 것 같았다.

"아뇨, 베벌리힐스요." 그가 말했다.

"그렇군요. 그 부인한테 말했어요? 그 도둑맞은 시계가 당신 매장으로 돌아와 있다고?" 보슈가 질문했다.

제라드는 다시 망설였고 보슈는 그가 불편해하는 이유를 알 것 같았다.

"아뇨." 제라드가 말했다. "그 남편하고 이야기하고 싶었습니다. 엄밀히 말하면 그 남편이 제 고객이거든요. 남편에게 전화 좀 부탁드린다고 전해달라고 부인에게 말했습니다. 그리고 시계 한 점은 찾은 것 같다고 말했죠."

"표현을 그렇게 했어요?" 보슈가 물었다.

"네, 그 시계가 제 수중에 있다고는 말하지 않았죠."

"그랬더니 그 남편이 전화했어요?"

"네, 같은 날 오후에요. 그런데 완전히 다른 얘기를 하더라고요. 시계는 도둑맞은 게 아니라고 했습니다. 실은 자기가 아내 모르게 시계와 보석을 다 팔아치웠고 아내에겐 도둑맞았다고 둘러댔다고 하더군요. 불안해하고 당황한 것 같았지만 사실대로 인정하더라고요. 현금 유동성에 문제가 있었고 그래서 시계를 팔아 도박 빚을 갚았다고, 그걸 아내는 모르게 하고 싶었다고요."

"그래서 도둑맞았다고 이야기를 지어낸 거군요."

"맞습니다."

"그가 도박꾼이었다는 걸 당신도 알았어요?"

"이 점포 밖에서의 모습은 알 수가 없죠. 하지만 그분은 베벌리힐스에 살고 있고 저희 매장은 여기 라스베이거스에 있잖습니까. 시계를 살 때 전액 현금으로 결제했고요. 그분이 시계를 살 목적만으로 여기 온 건 아닐 거라고 추측했습니다."

"그 사람은 직업이 뭐죠?"

"의산데 전문 진료과목이 뭔지는 모르겠습니다."

보슈는 지금까지 들은 사실을 종합해 상황을 정리했다. 제라드의 이야기가 사실이라면 파크스 사건에서 석연찮은 부분인 손목시계는 의문이 해결됐고 파크스 살인사건과는 관련이 없어 보였다. 이상한 지엽적인 이야기에 시간을 낭비한 셈이었다. 보슈는 자신이 느끼는 실망감이 표정에 드러나는지 궁금했다.

"그 원주인이 시계를 어디에서 팔았는지 혹은 누구에게 팔았는지 얘기하던가요?"

"아뇨, 물어보지 않았습니다. 통화는 짧게 끝났죠. 그 고객은 자기 아내가 제게 준 정보가 사실이 아니라는 것을 제게 알리고 싶어 했어요. 그리고 경찰에 신고했느냐고 묻더군요. 안 했다고 먼저 고객과 통화하고 싶었다고 대답했고요."

보슈는 고개를 끄덕이면서 제라드의 표정을 살폈다. 그는 아직도 왠지 불편해 보였고 모든 것을 사실대로 이야기해도 거리끼는 무언가는 사라지지 않은 듯했다.

"더 있죠, 제라드 씨?" 보슈가 물었다.

"네?"

"그것 말고 더 있죠? 빼먹은 얘기가 있죠?"

"아뇨, 그게 전분데요."

"경찰에 신고했어요?"

"아뇨, 안 했습니다. 지금 거짓말한 것도 없고요."

"헤릭 부인은요? 헤릭 부인에게 이런 이야기를 했어요?"

제라드는 보슈의 눈을 피해 고개를 숙이고 책상에 놓인 자기 손을 내려다봤다. 보슈는 자기가 아픈 곳을 찔렀다는 것을 알아차렸다.

"얘기했군요." 보슈가 말했다.

제라드는 아무 말도 하지 않았다.

"헤릭 부인에게 손목시계가 장물이라고 얘기했어요?" 보슈가 물었다.

제라드는 눈을 못 마주치고 고개를 끄덕이기만 했다.

"마침 제가 원 고객의 부인과 통화한 후에 전화했더라고요. 원 고객인 의사의 전화를 받기 전에요. 시계 수리가 끝났는지 궁금해서 전화했다면서요. 저는 시계 잘 받았고 대체할 크리스털을 주문했다고 대답했죠. 그러고 나서 어디서 구매했느냐고 물었더니 로스앤젤레스에 있는 보석 매장 이름을 대더군요, 거기서 소유물 처분 판매로 샀다고."

"넬슨그랜트앤드선즈요?"

"상호는 기억이 안 납니다."

"그래서 뭐라고 했죠?"

"사실대로 말해줬습니다. 크리스털이 도착하면 수리는 쉬울 거다, 그런데 수리를 할 수 있을지는 모르겠다, 소유권에 문제가 있어서."

"반응이 어떻던가요?"

"좀 놀란 눈치였어요. 합법적으로 산 거라고, 남편이 샀는데 남편은 경찰이라고 하더군요. 장물인 줄 알았다면 절대 사지 않았을 거라고, 잘못하면 이 일로 자기가 해고될 수 있고 명예가 훼손될 수 있다고 하더라고요. 제가 말도 안 되는 소리를 한다고 불같이 화를 냈고요. 진정시키느라 고생 좀 했죠. 사과했고 추가 정보를 기다리고 있으니까 더 자세히 알게 되는 대로 하루 이틀 안에 전화해 주겠다고 약속했고요."

고개를 들어 보슈를 바라보는 제라드의 눈에는 렉시 파크스에게 그런 얘기를 한 것을 후회하는 기색이 역력했다.

"그러고 나서 그 의사가 전화를 했군요." 보슈가 말했다.

"네, 의사가 전화해서 그 문제의 시계는 자기가 팔았다고 말했죠."

제라드는 자신이 일을 복잡하게 만든 것을 떠올리며 고개를 가로저었다.

"헤릭 부인에게 다시 전화해서 이야기를 전했어요?" 보슈가 물었다.

"네, 전화했는데, 당연한 일이겠지만 엄청 화를 내더군요. 제가 뭐 할 수 있는 것도 없었고요. 사람들 중에는 아무리 해도 달랠 수가 없는 사람들이 있더라고요. 소매업에 종사하다 보니까 알겠더군요."

보슈는 고개를 끄덕였다. 이제 막다른 골목에 다다른 것 같았다. 그는 책상에 놓인 손목시계를 가리키며 마지막 질문을 던졌다.

"그런데 왜 아직도 이 시계를 가지고 있죠?"

제라드가 손목시계를 집어 들고 들여다봤다. 그때 파일에 붙은 노란 포스트잇에 적힌 갈겨쓴 글씨가 보였다. 거꾸로 보였지만 이름을 분명히 읽을 수 있었다. 슈버트 박사. 지역번호 310으로 시작되는 전화번호도 있었는데, 베벌리힐스도 310을 쓴다는 것을 보슈는 알고 있었다.

"그분이 수리비를 결제하지 않아서요." 제라드가 말했다. "주문한 크리스털이 들어와서 시계에 끼운 다음에 그분이 시계를 택배로 보낼 때 썼던 전화번호로 연락했지만 서비스가 중단된 번호로 나오더군요. 그래서 시계를 보관하면서 고객이 전화하기를 기다렸어요. 그러다가 솔직히 말하면 잊고 있었습니다. 다른 일을 하느라고 잊어버렸죠. 그런데 지금 선생님이 오셔서 그분이 돌아가셨다고, 살해됐다고 말씀하시네요."

보슈는 고개를 끄덕였다. 렉시 파크스는 손목시계를 택배로 보내기 위해 포장한 뒤 겉면에 자기 휴대전화 번호를 썼을 것이다. 제라드가 전화했을 땐 그녀가 살해된 후였고 남편이 그녀의 번호를 해지한 후였을 것이다.

"대단히 유감스러운 일입니다." 제라드가 말했다.

"그래요, 대단히 유감스럽죠." 보슈가 말했다.

제라드는 고개를 끄덕이더니 시계를 책상에 내려놓으면서 소심하게 말했다.

"이 손목시계가 그분이 살해된 이유인가요?"

제라드는 대답을 듣기가 두려운 것 같은 표정으로 물었다.

"그건 아닐 거예요." 보슈가 말했다.

제라드가 시계를 다시 집어 들더니 속을 덧댄 주머니에 도로 넣기 시작했다. 시계 뒷면에 있는 무언가가 보슈 눈에 띄었다.

"시계 잠깐 볼 수 있을까요?"

제라드가 시계를 보슈에게 건넸다. 보슈는 시계를 뒤집어 뒷면에 새겨진 문구를 들여다봤다.

빈스와 렉시
영원히 그리고 하루 더

보슈는 시계를 다시 주머니에 넣어 책상에 내려놓았다.

"마지막으로 하나만 더 물어볼게요. 그리고는 더 이상 귀찮게 안 하고 갈게요." 보슈가 말했다.

"네, 부탁드립니다." 제라드가 말했다.

"그녀가 왜 이렇게 속을 댄 주머니에 시계를 넣어서 보냈다고 생각하세요? 왜 케이스에 넣어서 보내지 않았을까요?"

제라드가 어깨를 으쓱거렸다. "케이스가 있었어요?" 그가 물었다.

보슈가 고개를 끄덕였다.

"네, 피해자 벽장 속에요. 남편이 시계를 구매할 때 받은 영수증과 함께. 케이스가 있는데도 넣어 보내지 않은 거죠."

제라드가 다시 어깨를 으쓱거렸다.

"케이스 부피가 좀 있으니까 그런 것 아닐까요?" 그가 말했다. "그냥 주머니에 넣어서 페덱스 소포 상자에 넣어 보내는 것이 더 간편했겠죠. 그렇게 받은 걸로 기억합니다. 고객들이 그런 식으로 택배를 보내는 것이 이례적인 일은 아닙니다."

여러 가지 이유가 있을 수 있다는 걸 보슈도 알았다. 답을 아는 유일한 사람이 사망했기 때문에 그 의문의 해답은 알 수가 없었다.

"가격은 어떤가요? 피해자의 남편은 6천 달러에 이 손목시계를 구매했던데. 잘 산 건가요?" 보슈가 물었다.

제라드가 얼굴을 찌푸렸다.

"저희 제품은 전 세계 소장가들의 사랑을 받고 있습니다." 그가 말했다. "소장 가치가 높고 일부 모델은 그 가치가 더 올라가기도 하죠. 네, 잘 사신 겁니다. 아주 잘 사신 거죠. 그 가격이라면 금방 거래가 성사됐을 겁니다."

보슈는 고개를 끄덕였다.

"감사합니다, 제라드 씨."

30

 로스앤젤레스로 돌아가는 체로키 안에는 카마시 워싱턴의 테너 색소폰 선율이 흐르고 있었다. 바깥에선 태양에 달궈진 사막이 뒤로 달려가고 있는 가운데 보슈는 사건을 곱씹고 있었다.
 그는 이렇게 사건에 집중할 수 있는 외로운 순간들을 사랑했다. 그는 늘 자신의 생각을 세 개의 바구니에 나눠 담았다. 바구니의 이름은 '알고 있는 것들', '추정할 수 있는 것들' 그리고 '알고 싶은 것들'이었다. 항상 마지막 바구니에 가장 많은 것이 들어 있었다.
 사라진 손목시계를 찾으려고 라스베이거스에 간 것은 겉으로는 헛수고였던 것으로 보였다. 시계를 찾았고 버트런드 제라드의 경위 설명은 설득력이 있었다. 그러나 손목시계를 수사에서 제외할 생각은 없었다. 렉시 파크스가 넬슨그랜트앤드선즈에 건 전화가 아직도 마음에 걸렸는데, 피터 응우옌이 보슈를 자꾸 피하려고 하고 비협조적이었기 때문이다. 보슈는 피터와, 가능하다면 그의 동생까지 다시 한번 만나

보고 싶었다. 슈버트 박사도 만나서 이야기를 들어보고 제라드에게서 들은 이야기와 비교해 보고 싶었다. 그것이 기본적인 단서 추리기 전략이었다. 그리고 모든 돌을 뒤집어 보는 행동이기도 했다.

라스베이거스 스트립 거리를 빠져나와 탁 트인 도로를 달리기 시작하자 보슈의 생각은 피해자에게로 돌아갔다. 알렉산드라 파크스는 공무원이었다. 그녀의 임무 중에는 웨스트할리우드의 소비자보호과를 이끄는 것도 포함돼 있었다. 그런 그녀가 장물 시계를 찬 것으로 밝혀진다면 그것은 대단히 당혹스럽고 심지어 실직 위기까지 가져올 일이었다. 보슈는 제라드가 그녀에게 장물 시계를 찼을 가능성을 시사하고 나서 다시 통화하면서 거짓 경보였다고 알리기 전까지 그녀가 어떤 행동을 했는지 궁금했다. 넬슨그랜트앤드선즈에 전화한 것은 알고 있었다. 그 밖에 또 누구에게 전화했을까? 보안관 부관이자 손목시계를 구매한 당사자인 남편에게?

로스앤젤레스로 돌아가면 살인사건 기록에서 통화 기록을 다시 살펴보기로 결심했다. 손목시계가 사건과는 아무 관련이 없다고 판단하고 던져버리기 전에 해야 할 일이 있었다.

캘리포니아와의 주 경계선을 넘기 전 마지막 도박처인 프림을 지나가는데 휴대전화가 울렸다. 액정화면에는 '발신자 표시 제한'이라고 적혀 있었지만 그렇다면 경찰일 가능성이 컸기 때문에 전화를 받았다.

"해리, 아니라고 말해줘."

"누구시죠?"

"팀 마샤. 오늘 여기 소문이 파다해, 자네가 선을 넘었다고."

마샤는 미해결사건 전담반에서 보슈와 함께 근무한 동료였다. 아직도 그 숭고한 투쟁을 계속하고 있었고 보슈에게서 해명을 들을 자격이 있는 사람이 있다면 바로 그였다.

"일시적인 거야. 그리고 보안관국 사건이야, 로스앤젤레스 경찰국이 아니라." 보슈가 말했다.

"그게 큰 차이가 있을까? 그래도 마음이 조금 놓이기는 하네, 일시적이라고 하니." 마샤가 말했다.

"고마워, 팀. 그런데 누가 떠들고 다녀?"

"내가 들은 건 보안관국이 자네 뒷조사를 한다는 거였어. 거기 누군가가 반장한테 전화했대. 반장이 신이 나서 떠들고 다녀, 자네가 반대편을 위해 일한다고."

"그건 놀랍지도 않네. 아까도 말했지만 이번 한 번만이야. 그리고 분명히 말할 수 있는 건, 보안관국이 수사를 망치고 애먼 사람을 잡아 가뒀을 가능성이 높다는 거야."

"그래그래. 뭘 하든 너무 튀지 말고 조용히 살아, 해리."

"알았어, 그럴게."

보슈는 전화를 끊고 다시 사건에 관해 생각하기 시작했지만 곧 표시가 제한된 발신자로부터 전화가 또 들어왔다. 전화를 받았는데 이 남자 목소리는 누군지 알 수가 없었다.

"킴이에요."

"응, 킴. 무슨 일이야?"

킴이라는 사람이 누군지 떠오르지 않았다.

"죽은 남자의 친구 전화번호를 알아냈어요." 킴이 말했다.

보슈는 그제야 킴이 헤이븐하우스의 직원인 것을 알아차렸다.

"좋은 소식이군요. 그런데 지금 운전 중이라 받아 적을 수가 없으니 내가 전화할게요. 최대한 빨리." 그가 말했다.

"전화번호를 사는 거예요. 50달러에." 킴이 말했다.

제임스 앨런의 친구나 동료의 연락처를 알려주면 사례하겠다고 약속한 일이 생각났다.

"오케이, 50달러." 보슈가 말했다.

"먼저 돈부터 내요, 지금." 킴이 말했다.

"오케이, 오케이. 지금 멀리 나와 있어요. 돌아가자마자 거기로 갈게요, 됐죠?"

"돈을 내면 번호를 줄게요."

"그래요, 그럽시다."

한 시간이 더 흘렀고 보슈는 하루 종일 자기 몸에 연료가 되어준 것이라고는 커피와 아드레날린밖에 없다는 것을 깨달았다. 어디 가서 뭐 좀 먹어야 했다. 그는 66번 도로 출구로 진출해 빅터빌로 들어가 도롯가 식당에서 햄버거를 주문했다.

신맛 나는 반죽으로 만든 토스트 햄버거가 나왔다. 보슈는 햄버거를 맛있게 먹고 금방 15번 고속도로로 돌아가고 있었다. 고속도로 진입로 옆 트럭 휴게소에서 체로키에 주유하고 있는데 휴대전화가 울렸고 이번에도 '발신자 표시 제한'이라는 문구가 떠 있었다. 전화를 받자 모르는 목소리가 대뜸 욕을 했다.

"보슈, 이 개새끼야. 나한테 한번 걸리기만 해봐, 아주 펑펑 두들겨 패줄라니까."

"누구야?"

"빌어먹을 니 양심의 목소리다, 새끼야. 여기 사람들을 다 배신하고……."

"꺼져, 이 자식아."

보슈는 전화를 끊었다. 푸른 제복을 입은 예전 동료들 모두가 팀 마샤와 루시아 소토처럼 이해심이 넘칠 거라고 기대하진 않았다. 그는 주유를 마친 후 체로키를 빙 돌아가며 타이어 상태를 확인했다. 오랜 습관이었다. 그러고는 다시 출발했다.

고속도로로 합류하고 5분이 지난 후 모르는 발신자에게서 또 전화가 들어왔다. 보슈는 기분을 상하게 하고 정신을 산만하게 하는 전화를 받을 필요는 없겠다고 결정했다. 그래서 전화를 받지 않았는데 놀랍게도 곧 메시지 알림음이 울렸다. 협박성 메시지를 남기는 것은 현명하지 못했다. 누가 이런 멍청한 짓을 할까 궁금해하면서 녹음된 메시지를 들었다.

"해리 보슈 선생님, 보안관국의 딕 서튼입니다. 메시지를 듣는 즉시 전화 주시기 바랍니다. 긴급 상황이 발생해서요."

서튼은 자기 휴대전화 번호를 남겼고 빨리 전화해 달라고 다시 한번 강조한 뒤 전화를 끊었다.

보슈는 즉시 전화하진 않았다. 먼저 생각을 정리했다. 딕 서튼은 아는 사람이었다. 보안관국과 경찰국이 꾸린 몇 번의 합동수사반에서 함께 일한 적이 있었고, 친해지진 않았지만 그에 대해 좋게 평가했었다. 서튼은 오클라호마 출신으로 말과 행동이 솔직했다. 보안관국 살인사건 전담반의 고참 형사였는데 보슈는 그가 렉시 파크스 사건을 맡게 된 건지 궁금했다.

보슈는 메시지를 다시 한번 들으며 휴대전화 번호를 외운 뒤 전화를 걸었다. 서튼이 즉시 전화를 받았다.

"해리 보슈입니다."

"아, 해리, 지금 어디에요?"

"15번 고속도로요. 베이거스에서 돌아가는 중인데요."

"오늘 베이거스에 있었어요?"

"네. 무슨 일이죠?"

"해리, 여기로 와서 얘기 좀 합시다. 얼마나 걸릴까요?"

"교통 상황에 따라 다르겠지만 두 시간 안으로는 가겠는데요. 무슨 일인데요, 딕?"

"오늘 웨스트할리우드에서 두 명이 피살되는 사건이 발생했어요. 선셋플라자에서 보석 매장을 운영하는 남자 두 명이 살해됐죠. 넬슨그랜트앤드선즈라는 곳인데. 아시죠?"

"아는 걸 알고 전화하는 거잖아요, 딕. 거기서 내 명함을 발견하고. 아닌가요?"

"어, 네, 맞아요. 언제 거기 갔었죠?"

"오늘 아침에요. 그중 한 명이 문을 열고 영업을 시작할 때."

긴 침묵이 흐르더니 서튼이 말했다.

"해리, 운이 좋았군요."

"어떻게 된 거죠?"

"오면 말해줄게요. 곧장 오세요, 아시겠죠?"

"그러죠. 그런데 하나 물어봅시다. 내가 용의잡니까?"

"어허, 해리, 왜 이래요, 우리가 만난 세월이 얼만데. 용의자 아니에요. 당신 도움이 필요합니다. 뭐부터 시작해야 할지 몰라서 구할 수 있는 도움은 다 구해보려고요."

"지금 현장에 있어요?"

"지금은 현장에 있는데 곧 웨스트할리우드 지서로 들어가 봐야 해요, 참고인 조사를 시작해야 해서."

이 말은 다른 사람들을 조사하기 위해 벌써 불러놓았다는 뜻이었다.

"어딘지는 아시죠?" 서튼이 물었다.

"샌비센테요." 보슈가 말했다.

"맞아요."

"이따 봅시다."

보슈는 전화를 끊고 나서 용의자가 아니라던 서튼의 말에 대해 생각해 봤다. 그 말은 뭐부터 시작할지 모르겠다던 말과는 배치되는 말이었다. 수사에서 뭐부터 시작할지 모르는 단계에서는 모두가 용의자였다.

보슈는 서튼을 좋아하고 존중했지만 지금 자신이 처한 상황이 예전과는 다르다는 것을 인정해야 했다. 그는 지금 선을 넘어 반대편에, 나쁜 놈들 편에 가 있었고, 서튼은 그를 살인사건 수사를 공조하는 동료 형사가 아니라 다르게 볼 것이 틀림없었다.

보슈는 미키 할러에게 전화해 상황을 알리기로 결심했다. 할러가 전화를 받지 않아 메시지를 남겼다.

"난데. 오늘 밤 7시에 보안관국 웨스트할리우드 지서 앞에서 나 좀 만나줘야겠다. 딕 서튼이라는 살인사건 전담반 형사를 만나러 들어가야 하는데 변호사가 필요할 것 같아서."

거기서 전화를 끊으려다가 한 마디 덧붙였다.

"그리고 미키, 조심해. 일이 어떻게 되어가는 건지는 모르겠지만 하여튼…… 몸조심해라."

31

할러는 샌비센테대로 퍼시픽 디자인센터 옆에 있는 보안관국 웨스트할리우드 지서 앞 계단에서 보슈를 기다리고 있었다. 보슈는 자신이 아는 것과 곧 일어날 것으로 예상되는 일을 할러에게 이야기했다. 할러는 보슈가 실수하지 않도록 옆에서 돕겠지만 보슈도 모든 질문에 대답하기 전에 무엇이 그들의 의뢰인의 이익에 가장 부합되는지 먼저 생각해 보기 바란다고 말했다.

"잊지 마, 형은 이제 경찰 배지가 없다는 거." 할러가 출입문을 열면서 말했다.

딕 서튼은 형사과에서 보슈를 기다리고 있었다. 그는 유명한 변호사이자 예전에 검사장 선거에 출마한 적도 있는 할러를 금방 알아봤다.

"아, 어서들 오세요, 오랜만에 옛 친구들이 다 모였네요." 서튼이 말했다. "변호사를 모시고 왔어요, 해리? 왜요? 그런 극단적 조치를 취할 필요는 전혀 없는데."

"법적으로 자신을 보호하는 것이 극단적 조치는 아닐 것 같은데요." 할러가 말했다.

"미안해요, 딕. 내가 마누라는 없지만 자식이 있어서 오늘 밤에 반드시 집에 들어가야 하거든요." 보슈가 말했다.

그 자식이 빅베어로 캠핑을 가서 앞으로 사흘은 집에 안 들어온다는 소식은 굳이 전하지 않았다.

"두 명이 피살된 사건이 벌어졌는데 상황 판단에 도움을 줄 수 있는 사람이 당신뿐일 것 같아서요." 서튼이 말했다. "회의실로 가서 갖고 있는 카드를 다 꺼내놓아 봅시다."

서튼은 중견기업의 이사회 임원 전원이 둘러앉을 만큼 커다란 타원형 탁자가 있는 대형 회의실로 보슈와 할러를 안내했다. 직사각형의 조사실로 데려가지 않은 것은 일종의 유화책이었다. 조사실로 데려갔다면 분위기가 급속도로 냉각됐을 것이다. 서튼은 보슈가 수사 대상이 아닌 수사 주체로 느끼게 하려고 노력하고 있었다.

회의실에는 보슈가 그날 아침에 만났던 코넬과 슈미트가 벌써 와서 앉아 있었고 서튼의 파트너일 것 같은 남자도 앉아 있었다.

"코넬과 슈미트 형사는 이미 아실 테고. 이쪽은 길 컨트레라스, 나와 함께 일하느라 고생깨나 하는 친구죠." 서튼이 말했다.

서튼이 수사관들에게 보슈와 할러를 소개했다. 변호사의 등장에 수사관들이 구시렁거리자 할러는 항복하듯 두 손을 들고 불만을 가라앉히려고 노력했다.

"제가 이 자리에 온 것은 제 의뢰인을 보호하고 정보 소통을 돕기 위해서입니다. 우리 모두를 위해서요." 그가 말했다.

할러와 보슈는 의자를 끌어내 나란히 앉았다. 서튼은 테이블을 돌아가 파트너 옆에, 그리고 보슈와는 마주 보며 앉았다.

"이건 일종의 이해관계 충돌이 아닌가요?" 슈미트가 물었다.

할러가 두 손을 깍지 껴서 테이블에 내려놓고 상체를 숙여 보슈 너머로 슈미트를 바라봤다.

"어째서 그렇죠, 형사님?" 할러가 물었다.

"보슈 씨는 변호사님이 맡은 렉시 파크스 사건의 조사관인데 지금은 변호사님의 의뢰인이라고 말씀하시니까 말이죠." 슈미트가 말했다.

"잘 이해가 안 되네요." 할러가 말했다. "하지만 여러분의 이해관계 충돌 시험을 통과할 변호사를 찾을 때까지 이 회의를 연기하길 원하신다면 그렇게 하셔도 됩니다. 전혀 문제없어요."

"아뇨, 그럴 필요까진 없고요." 서튼이 급히 끼어들었다. "친구들끼리 자유롭게 이야기를 나눠봅시다."

그는 슈미트에게 가만 있으라고 말하는 듯한 표정을 지었다.

"자, 그러면, 어디서부터 시작할까요?" 할러가 말했다.

서튼은 슈미트가 멍청하게 던져놓은 장애물을 피해 갈 수 있어서 다행이라는 표정으로 고개를 끄덕였다. 그러고는 자기 앞에 놓인 파일을 펼쳤다. 파일 왼편에 몇 개의 메모가 적힌 종이 한 장이 클립으로 끼워져 있었다. 오른쪽에는 수사에서 증거 가치가 있는 서류를 보관하는 플라스틱 속지가 있었다.

"이것부터 시작할까요?" 서튼이 말했다.

그가 속지를 꺼내 테이블에 놓고 보슈와 할러가 볼 수 있게 그들 앞으로 밀었다. 거기에는 보슈가 그날 아침 그 보석 매장에서 피터 응우옌에게 준 것과 똑같은 명함이 들어 있었다.

"그거 당신 명함이에요, 해리?" 서튼이 물었다.

"그런 것 같군요." 보슈가 말했다.

할러가 보슈의 팔에 손을 얹어 질문에 대한 법적 검토를 끝내기 전에는 대답하지 말라는 신호를 보냈다. 보슈가 할러에게 전화해 함께 온 것은 더 큰 그림을 위해서였다. 서튼과 게임을 위한 게임을 할 생각은 없었다. 보슈는 그런 사람과 마주 앉은 적이 있었고, 그런 사람은 결코 되고 싶지 않았다.

"이 명함을 누구에게 줬죠?" 서튼이 물었다.

"잠깐 의뢰인과 단둘이 얘기 좀 하고 오겠습니다." 할러가 재빨리 말했다. "1분이면 돼요."

"기본적인 질문인데요." 서튼이 불만 섞인 목소리로 말했다.

"잠깐이면 됩니다." 할러가 말했다.

할러가 일어서자 보슈도 마지못해 따라서 일어섰다. 자신이 형사 시절에 수도 없이 봤던 변호사를 동반한 용의자들처럼 행동하고 있다는 사실이 당혹스러웠다.

복도로 나가자 할러가 문을 끌어당겨 닫았다. 보슈가 먼저 입을 열었다.

"믹, 저들에게 내가 아는 것을 말해줘야 해." 그가 말했다. "그게 포스터를 돕는 일일 수도 있어. 그렇게 사사건건 걸고 넘어지라고 널 불러낸 게……."

"지금 내가 포스터를 걱정하는 게 아니야." 할러가 말했다. "저들이 형을 용의자로 보고 있는 게 아니라고 생각한다면 형은 내가 생각했던 것보다 어리석은 거야."

"저들은 단서가 아무것도 없어. 아무것도 없을 땐 모두가 용의자야. 충분히 이해가 가는 일이지. 저들도 금방 알아차릴 거야, 내가 범인이 아니라는 걸."

보슈가 문을 향해 한 걸음을 내디뎠다.

"그럼 난 왜 불렀어?" 할러가 물었다.

보슈는 한 손을 문손잡이에 올려놓은 채 할러를 돌아봤다.

"걱정하지 마, 곧 네가 필요할 거야. 이 기본적인 것들을 해결한 뒤에." 그가 말했다.

"들어가면 내가 하나만 시도해 볼게. 금방 끝날 거야. 내가 먼저 말할게." 할러가 말했다.

"뭔데?"

"봐봐, 뭔지."

보슈는 얼굴을 찌푸린 채 문을 열었고 그들은 자기 자리로 돌아가 앉았다.

"형사님들, 이곳을 공정한 운동장으로 만듭시다. 정보를 공정하게 거래하자고요." 할러가 말했다.

"두 명이 피살된 사건에 대한 정보를 거래하지는 않을 겁니다. 우리가 묻고 해리는 대답하고, 그렇게 가는 거예요." 서튼이 말했다.

"당신이 질문 한 개 할 때마다 우리도 하나씩 하는 건 어때요?" 할러가 주장했다. "예를 들면 코넬과 슈미트 형사는 여기 왜 왔죠? 당신이 수사하는 이 2인 피살사건이 렉시 파크스 사건과 관계가 있나요?"

서튼은 불쾌한 기색이 역력했고 보슈는 그 이유를 알았다. 이 방에 있는 유일한 변호사가 조사를 주도하려 하고 있었다.

"이 사건이 무엇과 관련이 있는지는 우리도 몰라요." 서튼이 신경질적으로 말했다. "사건 현장에서 해리의 명함이 발견됐고, 우연히도 오늘 오전에는 이 두 형사가 해리에 대해 얘기하는 것을 들었어요. 그래서 두 형사를 불렀죠. 대답이 됐습니까? 이제 내가 질문해도 될까요?"

"물론이죠. 양방향 도로인데요." 할러가 말했다.

서튼이 보슈에게로 관심을 돌렸다.

"해리, 오늘 늦은 오전에 넬슨그랜트앤드선즈 보석 매장 뒤쪽 밀실에서 두 명의 남자가 총에 맞아 사망했어요. 그중 한 명의 외투 주머니에서 이 명함이 발견됐죠. 어떻게 된 일인지 설명해 줄 수 있겠어요?"

"아마 피터 응우옌의 주머니에 있었을걸요. 오늘 오전에 그 상점에 갔을 때 내가 그에게 줬거든요." 보슈가 말했다.

"그게 정확히 몇 시였죠?"

"그가 10시에 문의 잠금장치를 풀자마자 들어갔어요. 늦어도 10시 15분이 되기 전에 거길 나왔고요. 다른 피해자는 누구죠?"

서튼이 대답을 망설였지만 지나치게 시간을 끌지는 않았다.

"그의 동생요, 폴."

"내가 갔을 땐 그가 없었을 거예요. 하지만 곧 나타날 예정이었던 것 같긴 하네요. 피터가 밀실 문 쪽을 자꾸 돌아봤거든요. 누가 그리로 나오기를 기다리는 것처럼. 사건 발생 시각은요?"

"아직은 잘 모르겠어요. 발견은 정오 무렵에 됐어요. 손님이 발견했죠. 밀실 바닥에 쓰러져 있었어요. 검시관이 시간대를 좁혀주겠죠."

"CCTV 영상은 없고요?"

코넬이 화가 나는 듯 두 손을 들었다.

"질문을 자기가 다 하고 있네. 그냥 물어봐요, 그때 거기서 뭐 하고 있었냐고." 코넬이 말했다.

서튼은 코넬을 지그시 돌아보면서 중간에 끼어들어 방해한 것과 무례한 말투를 쓴 것을 조용히 질책했다. 코넬과 슈미트에게 너희는 관찰자일 뿐이라고 눈빛으로 말했다. 이것은 서튼과 그의 파트너가 맡은 사건이었다.

"그래요. 영상은 없었어요." 서튼이 말했다. "범인이 누군지는 모르겠지만 CCTV에서 디스크를 빼내 갔어요. 클라우드에 저장 기능이 없는 구식 시스템이거든요. 바로 옆 매장의 직원은 10시 45분쯤 남자 두 명이 뒤쪽 주차장에서 그 밀실 문으로 들어가는 것을 봤다고 하더라고요. 둘 다 위아래가 붙은 흰색 작업복을 입고 있어서 유리창 청소부라고 생각했다더군요. 총성은 전혀 듣지 못했고요."

"남자 두 명이라······."

"맞아요, 남자 두 명. 현장 주변 CCTV를 뒤지고 있지만 지금까지는 소득이 없었어요. 그래서 당신은 거기 가서 뭐 했어요, 해리?"

보슈는 두려움에 가슴이 옥죄는 것을 느꼈다. 응우옌 형제의 피살에 대해 책임감이 느껴지는 것을 어찌할 도리가 없었다. 그의 직감은 그가 범인들을 끌어들였다고, 적어도 응우옌 형제가 살해될 필요성을 만들었다고 말하고 있었다.

"범인들이 뭘 가져갔죠?" 보슈가 물었다.

"해리, 변호사가 그랬잖아요, 이건 양방향 도로라고. 당신은 아무것도 안 주면서 질문을 혼자 다 하면 어떡해요." 서튼이 말했다.

"딱 하나만 더요. 강도였어요, 아니면 사형집행 같았어요?"

서튼이 고개를 가로저었다. 조사의 주도권을 보슈가 잡은 것이 믿어지지 않는다는 표정이었다.

"강도였거나 강도로 위장한 것 같아요. 진열장 하나를 싹 쓸어갔어요." 서튼이 말했다.

"딱 하나요? 어느 거요?" 보슈가 물었다.

"출입문을 열고 들어갔을 때 오른쪽 진열장이요."

"중고품 진열장이요?"

서튼이 고개를 가로저었다.

"그만해요, 해리. 이젠 당신이 대답할 차례예요. 오늘 아침에 왜 거길 찾아갔죠?"

할러가 보슈에게 몸을 기울이더니 작게 속삭였다.

"잊지 마, 형은 나를 위해 일해주고 있고 내 의뢰인에게 보장하는 비밀 유지의 의무가 형에게도 있다는 것. 그러니 조심하라고." 할러가 말했다.

보슈는 서튼을 바라봤다.

"내가 비밀 유지의 의무를 지고 있어서요." 그가 말했다. "피고인 측 조사관으로 일하고 있어서 그 사건과 관련된 이야기는 의뢰인이나 변호인의 허락 없이는 할 수 없겠네요."

"그리고 그 허락은 못 받을 겁니다." 할러가 덧붙였다.

보슈가 손으로 할러를 막으면서 말을 이었다.

"누가 응우옌 형제를 죽였는지 나는 모른다고만 해두죠. 안다면 말해줄 텐데요. 의뢰인은 고려하지 않고." 보슈가 말했다.

"거기서 뭘 했죠?" 서튼이 물었다.

보슈는 코넬을 바라보면서 대답했다.

"6개월 전쯤 그들이 알렉산드라 파크스의 남편에게 판매한 손목시계에 대해 물었어요. 아시다시피 파크스는 살해됐잖아요. 수사 기록에는 손목시계에 대한 설명이 없더군요. 그런 미진한 부분이 남아 있는 게 싫어서 그걸 확인하려고 했죠."

"피터 응우옌이 도움이 됐어요?"

"아뇨, 전혀."

"거기가 그 손목시계를 판매한 매장인가요?"

"그렇게 믿고 있죠."

"그렇게 믿는 근거는요?"

보슈가 대답하기 전에 할러가 끼어들었다.

"그 질문엔 대답하지 않겠습니다. 조사는 이쯤에서 끝내야 할 것 같군요, 형사님들." 할러가 말했다.

코넬이 또 낮은 목소리로 투덜거리자 할러가 덤벼들었다.

"왜요? 당신들이 해야 했는데 안 한 일을 해리 보슈 씨가 해서 기분 나빠요?"

"닥쳐요, 변호사 양반." 코넬이 말했다. "이게 다 연막작전인 거 안다고요. 의뢰인이 빠져서 허우적거리는 물을 흙탕물로 만들어 숨기면 좀 낫나? 어차피 빠져 뒈질 텐데."

"마음대로 생각해요." 할러가 말했다. "이 사건은 우리가 해결할 테니까. 진짜 범인을 찾아서 해결해 줄게요. 누구에게 뒤집어씌우는 게 아니라."

"어우, 무서워라."

할러는 코넬의 빈정거림을 웃어넘긴 후 서튼을 향해 천천히 고개를 돌렸다.

"어때요, 형사님? 뭐가 더 남았습니까?"

"아뇨, 지금은 이 정도로 할까요?" 서튼이 말했다.

"그러면 그만 성가시게 하고 일어나겠습니다."

할러가 일어서자 보슈도 따라 일어섰다. 그들은 건물 밖 인도로 나설 때까지 아무 말도 하지 않았다. 보슈는 화가 났다. 자신이 누군가를, 어쩌면 자기 자신을 배신한 것 같은 기분이 들었다.

"이봐, 믹, 난 이런 식으로 일하는 걸 좋아하지 않아. 난 내가 아는 것을 전부 얘기해 주는 스타일이라고." 보슈가 말했다.

"진짜? 형이 아는 게 정확히 뭔데? 사실은 아무것도 모르잖아. 우린 아는 게 아무것도 없다고. 아직은." 할러가 말했다.

"내가 그 범인들을 불러들였어, 그 매장의 형제에게로. 그건 확실히 알아."

"진짜? 어떻게? 그 보석 매장 형제가 이 일과는 전혀 관련이 없었는데, 형이 그들을 만났기 때문에 살해됐다는 거야?"

"아니, 내 말은……, 봐봐, 내가 그 매장에 들어갔다 나온 지 한 시간도 채 안 돼서 형제가 살해돼. 이게 우연 같니?"

"내 말은 우리가 경찰에게 무슨 얘기를 해줄 만큼 뭘 충분히 알고 있는 게 아니라는 거야. 특히 카운티 구치소에 앉아서 평생을 감옥에서 썩을까 봐 떨고 있는 의뢰인이 있는 상황에서는."

할러는 수 킬로미터 떨어진 시내에 있는 카운티 구치소를 가리키며 말을 이었다.

"우리가 충성 서약을 한 곳은 저쪽이야. 개자식들이 앉아 있는 저 방이 아니라."

"나도 예전에는 그 개자식들 중 한 명이었어." 보슈가 말했다.

"내가 하고 싶은 말은 우리는 아직도 그물을 거두는 중이라는 거야, 형. 그물부터 다 끌어올리고 뭐가 잡혔나 보자고. 그런 다음에 무슨 이야기를 누구에게 할지, 어디에서 할지 결정하자고. 재판까지 5주 남았어. 그때까진 사건의 전말을 알아야 해."

보슈는 할러를 버려두고 도로 경계석 쪽으로 걸어갔다. 복도의 다른 쪽으로 선을 넘은 것이 끔찍한 실수였음을 깨달았다. 할러가 뒤따라와서 보슈의 등에 대고 말했다.

"우리가 지금 그들에게 뭐라도 얘기해 주면 우리와 우리 의뢰인에게 불리하게 그것을 이용할 기회를 주는 거야. 포스터가 우리 의뢰인이야, 형. 그걸 기억하라고."

보슈는 고개를 가로젓고는 도로 저 아래쪽을 바라봤다.

"그 두 형제는 뭘 알고 있었어? 왜 피살됐지?" 할러가 물었다.

보슈가 돌아서서 할러를 바라봤다.

"아직은 몰라. 하지만 꼭 알아낼 거야."

"좋아, 그렇게 해. 다음은 뭐지?"

"베이거스에서 이름 한 개를 입수했어. 베벌리힐스에 사는 남잔데 시계의 비밀을 알고 있는 것 같아. 모든 일의 발단인 것 같은 손목시계의 비밀을. 그가 다음이야."

"좋아. 새로운 소식 있으면 계속 알려줘."

"그래, 그럴게. 그리고 믹, 그들이 보석 매장에 들어가는 나를 미행했다면 너도 미행하고 있을지도 몰라."

"그런 느낌은 전혀 못 받았는데."

"바로 그거야. 우린 절대 알아채지 못하지. 차 검사해 줄 사람 있어? 내 차는 내가 검사할게."

"그래, 알았어."

"좋아. 아까도 말했지만, 조심해라. 몸조심하라고."

"형도 몸조심해."

32

보안관국 지서에서 곧장 집에 간 보슈는 차고를 통해 빈집으로 들어갔다. 딸의 이름을 소리쳐 불렀지만 아무 대답이 없었다. 순간 두려움이 엄습했지만 캠핑 간 것이 기억났다. 보석상 형제 살인사건에 온통 마음을 빼앗겨서 잊은 것이다. 그는 안도감을 느끼면서 딸에게 산에 잘 도착했느냐고 묻는 문자메시지를 보냈다. 딸의 답장은 늘 그렇듯 간결했다.

응, 잘 도착했어. 버스가 너무 덜컹거렸어.

보슈는 옷을 벗고 예전에 사건 현장에 출동할 때 입었던 위아래가 붙은 작업복으로 갈아입었다. 부엌 수납장에서 손전등을 꺼내 들고 차고로 나갔다. 손전등을 켜기 전에 집 앞 거리와 이웃집들 진입로를 살펴봤다. 사람이 앉아 있거나 이 거리에 어울리지 않는 낯선 차량이 있는지 찾아봤다. 어떤 식으로든 감시당하고 있는 것만은 확실했다. 응우옌 형제의 피살이 그 증거였다. 그러나 감시가 어느 정도인지를 알아야 했다. 미행꾼이 붙었나, 아니면 위치 추적 장치를 붙여놨을까? 감시당하지 않고 움직일 여지가 있을까?

거리에 의심스러운 차량은 보이지 않았다. 다음은 전봇대와 나무를 관찰하며 카메라 렌즈의 불빛이 반사돼 비치지는 않는지 살폈다. 아무것도 보이지 않자 대담해져서 거리로 이어지는 짧은 진입로를 걸어가 도로를 위아래로 저 멀리까지 훑어봤다. 의심을 사지 않으려고 우편함으로 걸어가 우편물을 꺼냈다.

도로 어느 방향에도 감시 차량으로 의심할 만한 차는 보이지 않았다. 그는 진입로를 다시 걸어 들어와 차고로 들어가서 전등을 켜고 우편물을 작업대에 던져놓았다. 그러고는 체로키 앞으로 가서 그릴 앞에 쭈그리고 앉았다. 손전등을 켜고 차 앞부분을 살피면서 위치 추적 장치 전송기가 붙어 있을 만한 곳을 모두 확인했다.

곧 차 밑으로 들어가자 엔진이 얼굴 가까이 있어 너무 뜨거웠다. 겉에서부터 서서히 구워지는 느낌이 들었다. 뜨거운 엔진오일 한 방울이 뺨에 떨어지자 욕을 하면서도 수색을 계속했다.

왼쪽 앞바퀴 속에서 위치 추적 장치를 발견했다. 그것은 서스펜션 스트럿 뒤에 깊숙이 감춰져 있어 도로의 이물질이 타이어에 부딪혀 튀어 올라도 장치에 맞을 위험이 없었다. 플라스틱 케이스 속에 들어 있었고 케이스는 두 개의 강력한 자석으로 내부 엔진 덮개에 붙어 있었다. 케이스를 열자 송신기와 AA배터리 두 개가 보였다. 무선 수신기에 연속적으로 신호를 보내 수신기를 가진 사람이 노트북에 있는 지도로 체로키의 움직임을 실시간으로 추적할 수 있게 해주는 장치였다. 그 장치가 차에 전선으로 연결돼 있지 않고 배터리로 충전된다는 사실은 보슈를 감시하는 사람들이 감시 기간을 단기로 설정했다는 뜻일 수 있었다.

보슈는 손전등을 끄고 몇 분간 체로키 밑에 가만히 누워 위치 추적 장치를 제거하고 자기가 그것을 발견했다는 사실을 미행꾼들에게 알릴까, 아니면 그대로 두고 그것에 맞춰 수사전략을 다시 짤까 고민했다.

위치 추적 장치를 당분간 그대로 두기로 결정했다. 차 밑에서 빠져나와 차고 전등을 끄고 밖으로 나갔다. 다시 한번 주변을 둘러봤지만 아무도 없었다.

집 안으로 들어가 문을 걸어 잠갔다. 평상복으로 갈아입고 루시아 소토에게 전화를 걸었다. 그녀가 즉시 전화를 받았다.

"보슈 형사님."

"잘 지내?"

"그럭저럭요. 안 그래도 전화 드리려고 했는데. 비밀이 새어 나가서 다들 알아요. 형사님이 변호인 측 일을 하고 계신다는 걸."

"알아, 여기저기서 전화 많이 받았어."

"그것 때문에 전화하셨는지 모르지만 저는 아니에요. 누구에게도 말하지 않았어요."

"알아, 자네가 아니라는 것."

"그럼 어쩐 일이세요?"

"딸이 있으면 휴대전화 사용법을 딸한테 배우면 되는데 딸이 없어서 전화했어. 어젯밤에 우버 얘기했잖아. 우버를 어떻게 부르지?"

"그거 쉬워요. 우선 스피커폰 기능을 켜세요. 제 얘기를 들으면서 조작할 수 있게."

"그건 어떻게 켜?"

"농담하시는 거죠?"

"응. 스피커폰 켰어."

소토는 우버 앱 설치 과정을 알려줬다. 설치를 완료하기까지 10분도 채 걸리지 않았다.

"좋아요, 이제 사용하시면 돼요." 소토가 말했다.

"좋은데. 그럼 지금 택시를 부를 수 있는 거야?" 보슈가 말했다.

"네."

"우와, 굉장하네."

"밤늦게 어딜 가시려고요?"

"모르겠어, 그냥 드라이브? 가보고 싶은 데가 있어서."

"거기가 어딘데요?"

보슈는 앱에서 안내하는 내용을 따라 성공적으로 택시를 호출했다.

"누구네 집. 택시가 6분 후에 도착한다네. 운전사 이름은 말코, 차종은 검은색 테슬라."

"잘하셨어요."

"목적지를 묻는데?"

"입력하셔도 되고 그대로 놔두셔도 돼요. 그래도 와요. 주소를 프로그램에 입력하지 않고 손님이 가자는 대로 가기도 해요."

보슈는 아직 목적지를 확정할 수가 없어서 빈칸으로 놔두었다.

"고마워, 루시아."

"저 이제 끊어야 해요."

"아, 잠깐만. 하나만 더. 이거 택시랑 비슷해? 세워두고 상점이나 집에 들어갔다 올 수 있어? 기다려주나?"

"네, 기사한테 말씀하시면 돼요. 기다리는 시간도 다 계산돼요. 대기 시간 15분마다 요금이 붙을 거예요."

"그래, 알겠어. 고마워. 좋은 밤."

"좋은 밤 보내세요."

* * *

보슈는 우버 택시가 언덕을 올라올 때 미행당하는지 알아보려고 집 앞에 나와서 기다렸다. 앱에 따르면 말코는 3분 안에 도착할 예정이었다. 기다리는 동안 휴대전화에서 검색엔진을 켜고 '의학박사 슈버트, 베벌리힐스'를 입력했다. 일치하는 결과가 한 개 떴는데 성형외과 전문의 조지 슈버트, 병원은 3번가 시더스-시나이 메디컬 센터 근처에 있는 성형외과 센터라고 적혀 있었다. 병원 주소지는 웨스트할리우드였다. 그 밖에 다른 것은 뜨지 않았다. 거주지 주소도 없었다.

보슈는 검색엔진을 닫고 루시아 소토가 벌써 잠자리에 들었거나 이스트사이드드러브에 가지 않았기를 바라면서 다시 전화를 걸었다.

"또 뭐요, 보슈 형사님? 이번에는 데이트앱이 궁금하세요?"

"아니. 그런데 데이트앱이라는 게 있어?"

"모든 것에 다 앱이 있어요. 이번에는 뭔데요? 빨리 자야 해요. 어젯밤에 거기서 너무 늦게까지 놀았어요."

"이스트사이드러브에서 춤추면서?"

"네. 그래도 옷은 입고 췄어요. 뭔데요?"

보슈는 헤드라이트가 모퉁이를 돌아 다가오는 것을 봤다. 그가 부른 택시가 오고 있었다.

"집에 노트북 있어?"

"뭐가 필요하신데요?"

"주소 추적 소프트웨어로 이름 하나 검색해 줄 수 있겠어? 베벌리 힐스에 사는 의산데."

그들이 한 조로 일할 때 컴퓨터에 능한 소토가 금융거래 기록, 재산 기록, 공공요금 납부 기록 등을 이용해 주소를 추적하는 각종 인터넷 서비스와 소프트웨어에 가입했다. 이런 방법은 법집행 당국의 데이터뱅크보다 더 빠르고 믿을 만했다. 소토가 자기 노트북과 소프트웨어를 사용하기 때문에 규칙을 어기는 것도 아니었다.

"그럼요."

보슈는 슈버트라는 이름을 알려줬고 소토는 검색 결과가 나오는 대로 전화 주겠다고 말했다. 보슈는 감사 인사를 한 후 전화를 끊었다. 하이빔을 켠 자동차 한 대가 모퉁이를 돌아서 다가오고 있었다. 보슈는 어둠 속에 온전히 노출돼 불리한 느낌이 들었다.

테슬라가 소리도 없이 다가와 보슈 앞에 멈춰 섰다. 휴대전화로 시계를 보니 약속 시각 정각에 도착했다. 우버가 처음이라 어디에 탈지 망설이다가 앞문을 열었다.

"말고?"

"네, 선생님."

동유럽 억양이 강했다.

"어디로 탈까요?"

"앞에 타셔도 돼요."

보슈가 조수석에 탔다.

"어디로 갈까요?" 말코가 물었다. "목적지를 안 쓰셨던데."

"선택 사항인 줄 알고." 보슈가 말했다. "언덕으로 올라갑시다. 멀홀랜드 꼭대기에 가서 유턴해서 다시 내려오자고요."

"그게 끝이에요?"

"아뇨, 그런 다음 내려가서 베벌리힐스로 갑시다."

"주소 있어요? 입력할게요."

"아직은 없는데, 베벌리힐스에 도착하기 전에 알려줄게요."

"네, 알겠습니다. 선생님."

차가 출발해 언덕을 올라갔다. 엔진 소리가 전혀 들리지 않았다.

"조용하네. 누구를 미행해도 되겠어요." 보슈가 말했다.

"네, 테슬라거든요." 말코가 말했다. "여기 사람들은 전기차를 좋아하더라고요. 할리우드 사람들요. 다시 불러주시는 손님들이 많아요. 게다가 제가 세르비아 사람이거든요. 스밀랸 출신이죠."

보슈는 할리우드와 스밀랸의 관련성을 이해한다는 듯 고개를 끄덕였다.

"테슬라[39]. 제 고향 출신의 위인이죠." 말코가 설명했다.

---

39 세르비아 스밀랸 출신으로 교류 전기를 개발한 천재 과학자 니콜라 테슬라를 지칭한다. 일론 머스크의 전기차 회사 테슬라는 그의 이름에서 따왔다.

"이 차가? 그 사람 회사에서 만든 거예요?"

"아뇨, 테슬라는 에디슨과 함께 전기를 발명한 사람이죠. 옛날에. 이 차 테슬라는 그의 이름을 따서 지은 거랍니다."

"참, 맞다. 깜박했네."

단 한 번의 경험에 근거해 볼 때 우버 운전기사들은 택시 운전기사들보다 말이 훨씬 더 많았다. 우버를 타고 가는 일은 A 지점에서 B 지점으로 가는 일일 뿐만 아니라 사회적 교류의 의미도 있는 것 같았다. 멀홀랜드의 정지 신호판 앞에 도착하자 보슈는 말코에게 차를 돌려 우드로윌슨 길로 다시 내려가자고 말했다.

보슈가 사는 동네로 돌아왔지만 이상한 것은 아무것도 보이지 않았다. 낯선 차도, 낯선 행인도, 집들 사이 어둡고 후미진 곳에서 빛나는 담뱃불도 없었다. 그의 차에 부착된 위치 추적 장치가 유일한 감시 장치라는 생각이 굳어졌다. 그것은 이용하기 좋은 기회였다. 별로 중요하지 않은 곳에 갈 땐 체로키를 타서 차가 움직인다는 걸 보여주고, 감시자들에게 알리고 싶지 않은 곳에 갈 땐 우버를 부르거나 렌터카를 이용할 생각이었다. 보슈는 뒷창문을 돌아보며 뒤따라오는 차가 있는지 마지막으로 확인했다. 아무것도 없었다.

언덕을 다 내려와 카후엔가에서 남쪽으로 방향을 틀어 할리우드를 향해 달리기 시작했을 때 소토에게서 전화가 왔다. 그녀는 슈버트의 집 주소를 알아냈다며 베벌리힐스 엘레바도에 있는 주택단지라고 말했다.

"소프트웨어 세 개가 똑같은 정보를 주는 걸 보니까 거기 사는 게 맞는 것 같아요." 소토가 말했다.

"대단한데. 고마워, 루시아." 보슈가 말했다.

"도와드릴 수 있어서 기뻐요, 보슈 형사님. 또 다른 건요?"

"응, 사실 하나가 더 있어. 출동 순찰조 고유 번호 줬던 거 있잖아, 성범죄 전담반 순찰조. 그 사람들 이름 알아냈어? 제임스 앨런을 비공식 정보원으로 썼던 것 같은 사람들."

"네. 이름 보내드린 것 같은데." 소토가 말했다.

"이메일로 보냈어? 이메일은 확인을 안 했어. 확인해 봐야겠……"

"잠깐만요. 여기 있어요."

소토가 수첩 페이지를 넘기는 소리가 전화기 너머로 들렸다. 두 사람이 파트너로 일한 짧은 기간 동안 소토는 항상 수첩을 갖고 다니는 보슈의 습관을 따라 들였다.

"고유 번호 6-빅터-55." 소토가 말했다. "조원들 이름은 돈 엘리스와 케빈 롱이네요. 아는 사람들이에요?"

보슈는 잠깐 기억을 더듬었다. 생소한 이름들이었다. 그가 할리우드 경찰서에서 일한 지 10년도 넘었다. 그곳 직원들 중 95퍼센트는 새로 물갈이가 됐을 것이다.

"아냐, 모르겠는데." 그가 말했다.

"어떻게 확인하실 거예요?" 소토가 물었다. "비밀 정보원을 썼다면 순순히 털어놓을 것 같지는 않은데."

"글쎄, 모르겠어."

그는 소토에게 다시 한번 고맙다고 말한 뒤 어서 자라고 했다. 전화를 끊은 뒤엔 말코에게 선셋으로 내려가 서쪽으로 방향을 틀어 베벌리힐스로 가자고 말했다.

"진짜요? 이 시각엔 선셋스트립에 차가 너무 많을 텐데요. 샌타모니카가 나을 것 같은데." 말코가 말했다.

"아는데 선셋으로 가고 싶어서 그래요. 보고 싶은 게 있어서." 보슈가 말했다.

"네, 알겠습니다."

말코는 보슈가 지시한 대로 경로를 잡았고 선셋에 차가 많을 거라는 그의 예측은 정확히 들어맞았다. 밤이 깊었는데도 차들이 스트립 거리를 꽉 메우고 기어가고 있었다. 검은 옷을 입은 군중이 클럽 밖에 줄을 서고 있었고 유명인 집 야간 투어에 나선 관광버스도 보였다. 최저 시급을 받는 호객꾼들이 비싼 주차장으로 들어오라고 손전등을 흔들고 있었고 보안관국의 순찰차들이 경광등을 켜고 돌아다니면서 군중의 흐름을 유도하고 있었다. 보슈는 테슬라 앞 유리에 반사된 네온 간판 너머를 바라봤지만 깊은 생각에 빠져 있어 그 색색의 풍경이 눈에 들어오지는 않았다.

보슈는 LA다저스 전담 캐스터인 빈 스컬리에 대해 생각하고 있었다. 빈 스컬리는 60년 넘게 현역으로 1만 건이 넘는 경기를 중계했다. 그의 목소리만큼 LA다저스를 상징하거나 LA다저스와 동의어로 여겨지는 목소리는 없었다. 그는 수많은 경기를 중계하면서도 경기나 연고지에 대한 애정을 잃은 적이 없었다. 그는 우연이 득점판에 2의 행렬을 만들 때 흥분하곤 했다. 마법의 2가 등장했습니다, 그가 흥분해서 외치곤 했다. 투 볼, 투 스트라이크, 투 아웃, 투 온[40], 2회 말에 2대2.

---

40 두 명의 주자가 진루한 것

보슈 자신의 경기에 마법의 2가 등장했다는 생각이 들자 빈 스컬리의 목소리가 들리는 것 같았다. 관련이 있는 것 같은 두 건의 살인사건이 발생했고 뒤이어 보석 매장의 밀실에서 두 형제가 살해됐다. 보석 매장의 살인범은 두 명일 가능성이 있었다. 제임스 앨런의 시신이 벽에 기대앉아 있던 골목길에서는 차 문 두 개가 닫히는 소리가 들렸다. 처음에는 손목시계 두 점이 도난당한 걸로 알려졌지만 곧 사실이 아닌 것으로 판명됐다. 성범죄 전담반 순경 두 명이 미키 할러를 음주 운전 혐의로 단속했고 제임스 앨런을 정보원으로 이용한 듯한 성범죄 전담반 순경도 두 명이었다. 우연이라고? 빈 스컬리는 동의하지 않을 것 같았다. 그건 보슈도 마찬가지였다.

사방에서 마법의 2가 난무했다. 그는 할러에게 전화를 걸어 할러를 깨웠다.

"무슨 일 있어?" 할러가 물었다.

"아니. 물어볼 게 있어서. 음주 운전 단속 말이야. 사복 차림의 남자 두 명이 차를 세웠다고 했잖아." 보슈가 말했다.

"맞아. 몰래 숨어서 기다리고 있었어. 그게 왜?"

"그 친구들 성범죄 전담반 소속이었어?"

"그랬던 것 같은데."

"이름이 뭐였어?"

"몰라. 곧바로 나를 지원팀에 넘겼거든. 순경들한테."

"체포 보고서에 이름 안 적혀 있어?"

"적혀 있겠지만 내가 아직 못 받아 봤어."

"빌어먹을."

"왜 이 시각에 전화해서 그 개자식들에 대해 묻는 거야?"

"글쎄. 더 많이 알게 되면 전화할게."

"내일 전화해. 난 다시 자러 간다."

보슈는 전화를 끊고 전화기로 턱을 톡톡 치면서 방금 자기가 할러에게 한 질문의 답을 얻기 위해서는 어떻게 하면 좋을지 생각했다. 소토에게 또 부탁할 수도 있었지만 체포 보고서를 찾기 위해 기록을 검색하면 디지털 지문이 남게 될 것이 분명했다. 소토를 그런 위험에 빠뜨릴 수는 없었다. 다른 방법을 찾아야 했다.

* * *

선셋플라자에 있는 넬슨그랜트앤드선즈 앞을 지나가면서 보니 언론사 중계 차량 여러 대가 보석 매장 앞 도롯가에 늘어서 있었다. 텔레비전 기자들과 카메라 기자들이 11시 생중계를 위해 자리를 잡고 준비를 하고 있었다. 그들 너머로 매장 안에는 이동식 조명등이 설치돼 있었다. 살인사건이 발생하고 12시간이 지났는데도 여전히 현장 감식이 진행되고 있었다. 보안관 부관 두 명이 문밖에서 보초를 서고 있었다.

"무슨 사건이 났나 본데요." 말코가 말했다.

"그러게요. 큰 사건인가 보네." 보슈가 말했다.

베벌리힐스로 진입한 그들은 캠던에서 좌회전해 주택단지로 들어섰다. 그곳은 선셋대로와 샌타모니카대로 사이 1평방마일에 걸쳐 조성된 캘리포니아의 최고급 주택단지 중 하나였다. 서늘하고 청명한 밤이었고 거리에 늘어선 야자수의 길게 갈라진 이파리 사이로 시원한 바람이 불고 있었다. 테슬라는 한 번 더 좌회전한 후 엘레바도의 도롯가에 조용히 멈춰 섰다. 조지 슈버트가 사는 집은 주택 부지 두 개를 합쳐 지은 스페인식 대저택이었고 야자수에 부착된 조명등 밑에서 은은하게 빛나는 넓고 푸른 잔디밭 뒤에 위풍당당하게 서 있었다. 잔디는 칼 각으로 정리돼 있었고 잔인한 가뭄의 영향을 전혀 받지 않은 듯했다. 베벌리힐스의 잔디밭들은 급수가 제한될 때도 늘 푸르름을 유지했다.

보슈는 조용히 앉아서 창밖으로 보이는 그 저택을 관찰했다. 마침내 말코가 입을 열었다.

"안 내리세요?" 말코가 물었다.

"네, 보기만 하는 거예요." 보슈가 말했다.

"뭘 찾으시는데요?"

"아뇨, 찾는 것 없는데. 그냥 보기만 하는 거예요."

집 안 몇 개의 방에 불이 켜져 있었고 보슈가 창문을 내리자 안에서 새어 나오는 음악 소리가 들렸다. 보슈는 차에서 내리지 않았다. 음악과 전등불을 제외하고 사람의 움직임은 전혀 보이지 않았다. 손목시계를 보니 11시였다. 문을 두드리고 슈버트를 대면하기에는 너무 늦은 시각이었다.

"그러니까 파이인가 보죠, 선생님?" 말코가 물었다.

보슈가 말코를 돌아봤다.

"네?" 보슈가 되물었다.

"파이요. 사람들을 감시하고 수사하는 사람." 말코가 설명했다.

보슈는 무슨 뜻인지 알아차렸다.

"아, 피아이PI. 사립 탐정Private Investigator. 그래요, 피아이 맞아요."

"피아이. 정말 멋진데요."

보슈는 어깨를 으쓱거리고는 다시 고개를 돌려 슈버트의 집을 바라봤다. 불빛의 배열이 바뀌어 있었다. 창문 한 군데의 전등이 꺼진 것은 확실한데 어느 창문이었는지는 기억이 나지 않았다.

"그래서, 계속 있어요?" 말코가 물었다.

보슈가 이번에는 그를 돌아보지 않았다. 계속 집을 주시하고 있었다.

"여기 그냥 있어도 택시비 줄게요, 됐죠?" 보슈가 말했다.

"네, 그러시다면야." 말코가 말했다.

"좋아요, 그럼 한동안 여기 앉아서 무슨 일이 있는지 지켜봅시다."

"위험한 일인가요? 그렇다면 추가 요금을 주셔야 하는데."

"아뇨, 위험하지 않아요. 그냥 여기 앉아서 집을 보고 있으면 돼요."

"선생님은 집을 감시하면서 얼마를 받으세요?"

"솔직히 말하면, 한 푼도 못 받아요."

"그러면 그렇게 좋은 직업은 아니네요."

"그러니까 말이죠."

보슈는 차 문손잡이를 잡고 망설였다. 시각이 너무 늦은 것이 문제가 아니라 뭘 물어볼지 모르는 상태로 문을 두드리긴 싫었다. 특히 새로운 증인을 만날 때. 한 증인에게서 중요한 증언을 들을 기회는 한 번뿐일 때가 많은데, 준비가 돼 있지 않으면 일을 그르칠 수 있다. 그는 처음 결정한 대로 기다리기로 했다.

"좋아요, 말코, 이제 갑시다." 보슈가 말했다.

"어디로요?" 말코가 물었다.

"공항으로."

"여행 가방도 없잖아요."

"차를 렌트하러 가는 거예요."

"그러실 필요 없어요. 제가, 이 말코가 어디든 모시겠습니다."

"당신이 모실 수 없는 데 가야 해서 그래요."

33

보슈는 할리우드 경찰서 남쪽, 윌콕스의 도롯가에 차를 세웠다. 거리는 고요했다. 경찰서 출입문 맞은편에 있는 보석 보증인 사무실의 네온 간판이 밤거리에 붉은 색조를 입혔다. 보슈는 2층짜리 경찰서 건물 남쪽에 붙어 있는 주차장 출입구를 지켜보고 있었다. 그는 허츠에서 렌트한 검은색 크라이슬러 300에 앉아 있었다. 예약도 없이 불쑥 찾아가 구할 수 있는 차 중에서는 이 차가 경찰 표식이 없는 경찰차와 가장 비슷해 보였다.

그는 야심한 시각이 자신에게 유리하게 작용할 거라고 믿었다. 교통순찰계 야간 근무 인력은 부족할 것이고, 그래서 주차장 모니터를 누가 지켜보고 있을 것 같지는 않았다. 주차장 출입구를 통과하는 일은 그의 계획에서 첫 단계이자 가장 쉬운 단계였다.

10분쯤 지나자 1.5미터 높이의 철문 반대편에서 헤드라이트 불빛이 다가왔다. 차가 나오고 있었다. 보슈는 크라이슬러의 기어를 운전 모드로 바꾸고 문이 트랙을 따라 옆으로 열리기 시작할 때까지 기다렸다. 그런 다음 출발하면서 깜빡이를 켜고 열린 입구로 향해 갔다.

보슈는 타이밍을 완벽하게 맞췄다. 크라이슬러가 다가가는 것과 동시에 검은색과 흰색이 섞인 순찰차가 출입구를 빠져나가고 있었다. 출입문은 천천히 진입로를 가로질러 완전히 열리고 있었다. 보슈는 브레이크를 살짝 밟으며 들어가면서 창밖으로 손을 내밀고 마주 오는 차에 앉은 경찰관들에게 손을 흔들었다. 크라이슬러가 출입구의 금속 트랙을 밟고 지나갈 땐 약간 출렁거렸지만 어쨌든 주차장 안으로 들어갔다. 보슈가 백미러를 보니 순찰차의 브레이크 등은 켜지지 않았고 곧이어 윌콕스에서 방향을 틀어 북쪽으로 향했다.

보슈는 주차장으로 들어가 경찰서 뒷문이 잘 보이는 주차선으로 갔다. 공간을 발견하고 거기에 차를 댔다. 경찰서 뒷문을 보던 그는 지금이 기회라는 것을 알아차렸다. 뒷문 옆에 있는 두 개의 입건 심사대 중 한 군데에 순찰차가 서 있었고 순경 두 명이 체포한 용의자 두 명을 끌어내리고 있었다. 경찰서 뒷문에는 출입 카드를 대야 열리는 전자 잠금장치가 설치돼 있었다. 그것이 마지막 장애물이었다.

보슈는 심호흡을 한번 하고 차에서 내렸다. 그는 할리우드 경찰서에서 순경으로, 나중에는 형사로 여러 해 일했다. 덕분에 건물 구조를 자기 집처럼 훤하게 알고 있었고 경찰서 안에서 직원들이 들고나는 흐름도 잘 알고 있었다. 지금은 최소한의 인원이 근무할 것이고 순찰계와 상황실, 접수계, 보고실 그리고 유치장 업무에 집중하고 있을 것이다.

이런 부서들은 뒷문으로 들어가서 복도 끝까지 걸어가야 나오는 건물 앞면에 위치해 있었다. 건물 뒷면을 따라가면 또 하나의 복도가 나온다. 그 복도를 따라 형사과 사무실과 고위 간부들의 개인 사무실 그리고 2층의 성범죄 전담반 사무실과 점호실, 휴게실로 가는 계단이 있었다.

보슈는 성범죄 전담반이 야근하거나 순경들이 휴게실에서 쉬고 있거나 사무실에서 보고서를 쓰고 있지 않는 한, 사무실 대부분이 비어 있을 것임을 알고 있었다. 사람이 있을 경우는 그가 감수해야 할 위험 부담이었다.

보슈는 뒷문을 향해 주차장을 천천히 걸어갔다. 두 순경이 수갑을 찬 용의자들을 데리고 뒷문으로 향하는 모습이 보이자 걸음을 빠르게 옮겨 금방 따라잡았다. 이곳에 소속된 사람처럼 행동하면 남들도 그렇게 볼 가능성이 높았다. 경찰국에는 1천 명이 넘는 형사가 있었고 이들은 도시 전역의 경찰서에서 24시간 내내 교대로 근무하고 있었다. 누군가가 모두를 아는 것은 불가능했다. 보슈는 그걸 믿고 있었다. 형사 역할은 그에게 가장 쉬운 역할이었다.

순경 한 명이 출입 카드로 문을 여는 순간 보슈도 그곳에 도착했다. 그 순경이 문을 잡아당겨 열기 시작하자 보슈가 그의 뒤로 다가갔다.

"내가 할게요." 보슈가 말했다.

그는 문손잡이를 끝까지 잡아당겨 열었다. 그러고는 순경들이 수갑을 찬 지저분한 행색의 용의자들을 떠밀며 먼저 들어갈 수 있게 뒤로 물러서서 문을 잡고 있었다.

"어서 오세요, 여러분." 보슈가 한 손으로 열린 공간을 가리키며 말했다. "들어가시죠."

"감사합니다, 형사님." 순경 한 명이 말했다.

"엿이나 드세요, 형사님." 남루한 행색의 용의자 한 명이 말했다.

보슈는 그 말을 들음으로써 또 하나의 시험을 통과한 것으로 이해했다. 순경과 용의자들은 경찰서 안으로 들어가 입건실과 유치장을 향해 복도를 걸어갔다. 보슈는 그들 바로 뒤에 따라 들어간 뒤 곧바로 오른쪽으로 꺾어 뒤쪽 복도를 걸어갔다. 복도는 비어 있었다. 보슈는 재빨리 복도 끝까지 가서 형사과 사무실을 흘끗 들여다봤다. 사무실은 비어 있었다. 방 길이만큼 네 줄로 길게 설치된 천장 등 중 두 줄만 불이 켜져서 거대한 방에 어스름한 불빛을 드리우고 있었다.

그는 계단으로 향했다. 첫 번째 계단에 올라서서 상체를 숙이고 2층 소리에 귀를 기울였다. 성범죄 전담반 사무실이나 점호실, 휴게실에 누가 있으면 대화 소리가 들릴 텐데 조용했다. 그는 돌아서서 고위 간부들의 사무실이 모여 있는 곳으로 향했다. 거기에는 경감 두 명이 쓰는 개인 사무실과 비서와 부속 직원들이 쓰는 책상 세 개가 놓인 개방된 대기실이 있었다. 이곳이 그의 목적지였다. 대기실의 한쪽 벽을 다 덮고 있는 코르크로 만든 게시판에는 피라미드 모양의 인사 조직도가 붙어 있었고 서장부터 신참 순경에 이르기까지 모든 소속 경찰관의 이름과 사진이 붙어 있었다. 이곳 직원들은 그 사진들을 '용의자 사진'이라고 불렀다. 경찰관의 행동에 대해 민원을 제기하러 온 시민이 경찰관의 이름을 알지 못할 때 식별용으로 사용되곤 했기 때문이다. 민원인이 찾아오면 그 게시판 앞으로 데려가 불쾌하게 한 경찰관이 누구인지 찾아보게 했다.

피라미드의 맨 아래 두 줄은 순찰조가 차지하고 있었다. 그 위 계단은 형사들과 성범죄 전담반과 같은 특별수사팀의 수사관들이 차지하고 있었다. 사진을 훑어보던 보슈는 돈 엘리스와 케빈 롱의 얼굴 사진을 금방 찾아냈다. 둘 다 백인이었고 경륜이 묻어나는 베테랑 전사의 냉정한 눈빛을 갖고 있었다. 엘리스가 둘 중 연장자였고 카메라를 차갑게 응시하는 눈빛을 보니 이 팀의 보스가 틀림없었다.

사진은 게시판에 핀으로 고정돼 있었다. 직원들의 이동이 너무 잦았기 때문에 피라미드에 영구적으로 붙여놓을 수는 없었다. 보슈는 엘리스와 롱의 사진을 떼어내 경찰서장 비서의 책상 옆에 있는 컬러 복사기로 가져갔다. 둘의 사진을 복사판에 나란히 놓고 실제 사진 크기보다 확대해 두 장을 복사했다. 확대 사진을 집어 들려고 트레이를 내려다보는데 엘리스의 얼굴이 낯이 익다는 느낌이 들었다. 보슈는 사진을 집어 들고 한참을 보면서 어디서 그를 만난 적이 있거나 안 적이 있는지 기억을 더듬어 봤다. 그는 40대 초반으로 보였고 경찰국 근무 경력이 20년은 넘을 듯했다. 그렇다면 보슈와 어딘가에서 스치고 지나갔을 가능성이 컸다. 범죄 현장, 경찰서, 환송연. 수많은 가능성이 있었다.

갑자기 뒤쪽 복도에서 여러 목소리가 들렸다. 보슈는 서장실 문손잡이를 돌려봤지만 문은 잠겨 있었다. 그는 비서들의 공간을 나누기 위해 벽의 구실을 하는 파일 캐비닛 쪽으로 재빨리 걸어갔다. 그 뒤에 쭈그리고 앉았지만 사람들이 이쪽으로 오면 발각될 게 분명했다. 가만히 들어 보니 수색영장에 상당한 근거를 어떻게 쓸 것인가를 놓고 옥신각신하고 있었다. 뒤쪽 복도 끝에 있는 형사실로 가는 형사들인 듯했다.

보슈는 사진 사본을 접어 스포츠재킷 안주머니에 넣었다. 그러고는 조용히 숨어서 그들이 개방형 대기실을 지나가는 소리를 듣고 있었다. 아무도 없다는 확신이 들자 일어서서 이곳에 소속된 사람처럼 당당하고 자연스럽게 대기실을 나가 뒤쪽 복도로 걸어갔다.

복도에는 아무도 없어서 아무 문제 없이 건물을 나갈 수 있었다. 빠른 걸음으로 걸었지만 도망치는 사람처럼 허둥대지는 않았다. 마지막 모퉁이를 돌아 육중한 철문을 밀고 어둠 속으로 들어갔다. 용의자의 상하차가 이루어지는 입건 심사대 앞은 비어 있었지만 주차장에서는 순경 두 명이 '가게 문을 닫'고 있었다. 다시 말해 근무를 마치고 산탄총과 개인 물품을 차에서 꺼내고 있었다. 그들은 근무 교대를 준비하느라 너무 바빠서 주차장을 가로질러 렌터카를 향해 걸어가는 보슈에게는 관심을 기울이지 못했다.

밖으로 나가는 차를 위해서 주차장 문이 자동으로 열렸다. 크라이슬러가 출입문을 통과해 윌콕스로 나설 때까지 보슈는 긴장해서 숨을 죽이고 있었다. 윌콕스에서 북쪽으로 방향을 바꿔 선셋대로를 향했다. 선셋에서 신호등에 걸려 멈춰 서자 휴대전화를 꺼내 할러에게 또 전화를 걸었다.

"하룻밤에 두 번이나 전화해?" 할러가 볼멘소리를 했다. "장난하는 거야 뭐야? 자정이 넘었어."

"가운 입고 있어라. 지금 가니까." 보슈가 말했다.

그는 할러가 더 항의하기 전에 전화를 끊었다.

34

현관문을 연 할러는 흰 타월 가운을 입고 있었다. 가슴 주머니엔 금실로 리츠칼튼이 수놓여 있었다. 머리는 부스스했고 검은 테 안경을 끼고 있었다. 보슈는 할러가 평상시에 콘택트렌즈를 낀다는 사실을 처음 알았다.

"무슨 일인데 아침까지 기다릴 수가 없어?" 할러가 물었다. "내일 아침 8시에 심리가 있어. 가서 제대로 하려면 잠을 좀 자둬야 하는데."

"포스터 사건 준비기일이야?" 보슈가 물었다.

"아니, 다른 사건. 포스터 사건과는 관계없어. 그게 중요한 게 아니라 어쨌든 잠은……."

"이것 좀 봐봐."

보슈는 사본 두 장을 주머니에서 꺼내 펼쳐서 한 장을 할러에게 건넸다. 다른 한 장은 다시 접어 주머니에 도로 넣었다.

"이자들이 그자들 맞아?" 보슈가 물었다.

"어떤 자들?" 할러가 되물었다.

"네 차를 세우고 불심검문한 자들."

보슈의 말투에는 할러가 자기 말을 잘 알아듣지 못하는 것에 대한 좌절감이 섞여 있었다.

"아니 그날 밤에 누가 불심검문을 했든 형이 왜 신경을 써?" 할러가 말했다. "형하고는 아무……."

"사진이나 봐." 보슈가 명령했다. "그자들 맞아?"

할러가 팔을 쭉 뻗어 멀리서 사본을 봤다. 안경을 바꾼 지 오래된 모양이었다.

"한 명은 차에 있어서 보질 못했어. 다른 한 명은…… 여기 오른쪽…… 이 친구인 것도…… 그래, 맞네. 이자가 내 차로 다가왔던 경찰관이야." 할러가 말했다.

할러는 자신이 말하는 사람을 보슈가 볼 수 있도록 사본을 뒤집어 보여줬다. 그 사람은 보슈가 낯이 익다고 생각했던 엘리스였다.

"그래, 뭐가 어떻게 되어가고 있는 거야, 형? 왜 우리는 한밤중에 이 사진을 들고 여기 서 있지?" 할러가 물었다.

"이자들이 너를 멈춰 세웠어." 보슈가 말했다. "이자들이 제임스 앨런을 몇 차례나 체포했고. 이자들이 앨런을 정보원으로 이용하고 있었던 것 같아."

할러는 고개를 끄덕이긴 했지만 흥분한 기색은 전혀 없었다.

"할리우드 성범죄 전담반 소속이잖아." 할러가 말했다. "앨런을 여러 차례 체포했고 정보원으로 이용했다고 해도 놀랄 일이 아니지. 그리고 내 사건의 경우에는, 그들이 마침 그 지역에 있었기 때문에 무전을 듣고 출동한 거고. 거기가 할리우드였거든, 그들의 관할 지역."

할러의 말은 이제까지와는 다른 논조로 들렸다. 보석금을 내고 구치소에서 나왔을 땐 기자들 앞에서 음모와 잠복수사 설을 꾸며내더니 지금은 보슈가 이제야 보기 시작한 그 음모가 왜 완벽하게 설명할 수 있는 것인지를 얘기하고 있었다.

"앨런의 시신이 유기된 날 밤 그 골목길에서 차 문 두 개가 닫히는 소리를 들었다는 목격자가 있어." 보슈가 말했다. "그리고 몇 시간 전에 딕 서튼이 하는 얘기 너도 들었잖아. 보안관국 수사관들은 보석 매장에 들어가서 응우옌 형제를 살해한 범인이 두 명일 가능성이 있다고 생각하고 있어. 마법의 2가 난무하고 있어, 믹. 범인은 두 명이야."

그들은 아직도 할러의 집 문간에 서 있었다. 할러가 사본을 내려다봤다.

"버번 마셔?" 할러가 물었다.

"가끔." 보슈가 말했다.

"우드퍼드 리저브 한 잔씩 마시면서 얘기하자."

할러가 뒤로 물러서서 보슈를 안으로 들였다.

"앉아. 잔 가져올게. 얼음 넣나?" 할러가 말했다.

"두 개." 보슈가 말했다.

그는 도시의 야경이 내다보이는 전망창 앞에 있는 소파로 가서 앉았다. 할러의 집은 로럴캐니언 중턱에 자리하고 있어서 도시의 서부와 그 너머 캐털리나까지 탁 트인 전망을 자랑하고 있었다.

할러는 호박색 액체에 두 개의 얼음이 든 잔 두 개를 가지고 금방 돌아왔다. 잔들과 사본을 커피 테이블에 내려놓았지만 앉지는 않았다.

"콘택트렌즈 좀 끼고 올게. 안경 끼고 보니까 머리가 아프네." 할러가 말했다.

할러는 복도를 따라 집 뒤쪽으로 사라졌다. 보슈가 우드퍼드를 한 모금 마시자 목이 타들어가는 느낌이 들었다. 풍미가 좋은 술이었다. 불시에 찾아오는 손님을 위해 집에 준비해 둔 것보다 더 좋은 버번이었다.

그는 버번을 한 모금 더 마시고 두 경찰관의 사진을 자세히 들여다봤다. 체로키에 위치 추적 장치를 단 것도 이들의 소행일까? 체로키를 떠올리자 순간적으로 집중력이 팍 올라가면서 돈 엘리스를 어디서 봤는지가 생각났다. 무소스 뒤에 있는 주차장이었다. 할러가 음주 운전 혐의로 검문을 받았던 날 밤 보슈가 바에서 나와서 스쳐 지나갔던 사람이 엘리스였다. 그렇다면 할러의 주장이 맞는다는 뜻이다. 음주 운전은 함정이었고, 엘리스와 롱이 잠복해 할러를 노렸던 것이다.

돌아온 할러는 안경과 목욕가운을 벗고 청바지에 고동색 채프먼 티셔츠를 입고 있었다. 그는 도시의 야경 감상은 포기하고 보슈의 맞은편 의자에 앉았다. 잔을 들어 버번을 한 모금 들이켜더니 영화 〈이지 라이더〉에서 위스키를 마시고 팔을 닭 날개처럼 파닥이던 잭 니콜슨의 표정을 흉내 냈다. 그러고는 의자에 등을 기대고 보슈를 바라봤다.

"그래서, 우리가 뭘 해야 하지?" 할러가 물었다.

"우선 두 가지." 보슈가 말했다. "내일 아침에 운전기사가 너를 법원에 내려주잖아? 그러고 나서 운전기사나 다른 믿을 만한 사람한테 네 차에 위치 추적 장치가 달려 있는지 찾아보라고 해. 내 차에는 하나 달려 있는데, 이자들 짓인 것 같아."

보슈는 커피 테이블에 놓인 사본을 가리켰다.

"그건 하려고 생각하고 있었어." 할러가 말했다.

"그럼 실행에 옮겨." 보슈가 말했다. "그리고 뭘 발견해도 떼어내지 마. 우리가 알고 있다는 티를 내지 말라고. 이걸 우리에게 유리하게 이용할 수 있어. 난 아까 차를 렌트했어. 내가 어디 가는지 그들에게 알리고 싶지 않을 땐 렌터카를 이용할 거야."

"알았어. 내일 그것부터 할게." 할러가 말했다.

"그리고 네 조사관 좀 만나게 해줘라."

"시스코? 왜?"

보슈는 손을 뻗어 잔을 들고 버번을 크게 한 모금 마셨다. 버번이 내려가는 동안 기도가 타는 것 같았고 눈물이 찔끔 났다.

"뭐야, 형. 버번은 음미하며 마시는 거야." 할러가 말했다.

"그러네, 정말." 보슈가 말했다. "이봐, 미키, 큰 그림을 봐야 해. 네 조사관은 이 사건을 조사하다가 어느 놈한테 떠밀려서 맞은편 차선으로 날아갔어. 그래서 사건에서 손을 떼야 했지. 너는 이 사건을 맡았다가 음주 운전 함정에 빠져 검문을 당했고, 응우옌 형제는 나를 만나고 한 시간도 안 돼서 살해됐어, 이유는 아직 모르지만. 이 모든 게 우연일까? 숲 전체를, 더 큰 그림을 봐야 해, 믹. 시스코에게 물어보고 싶어, 어느 놈한테 들이받혀서 게임에서 탈락한 날 뭘 조사하고 있었는지."

할러가 고개를 끄덕였다.

"그 친구 매일 오전에 물리치료 받아, 웨스트우드에 있는 보훈 병원에서."

"그럼 거기로 찾아가야겠다." 보슈가 말했다.

"또 다른 거는?"

보슈가 엘리스와 롱을 가리키며 말했다. "DQ를 만나서 물어봐야 해, 이 친구들과 어떤 식으로든 교류가 있었는지. 꼭 확인해야 해."

"내가 할게." 할러가 말했다. "재판 전에 상의할 것도 있고 법정에서 입을 정장 치수도 재봐야 하거든. 내 의뢰인 옷장에 맞는 게 있으면 좋겠다."

할러가 테이블에 있는 사본을 가리켰다.

"저거 내가 갖고 가서 DQ에게 보여줘도 돼?" 할러가 물었다.

"응, 한 장 더 있어." 보슈가 말했다.

그의 머릿속에 퍼뜩 떠오르는 것이 있었다.

"DQ 만나면 제임스 앨런의 전화번호를 기억하는지 물어봐. 경찰은 앨런의 휴대전화를 못 찾았어. 번호를 알 수 있다면 DQ와 앨런의 통화 내역을 뽑을 수 있을 거야."

"그래서 DQ가 주장하는 알리바이가 사실이라는 걸 증명할 수 있겠네. 좋은 생각이야. 형은 뭐 할 거야?"

"나는 아직도 손목시계가 이 모든 일의 핵심이라고 생각해. 원주인을 만나봐야겠어."

"베벌리힐스에 산다는 남자?"

"응. 오늘 밤에 그 집 앞을 지나가 봤거든. 으리으리하더구먼. 돈 좀 있는 사람이야. 그를 궁지로 몰고 이 사건과의 연관성을 캐봐야겠어."

"행운을 빌어."

"고맙다."

그들은 몇 분간 말없이 앉아 버번을 홀짝이며 각자의 생각에 빠져 있었다. 먼저 입을 연 사람은 할러였다.

"진짜 좋은데." 할러가 말했다.

보슈가 버번 잔을 흔들자 잔 속의 얼음이 땡그랑거렸다.

"내 집에 있는 버번보다 더 좋아." 보슈가 말했다.

"아니, 그게 아니고. 버번은 좋지, 좋은데, 내 말은 지난 며칠간 형이 알아낸 것들이 진짜 좋은 정보라고. 알아낸 것도 많고. 내가 쓸 수 있는 게 많아. 대체 이론을 내세우면서 변호를 할 수 있을 것 같아. 이런 건 합리적 의심을 넘어선다고."

보슈는 남은 버번을 다 마셨다. 그는 증거와 수사를 바라보는 시각이 자신과 할러가 근본적으로 다르다는 것을 깨달았다. 할러는 재판이라는 맥락에서 증거를 보고 그것을 어떻게 사용해 검찰의 주장을 물리칠 수 있을지를 고민했다. 보슈는 증거를 진실로 가는 다리로만 봤다. 그래서 그는 자신이 선을 넘어 어둠의 편에 합류한 게 아니라고 생각하는 것이다. 그는 할러의 시각에서 사건을 보고 수사할 수 없었다.

"대체 이론이니 합리적 의심이니 다 관심 없어." 보슈가 말했다. "난 아주 단순해. 네 의뢰인이 그 짓을 한 게 아니라면 진짜로 그 짓을 한 놈을 찾아낼 거야. 내가 원하는 건 진범 혹은 진범들뿐이라고."

할러는 고개를 끄덕이고는 보슈에게 잔을 들어 보였다. 그러고는 버번을 다 마셨다.

"그래, 그것도 난 좋아, 아무 문제 없어." 할러가 말했다.

35

매주 열리는 성범죄 전담반 전체 모임은 보통 시간 낭비일 때가 많았다. 마침내 회의가 끝나자 엘리스는 블랙커피를 더 마시려고 홀을 가로질러 휴게실로 향했다. 이렇게 일찍 출근하는 것이 익숙지 않아서 카페인을 평소보다 두 배는 더 넣어줘야 했다.

그는 경찰서장 비서인 재닛 뒤에서 순서를 기다렸다. 재닛은 아래층 고위 간부 전원이 마실 커피를 준비하고 있는 것 같았다. 뚱뚱한 여자라서 그녀가 커피 다섯 잔에 크림과 다양한 감미료를 추가하는 일을 끝낼 때까지 엘리스는 커피 주전자 앞에 갈 수가 없었다. 커피만 쓱 따라서 사무실로 돌아가면 되는데 기다려야 하니까 부아가 치밀었다.

"미안해요." 뒤에서 인기척을 느끼고 재닛이 말했다.

"괜찮아요. 천천히 해요." 엘리스가 말했다.

목소리를 알아들은 재닛이 흘끗 돌아보면서 엘리스가 맞는지 확인했다.

"아, 돈, 안 그래도 물어볼 게 있었는데."

"물어봐요."

"오늘 아침이나 어젯밤에 사무실에 왔었어요?"

"어떤 사무실요?"

"미안해요. 아래층에요. 간부들 사무실에."

엘리스는 어리둥절한 표정으로 고개를 가로저었다.

"아뇨, 왜요?"

"그것 참 이상하네. 오늘 아침에 출근해서 야간 근무일지를 복사하러 갔거든요, 두 분 경감님께 드려야 해서. 아침마다 내가 제일 먼저 하는 일이 그거예요."

그녀가 다시 돌아서서 자기 앞에 놓인 커피 다섯 잔을 준비하는 일을 마저 했다.

"그런데요?"

"복사기에 당신과 케빈 사진이 있었어요. 마치 누가 갖다 놓은 것처럼."

엘리스는 그녀의 어깨를 잡아 돌려세우고 싶었다.

"이해가 안 가네요." 엘리스가 말했다. "우리 사진요? 사진에서 우리가 뭘 하고 있었는데요?"

엘리스가 혼란스러워하자 재닛이 깔깔 웃었다.

"아뇨, 아뇨, 당신들이 뭘 하고 있었던 게 아니라. 대기실 인사 조직도에 있는 사진 있잖아요. 저기 벽에 붙어 있던 것. 누가 당신들 사진을 떼서 복사기로 가져가 복사를 한 것 같아요. 그러고는 벽에 도로 갖다 놓는 것을 잊은 거죠. 아까 야간 근무일지 복사하러 가니까 복사기

덮개 밑 복사판에 놓여 있었어요."

재닛은 커피가 든 머그컵 다섯 개의 손잡이를 손가락으로 엮어 걸고 있었다. 엘리스는 자기 컵을 쓰레기통에 던지고 그녀 옆으로 다가갔다.

"도와줄게요. 이러다 화상 입겠어요." 엘리스가 말했다.

재닛이 웃으면서 그 가능성을 일축했다.

"이 일을 매일 두 번씩 해요, 오전 오후로. 화상 입은 적은 한 번도 없어요." 재닛이 말했다.

"그래도 도와줄게요." 엘리스가 말했다. "사무실에서 물어봤어요? 복사한 사람이 있는지? 경감님이 하셨나?"

"그게 미스터리예요. 한 사람이 없어요. 모두에게 물어봤어요. 경감님들까지 포함해서. 근무시간 후에 누군가 들어와서 복사하고 도로 갖다 놓는 걸 잊은 게 틀림없어요. 당신이 알아야 할 일인지도 모른다고 생각했어요. 누가 장난치는 건지도 모르니까."

"고마워요, 알아두는 게 좋죠. 그리고 당신 말이 맞을 것 같네요, 누가 장난친 거겠죠, 뭐."

재닛이 유쾌하게 웃었다.

"참 할 일 없는 사람 많다, 그죠?"

로스앤젤레스 경찰국의 모든 경찰서에는 장난을 치는 오랜 전통이 있었다. 장난에는 사진이 자주 사용됐다. 엘리스는 장난이 아니라 다른 무슨 일이 있는 거라고 생각했지만 재닛은 장난이라고 생각하게 내버려두고 싶었다.

엘리스는 재닛을 따라 계단을 내려가 뒤쪽 복도를 가로질러 고위 간부들의 사무실 앞 대기실로 들어갔다. 그는 가져온 커피컵 두 개를 재닛이 배달하도록 그녀의 책상에 내려놓은 후 방안을 둘러봤다. 맞은편 벽에 인사 조직도가 붙어 있었다. 그의 사진은 잠복수사팀 직원들 선에 롱과 나란히 붙어 있었다. 모든 것이 제대로 있었다.

"고마워요, 돈." 재닛이 말했다.

"당연히 도와야죠. 그리고 장난질 정보 고마워요." 엘리스가 말했다.

"무슨 짓을 하려는 건지 모르겠네요, 그 사람들."

"당신도 말했지만 참 할 일 없는 사람 많다, 그죠?"

* * *

엘리스와 롱은 성범죄 전담반 사무실 한구석에 있는 칸막이 자리를 공유하고 있었다. 엘리스의 연차가 가장 높아서 프라이버시가 가장 잘 보장되는 공간을 차지할 수 있었다. 자기 자리로 돌아온 엘리스는 머리를 맞대고 조용히 이야기를 나누기 위해 의자를 굴려 다가오라고 롱에게 신호를 보냈다.

"무슨 일이에요?" 롱이 물었다.

"잘 모르겠어. 오늘 우리 친구는 확인했어?" 엘리스가 말했다.

"아직 집에 있어요. 어디로 가면 문자가 와요."

"어젯밤엔 어땠어?"

"집에 있었는데요."

"앱으로 확인했어?"

"네."

"차만 집에 있었는지도 모르지. 올라가서 집에 있는지 확인해 봐."

"네? 지금요?"

"응, 지금. 여기 네 일은 내가 대신할게. 가."

"무슨 일 있었어요? 무슨 일이에요?"

"네 휴대전화는 그 친구 차가 움직이지 않았다고 말하지만 어젯밤에 누가 여기 몰래 들어와서 경감실 앞 벽에 붙어 있는 우리 사진을 떼어내 복사해 갔어."

"빌어먹을."

엘리스는 롱이 내뱉은 욕이 원치 않는 관심을 불러일으킨 것은 아닌지 사무실 안을 둘러봤다. 그러고 나서 롱을 다시 바라봤다.

"그러니까 말이야." 엘리스가 말했다. "보슈가 무슨 꿍꿍이수작을 벌이는 것 같은데 뭔지 알아야겠어. 그러려면 네가 그 집으로 올라가서 보슈가 집에 있는지 확인부터 해야 해. 빌어먹을 차만 확인하지 말고."

"알았어요, 알았어요, 갑니다. 하지만 난 위협을 제거하는 게 낫다고 생각해요."

"그래, 그렇게 해서 어떻게 됐는지 봐봐. 빌어먹을 도미노 효과가 나고 있잖아. 하나를 틀어막으면 다른 하나가 터지고. 도대체 언제 끝나냐고."

"그냥 내 생각을 말한 거예요."

"그래, 나도 그냥 내 생각을 말하는데 언덕을 올라가서 보슈가 거기 있는지, 우리 손아귀에 있는지 확인하라고."

36

롱은 차를 타고 그 집 앞을 두 번 지나갔다. 차고에 있는 체로키를 제외하면 집 안에 사람이 있다는 것을 보여주는 표지는 없었다. 폭스바겐이 없는 것을 보니 딸은 학교에 간 모양이었다. 롱은 언덕을 내려가 커브길을 돌았다. 재건축을 위해 원래 있던 집을 허물고 공터로 있는 외팔보 부지를 봐둔 적이 있었다. 거기 가면 보슈의 집 뒤쪽 창문과 데크가 잘 보일 것 같았다.

롱은 다른 집 차고 앞에 차를 세우고 쌍안경을 들고 차에서 내렸다. 서둘러 길을 건너가서 공터 앞 두 개의 말뚝에 쳐진 노란색 〈위험/펠리그로〉 테이프 밑으로 기어들어 갔다. 공터가 너무 탁 트여서 자기 모습이 그대로 노출되는 것이 마음에 걸렸다. 그는 먼저 쌍안경을 들고 유니버설시티와 그 너머의 산을 보는 척했다. 그러다가 몸을 약간 왼쪽으로 돌려 보슈의 집에 쌍안경의 초점을 맞췄다. 유리문 안에서 아무런 움직임도 보이지 않았다. 데크는 비어 있었고 미닫이 유리문은 닫혀 있었다.

그는 쌍안경을 내리고 경치를 감상하는 시늉을 했다. 보슈의 집을 다시 한번 살펴봤지만 여전히 움직임이 없었다. 그는 돌아서서 공터 밖으로 나오면서 어떻게 해야 보슈의 부재를 확인할 수 있을지를 고민했다.

노란색 테이프 앞에서 한 남자가 롱을 기다리고 있었다.

"왜 무단침입을 하고 그래요." 남자가 말했다.

"아닌데요. 허가받았는데요." 롱이 말했다.

"그래요? 누구한테 받았죠? 이름을 말해봐요."

"아뇨, 뭘 그렇게까지."

롱은 노란 테이프 아래로 기어 나와 자기 차를 향해 길을 건너갔다.

"내가 당신 차 번호 다 외워놨어." 남자가 말했다. "당신 무슨 꿍꿍이가 있지?"

롱이 뒤돌아서서 목에 걸고 있는 사슬 목걸이에서 경찰 배지를 빼내 들어 보이면서 남자에게로 걸어왔다.

"지금 이거 수사 방해입니다, 선생님. 신경 끄시고 집에 가세요, 아니면 유치장에서 하룻밤 주무시든가." 롱이 말했다.

남자가 깜짝 놀란 표정으로 뒤로 물러섰다. 롱이 다시 자기 차를 향해 돌아섰다.

"나는 이 동네 방범대원이요." 남자가 용기를 되찾은 뒤에 소리쳤다. "주민들끼리 서로의 집을 지켜주지."

"아, 그러세요?" 롱이 차 문을 열면서 말했다.

운전을 시작한 롱은 기회를 엿봐 유턴을 해서 다시 언덕을 올라갔다. 외팔보 부지 앞 도로에 서 있는 참견꾼을 지나갔다. 굽잇길을 돈 후 보슈의 집으로 달려가 그 앞에 멈춰 섰다. 집을 관찰하면서 어떻게 할지 고민했지만 뾰족한 수가 없어 화가 치밀었다.

"빌어먹을." 그가 투덜거렸다.

롱은 마치 누구를 데리러 온 것처럼 경적을 세 번 울렸다. 차는 운전 모드 그대로 둔 채 현관문을 지켜봤다. 보슈나 다른 누군가가 문을 열면 바로 출발할 생각이었다. 차의 창문은 짙은 색으로 선팅돼 있어 정체가 발각되지는 않을 것이다.

문은 열리지 않았다.

롱은 경적을 한 번 더 울리고 기다렸다. 역시나 반응이 없었다.

"빌어먹을." 그가 다시 중얼거렸다.

롱은 차를 출발해 멀홀랜드로 올라가 다시 유턴을 했다. 우드로윌슨 거리를 달려 내려와 보슈의 집 앞에서 멈추지 않고 지나가면서 힘없이 경적을 울렸다. 그러고는 엘리스에게 전화를 걸었다.

"이자가 우리를 엿 먹였어요. 차는 있는데 사람은 없네요. 우리가 위치 추적 장치를 달아놓은 걸 알고 있는 게 분명해요." 롱이 보고했다.

"돌아오고 있어?" 엘리스가 침착하게 물었다.

"가는 중이에요."

"좋아. 우리가 안다는 걸 그는 몰라. 그걸 이용할 수 있을 거야."

"나도 그 생각은 했는데. 그가 무슨 짓을 꾸미고 있을까요?"

"그걸 누가 알겠어."

"그를 어떻게 찾죠?"

엘리스가 즉답을 하진 못했다.

"그가 나타날 만한 곳에 가서 기다려야지."
"그래요, 그런데 거기가 어딘데요?"
"곧장 들어와, 같이 찾아보게."
엘리스는 그 말을 끝으로 전화를 끊었다.

37

보슈는 여러 해 동안 진료를 받으러 다녔고 총상 상처에 재활 치료를 받으러 다닌 적도 있어서 무질서하게 늘어서 있는 웨스트우드의 보훈 병원 건물들을 잘 알고 있었다. 그 복합 단지를 윌셔대로가 가로지르고 있었고 재활 센터는 남쪽에 있었다. 보슈는 이 메디컬 센터를 찾는 환자들에 대해 많은 것을 알려주는 주차장에 차를 세웠다. 테이프로 여기저기 땜질을 한 낡은 자동차, 주거용으로 개조한 승합차, 캠핑용 캐노피를 씌운 픽업트럭들이 주를 이뤘다. 어떤 차든 국가에 대한 충성을 맹세하고 구체적인 근무 부대와 정치적 성향을 자랑스럽게 드러내는 범퍼 스티커를 덕지덕지 붙이고 있었다. 메시지는 분명했다. 어떤 전쟁에서 싸웠느냐는 중요하지 않았다. 집으로 돌아오는 것이 또 하나의 전투였다.

그는 "봉사하신 분들을 위해 봉사합니다"라는 모토가 적힌 유리문으로 들어가 물리치료 센터 접수대에 놓인 접수인 명단을 확인했다.

접수 직원이 있었지만 컴퓨터 화면만 노려보고 있었다. 명단에는 시스코라고도 알려진 데니스 보이체홉스키가 40분 전에 접수했다고 적혀 있었다. 그러면 치료가 끝날 때가 얼추 된 것 같았다. 그는 시스코가 나갈 때 알아볼 수 있도록 대기실에서 치료실 문을 바라보는 방향의 의자에 앉았다.

소파 앞 탁자에 펼쳐진 채 놓여 있는 잡지들은 모두 수개월 전 것들이었다. 보슈는 잡지를 집어 드는 대신 며칠 만에 처음으로 휴대전화에서 이메일을 열었다. 엘리스와 롱이라는 이름을 알려주는 루시아 소토의 이메일이 들어와 있었다. 다른 이메일은 거의가 스팸메일이어서 삭제했다. 예전 동료들에게서 메일이 두 통 들어와 있었는데, 보슈가 형사 피고인 측에서 일한다는 소식을 듣고 실망했다는 내용을 담고 있었다. 첫 번째 메일에 답장을 쓰기 시작했지만 중간쯤 쓰니까 그래봤자 자기 행동을 설명할 수도, 옛 동료들의 신뢰를 회복할 수도 없을 것이라는 생각이 들었다. 그래서 답장 쓰기를 멈추고 메시지를 삭제했다.

자신의 처지를 생각하니 마음이 울적했다. 앞으로는 이메일을 확인하지 않기로 결심했다. 비슷한 내용의 메시지가 계속 들어올 것 같았기 때문이다. 휴대전화를 주머니에 넣으려고 하는데 전화벨이 울렸다. 액정화면에는 프랜시스 앨버트라고 적혀 있었다. 모르는 이름이었지만 전화를 받았다. 대기실에선 통화 금지라는 안내문의 지시에 따르기 위해 일어서서 밖으로 나갔다.

"해리 보슈입니다."

그는 오른쪽에 있는 벽감으로 들어갔다.

"보슈 형사, 프랜시스 앨버트요, 우드로윌슨에서 옆집에 사는 사람이죠."

보슈는 그가 누군지 여전히 알 수 없었고 얼굴이 떠오르지도 않았다. 프랜시스 앨버트가 이름과 성 전체인지, 프랜시스 앨버트 시나트라를 기리는 뜻으로 두 단어를 이름으로 쓴 것인지도 알 수가 없었다.

"네, 안녕하세요?"

"네, 안녕해요. 나를 기억 못 할 수도 있겠지만 내가 두 달 전에 동네 방범대 회의를 주최했어요. 친절하게도 형사님이 참석해 줬고."

이제야 누군지 알았다. 어깨가 구부정하고 혼자 살아서 시간이 남아도는 노인이었다. 퇴직한 지 얼마 안 돼서 마찬가지로 시간이 남아돌았던 보슈는 지난 3월에 방범대 회의에 참석했었다. 프랜시스 앨버트는 그에게 회의에 또 들어와서 방범대원들 앞에서 연설 좀 해달라고 부탁하려고 전화한 듯했다.

"물론 기억합니다, 선생님." 보슈가 말했다. "그런데 지금 제가 좀 바빠서요. 조금 있다가 전화 드려도 될까요?"

"그럼요, 좋아요. 난 오늘 아침에 누가 형사님 집을 지켜보고 있더라고 알려주려 전화한 겁니다. 경찰이라던데 내가 보기엔 아닌 것 같더구먼."

보슈는 전화를 빨리 끊고 싶은 생각이 갑자기 싹 사라졌다.

"제 집을 지켜보고 있더라니, 무슨 말씀이죠?" 보슈가 물었다.

"우리 집에서 길 건너편에 있는 로빈슨 씨네 땅 알죠?" 프랜시스 앨버트가 말했다. "집은 다 철거했고 건물을 새로 올리려고 준비 중인 외팔보 부지 말요."

"네, 알죠."

"오늘 아침에 신문을 가지러 나갔더니 어떤 놈이 우리 집 차고 앞에 차를 세워놨더라고. 그런데 그 자식이 테이프 밑으로 기어들어 가더니 쌍안경을 들고 그 공터에 가서 섭디다. 그러고는 당신 집을 보더라고요, 보슈 형사."

"해리라고 불러주세요. 그리고 이젠 형사가 아닙니다. 그 사람이 제 집을 보고 있었다는 게 확실합니까?"

"그쪽을 봤다니까, 분명히. 그리고 프랭크라고 불러줘요."

"그 사람이 거기 얼마나 있었죠, 프랭크?"

"좀 있다가 내가 따지니까 갔어요. 그래서 진짜 경찰은 아닌 것 같다는 거요. 경찰 배지를 보여주긴 했지만."

"따지셨어요?"

"그래요, 나가서 뭐 하는 거냐고 물었지. 그랬더니 당황하면서 자리를 뜨더라고. 그때 목에 걸고 있던 그 의심스러운 배지를 보여줬어요."

보슈는 주머니에 손을 넣어 엘리스와 롱의 사진을 복사한 사본을 꺼냈다. 그것을 펴서 성범죄 전담반 경찰관들의 얼굴을 노려봤다.

"그 사람이 어떻게 생겼던가요?" 보슈가 물었다.

전화기 너머로 긴 침묵이 흘렀다.

"글쎄, 평범했는데." 마침내 앨버트가 말했다.

"평범했어요?" 보슈가 되물었다. "백인이에요? 아니면 흑인, 아니면 황인종?"

"백인이던데."

"나이는요?"

"어, 40대 정도로 보이던데. 아니면 30대."

보슈는 두 경찰관의 사진을 바라봤다.

"콧수염이 있었어요?"

"그래요, 콧수염 있던데. 알아요?"

롱은 콧수염이 있었고 엘리스는 없었다.

"아니요. 이따가 집에 계실 겁니까? 보여드릴 사진이 있는데요."

"그래요, 항상 있는데 뭐."

"감사합니다, 프랭크."

"이웃끼리 뭘. 잘 지켜보면서 서로 도와야죠."

보슈는 전화를 끊고 두 경찰관의 사진을 바라봤다. 직감적으로 아는 일을 굳이 확인하려고 프랭크의 집에 들를 필요는 없겠다는 생각이 들었다. 쌍안경을 들고 그의 집을 감시한 사람은 롱이었다. 그렇게 빨리 나타나 기웃거릴 줄은 몰랐다. 이제 겨우 9시 30분이었다. 체로키가 움직이지 않는다고 왜 벌써 의심을 품게 됐을까?

롱을 언덕으로 올려보낸 다른 일이 또 있는 것이 틀림없었다. 보슈는 사본을 접어 재킷 주머니에 도로 넣었다. 그때 보이체홉스키로 보이는 사람이 재활 센터 출입문을 열고 밖으로 나오는 것이 보였다.

남자는 눈에 띄게 다리를 절고 있었고 지팡이에 의지해 걷고 있었다. 검은색의 지팡이에는 불꽃 문양이 그려져 있었다. 청바지에 검은 티셔츠를 입고 등에 할리데이비드슨 휘장이 새겨진 가죽조끼를 입고 있었다. 할리데이비드슨 로고의 전형적인 날개가 부러져 있었다. 보슈는 그것이 라이더가 쓰러졌고 다쳤지만 살아남았다는 뜻이라는 것을 알고 있었다.

"시스코?" 보슈가 그를 불렀다.

남자는 걸음을 멈추고 누가 자기를 불렀나 보려고 뒤를 돌아봤다. 보슈가 그에게 다가갔다.

"시스코 맞죠?"

"그럴걸요. 누구시죠?"

"해리 보슈요. 미키 할러의……."

"조사관이군요. 내 일자리를 뺏어간."

"형이라고 말하려고 했는데. 당신 일자리를 뺏어간 거 아니에요. 당신 일자리를 원하지도 않고. 당신이 돌아올 준비가 되면 일자리는 거기 있을 거요. 난 미키를 위해 이 사건만 돕는 거니까."

시스코는 지팡이에 두 손을 올려놓았다. 서 있고 걷는 것이 그의 취미가 아닌 것은 분명했다. 통로를 따라 벤치 몇 개가 놓여 있었다. 재활 센터에 들어간 사람들을 기다리는 사람들을 위해 마련된 것인 듯했다.

"잠깐 좀 앉을까요?" 보슈가 물었다.

보슈가 벤치 하나를 가리켰다. 시스코가 그리로 향했고 무릎에 실린 무게를 덜어줄 수 있어서 안도한 것 같았다. 그는 두꺼운 팔과 V자형의 우람한 상체를 가진 덩치 큰 남자였다. 마치 지지점이 불안한 역삼각형같았다.

"우리가 지금 우연히 만난 것 아니죠?" 시스코가 물었다. "미키 말로는 군대도 갔다 오셨다던데."

"군대 갔다 왔죠. 전에도 여기 온 적 있고. 하지만 우연히 만난 건 아니에요." 보슈가 말했다. "당신을 만나러 왔어요. 물어볼 게 좀 있어서."

"물어보세요."

"우선 당신 사고부터 시작합시다. 미키 말로는……."

"사고가 아니었어요."

"내가 알고 싶은 게 그건데. 무슨 일이 있었죠?"

"이해가 안 가네요. 그게 왜 알고 싶어요?"

"미키가 음주 운전으로 체포됐던 건 얘기 들었죠?"

"네. 로스앤젤레스 경찰국에 있는 선생님 옛 동료들이 그랬잖아요."

"그거 함정이었어요. 포스터 사건을 변호하는 걸 방해하려고 그런 것 같아요. 당신한테도 같은 일이 일어난 건지도 몰라요. 그래서 일이 어떻게 된 거죠?"

보슈는 시스코의 눈빛이 냉정해지는 것을 봤다.

"빌어먹을 만우절이었어요. 오토바이를 타고 스튜디오시티 벤투라 대로에서 할리우드 방향으로 달리고 있었죠. 내 옆 차선에 있던 차가 갑자기 밀어붙이는 바람에 어쩔 도리가 없었어요. 그의 차에 치여 바퀴에 깔리든가, 아니면 맞은편 차선으로 넘어가서 살 기회를 엿보든가 해야 했죠. 잘 피할 수 있었는데."

"그 차가 의도적이었다고 추측하는 이유는?"

"추측이 아니라 사실이에요. 이유는 두 가지. 첫째, 이 새끼는 멈추지 않았어요. 속도도 안 줄였다고요. 그리고 둘째, 지가 무슨 짓을 하는지 알았어요. 내가 발을 뻗어서 그 새끼 차 옆면을 찼는데도 계속 밀어붙이더라고요. 라이더 부츠를 신은 발로 찼는데. 그 새끼도 그 소리를 들었어요. 내가 거기 있는 걸 알았다고요."

"그 운전자를 봤어요?"

보슈는 재킷 주머니에서 사진 사본을 꺼내기 시작했다.

"아뇨, 못 봤어요. 창문이 너무 어둡게 선팅돼 있었어요. 그거 불법인데." 시스코가 말했다.

보슈는 사본을 도로 밀어 넣었다.

법적 기준을 무시하고 훨씬 더 어둡게 순찰차를 선팅하는 것이 로스앤젤레스 경찰국 잠복수사팀이 선호하는 전술이었다.

"차종은?"

"카마로요. 오렌지색. 바퀴 테두리는 검은색이고 캘리퍼는 노란색이었어요. 바퀴를 아주 잘 볼 수 있었어요, 아주 가까이서 직접적으로."

"하지만 번호판은 못 봤고."

"살아남느라고 너무 바빴거든요. 주머니에 든 건 뭐죠? 뭘 보여주려고 했어요?"

보슈는 사본을 꺼냈다.

"할러를 검문한 경찰관들이에요. 당신도 한 명은 알아볼 수도 있겠다고 생각했어요, 운전자를 봤다면."

시스코는 사본을 펼쳐 두 경찰관의 얼굴을 봤다. 얼굴 사진이었지만 둘 다 경찰 제복의 옷깃 위쪽은 분명히 보였다.

"그러니까 이 모든 일의 배후에 이 새끼들이 있다고요?" 시스코가 물었다.

보슈는 고개를 끄덕였다.

"그런 것 같아요."

"빌어먹을 놈의 새끼들. 이놈들이 다음엔 무슨 생각을 할까요?"

"이 모든 것 비밀 지켜줘요. 할러는 괜찮은데 다른 사람한텐 말하면 안 돼요. 이 사실이 새어 나가면 일을 망칠 수도 있어서."

"그런 말은 할 필요도 없어요."

"그러네, 참, 미안해요. 그래서 당신 사고는……."

"사고 아니라니까요."

"그러게, 또 말을 잘못했네, 미안해요. 그래서 이 공격은 할러가 포스터 사건을 맡은 직후에 일어났잖아요. 그때 당신이 그 사건 조사를 시작했었어요?"

"본격적으로 시작한 건 아니고요. 조사 계획을 세우긴 했죠. 하지만 증거 개시 자료가 넘어오지 않은 상황이라 검찰이 살인사건 기록을 뱉어내기를 기다리던 중이었어요."

보슈가 고개를 끄덕였다.

"그러니까 정말로 시작한 건 아니었네."

"그렇다니까요. 기록을 손에 넣을 때까진 지푸라기라도 잡고 있었죠. 진짜 조사는 기록과 함께 시작하잖아요, 아시죠?"

"그럼요, 알죠. 근데 지푸라기라도 잡는다는 건 무슨 뜻이죠?"

"의뢰인의 주장을 듣고 확인하는 거요. 우리 의뢰인은 알리바이가 있다고 했어요. 그래서 알아봤더니 한발 늦었더라고요. 의뢰인이 함께 있었다던 남창이 살해됐더라고요."

"제임스 앨런."

"맞아요."

"그 사건에 얼마나 깊이 파고들었죠?"

"깊이 들어가진 못했어요. 죽었는데 어떻게 만나요. 그럼 이야기 끝이지 뭐. 담당 형사들한테 두 번 정도 전화했지만 받지도 않고 전화를 주지도 않더라고요. 놀랍지도 않은 일이지만."

"당신이 그 사건과 관련해 어떤 행동을 해서 카마로의 공격을 받았을 거라는 생각은 안 해봤어요? 뭐 생각나는 거 없어요?"

시스코는 잠깐 생각하더니 고개를 가로저었다.

"정말 모르겠어요. 뭐 걸리는 게 있었다면 벌써 뛰어들었겠죠."

"그렇겠죠."

시스코가 반대편 차선으로 떠밀려간 일이 엘리스와 롱과 관련이 있는지는 다른 방법으로 알아내야 할 것 같았다.

"죄송해요, 큰 도움이 못 돼서." 시스코가 말했다.

"차에 대해 확실하게 설명해 줬잖아요. 그게 도움이 되겠어요."

"그들의 공격을 받을 만한 무슨 짓을 했는지 잘 모르겠어요. 미키는 이해가 가요. 하지만 나는 본격적으로 시작도 안 했는데."

"당신이 무슨 일을 했거나 무슨 일을 곧 할 거라고 생각했나 보죠. 어쩌면 조사관을 쓰러뜨려서 할러까지 구덩이에 처넣고 싶었던 것일 수도 있어요."

"그럴 수도 있겠네요."

"당신 사건을 경찰에 신고했어요?"

"그럼요. 그런데 시간 낭비였어요."

"왜요?"

"나를 봐요. 경찰들이 나를 보더니 '라이더네' 하고 말더라고요. 나를 친 사람이 누구든 시민들을 위해 좋은 일을 했다고 생각하는 거죠. 신고했지만 귓등으로도 안 들었어요. 신고서는 곧장 휴지통으로 들어갔을 걸요. 내가 받은 거라고는 보험금밖에 없어요. 경찰에서는 연락을 받은 적이 아예 없고요."

예전에는 이런 비난을 들으면 로스앤젤레스 경찰국을 옹호했을 테지만 지금은 그 조직에 속해 있지 않았다. 보슈는 고개를 끄덕여 동감한다는 표시를 했다. 두 사람은 휴대전화 번호를 교환했고 시스코를 벤치에 남겨두고 보슈가 먼저 떠났다. 시스코는 조금 더 쉬다가 가겠다고 말했다.

38

보슈는 자기를 공격한 놈들 중 한 명이 엘리스나 롱이라고 시스코가 확인해 줄 것을 기대한 건 아니었다. 다만 포스터 사건과 관련해 일어난 모든 일의 배후에 성범죄 전담반의 그 두 경찰관이 있다는 자신의 믿음을 확고히 해주기를 바랐다.

그는 아직 사기를 잃지 않았고 자신의 믿음을 입증할 다른 방법들을 알고 있었다. 그 길 위의 첫 번째 정거장은 할리우드 애슬레틱 클럽이었다. 그는 웨스트우드에서 곧장 그곳으로 가면서 할러에게 전화를 걸었고 할러가 즉시 전화를 받았다.

"좋은 아침." 할러가 활기차게 인사를 건넸다. "안 그래도 전화하려고 했는데."

"메시지를 남기려고 했어. 어젯밤에 그랬잖아, 법원 일정 있다고." 보슈가 말했다.

"있었지. 벌써 끝났어."

"기분 좋은 것 같네. 내가 맞혀볼게. 또 공소기각을 받아내서 마약상을 빼냈나 보구나, 그렇지?"

"기분이 좋은 건 맞는데 다른 사건 때문은 아니야. 새로운 소식이 있어. 하지만 형이 먼저 말해. 형이 전화했으니까."

"그래, 그럼. 방금 시스코 만났는데, 도로에서 자기를 친 놈을 보지 못했대. 그런데 차가 어떻게 생겼는지는 기억하더라고. 브레이크 캘리퍼가 노란색이라는 것까지. 오렌지색 카마로인데 바퀴 테두리는 검은색이었대. 이 말을 들으면 너는 뭐 생각나는 게 있을까 싶어서 전화했어."

할러가 잠깐 침묵하다가 대답했다.

"아니." 그가 말했다. "생각나는 게 있어야 해?"

"음주 운전 검문했던 차는 뭐였어?" 보슈가 물었다.

"카마로 아니야. 다지[41]였어. 챌린저나 차저. 자세히는 안 봤지만 카마로가 아닌 건 분명해."

"확실해?"

"형, 나 링컨 차 타는 사람이야. 차에 대해 좀 안다고. 그리고 오렌지색이 아니었어. 시꺼먼 색이었지. 타고 있던 두 개자식 영혼처럼."

"좋아, 내 용건은 끝. 투 스트라이크. 처음에는 시스코, 지금은 너. 기분 환상이네. 새 소식이 뭐야?"

"DNA 검사 결과가 오늘 나왔어."

"포스터의 것이 아니었구나."

41 크라이슬러사의 다지 사업부가 제조하는 승용차

"아니, 그건 아니고. 포스터 것 맞대."

"그런데 왜 그렇게 기분이 좋아?"

"콘돔 흔적 증거 때문에. 형 말이 맞았어. 샘플에서 콘돔 흔적 증거가 나왔어."

그것은 포스터의 무죄를 입증하는 증거였다. 콘돔 흔적 증거의 발견은 다콴 포스터의 정액이 살인 현장으로 옮겨져 알렉산드라 파크스의 몸 안팎에 심어졌을 수 있다는 시나리오의 신빙성을 입증해 줬다.

"이젠 그 콘돔이 앨런이 사용하던 상표와 일치하는지 확인해야겠지." 할러가 말했다. "일치하는 걸로 나오면 검찰이 포스터가 콘돔을 항상 가지고 다녔고 사용하다 터져버렸다는 주장으로 빠져나가려고 할 수도 없을 거야."

"그렇겠지." 보슈가 말했다.

"보통은 내가 하찮은 비비총을 들고 검찰의 주장을 쏘고 있다고 느끼는데, 이번엔 산탄총을 든 느낌이야. 이연발총. 저들의 주장에 커다란 구멍을 낼 거야. 아주 큰 구멍을."

할러는 DNA 분석 결과 때문에 한없이 들뜬 목소리였다. 그러나 보슈에게는 재판까지 남은 기간이 너무 길게 느껴졌다. 롱과 엘리스가 거침없이 돌아다니고 있는데 재판까지 남은 5주는 기다리기에는 너무 길었다.

"머릿속은 온통 재판 생각뿐이구나, 넌." 보슈가 핀잔을 줬다.

"그게 내 일이니까. 우리 일이기도 하고. 왜 그래, 형? 형한테도 좋은 소식 아닌가? 형의 추측이 맞았잖아." 할러가 말했다.

"왜 그러냐고? 엘리스와 롱이 자유롭게 나돌아다니면서 못된 짓을 계속하고 있으니까. 놈들이 내 집을 감시하고 내 딸에 대해서도 알고 있어. 그리고 아직 입증할 수는 없지만 난 시스코를 제거하려 한 것도 그놈들이라고 생각해. 시스코가 놈들에게 위협이 됐으니까. 그런데 이제는 내가 놈들을 위협하고 있잖아. 재판까진 한 달 넘게 남았지만 상황을 잘 봐. 포스터가 무죄를 받게 해줄 거라고? 그래서 뭐? 검찰은 연막작전이라고 주장할 거고, 이 자식들에 대해서는 아무런 조치도 취하지 않을 거야. 그러면 무슨 일이 벌어질까?"

할러는 잠시 침묵하며 대답을 고민했다.

"형은 수십 년간 살인범을 쫓았기 때문에 그렇게 생각하는 게 당연해." 할러가 말했다. "하지만 계속 말하지만 우리는 다른 각도에서 일을 하고 있어. 형은 익숙하지 않겠지만 이렇게 하는 것이 의뢰인에 대한 우리의 의무야. 성공적인 변호에 방해가 될 일은 어떤 것도 해서는 안 돼. 익숙해지자면 시간이 좀 걸리겠지만……."

"걱정하지 마." 보슈가 끼어들었다. "익숙해지고 싶은 생각 없으니까. 이 일만 끝나면 난 관둔다."

"좋을 대로. 그건 그때 가서 얘기하자고."

"로스앤젤레스 경찰국에 가서 우리가 갖고 있는 것을 보여주는 건 어떨까? 그 두 놈이 거리를 활보하게 놔두면 안 된다고 잘 얘기해 볼게. 그러면 적어도 놈들을 감시라도 하겠지."

"그런 일은 없을 거야." 할러가 강하게 말했다. "그런 짓은 우리가 무슨 패를 낼지 검찰에게 알려주는 거고 준비할 시간을 5주나 주는 거야."

"재판까지 기지 않을 수도 있어. 경찰이 둘을 불러들여서 둘이 싸우게 하는 거지. 한 놈이 다른 놈을 뱉어내게 하는 거야. 아주 오래된 수사 기법이야. 그걸로 사건 종결이지."

"너무 위험해. 난 그거 안 할 거야. 형도 하면 안 되고."

보슈는 조용히 할러의 동기가 뭘까 생각해 봤다. 의뢰인이 무죄 평결을 받을 기회를 놓치지 않으려는 것일까, 아니면 본인이 영광을 누리려는 것일까? 살인사건 재판은 변호인에게 가장 큰 무대를 제공한다. 재판에서 승소한다면 할러는 영웅이 될 것이고, 잠재적 의뢰인이 줄을 잇게 될 것이다. 하지만 사건이 재판으로 가지 못한다면 찬미와 찬사는 다른 사람 몫이 된다.

"형, 거기 있어?" 할러가 물었다.

"응. 얘기 아직 안 끝났잖아." 보슈가 말했다.

"그래, 그래. 내일 아침에 만나자. 듀파스에서 아침 먹자. 8시 어때? 형이 나를 설득해 봐. 들어볼 테니까."

"어느 듀파스?"

"농산물 시장."

"알았어."

"지금은 어디 가?"

"할리우드. 확인할 게 있어서."

할러는 설명을 기다렸지만 보슈는 설명하지 않았다. 보슈는 언짢은 마음을 털어버리고 다시 집중하려고 노력했다.

"일이 어떻게 되는지 보고할게." 보슈가 말했다.

"알았어. 내일 보자." 할러가 말했다.

보슈는 통화를 끝내고 이어폰을 빼서 중앙 콘솔박스에 있는 컵홀더에 전화기를 내려놓았다. 할러에게 성질을 낸 것이 후회됐지만 이미 지나간 일이었다. 그는 운전에 집중하며 샌타모니카에서 페어팩스로 올라가 선셋으로 향했다.

몇 년 전 아르메니아계 폭력 조직이 선셋과 윌콕스 사거리에 위치한 12층짜리 건물에 사무실을 얻은 사실이 알려졌다. 사무실은 7층, 건물 뒤쪽에 있었는데, 거기에서 창문으로 내려다보면 할리우드 경찰서 건물과 뒷문, 옆에 붙은 주차장이 훤히 보였다. 조직에서는 망원경을 든 조직원을 그 사무실에 24시간 상주시켜 조직폭력 전담반뿐만 아니라 마약 전담반, 성범죄 전담반에 대해 정보를 입수할 수 있었다. 전담반원들이 언제 서에서 근무하고 언제 출동하며 주차장에서 경찰차를 타고 출입문을 나간 후에는 어느 방향으로 가는지까지 모조리 알아냈다.

어느 시점엔가 한 정보원이 자신에게 정보 수집을 지시한 마약 단속국 직원에게 그 감시 초소의 존재를 폭로했고 FBI가 급습해 초소를 폐쇄해 경찰국을 매우 당혹스럽게 만들었다. FBI가 압수한 감시 일지에는 할리우드 경찰서 여러 전담반원들의 개인 고유 번호가 기재돼 있었고 개인 차량과 잠복수사 차량에 대한 설명도 들어 있었다. 또한 그 아르메니아계 폭력 조직이 입수한 정보를 할리우드에서 활동하는 다른 조직과 범죄 집단들에게 팔았다는 사실도 밝혀졌다.

로스앤젤레스 경찰국은 그런 창피를 또 당하지 않기 위해 여러 가지 개선책을 마련했다. 그중에는 잠복수사 차량을 경찰서 주차장에서 멀리 떨어진 다른 곳으로, 경찰국 후원 업체인 할리우드 애슬래틱 클럽이 기증한 주차장으로 옮기는 일도 포함돼 있었다. 경찰국 내 비밀이 항상 그렇듯이 잠복수사 차량 주차장의 위치도 비밀로 지켜지지 않았다. 감시 초소 사건은 보슈가 본청 미해결사건 전담반으로 옮겨간 뒤에 발생했지만 잠복수사 차량 주차장의 이전 소식이 그에게도 들려서 어디로 이전했는지 알고 있었다.

할리우드 애슬래틱 클럽은 선셋대로에, 할리우드 경찰서에서 겨우 두세 블록 떨어진 곳에 있었다. 그곳 주차장은 건물 뒤에 있었고 삼면은 건물로, 셀마 쪽의 나머지 한 면은 울타리로 에워싸여 있었다. 주차를 돕는 직원은 없고 출입 카드를 대고 입구로 들어가야 했다.

보슈는 출입 카드가 없었지만 주차장에 들어갈 필요도 없었다. 그는 셀마의 도롯가에 차를 세우고 내려서 울타리로 걸어갔다. 오전 10시, 지금은 차량 전부가 주차장에 있을 것이기 때문에 잠복수사 차량 조사를 하기에 최적기였다. 잠복수사 차량을 이용하는 성범죄, 마약, 조직폭력 전담반들은 그들의 먹잇감과 같은 시간대에 움직였다. 따라서 그들은 오후에 출근해서 밤늦게까지 근무했다. 오전은 늦잠을 자는 시간이었다.

잠복팀들이 사용하는 차량은 친숙함을 피하기 위해 적어도 1년에 한 번은 다른 부서의 관용 차량과 바꿔서 사용했다. 일부는 한 달간 아예 사용하지 않고 놔두기도 했다. 또 일부는 새 차를 갖기 위해 다른 부서의 차량과 아예 바꾸기도 했다. 시스코 보이체홉스키가 반대편 차선으로 날아가 다친 후 두 달이 지났기 때문에 보슈가 찾는 오렌지색 카마로는 이미 어딘가로 옮겨졌을 가능성이 있었다. 엘리스와 롱이 할러를 음주 운전으로 체포할 때 다른 차를 타고 있었다는 사실은 오렌지색 카마로가 다른 부서의 차량과 교체됐을 가능성을 시사했다. 혹은 그들이 카마로로 범죄를 저질렀다면 즉시 다른 차와 교환했을 가능성도 있었다. 이를테면 검은색 다지 같은 걸로.

어느 쪽이든 확인을 해야 했고 보슈의 끈기는 좋은 열매를 맺었다. 익숙한 전조등을 발견하고 다시 보니 카마로가 주차장 뒷벽에 후면주차 돼 있었다. 앞유리에 먼지가 두껍게 끼어 있는 것을 보면 꽤 오랜 기간 방치돼 있었던 것이 분명했다. 그는 울타리를 따라 몇 걸음 더 걸어 내려가 차의 옆면과 색상을 확인했다. 오렌지색이었다.

그는 휴대전화로 카마로 사진을 찍었다. 그러고는 '이 차 맞아요?'라는 질문과 함께 사진을 아까 시스코에게서 받은 휴대전화 번호로 전송했다.

그러고는 자신의 렌터카로 돌아갔다. 차 문을 여는데 시스코에게서 답장이 왔다.

그런 것 같네요. 그래 보여요.

보슈는 차에 탔다. 혈관에 전류가 흐르듯 짜릿한 느낌이 들었다. 카마로를 확인한 것은 시나리오의 작은 부분을 확인한 것일 뿐 어떤 증거도 되지 못했지만 그럼에도 불구하고 흥분이 되는 것은 어쩔 수가 없었다. 그는 퍼즐 조각들을 맞춰나가고 있었고 가장 작은 조각이 맞춰질 때조차 아드레날린이 솟구쳤다. 카마로는 중요했다. 엘리스와 롱이 시스코를 칠 때 카마로를 타고 있었다면 그보다 몇 주 전 제임스 앨런의 시신을 엘센트로의 골목길에 갖다버릴 때도 타고 있었을지 모르는 일이었다.

보슈는 크라이슬러를 타고 샌타모니카로 돌아와 할리우드포에버 공동묘지로 향했다. 사무실 앞에 차를 세우고 들어가니 오스카 개스컨이 작은 테이블 뒤에 앉아 있었다. 개스컨은 한 번 방문한 적이 있는 보슈를 기억하고 있었다.

"또 오셨네, 형사님." 개스컨이 말했다.

"네. 영업은 잘되십니까?" 보슈가 말했다.

"여전히 죽을 맛이에요. 또 내 카메라 보러 오셨나?"

"네. 그런데 이번에는 다른 날짜를 보려고요. 지난번에 왔을 때, 로스앤젤레스 경찰관들도 CCTV 동영상을 보러 왔더라고, 저 아래 헤이븐하우스에서 살인사건이 있었던 날 밤의 것을 보러 왔더라고 말씀하셨잖아요."

"네, 그랬죠."

"그날 밤 것을 볼 수 있을까요?"

개스컨은 보슈의 의도를 파악하려는 듯 한동안 그를 물끄러미 바라봤다. 그러더니 마침내 어깨를 으쓱거렸다.

"안 될 이유가 없죠."

그는 5분만에 제임스 앨런이 피살된 날 밤의 동영상을 클라우드에서 찾아냈다. 빠른 재생이 시작되자 보슈는 화면에서 모텔 출입구를 지켜봤다.

"뭘 찾아요?" 개스컨이 물었다.

보슈는 화면에서 눈을 떼지 않은 채 대답했다.

"오렌지색 카마로요."

다음 10분간 그들은 말없이 화면을 지켜봤다. 자동차들이 부자연스러운 속도로 샌타모니카를 지나다녔다. 보슈는 새벽이 될 때까지 카마로가 안 보이면, 다시 한번 이번에는 정상 속도로 보자고 말할 생각이었다. 개스컨이 반대할 수도 있지만 끝까지 우겨볼 작정이었다.

"저기." 개스컨이 불쑥 말했다. "저거 카마로 아닌가?"

"속도 줄여 보세요." 보슈가 말했다.

동영상이 정상 속도로 재생되기 시작했고 그들은 말없이 지켜봤다. 헤이븐하우스 주차장으로 들어간 승용차는 금방 나오지 않았다. 그러고 보니 금방 다시 나타날 거라고 생각할 이유가 전혀 없었다.

"되돌려서 다시 볼까요?" 보슈가 말했다.

개스컨은 지시대로 했다. 이번에는 보슈가 말하지 않아도 정상 속도로 재생시켰다. 오렌지색 승용차가 화면 왼쪽에서 나타나 모텔 출입구를 향해 좌회전을 했다.

"멈춰보세요." 보슈가 지시했다.

개스컨이 일시멈춤 버튼을 누르자 자동차가 샌타모니카의 서쪽 방향 차선을 가로지르다가 멈춰 섰다. 카메라에 차의 측면이 보였지만 화면이 거칠고 선명하지 않았다. 차의 윤곽은 카마로의 윤곽이 맞는 듯했다. 지붕이 매끈하고 수수한, 문 두 개짜리 쿠페형 승용차.

"어때요?" 개스컨이 물었다.

보슈는 아무 말 없이 차 창문의 짙은 색 밴드와 같은 색의 바퀴를 관찰했다. 비슷했지만 확신할 수는 없었다. 할러가 아는 비디오 기술자가 이 화면의 화질도 개선할 수 있을지 궁금했다.

"재생해 주세요. 빠르게." 보슈가 말했다.

그는 화면 하단에 찍힌 시각에 주목했다. 오렌지색 승용차는 밤 11시 9분에 모텔 주차장으로 들어갔다. 개스컨은 3배속으로 빠르게 재생했고 두 사람은 몇 분간 조용히 화면을 지켜봤다. 여러 대의 차가 들어가고 나왔다. 그날 밤엔 모텔이 장사가 잘됐다. 마침내 오렌지색 차가 다시 나타났다가 사라졌다. 개스컨이 되감기를 해서 정상 속도로 다시 봤다. 차는 멈추지 않고 모텔을 빠져나와 우회전해서 샌타모니카대로를 서쪽으로 달려서 화면에서 사라졌다.

"뭐가 급한가 보네." 개스컨이 말했다.

보슈는 시각을 봤다. 오렌지색 승용차는 모텔로 들어가고 겨우 23분이 지난 밤 11시 32분에 모텔을 나왔다. 그들이 앨런의 방에 들어가 산 채로든 죽인 다음이든 앨런을 꺼내오는 데 23분이면 충분했을까?

"그때 왔던 로스앤젤레스 경찰국 형사들은 이 차에 초점을 맞췄나요?" 보슈가 물었다.

"어, 아뇨." 개스컨이 말했다. "그날 밤 영상을 한참 들여다보더니 별 쓸모가 없다고 생각했나 봐요. 영상분석반에 화질 개선을 부탁할 거라면서 사본을 떠 갔어요. 그 후론 연락이 없고."

얘기를 나누면서도 보슈는 계속 화면을 지켜봤다. 오렌지색 차가 화면 오른쪽에서 다시 나타나 헤이븐하우스를 향해 샌타모니카를 서쪽으로 달려오고 있었다. 화면을 가로지르더니 출입구로 들어가 곧 사라졌다.

"다시 왔네요." 보슈가 말했다.

개스컨이 화면을 봤지만 그 차는 벌써 사라진 후였다.

"되감기 해주세요." 보슈가 지시했다. "이번에는 동쪽에서 오네요. 차가 중앙에 왔을 때 화면을 멈춰주세요."

개스컨이 재빨리 실행했고 보슈는 화면을 향해 몸을 기울이고 자세히 들여다봤다. 차가 묘지 앞을 가로지를 때 차 안에 있는 머리가 보였다. 아주 작고 화질이 흐렸지만 차가 카메라에 더 가까이 있었기 때문에 윤곽은 분명하게 보였다. 카마로는 확실했다. 이 각도에서 보니 검은 바퀴 중앙에 노란색 화소가 몇 개 들어 있는 것도 보였다. 시스코가 말했던 노란색 브레이크 캘리퍼였다.

그러나 카메라와 차와의 거리와 짙게 선팅이 된 창문 때문에 운전자를 자세히 볼 수가 없었다.

"네, 재생하세요. 이번에는 얼마나 있는지 봅시다." 보슈가 말했다.

동영상에 찍힌 시각은 밤 11시 41분이었다. 그들은 카마로가 모텔 입구로 다시 들어가는 것을 지켜봤다. 그런 다음 개스컨은 빠른 재생을 했고 둘은 화면을 지켜보면서 기다렸다. 보슈는 저들이 모텔을 두 번 방문한 이유가 무엇일지 생각해 봤다. 첫 번째 방문은 엘리스와 롱이 모텔과 앨런의 방을 관찰하기 위한 목적이었을 수 있었다. 또 다른 가능성은 뒤쪽 주차장이 들고나는 사람들로 너무 붐볐다는 것이다. 세 번째 가능성은 앨런이 손님과 함께 있었다는 것이다.

이번에는 51분이나 지나서야 카마로가 다시 나왔다. 차를 멈추지 않고 우회전해서 서쪽으로 달려가 곧 화면에서 사라졌다. 카마로가 모텔에 머문 시간을 고려할 때 제임스 앨런은 사망해서 카마로의 트렁크 속에 있었을 거라고 보슈의 직감은 말하고 있었다.

"무슨 생각해요?" 개스컨이 물었다.

"이거 사본 하나 만들어 주시죠." 보슈가 말했다.

"드라이브 갖고 왔어요?"

"아뇨."

"지난번처럼 200 어때요?"

"좋습니다."

"그럼 드라이브를 갖고 있는 사람이 있나 좀 찾아봅시다."

39

 보슈는 집으로 돌아가는 길에 카후엔가의 포키토마스 뒤에 렌터카를 세웠다. 식당으로 들어가 칠리파시야[42]를 포장 주문했다. 그러고는 우버 앱으로 택시를 불렀다. 음식이 나온 것과 거의 동시에 택시도 왔다. 택시를 타고 집에 가면서 엘리스와 롱이 미행하거나 감시하는지 밖을 유심히 살폈다. 그런 것 같지 않았고 이번에는 우버 기사와 대화도 하지 않았다. 아마도 뒷자리에 앉아서 그런 듯했다.
 집에 들어간 그는 침실에서 증거 개시 자료를 가지고 나와 식탁에 던져놓았다. 일을 시작하기 전에 미닫이 유리문을 열어 환기를 했다. 잠깐 데크로 나가 주위를 둘러봤다. 오른쪽으로 움푹 파인 계곡 너머에 그날 아침에 롱이 서 있었다는 외팔보 부지가 있었다. 보슈는 자신이 집에 없었고 체로키를 타고 나가지 않았다는 것을 그들이 알아차

[42] 멕시코산 마른고추 요리

렸을지 궁금했다.

식탁으로 돌아가 리걸패드를 꺼내 중앙에 놓았다. 사건 기록과 자신의 메모와 기억을 총동원해 사건을 전체적으로 파악할 수 있게 할 연대표를 작성했다. 알렉산드라 파크스 피살사건보다 훨씬 전에 일어난 일부터 시작했다. 우선 살인사건들을 연대표에 먼저 넣었고 그런 다음 다른 관련된 일들을 추가했다.

작업을 시작하고 15분쯤 지났을 때 초인종이 울렸다. 보슈는 조용히 일어서서 현관문으로 다가갔다. 문에 난 작은 구멍으로 보니 검버섯이 숱하게 있는 대머리 정수리가 보였다. 그는 물러서서 문을 열었다. 이웃 주민 프랜시스 앨버트였다.

"보슈 형사, 아까 보니 데크에 나와 있던데. 보여줄 사진이 있다고 하지 않았소?"

"깜빡 잊고 있었네요, 프랭크. 잠깐만 기다리세요."

무례한 일이었지만 보슈는 그를 현관문 앞에 세워두고 집 안으로 들어갔다. 앨버트를 안으로 들이면 내보내기가 힘들 것 같았다. 보슈는 재킷을 걸어둔 식탁 의자로 걸어갔다. 재킷 주머니에서 엘리스와 롱의 사진이 있는 사본을 꺼내 들고 현관으로 돌아가 사본을 앨버트에게 건넸다.

"오늘 아침에 본 남자가 여기 있어요?" 보슈가 물었다.

앨버트가 결론을 내리는 데 그리 오래 걸리지 않았다. 그는 고개를 끄덕였다.

"그래요, 이 사람, 이 사람이네." 앨버트가 말했다.

그는 롱을 가리켰다. 보슈는 고개를 끄덕였다.

"네, 그럴 것 같았어요. 고마워요, 프랭크." 보슈가 말했다.

프랭크가 뭔가를 기다리듯 잠자코 있는 동안 어색한 침묵이 흘렀다.

"그 사람을 다시 보시면 전화해 주시겠어요?" 보슈가 물었다.

"그러죠." 앨버트가 말했다. "이자가 진짜 경찰이라고 생각해요?"

보슈는 잠깐 침묵하면서 대답을 고민했다.

"아뇨." 그가 말했다.

보슈는 현관문을 닫고 식탁으로 돌아와 연대표를 여러 번 읽으면서 세부 사항과 뉘앙스를 추가했다. 30분이 더 지나자 사건과 조사 전체를 간략하게 정리한 문서가 완성됐다.

2013년 모월 모일 - 슈버트 박사 손목시계 구입

2014년 모월 모일 - 손목시계 도난 혹은 슈버트 박사가 판매

12월 11일 - 그랜트앤드선즈에서 빈센트 헤릭 손목시계 구입

12월 25일 - 헤릭, 알렉산드라 파크스에게 손목시계 선물

모월 모일 - 손목시계 크리스털 파손

2015년 2월 2일 - 손목시계 페덱스를 통해 라스베이거스에 도착

2월 5일 - 제라드 시계 확인 - 소유주가 여전히 슈버트로 등록돼 있음

2월 5일 - 제라드가 슈버트 부인에게 전화(슈버트 부인 시계 도난당했다고 설명)

2월 5일 - 파크스가 제라드에게 전화, 손목시계가 장물일 가능성 인지

2월 5일 - 파크스가 그랜트앤드선즈에 전화(대화 내용 미상)

2월 5일 - 슈버트 박사가 제라드에게 전화 - 시계 도난 아님, 판매해 도박빚 갚음

2월 5일 - 제라드가 파크스에게 전화(시계 장물 아니다)

2월 9일 - 알렉산드라 파크스 피살

3월 19일 - 다콴 포스터 체포 - DNA 일치

3월 21-22일 - 제임스 앨런 피살 - 헤이븐하우스 주차장에 오렌지색 카마로
 - 골목에서 차 문 두 개가 닫히는 소리 - 범인은 두 명?

4월 1일 - 시스코 교통사고 - 오렌지색 카마로

5월 5일 - 할러 체포 - 엘리스와 롱

5월 7일 - 보슈, 응우엔 형제 조사 - 응우엔 형제 피살 - 범인은 두 명?

보슈는 펜을 놓고 각 줄에 적힌 날짜와 요약 내용을 천천히 읽어봤다. 사건을 해체해 단순한 연대표를 만드니 모든 일이 어떻게 연결돼 있고 어떻게 도미노처럼 쓰러지며 하나의 일이 다음 일을 야기하는지를 알 수 있었다. 그리고 이 모든 일을 관통하는 한 가지, 손목시계가 있었다. 손목시계 주인이 바뀐 것으로 네 건의 살인사건이 연결될 수 있을까?

이젠 슈버트 박사를 만나 마지막 퍼즐을 맞춰야 할 시간이다. 보슈는 의자에 등을 기대고 앉아 최선의 방안을 생각해 봤다. 그는 한 번 본 적도 없는 남자에 대해 몇 가지 결론을 내렸다. 슈버트의 직업과 거주지, 생활수준을 토대로 내린 결론이었다.

보슈는 슈버트에게 겁을 주어 협조를 구하는 것이 최선이라고 결론지었다. 겁을 주려고 거짓말을 할 필요도 없었다.

보슈는 식탁 앞에서 일어서서 침실로 향했다. 진짜 형사의 옷으로 갈아입을 시간이었다.

40

엘리스는 밥시 쌍둥이와 함께 새 아파트에 있었다. 전날 녹화된 영상을 돌려보면서 새로 시작할 프로젝트를 찾고 있었다. 롱이 엘리스의 일회용 휴대전화로 전화를 걸어왔다.

"선배님 말이 맞았어요. 보슈가 나타났어요. 빨리 이리로 오셔야겠는데요." 롱이 말했다.

쌍둥이 중 한 명은 소파에 앉아 손톱에 매니큐어를 칠하고 있었다. 다른 한 명은 전날 밤 너무 바빠서 못 잔 잠을 보충하고 있었다. 엘리스는 조용히 따로 이야기하려고 부엌으로 들어갔다.

"보슈는 지금 뭐 하고 있어?" 엘리스가 나지막한 소리로 롱에게 물었다.

"우선 옷차림을 보면 정장에 넥타이를 매고 있어요." 롱이 말했다.

"형사처럼 보이려는 거로군. 무슨 연극을 할 건가 본데. 또 다른 건?"

"파일을 들고 있어요."

"지금 정확히 어디 있어, 그자가?"

"자기 집 차고요. 잠복수사 차량 같은 차에 기대 서 있어요. 빨리 오세요. 무슨 일이 곧 일어날 것 같아요."

"혼자 어디서 조용히 그를 만나 문제를 해결하고 싶은 걸 거야."

엘리스는 문제 해결을 위해서는 어떤 선택을 하는 것이 가장 좋을지 생각해야 했다.

"여보세요? 아직 거기 있어요?" 롱이 물었다.

"응, 여기 있어." 엘리스가 말했다. "휴대하고 있는 것 같아?"

"어…… 네, 휴대하고 있어요. 왼쪽 엉덩이에. 재킷이 불룩 솟아 있어요."

"총을 휴대하고 있다는 거 기억해야 해. 그리고 자네를 못 본 것 확실하지?"

"네, 차를 타고 바로 내 앞을 지나갔는데요."

"체로키?"

"아뇨, 크라이슬러던데. 렌터카 같아요."

엘리스는 그 사실을 곱씹었다. 보슈는 그들이 체로키에 위치 추적 장치를 달았다는 사실을 알고 있었다. 그들이 슈버트를 감시하고 있다는 사실도 알고 있을까?

"올 거예요, 말 거예요?"

"금방 갈게."

엘리스는 전화를 끊고 거실로 들어갔다.

41

 성형외과 센터는 웨스트할리우드의 시더스—시나이 메디컬 센터에서 한 블록 떨어진 곳에 있는 2층 건물에 있었다. 1층은 전체가 주차장이고 엘리베이터 타고 한 층만 올라가면 전체가 병원이었다. 보슈는 주차장에서 슈버트의 차를 쉽게 발견했다. 슈버트는 벽에 스텐실로 이름이 찍혀 있는 전용 주차 공간을 갖고 있었다. 거기에는 날렵하게 생긴 은색 메르세데스—벤츠가 서 있었다. 그 근처에서 빈 주차 공간을 발견한 보슈는 거기에 주차하고 기다렸다. 기다리는 동안 자신이 정리해 모은 보고서들과 사진들을 다시 훑어보면서 할 말을 정리했다. 슈버트에게 할 말을, 그의 목숨을 구해주겠다는 제안을 어떻게 하면 좋을지 고민했다.
 보슈는 자신이 선택한 치료를 받고 퇴원하는 성형외과 센터 환자 서너 명이 엘리베이터에서 내려 그곳을 떠나는 것을 지켜봤다. 간호사들이 휠체어를 밀고 와서 대기 중인 링컨 타운카에 태워 보냈다. 보슈는 그 링컨 차들이 전부 같은 렌터카 업체의 번호판을 달고 있는 것을 보고 성형수술 패키지에 픽업 서비스가 포함돼 있나 보다고 추측했다. 한 명을 제외한 환자들 전부가 얼굴에 붕대를 감거나 밴드를 붙이고 있었다. 그렇지 않은 그 한 명은 유방 확대술이나 지방 흡입술을 받았을 가능성이 컸다. 그녀는 휠체어에서 조심조심 일어서서 기다리고 있던 링컨 차의 뒷좌석에 천천히 탔다.

보슈가 본 환자들은 모두 여성이었다. 중년이거나 노년. 그리고 모두 혼자였다. 남자들이 자기를 쳐다보지 않는 두려운 순간이 오는 것을 미루려고, 젊음을 붙잡으려고 애를 쓰는 듯했다.

바깥세상은 거칠고 험난했다. 보슈는 딸도 곧 집을 떠나 그 세상으로 홀로 나갈 거라는 생각을 했다. 딸은 이런 곳에 오지 않기를 바랐다. 그는 휴대전화를 꺼내 딸에게 문자를 보냈다. 캠핑장에서는 와이파이가 잘 터지지 않을 것 같다고 딸이 말했었지만 딸을 위해서라기보다는 자신을 위해서 문자를 보냈다.

딸, 재밌게 지내길 바라. 보고 싶다!

보슈가 답장을 기다리며 휴대전화 화면을 보고 있는데 자동차 문의 잠금장치가 해제되는 삑 소리가 났다. 고개를 든 그는 무늬가 있는 간호사복을 입은 여자 두 명이 각자의 차를 향해 걸어가는 것을 봤다. 병원이 이제 문을 닫은 모양이었다. 잠시 후 의사로 보이는 남자가 나타났다. 그는 슈버트 전용 주차 공간에 있는 벤츠를 지나쳐 바로 옆에 있는 자동차로 갔다. 그가 차를 빼서 떠나자 보슈는 차에 시동을 걸고 그

차가 있던 자리로 가서 차를 세웠다. 파일을 들고 내려 차를 돌아서 슈버트의 벤츠로 갔다. 벤츠 뒤쪽 트렁크에 기대서서 트렁크 뚜껑에 파일을 내려놓고 가슴에 팔짱을 꼈다.

다음 20분간 간호사들과 직원들이 산발적으로 엘리베이터에서 내려 주차장으로 들어왔지만 슈버트의 벤츠로 다가오는 사람은 없었다. 호기심 어린 표정으로 보슈를 쳐다보는 사람은 몇 명 있었지만 왜 거기 있느냐고, 뭐 하는 거냐고 직접 물어보는 사람은 없었다. 한 주의 끝인 금요일이었고 다들 이곳에서 벗어나고 싶어 했다. 보슈는 휴대전화로 성형외과 의사 슈버트의 사진을 구글에서 검색했다. 2003년 베벌리힐스의 어느 기관지 속 기사에 포함된 사진이 딱 한 장 있었다. 그 의사와 아내 게일이 베벌리힐튼 호텔에서 열린 자선 행사에 참가했을 때의 모습이었다. 그 아내는 남편의 병원에 공적인 이유로 한두 번 방문했을 것 같은 얼굴이었다. 턱선이 깎은 듯 날렵했고 눈썹의 융기선도 손을 댄 흔적이 있었다.

휴대전화에 매디의 답장이 떴다.

밤엔 진짜 추워. 일요일에 봐!

딸은 간결하게 소식을 전함과 동시에 집에 돌아갈 때까지는 되도록 연락을 안 하고 싶다는 숨은 메시지를 전하고 있었다. 보슈는 문자 창을 열어 답장을 하려고 했지만 무슨 말을 쓸지 막막했다.

"실례합니다."

보슈가 고개를 들었다. 한 남자가 다가오고 있었는데 조금 전 보슈가 구글로 찾아본 12년 전 사진 속의 남자였다. 슈버트는 보슈가 기대서 있는 벤츠를 가리켰다.

"죄송하지만, 그거 제 찬데요." 슈버트가 말했다.

그는 녹색 바지에 하늘색 남방을 입고 회색 넥타이를 매고 있었다. 재킷은 입지 않았는데 진료실에 들어가면 의사 가운을 입기 때문인 듯했다. 보슈는 트렁크에서 몸을 떼고 똑바로 서서 옷매무새를 다듬는 척하며 재킷을 들춰 허리춤에 꽂은 권총을 보여줬다. 슈버트의 눈길이 권총에 쏠렸다.

"무슨 일이시죠?" 슈버트가 물었다.

"슈버트 박사님, 저는 보슈라고 하는데요. 박사님의 목숨을 구하러 왔습니다." 보슈가 말했다. "단둘이 조용히 얘기할 데가 있을까요?"

"네?" 의사가 놀라서 되물었다. "이거 몰래카메랍니까? 누구시죠, 선생님은?"

슈버트는 보슈를 피해 멀찍이 돌아서 자기 차 운전석으로 갔다. 주머니에서 열쇠를 꺼내 누르자 차 문이 열렸다.

"내가 당신이라면 안 그럴 텐데." 보슈가 말했다.

슈버트의 손이 차 문을 향하다가 멈춰 섰다. 마치 그가 문손잡이를 잡아당기면 폭탄이 터질지 모른다는 경고를 들은 것 같은 표정이었다. 보슈가 트렁크에서 파일을 집어 들고 차 뒤쪽을 돌아 슈버트에게 다가갔다.

"이봐요, 누구세요, 당신은?" 슈버트가 말했다.

"누군지 말해줬잖아요." 보슈가 말했다. "당신이 계속 숨 쉬게 하려고 애쓰는 사람이라고."

보슈가 슈버트에게 파일을 건네자 슈버트는 망설이며 받아 들었다. 지금까지는 일이 보슈의 계획대로 진행되고 있었다. 계속 이렇게 진행될 것인지는 다음 10초에 달렸다.

"한번 보세요." 보슈가 말했다. "내가 연쇄살인 사건을 수사 중인데요, 슈버트 박사. 당신과 어쩌면 당신 부인까지 다음 표적이 될 수 있다고 믿을 만한 이유가 있어서 찾아왔습니다."

슈버트는 마치 뜨거운 불을 만진 것처럼 반응했다. 보슈는 그를 관찰했다. 놀람보다는 두려움의 반응이었다.

"열어봐요." 보슈가 지시했다.

"무슨 일을 이런 식으로 합니까." 슈버트가 항변했다. "당신이 무슨……."

슈버트는 파일 안쪽에 클립으로 꽂혀 있는 사진을 보고 말을 멈췄다. 심하게 훼손된 알렉산드라 파크스의 얼굴을 근접 촬영한 사진이었다. 눈이 휘둥그레지는 것을 보니 그 성형외과 의사는 그런 얼굴을 한 번도 본 적이 없는 듯했다.

슈버트의 눈이 파일의 다른 면을 훑었다. 보슈는 파일 오른쪽에 사건 조서를 클립으로 꽂아놓았는데 내용 때문이 아니라 공식 문서의 사본이기 때문이다. 조서 상단에 인쇄된 로스앤젤레스카운티 소방관국의 휘장이 보슈에 대한 신뢰를 높여줄 것이기 때문이다. 보슈는 슈버트가 가능한 한 오랫동안 자신을 진짜 경찰관으로 생각하기를 바랐다. 슈버트가 경찰 배지를 보여달라고 요구하면 경찰 놀이는 끝이 날 것이다. 그런 일이 일어나지 않도록 하기 위해 보슈는 슈버트의 마음을 심란하게 하고 두려움을 이용할 계획이었다.

파일을 덮는 슈버트는 충격을 받은 표정이었다. 그가 파일을 건넸지만 보슈는 받지 않았다.

"이게 다 뭡니까? 나와 무슨 상관이죠?" 슈버트가 물었다.

"이 모든 것이 당신한테서 시작됐어요, 의사 선생. 당신과 엘리스와 롱한테서." 보슈가 말했다.

슈버트의 표정은 무슨 이야기인지 안다고 말하고 있었다. 인정과 두려움. 마치 엘리스와 롱과의 거래가, 그것이 무엇이든, 끝나지 않을 것을 예상했던 것 같았다.

보슈가 다가가 마침내 파일을 받아 들었다.

"자, 어디로 갈까요?" 그가 말했다.

42

슈버트는 열쇠로 엘리베이터의 잠금장치를 해제했다. 엘리베이터가 천천히 올라가는 동안 슈버트와 보슈는 아무 말도 하지 않았다. 문이 열리자 두 사람 앞에는 고급 소파와 커피 바가 있는 세련된 접수실 겸 진료 대기실이 나타났다. 다들 퇴근했는지 사람이 한 명도 없었다. 두 사람은 복도를 걸어 슈버트의 진료실로 들어갔다. 슈버트가 불을 켜자 한쪽에는 소파와 의자가 있는 사적인 응접 공간이, 다른 한쪽에는 책상과 컴퓨터가 놓인 사무 공간이 있는 큰 사무실이 나타났다. 두 공간은 일본식 디자인의 접히는 칸막이로 분리돼 있었다. 슈버트는 책상 뒤에 있는 등받이가 높은 가죽 의자에 풀썩 주저앉았다. 그는 완벽하게 제자리에 있던 자기 삶의 과시적 요소들이 흔들리기 시작하는 것을 불현듯 깨달은 사람처럼 고개를 가로저었다.

"믿어지지 않는군요." 슈버트가 말했다.

그는 모든 책임이 보슈에게 있다는 듯 보슈를 손가락질했다. 보슈는 책상 앞에 있는 의자에 앉아 무광 알루미늄으로 된 초현대적인 책상 상판에 파일을 내려놓았다.

"긴장 풀어요, 의사 선생." 보슈가 말했다. "우리 둘이 잘 해결해 봅시다. 당신이 보고 깜짝 놀란 사진 속의 여자는 알렉산드라 파크스라는 여잡니다. 들어본 이름인가요?"

반사적으로 고개를 가로젓기 시작하던 슈버트는 이름을 듣자 멈칫했다.

"웨스트할리우드의 그 여자 아니에요?" 슈버트가 물었다. "시 공무원? 누굴 잡았다고 들었는데. 흑인 조폭이었나."

보슈는 인종이 범죄와 인과관계가 있는 것처럼 슈버트가 용의자의 인종을 언급한 것이 흥미롭다고 생각했다. 그것이 그가 앞으로 5분 안에 마음을 열고 이야기하도록 설득해야 하는 남자에 대해 작은 통찰을 하게 해줬다.

"그래요, 그런데 애먼 사람을 잡아넣었죠. 진범들은 아직 잡히지 않고 있어요." 보슈가 말했다.

"진범이 그 두 명입니까? 로스앤젤레스 경찰관?"

"맞아요. 그래서 그들을 멈추게 하기 위해서는 그들에 대해 당신이 알고 있는 바를 얘기해 줘야 해요."

"아는 게 없는데요."

"아뇨, 있잖아요."

"이런 일에 말려들면 안 돼요. 우리 업계에서는 명성이 제일 중요하거든요. 난……."

"죽으면 명성이 무슨 소용입니까. 당신이 그들의 제거 대상 명단에 있다고 믿을 만한 충분한 이유가 있다니까요."

"그건 말도 안 돼요. 난 돈을 지불했고 다음 달 말까지 또 지불할 건데. 그들도 그걸 알고 있고요. 그런데 왜 그들이……."

슈버트는 공포와 두려움에 비밀을 다 말해버렸다는 것을 깨달았다.

보슈는 고개를 끄덕였다.

"그래서 우리가 얘기를 해야 한다는 거예요." 그가 말했다. "이 일을 끝낼 수 있게 좀 도와줘요. 조용히 안전하게 처리할게요. 당신은 최대한 끌어들이지 않을 거고요. 당신의 정보가 필요하지, 당신이 필요한 게 아니니까."

이젠 슈버트가 고개를 끄덕였는데 보슈의 설득에 대한 대답이라기보다는 자신이 오랫동안 두려워해 온 순간이 마침내 찾아왔고 어떻게든 맞닥뜨려야 한다는 것을 인정한다는 뜻인 것 같았다.

"오케이, 좋아요. 시작하기 전에 파트너에게 전화해서 내가 어디 있는지 얘기 좀 하고요. 일종의 안전 조치죠." 보슈가 말했다.

"원래 파트너와 함께 다니는 것 아닌가요?"

보슈는 휴대전화를 꺼내 비밀번호를 입력했다.

"완전한 세상에서나 그렇죠. 하지만 이런 수사를 할 땐 따로 다니면 더 많은 것을 수사할 수 있거든요. 여세를 몰아갈 수 있죠." 보슈가 말했다.

보슈는 시각을 확인한 후 전화를 거는 척했다. 그러나 사실은 메모 앱을 열어 녹음을 시작했다. 그러고는 전화를 걸어 응답을 기다리는 것처럼 전화기를 귀에 갖다 댔다. 몇 초 기다린 뒤 메시지를 남겼다.

"파트너, 나 해리야. 지금은 5시 45분, 슈버트 박사와 함께 그의 진료실에 있어. 여기서 조사를 진행할 거야. 슈버트 박사는 협조하겠대. 내가 처리할 수 없는 무슨 일이 생기면 연락할게. 이따 보자고."

메시지를 남긴 뒤 전화를 끊는 시늉을 하고 전화기를 책상에 놓인 파일 위에 놓았다. 그러고는 상체를 숙이고 뒷주머니에서 수첩을 꺼냈다. 재킷 주머니를 만져보며 펜을 찾았다. 찾지 못하자 펜과 연필이 가득 꽂힌 책상 위의 컵으로 손을 뻗었다.

"펜 하나 빌릴 수 있을까요, 메모 좀 하게?" 보슈가 물었다.

"저기, 정확히 말하면 내가 협조하겠다고는 말하지 않았는데요." 슈버트가 말했다. "당신이 협조를 강요하고 있잖아요. 누구한테 넌 곧 살해될 거라고 말해봐요, 당연히 당신과 얘기하고 싶어 하고, 도대체 무슨 일인지 알고 싶어 하지 않겠어요?"

"그러니까 메모는 해도 된다는 얘기죠?"

"마음대로 하세요."

보슈는 책상에 놓인 파일을 보다가 고개를 들어 슈버트를 바라봤다.

"손목시계 얘기부터 할까요?" 보슈가 말했다.

"무슨 손목시계요? 무슨 이야기를 하는 거죠?" 슈버트가 물었다.

"슈버트 박사, 내가 무슨 손목시계 얘기하는지 알잖아요. 당신이 2년 전에 라스베이거스에서 산 오데마피게요. 여성용 로열오크오프쇼어 모델. 당신 부인은 도난당했다고 말했고 당신은 도박 빚을 갚으려고 팔았다고 말한 시계요."

보슈가 너무나 잘 알고 있어서 슈버트는 깜짝 놀란 표정이었다.

"하지만 그건 거짓말이었어요, 그렇죠?" 보슈가 말했다. "진실을 말해주지 않으면 당신을 도울 수 없어요. 네 명이 죽었어요, 네 명이. 그

네 명의 연결 고리가 그 손목시계고요. 당신 목숨을 구하고 싶으면, 진실을 말해줘요."

슈버트는 눈을 감았다. 눈을 감으면 끔찍한 곤경에서 벗어날 수 있기라도 한 것처럼.

"이 얘기가 새어 나가면 안 돼요." 슈버트가 말했다. "고객들이 있어서. 그리고……."

그는 망설였다.

"명성도 있죠. 알아요, 아까 말했잖아요. 이해해요. 약속은 못 하지만 당신을 위해 최선을 다할게요. 당신이 진실을 말해준다면." 보슈가 말했다.

"아내는 몰라요. 사랑하는 아내가 아주아주 많이 상처를 받을 겁니다." 슈버트가 말했다.

그는 혼잣말하듯 말했고 보슈는 그가 감정을 추스릴 시간을 주기로 했다. 마침내 결심이 섰는지 슈버트가 눈을 뜨고 보슈를 바라봤다.

"내가 실수를 했어요." 슈버트가 말했다. "단 한 번의 끔찍한 실수가……."

그가 다시 말끝을 흐렸다.

"무슨 실수를 하셨죠, 의사 선생?" 보슈가 물었다.

이 얘기가 어디로 흘러갈지 보슈는 알 것 같았다. 엘리스와 롱은 성범죄 전담반 소속으로 성 산업이라는 어둠의 세계에서 일했다. 제임스 앨런을 알게 된 것도 그래서였을 것이다. 슈버트의 이야기가 다른 방향으로 간 것이라 생각할 이유가 없었다.

"환자와 관계를 맺었어요." 슈버트가 말했다. "성매매하는 여자였죠. 몇 년에 걸쳐 성형수술을 여러 차례 해줬어요. 생각할 수 있는 확대 수술은 다 한 것 같네요. 입술, 가슴, 엉덩이. 보톡스도 정기적으로 놔줬고. 소음순 수술에 얼굴과 팔 주름 성형 등등, 성매매를 계속하기 위해 필요하다는 수술은 다 해준 것 같군요."

보슈는 소음순 수술이 대체 무엇인지 궁금했지만 차마 묻진 못했다. 물어봤다가는 슈버트가 열거한 다른 수술들이 밀어 넣은 우울의 늪으로 슈버트가 더 깊이 빠져들 것 같아서였다.

"물론 아주 오랜 기간에 걸쳐서 해줬죠. 10년 가까이 됐을 겁니다." 슈버트가 말했다.

슈버트는 이미 충분히 펼쳐 보여줬으니 나머지는 보슈가 알아서 이해하라는 듯 말을 멈췄다. 그렇게 할 수는 있었지만 슈버트의 진술이 필요했다.

"아까 '관계'를 맺었다고 하셨는데, 그게 무슨 뜻이죠?" 보슈가 물었다.

"의사와 환자의 관계요. 업무상 관계." 슈버트가 퉁명스럽게 말했다.

"그렇군요. 그런데 무슨 일이 있었기에 엘리스와 롱이라는 성범죄 전담반 경찰관들이 당신 삶에 개입하게 됐죠?"

슈버트는 눈을 내리깔았고 어차피 할 얘기면 그냥 하자고 마음을 다잡는 듯했다.

"먼저 약속해 줘요, 지금부터 내가 하는 얘기는 비밀이 엄격하게 보장되지 않는 경찰 보고서에는 절대로 올리지 않겠다고."

보슈는 고개를 끄덕였다.

"약속할게요. 당신이 진술을 해도 경찰 보고서에는 절대로 올리지 않을게요."

슈버트는 보슈의 진심을 알아보려는 듯 그를 물끄러미 바라봤다. 그러고는 고개를 끄덕였다. 보슈가 아니라 자신에게 보이는 몸짓 같았다.

"내가 선을 넘었어요. 그 여자와 잤습니다. 내 환자랑 잤다고요. 딱 한 번이었지만 그 후로 줄곧 후회했죠." 슈버트가 말했다.

보슈는 그를 이해한다는 듯 고개를 끄덕였다.

"언제 선을 넘었죠?" 보슈가 물었다.

"작년에요. 추수감사절 직전에. 함정에 빠졌어요." 슈버트가 말했다.

"그 여자 이름이 뭐죠?"

"데버라 스토밸요. 일을 할 땐 예명을 쓰더라고요. 애슐리 저그스인가 그랬던 것 같은데."

"함정에 빠졌다고 했는데, 왜 그렇게 생각하죠?"

"그 여자가 병원으로 전화해서 상담을 신청했어요. 하루 진료가 끝나면 전화 상담을 하거든요. 그래서 전화했더니 보톡스 주사를 맞은 자리에 알레르기 반응이 있다고 하더군요. 다음 날 아침 일찍 오라고, 그러면 보겠다고 했죠. 그랬더니 얼굴이 부어서 나갈 수가 없다는 거예요. 자기 집에 와달라고 하더군요."

"그래서 갔군요."

"안 가는 게 낫겠다는 생각이 들었는데도 갔죠. 그날 진료가 끝난 다음 왕진 가방을 꾸려서 아파트로 찾아갔어요. 이례적인 일은 아니에요. 환자 상태에 따라 왕진을 갈 때도 가끔 있거든요. 사실 그날도 왕진이 두 건 잡혀 있었고 그 여자는 두 번째였어요. 그 여자 직업을 고려해 어떤 일이 벌어질 수 있을지 예측해야 했는데 경솔했어요."

"그 여자 집이 어디였죠?"

"크레센트하이츠 근처 파운튼이라는 곳이었어요. 아파트였죠. 정확한 주소는 기억이 안 나는군요. 진료 기록에 있어요."

"갔더니 무슨 일이 있었죠?"

"감염이나 알레르기의 증상이 전혀 없더라고요. 낮에 증상이 사라졌다고 부기도 다 빠졌다고 했어요. 내가 보기엔 그런 증상이 애초에 없었던 것 같지만."

"오케이, 당신이 거기에 갔어요." 보슈가 말했다. "그래서 그다음엔 무슨 일이 있었죠?"

"거기에 그 여자 룸메이트도 있었어요." 슈버트가 말했다. "그리고 그 룸메이트 아가씨는 실오라기도 걸치지 않고 있었죠. 그래서 하나가……."

"그 룸메이트는 이름이 뭐였죠?"

"애니였어요, 본명인지는 모르겠고."

"그 여자도 성 산업에 종사했나요?"

"네, 물론이죠."

"그렇군요. 그래서, 그중 한 명과 아니면 둘 다와 섹스를 했어요?"

슈버트는 고개를 떨구고 올컥해서 목이 메는 것 같은 소리를 냈고 보슈는 그가 의도적으로 그런 소리를 낸다고 생각했다.

"네……, 했어요. 내가 너무 나약했어요."

보슈는 공감하는 반응을 보이지 않고 잠자코 있었다.

"그리고 거기 CCTV 카메라가 있었는데 당신은 그걸 못 봤고요, 그죠?" 보슈가 말했다.

"네, 카메라가 있었어요. 몰래카메라가 여러 대 있더군요." 슈버트가 조용히 말했다.

"그 얘기는 누구한테 들었어요? 그 아가씨들? 아니면 엘리스와 룽?"

"엘리스와 룽요. 여기 찾아왔더라고요. 지금 형사님이 앉아 있는 그 자리에 앉아서 휴대전화로 동영상을 보여줬어요. 그러더니 앞으로 내가 어떻게 해야 하는지 말해주더군요. 자기들이 시키는 대로 하고 자기들이 요구하는 대로 돈을 내야 한다고 했어요. 그러지 않으면 그 동영상을 인터넷에 올리겠다고 협박했죠. 아내가 꼭 보게 하겠다고, 그리고 데버라가 캘리포니아 의사협회 윤리위원회에 제보하게 하겠다고 말했어요. 내 인생을 완전히 망쳐놓겠다고 했죠."

보슈는 고개를 끄덕였다. 그가 보여줄 수 있는 최대의 공감 표시였다.

"얼마를 요구하던가요?" 보슈가 물었다.

"1차로 10만 달러를 요구했어요. 그런 다음에는 6개월마다 5만 달러씩 내라고 했고요." 슈버트가 말했다.

엘리스와 룽이 자기들 일에 방해가 되는 사람은 싹 다 죽여버리는 극단적인 행위를 마다하지 않은 이유를 알 것 같았다. 슈버트는 황금 알을 낳는 거위였다. 그 성형외과 의사가 자신의 무분별한 행동을 숨기고 싶어 하는 한 매년 거액이 그들의 수중에 들어오게 돼 있었다.

"그래서 첫 10만 달러를 그들에게 줬고요."

"줬죠."

"정확히 어떻게 줬습니까?"

슈버트는 의자를 돌려서 보슈를 외면했다. 그의 오른쪽에 한 벽을 덮을 만큼 커다란 포스터가 붙어 있었다. 여자 몸의 윤곽선을 보여주는 포스터였다. 관능과는 거리가 먼, 임상학적인 그림이었고 여자 몸의 윤곽선 바깥쪽에 신체 부위에 시행할 수 있는 다양한 수술과 시술 이름이 적혀 있었다. 슈버트는 그 포스터 속 여자를 바라보며 대답했다.

"현금은 안 된다고 그들에게 말했어요." 슈버트가 말했다. "난 한 번도 내 돈을 직접 본 적이 없거든요. 여기 성형외과 센터는 관리하는 회사가 있어요. 내게 들어오는 돈은 모두 그 회사 명의의 통장으로 입금이 되고 회계사와 자산 관리사의 관리를 받죠. 이 모든 것이 아내의 지시대로 이루어지고요. 예전에 내가 중독성 질환을 앓아서 이런 식으로 할 수밖에 없었어요."

"도박 중독요?" 보슈가 물었다.

슈버트는 보슈가 곁에 있는 것을 잊고 있었던 것 같은 표정으로 그를 돌아봤다. 그러고는 곧 포스터 쪽으로 다시 고개를 돌렸다.

"네, 맞아요, 도박 중독." 슈버트가 말했다. "통제 불능이 되어서 거액을 잃었죠. 그랬더니 아내와 회사가 내 돈을 가져가 관리했어요. 결혼을 깨지 않을 유일한 길이었죠. 그래서 그렇게 거액의 수표를 쓰려면 공동 서명인이 있어야 해요."

"그래서 대신 보석을 줬군요. 아내의 손목시계까지." 보슈가 말했다.

"맞아요. 아내가 휴가를 떠났을 때였죠. 해외여행을 가고 없었어요. 그때 그들에게 보석을 줬습니다. 아내의 손목시계, 내 손목시계, 다이아몬드 몇 점까지. 도둑이 든 것처럼 보이게 하자는 건 그자들의 아이디어였어요. 여행에서 돌아온 아내에게 말했죠, 집에 도둑이 들었고 경찰이 수사하고 있다고. 엘리스가 테라스 유리문까지 깼어요, 도둑이 그곳으로 침입한 것처럼 보이게 하려고."

보슈는 책상으로 손을 뻗어 휴대전화 밑에 있는 파일을 끌어냈다.

"잠깐 뭐 좀 확인할게요." 그가 말했다.

그는 파일을 펼쳐 오른쪽에 고정해 놓은 보고서들을 넘기다가 그날 아침 자신이 작성한 연대표를 찾아냈다.

슈버트의 진술은 보슈가 모아놓은 사실들과 잘 들어맞았다. 슈버트는 엘리스와 롱에게 보석류를 상납한다. 그리고 나서 엘리스와 롱은 응우옌 형제와 거래를 하고 넬슨그랜트앤드선즈에서 그 보석류를 중고로 판매한다. 보석류가 팔리기 시작한다. 빈센트 헤릭이 아내에게 줄 크리스마스 선물로 여성용 손목시계를 구입한다. 엘리스와 롱은 상납금을 현금화하고 응우옌 형제는 출처를 알아보는 수고 없이 판매를 통해 수익을 챙긴다.

일이 틀어지기 시작한 것은 알렉산드라 파크스가 손목시계의 크리스털을 깨서 라스베이거스에 있는 시계 매장에 수리를 맡길 때부터다. 소비자보호과의 수장이자 보안관국 부관과 결혼한 파크스는 시계 소유관계에 문제가 있을지 모른다는 사실을 알게 되자 신속히 시계의 이력에 대해 조사하기 시작한다. 넬슨그랜트앤드선즈에 전화해 문의한다. 어쩌면 응우옌 형제에게 자기 남편이 보안관 부관이라고 말했을 수도 있고, 어쩌면 파크스의 남편이 시계를 구매할 때부터 응우옌 형제가 그 사실을 알고 있었을 수도 있다. 전화해서 무슨 말을 했든 파크스의 전화는 응우옌 형제에게 걱정거리가 되고 그들은 엘리스와 롱에게 전화해 "여기 문제가 생긴 것 같아요"라고 말한다.

엘리스와 롱은 파크스가 자기들의 감춰 프로젝트에 대해 더 파고들기 전에 그녀를 제거하는 극단적인 방법을 선택한다. 보슈는 슈버트가 엘리스와 롱의 사업에 걸려든 유일한 피해자는 아닐 거라고 추측했다. 매춘부들을 이용해 남자들을 꾀어 몰래카메라 앞에서 섹스를 하게 한 후 돈을 갈취하는 더 큰 규모의 돈벌이 작전이 진행되고 있을 거라고 추측했다.

엘리스와 롱은 파크스를 살해하고 성범죄로 꾸밀 계획을 짠다. 그들은 자기들이 조종하고 있고 유사한 갈취 작전에 이용했을 수도 있는 정보원 제임스 앨런을 통해 정액이 든 콘돔을 조달받는다. 그것을 피해자의 몸에 심어 수사관들이 엉뚱한 방향으로, 엉뚱한 남자에게로 관심을 돌리게 하려는 것이다.

그렇다면 제임스 앨런은 왜 피살됐을까? 찜찜한 부분을 없애기 위해서? 아니면 앨런이 어떤 식으로든 그 성범죄 전담반 경찰관들을 협박했나? 렉시 파크스 피살사건은 언론의 주목을 많이 받았다. 앨런이 그 기사를 접했고 자기 고객 다콴 포스터가 DNA 증거를 토대로 살인 용의자로 체포됐다는 소식을 들은 후엔 상황을 종합해 어떻게 된 일인지 알 수 있었을 것이다. 그가 엘리스와 롱에게 돈을 요구하거나 어떤 식으로든 협박했다면 죽임을 당할 충분한 이유가 될 수 있었다. 제임스 앨런은 살해됐고 그의 시신은 수사에 혼선을 줄 수 있는 방식으로 전시됐다. 엘리스와 롱은 이전에 일어난 살인사건에 대해, 엘센트로의 골목에 버려진 시신에 대해 알았을 것이다. 어쩌면 그 범죄도 그들이 저질렀을 수 있었다.

다른 방향 가리키기에는 일정한 유형이 있었다. 반복되는 유형. 처음에는 알렉산드라 파크스, 그 다음엔 제임스 앨런.

43

 엘리스가 차저 조수석에 탔다.
 "왜 이렇게 늦었어요?" 운전석에 앉은 롱이 말했다.
 "그만 좀 볶아쳐. 애들 챙기고 오는 거야. 여긴 어떤 상황이야?" 엘리스가 말했다.
 "슈버트가 나오니까 보슈가 다가가서 만났어요. 둘이 안으로 들어갔고요. 그게 35분 전 상황이에요."
 엘리스는 고개를 끄덕이면서 상황을 정리했다. 슈버트가 그렇게 긴 시간을 보슈와 함께 있었다면 비밀을 다 털어놓았다고 판단해도 무리가 없었다. 그것은 이젠 판을 접어야 한다는 신호였다. 프로젝트를 끝낼 때가 됐다. 모든 작전을 끝내야 할 때였다.
 롱은 어떤지 몰라도 엘리스는 이날을 위해 계획해 둔 것이 있었다. 그는 전화기를 꺼내 날씨 앱을 열었다. 전화기가 다른 사람 손에 들어갈 경우를 대비해 여러 도시를 즐겨찾기 해두었다. 그러나 관심 지역은 한 곳뿐이었다. 벨리즈[43]의 플레센시아는 기온이 25도였다. 이보다 더 완벽할 수 있을까?

엘리스는 휴대전화를 치웠다.

"이게 그거야." 그가 말했다.

"그게 뭔데요?" 롱이 물었다.

"끝. 이게 끝이라고. 이제 선택해야 해."

"무슨 선택요?"

"자넨 이 차를 갖고 난 내 차로 돌아가서 저 갈 길 가는 거야. 각자 챙겨둔 것 갖고 찢어지는 거지. 영원히."

"아뇨, 아뇨, 무슨 소릴 하는 거……."

"끝났어. 끝이라고."

"다른 선택지는 뭐죠?"

공포가 성대를 움켜쥐기 시작하자 롱의 목소리가 높아졌다.

"안으로 들어가서 끝내는 것. 말할 사람을 남겨두지 않는 거지." 엘리스가 말했다.

"그게 다예요? 그게 당신의 원대한 계획이라고요?" 롱이 물었다.

"계획이 아니야. 시간을 벌어줄 수 있을 뿐이지. 안에 들어가서 상황을 정리하면 내일 아침이나 되어야 발견되겠지. 그때쯤이면 자넨 멕시코에 있을 거고 난 어디로든 가고 있을 거고."

롱이 두 손을 넓적다리에 올려놓고 신경질적으로 손가락을 두드렸다.

"다른 방법은요? 다른 계획은요?" 롱이 말했다.

---

43 중앙아메리카의 멕시코, 과테말라, 온두라스 사이에 있는 작은 나라

"없어. 말했잖아. 도미노라고. 도미노처럼 쓰러지면서 여기까지 온 거야. 이제 결정해." 엘리스가 말했다.

"여자애들은 어떡하고요? 데리고……."

"걔네는 신경 쓰지 마. 여길 뜨자마자 걔네부터 해결할 거니까."

롱이 엘리스를 날카롭게 돌아봤다.

"씨발, 뭐라는 거야?" 롱이 말했다.

"말했잖아, 도미노라고." 엘리스가 말했다.

롱은 한 손으로는 운전대를 잡고 다른 손으로는 턱을 비볐다.

"결정해." 엘리스가 같은 말을 반복했다.

44

 연대표를 확인한 보슈는 그 모든 일이 어떻게 일어났는지, 그 도미노가 어떻게 차례로 무너지며 엘리스와 롱을 가리키는지를 이해했다.
 "엘리스와 롱을 마지막으로 본 게 언제였죠?" 보슈가 물었다.
 보슈가 연대표를 보는 동안 조용히 몽상에 빠져 있던 슈버트가 정신이 퍼뜩 든 듯 허리를 펴고 자세를 똑바로 했다.
 "그자들을 봤냐고요? 안 본 지 여러 달 됐어요. 하지만 통화는 계속했죠. 이틀 전에도 전화가 와서 누가 내 주위를 기웃거리지 않는지 물었어요. 아마도 당신 얘기를 한 것 같네요."
 보슈는 고개를 끄덕였다.
 "그자들 전화번호 있어요?" 보슈가 물었다.
 "아뇨, 항상 그쪽에서 전화해요. 번호는 늘 가려져 있고." 슈버트가 말했다.
 "데버라는요? 그 여자 전화번호는 있어요?"

"진료기록이에요."

"필요해요. 그리고 주소도."

"환자 정보를 공유하는 것은 불법이에요."

"알아요, 그런데 지금은 그런 것 가릴 때가 아닌 것 같은데."

"그런 것 같군요. 이제 어떻게 되는 거죠?"

"내가 따로 확인할 일이 좀 있어요. 데버라와 룸메이트도 만나볼 거고. 당신이 엘리스와 롱에게 준 모든 보석류의 목록이 필요해요, 시계 외에 또 뭘 줬는지."

"목록 있어요. 아내가 만든 거."

"잘됐군요. 그 모든 보석을 어디서 전달했죠?"

슈버트가 고개를 숙이고 대답했다.

"그자들이 내 집에 와서 다 뒤졌어요." 슈버트가 말했다. "아내는 유럽에 있었죠. 나는 그자들이 아내의 물건을 뒤지는 걸 지켜보고 있었고요. 원하는 것은 다 가져갔고 돈 안 되는 것은 놔뒀죠. 어떤 것은 가치가 있고 어떤 것은 없는지, 무엇은 팔 수 있고 무엇은 못 파는지 다 알더라고요."

"보석류 외에도 가져간 게 있어요?"

"그중 한 명이, 엘리스가 와인을 볼 줄 알더라고요. 와인 저장고를 살펴보더니 1982년산 라피트 두 병을 가져갔어요."

"제일 오래된 것을 가져갔나 보네, 가치가 있어 보이니까."

"아뇨, 1982년산 라피트는 가져가면서 1980년산 라피트는 두고 갔어요. 1982년산이 1980년산보다 값이 50배는 더 비싸고 맛도 50배는 더 좋거든요. 그걸 알고 있었어요."

보슈는 고개를 끄덕였다. 지금은 와인이 보석보다 더 중요할 수도 있겠다는 생각이 들었다. 엘리스가 와인을 자기 몫으로 남겨두었다면 어딘가에 있는 그의 소유물 중에 와인이 있을 것이고, 그것은 그를 이 사건과 연결할 증거가 될 것이며, 법원이나 다른 어떤 곳에서 슈버트가 한 진술의 진위를 놓고 다툼이 있을 때 사실임을 입증할 증거가 될 수 있었다.

"도둑이 든 것처럼 보이게 하자는 건 그자들의 아이디어였다고 말했죠?"

"네. 아내 모르게 현금을 주는 건 불가능하다고 말하니까, 그러면 도둑이 든 것처럼 꾸미자고, 그리고 신고는 안 하면 되지 않느냐고 하더라고요. 아내가 돌아오면 신고했다고 말하라고 했어요. 아내에게 보여주라고 가짜로 도난 사건 신고서까지 만들어 줬죠. 이름도 가짜로 쓰고 다 가짜로 꾸며서요."

"그 신고서 갖고 있어요?"

"네. 집에."

"필요할 것 같군요. 그들이 가져간 모든 것에 대해 보험회사에 신고했어요?"

슈버트가 보험사기를 쳤다면 증인으로서의 신뢰성은 크게 훼손될 수 있었다.

"아뇨, 안 했어요." 슈버트가 말했다. "그자들이 하지 말라고 했어요. 가져간 물건들이 도난당한 것으로 신고되는 걸 원하지 않더라고요, 팔아서 현금화하기가 어렵다고. 내가 보험회사에 신고한 걸 알게 되면 돌아와서 나와 아내를 죽이겠다고 협박까지 했어요."

"그럼 아내가 이상해하지 않았어요? 보험금이 안 나온다고."

"아내한텐 보험금 수령액을 협상하고 있다고 말하고는 수금해서 돈을 모은 다음 보험금이 나온 것처럼 꾸몄어요."

"수금요?"

"아까도 말했지만 간혹 왕진을 가는 경우가 있거든요. 프라이버시를 위해 기꺼이 돈을 쓰는 부자들이 있어요. 그런 사람들은 의료보험을 이용하지 않죠. 기록이 전혀 남지 않고 아는 사람도 없게 시술을 받을 때 현금으로 결제해요. 그런 요청을 자주 받아요. 그런 사람들은 주로 보톡스 주사와 다른 자잘한 시술들을 받지만 수술도 그렇게 받는 경우가 종종 있어요."

보슈도 알고 있는 사실이었다. 로스앤젤레스의 부자들과 유명인들은 그런 권력을 갖고 있었다. 마이클 잭슨이 떠올랐다. 그 슈퍼스타 가수는 집에서 주치의의 돌봄을 받는 중에 사망했다. 이미지가 무엇보다 중요하게 여겨지는 곳에서는 왕진하며 수금하는 성형외과 의사들이 성업 중이었다.

"6개월마다 그자들에게 줄 5만 달러도 그런 식으로 벌 계획이었어요?"

"네. 6월 말이 결제일이어서 이미 준비해 놓고 있죠."

보슈는 고개를 끄덕였다. 그 돈을 지불할 필요가 없을 거라고 말해 주고 싶었지만 참았다. 수사가 얼마나 오래 지속될지 정확히 알 수가 없었다. 그는 샛길로 빠지던 질문을 다시 큰길로 데려왔다.

"그 경찰관들이 이 가짜 도난 사건에서 더 가져간 것이 있나요?"

"그림 한 점요. 굉장히 가치 있는 작품은 아니었어요. 다만 내겐 특별

한 의미가 있었죠. 그래서 가져간 것 같아요. 그들이 그랬죠, 자기들이 나의 주인이라고, 자기들이 원하는 것은 무엇이든 가져갈 수 있다고."

슈버트는 의자 팔걸이에 팔꿈치를 올려놓고 구부정하게 앉아 있었다. 두 눈을 감고 손가락 두 개로 콧날을 문질렀다.

"이 모든 것이 세상에 알려지겠죠?" 슈버트가 물었다.

"그렇게 되지 않도록 최선을 다할게요." 보슈가 말했다. "그동안 일어난 모든 일이 당신의 가짜 도난 사건 이후에 일어났어요. 알렉산드라 파크스가 손목시계를 수리하러 보낸 일이 이 모든 일을 일으켰죠."

"그렇다면 내가 위험하다고 확신하는 근거가 뭐죠?"

"그자들이 경찰이라 사법 시스템이 어떻게 작동하는지 잘 알고 있으니까요. 증인이 없으면 위협도 없죠. 그들이 당신을 찾아오지 않은 것은 아직 모르기 때문이에요. 모든 일의 원인을 따져 올라가면 손목시계가 있다는 것을. 그걸 알게 되면 찾아오겠죠. 그땐 단지 5만 달러 수금만을 위해서 오는 건 아닐 거고요."

"그들을 체포할 증거를 충분히 확보하지 않았나요? 다 알고 있잖아요."

"선생님의 진술 중 일부를 확인하고 나면 체포할 증거가 차고 넘치겠죠."

"감찰반 소속이에요?"

"아뇨."

"그럼……."

사무실 밖에서 소리가 났다. 문이 쿵 하고 닫히는 소리 같았다.

"아직 남아 있는 직원이 있어요?" 보슈가 물었다.

"여직원이 남아 있나, 모르겠네요." 슈버트가 말했다.

보슈가 일어섰다.

"들어올 때 아무도 못 봤는데." 그가 중얼거렸다.

문으로 걸어간 보슈는 문을 열고 복도를 내다볼까 생각했다가 곧 단념했다. 대신 문설주에 고개를 기대고 귀를 기울였다. 처음에는 아무 소리도 안 들렸지만 복도에서 "여긴 없어요"라고 속삭이는 소리가 들렸다.

남자였다. 엘리스와 롱이 건물 안에 들어와 그들을 찾고 있었다.

45

보슈는 문손잡이의 버튼을 조심스럽게 눌러 문을 잠근 뒤 손을 뻗어 진료실 전등 스위치를 껐다. 그러고는 재빨리 책상 쪽으로 물러나면서 엉덩이의 권총집에서 권총을 뽑아 들었다.

슈버트가 자리에서 일어섰고 보슈가 한 걸음씩 다가올 때마다 눈이 점점 더 휘둥그레졌다.

"그자들이 왔어요. 나를 미행했거나 당신을 감시하면서 기다리고 있었던 것 같아요." 보슈가 속삭였다.

"뭘 기다려요?"

"내가 퍼즐을 다 맞추기를."

보슈는 책상 왼편에 있는 문을 가리켰다.

"저기는 어디죠?" 그가 물었다.

"화장실요." 슈버트가 대답했다.

"창문이 있어요?"

"네, 그런데 작아요. 낙하 거리가 6미터고요."

"빌어먹을."

보슈는 방 안을 둘러보면서 대응 방안을 마련하려고 애를 썼다. 복도로 나가는 건 바보 같은 짓이었다. 무방비 상태로 노출된 표적이 될 것이다. 지금 있는 곳에서 맞서야 했다.

그는 돌아서서 책상에서 유선전화를 집어 들었다. 유선으로 전화하면 911 상담원에게 이 건물의 주소가 자동으로 전달된다는 것을 알고 있었다. 그렇게 되면 대응 속도가 빨라질 것이다.

"외부로 전화하려면 어떻게 해요?" 보슈가 서둘러 물었다.

슈버트가 손을 뻗어 전화기 거치대 아래쪽에 있는 버튼을 눌렀다. 보슈는 다이얼 소리를 듣고 911을 눌렀다. 그러고는 사무실 창문을 가리켰다.

"커튼 쳐요, 실내를 어둡게 해야 해요."

911로 신호가 가기 시작했다. 슈버트는 보슈의 지시에 따라 창문 옆 벽에 있는 버튼을 눌렀다. 커튼이 천장의 트랙을 따라 자동으로 움직이기 시작했다. 보슈는 사무실 문을 주시하고 있었다.

"제발, 제발, 제발, 제발 좀 받아라." 보슈가 말했다.

커튼이 직접 조명을 차단하자 방 안이 어두워졌다. 그러자 보슈가 화장실 문을 가리켰다.

"저기로 들어가요. 문 잠그고 가만히 있어요." 보슈가 지시했다.

슈버트는 움직이지 않았다.

"911을 눌렀잖아요." 그가 말했다. "추가 지원을 요청할 수 있지 않나요?"

"아뇨, 못 해요."

"왜죠?"

"내가 경찰이 아니니까. 빨리 들어가요."

슈버트는 어리둥절한 표정을 지었다.

"난 당신이……."

"가요, 빨리!"

보슈가 날카롭게 소리쳤다. 그 소리에 슈버트는 주춤주춤 뒷걸음질하다가 화장실로 들어가 문을 닫았다. 곧이어 딸깍하고 문을 잠그는 소리가 났다. 문을 잠갔다고 엘리스와 롱이 물러서진 않을 것이다. 그러나 몇 초라도 시간을 벌어줄 수는 있었다.

마침내 911 상담원이 전화를 받자 보슈는 짐짓 겁에 질린 목소리로 외쳤다. 자신이 도움을 요청한다는 것을 엘리스와 롱에게 알려주고 싶었다. 그들은 지금 바깥 복도에 있을 것이고 보슈가 911에 구조 요청을 하는 것을 들으면 철수할 가능성이 있었다.

"네, 여보세요, 도와주세요. 무장한 남자 두 명이 내 사무실에 들어왔어요. 모두를 죽이려고 해요." 보슈가 큰 소리로 외쳤다. "그자들 이름은 엘리스와 롱이에요, 엘리스와 롱. 우리를 죽이러 왔어요."

"잠깐만요, 선생님." 상담원이 말했다. "선생님이 계신 위치가 웨스트 3번가 1515번지 맞습니까?"

"네, 맞아요. 빨리 좀 와줘요!"

"선생님 성함은요?"

"지금 그게 중요해요? 구조대나 빨리 보내줘요."

"성함을 알아야 합니다, 선생님."

"해리 보슈입니다."

"알겠습니다, 선생님. 곧 구조대를 보내겠습니다. 전화 끊지 말고 계세요."

보슈는 책상 뒤로 갔다. 전화기를 목에 걸고 넓적다리와 자유로운 한 손을 이용해 책상 가장자리를 들어 옆으로 뒤집었다. 알루미늄 상판이 문을 향한 바리케이드가 됐다. 일반전화기 거치대와 자신의 휴대전화기, 펜이 가득 꽂힌 컵을 포함해 책상에 있는 모든 것이 미끄러지면서 요란한 소리를 내며 바닥으로 떨어졌다. 전화선이 최대로 늘어나자 보슈의 목에 걸려 있던 전화기가 홱 잡아당겨져 날아갔다. 책상으로 돌아가 전화기를 수거할 시간이 없었다. 통화가 끊기지 않았기를, 상담원이 장난 전화라고 판단하지 않았기를 바랄 뿐이었다.

보슈는 바리케이드 뒤에 쭈그리고 앉았다. 책상 상판 안쪽을 주먹으로 두드리며 나무의 소리를 듣고 강도와 재질을 가늠해 봤다. 목재와 금속의 이중 차단막이 총알을 막을 수도 있었다. 운이 좋다면.

그는 차단막 뒤에 더 낮게 몸을 숙이고 쭈그러 앉아 글록으로 문을 겨눴다. 경찰이라고 슈버트를 속이기 위해 글록을 가져왔는데 지금은 두 사람의 생명을 구할 유일한 도구일 수도 있었다. 탄창에 열세 발, 약실에 한 발의 총알이 장전돼 있었다. 그것으로 충분하기를 바랐다.

문밖에서 작은 금속성이 들렸다. 엘리스와 롱이 손잡이를 돌려보는 것이 틀림없었다. 그들이 곧 들어올 것이다. 바로 그 순간 보슈는 자신이 불리한 위치에 있는 것을 깨달았다. 방의 정중앙, 그들이 예상할 수 있는 바로 그 장소에 자신이 앉아 있었다.

46

엘리스는 문이 잠겼으니 발로 차서 열라고 롱에게 신호를 보냈다. 롱은 그에게 손전등을 던져준 후 몇 미터 뒤로 물러섰다. 그는 한쪽 다리를 들어 문손잡이 바로 윗부분을 뒤꿈치로 가격했다. 그동안 이런 짓을 많이 해봐서 잘했다.

문이 활짝 열리며 사무실 안쪽 벽에 쾅 하고 부딪쳤다. 방 안은 어두웠고 맞은편 창문에 쳐진 커튼의 틈새로 새어 들어오는 희미한 불빛만이 방을 밝히고 있었다. 문을 발로 차면서 앞으로 힘이 실리는 바람에 롱의 몸이 앞으로 쏠리면서 아직 비틀거리고 있었다. 엘리스는 총과 손전등을 X자로 교차해 쥔 채로 롱의 왼편으로 따라 들어갔다.

"꼼짝 마! 경찰이다!" 엘리스가 외쳤다.

손전등 불빛이 바리케이드를 만들기 위해 옆으로 뒤집힌 책상 위로 쏟아졌다. 엘리스는 총으로 책상의 위쪽 끝을 겨누며 보슈나 슈버트가 모습을 드러내기를 기다렸다.

"기다려요!"

책상 왼쪽에 있는 문 뒤에서 목소리가 들렸다. 엘리스는 손전등과 권총을 그쪽으로 돌려 조준했다.

"나예요! 그가 경찰이라고 나를 속였어요!" 슈버트가 외쳤다.

문이 열렸고 두 손을 번쩍 쳐든 슈버트가 거기 서 있었다.

"쏘지 말아요. 난 그가……."

엘리스는 슈버트를 향해 빠르게 세 발을 발사했다. 그의 오른쪽에 있던 롱이 권총을 들고 슈버트를 겨누는 것이 눈가로 보였다.

"안 돼!"

목소리는 롱의 뒤쪽에서 들렸다. 엘리스가 돌아보니 보슈가 방을 나누는 접이식 칸막이 뒤에서 옆으로 움직이고 있었다. 보슈가 총구를 위로 내밀어 발사했고 엘리스는 뒤집힌 책상은 유인용이었음을, 보슈가 우세한 위치에 있음을 깨달았다.

엘리스는 덩치 큰 롱의 뒤로 몸을 숨겼다. 총알 세례를 맞은 파트너의 몸이 빙그르르 돌았다. 곧 쓰러지려고 했다. 엘리스는 롱의 상체 뒤에 자신의 어깨를 갖다 대어 파트너의 몸을 지탱하고 동시에 총을 든 손으로 그의 몸을 끌어안았다. 그러고는 보슈를 마지막으로 본 방향으로 총을 난사했다. 잠시 후 그는 롱의 몸을 방패처럼 질질 끌면서 문을 향해 뒷걸음질 치기 시작했다.

총알이 더 날아왔고 엘리스는 파트너의 몸에 총알이 연달아 박히는 것을 느꼈다. 문간에 이르자 그는 롱을 잡은 손을 놓고 보슈의 총알이 날아온 방향으로 두 발을 더 쏘았다. 그러고는 복도로 물러나 돌아서서 비상구 표지판이 있는 문을 향해 뛰기 시작했다.

주차장을 향해 계단을 뛰어 내려가는 엘리스의 머릿속에는 한 가지 의문이 맴돌았다.

싸워? 도망가?

모든 게 끝났나? 아니면 모든 것을 보슈에게 뒤집어씌우고 자신이 이 상황을 해결할 수 있을까? 보슈가 범인이라고 말할까? 보슈가 발포했다고. 보슈가 피의 복수극을 벌였다고. 보슈가……

엘리스는 자신이 착각하고 있다는 것을, 그런 일은 불가능하다는 것을 알고 있었다. 저 위에 보슈가 아직 살아 있다면 씨알도 안 먹힐 일이었다.

엘리스는 차고를 가로질러 자신의 차를 향해 달렸다. 사이렌 소리가 다가오고 있었다. 보슈의 911 신고를 받고 보안관국 부관들이 출동하고 있었다. 소리로 판단컨대 두세 블록 떨어진 곳에 있었다. 그들이 도착하기 전에 이곳을 떠나야 했다. 그것이 급선무였다. 그다음에는 비행기를 타야 했다.

그는 준비가 돼 있었다. 언젠가는 이런 날이 올 것을 알고 있었고 준비를 해놓았다.

47

 두 손을 모아 권총을 쥔 보슈는 문간에 쓰러져 있는 롱에게 다가갔다. 롱은 고통으로 몸부림치면서 숨을 헐떡이고 있었다. 보슈가 쏜 마지막 두 발의 총알이 롱의 셔츠에 박혀 있었다. 속에 방탄조끼를 입고 있어 관통하지 못하고 걸린 것이다. 보슈는 롱의 손에서 권총을 빼내 바닥에 놓고 자기 뒤로 멀찍이 밀었다. 롱의 몸에 올라타 제압한 상태로 상체를 숙이고 조심스레 복도를 내다보며 엘리스가 복도에서 기다리고 있지 않다는 것을 확인했다.

 엘리스가 사라진 것에 만족한 보슈는 몸을 일으킨 후 롱의 몸을 뒤집어 엎드리게 했다. 롱의 벨트에서 수갑을 떼어내 두 팔을 뒤로 돌려 수갑을 채웠다. 그때 롱의 오른쪽 옆구리에서 피를 봤다. 보슈가 쏜 총알 한 발이 방탄조끼 밑의 맨살을 찾아낸 것이다. 롱은 오른쪽 골반 윗부분에 총상을 입고 피를 흘리고 있었다. 3미터 떨어진 곳에서 발사된 45구경 권총에 맞았으니 심각한 장기 손상이 있을 수 있었다. 치명상

일 수도 있었다.

"이 개새끼. 넌 죽을 거야." 롱이 간신히 말을 내뱉었다.

"인간은 누구나 죽어, 롱. 내가 모르는 얘기를 해봐." 보슈가 말했다.

이때 여러 개의 사이렌 소리가 들렸고 보슈는 도망치는 엘리스를 보안관국이 검거했는지 궁금했다.

"파트너는 너를 버렸어. 처음엔 널 인간 방패로 쓰더니 곧 오렌지 포대처럼 던져버리던데. 대단한 의리야." 보슈가 말했다.

보슈는 롱의 등을 툭툭 친 후 자리를 떴다. 슈버트의 상태를 확인하기 위해 화장실 문 쪽으로 갔다. 의사는 화장실 세면대 밑에 머리를 두고 누워 있었고 왼쪽 다리는 몸 밑으로 이상하게 접혀 있었다. 상체 윗부분에 총상 두 개가 나 있었고 목 중앙에도 한 개가 있었다. 그 세 발 중 한 발이 척추를 부러뜨려 몸이 이상한 모양으로 꺾인 것이다. 눈을 뜨고 있었고 호흡은 이미 멎은 상태였다. 보슈가 할 수 있는 일이 아무것도 없었다. 슈버트는 왜 엘리스와 롱에게 투항하면 목숨은 구할 수 있을 거라고 생각했을까? 슈버트를 유인한 것에 대해, 자기가 사건을 수사하는 경찰관이라고 믿게 만든 것에 대해 자책감을 느끼는지 스스로에게 물어봤다.

보슈는 자책감을 느끼지 않았다.

슈버트 옆에 무릎을 꿇고 앉아 있던 보슈는 자기 뒤의 바닥에 놓인 일반 전화에서 뚜뚜 거리는 소리를 들었다. 보슈가 책상을 뒤집을 때 바닥으로 떨어지며 911에 건 전화가 끊어진 것이 틀림없었다. 그는 시신에서 돌아서서 전화기를 집어 거치대에 꽂은 후 바닥에 내려놓았다. 책상에서 떨어져 깨진 액자도 보였다. 슈버트와 아내가 요트 조종석에 앉아 카메라를 향해 웃고 있는 사진이 들어 있었다.

일반 전화가 울리면서 버튼 하나가 반짝이기 시작했다. 보슈는 수화기를 들고 그 버튼을 눌렀다.

"해리 보슈입니다."

"보안관국 메이우드 부관입니다. 전화 받는 분은 누구시죠?"

"방금 말했잖아요, 해리 보슈라고."

"우리가 성형외과 센터 밖에 와 있는데요. 안의 상황은 어떻습니까?"

"사망자 한 명, 부상자 한 명 있어요. 그리고 내가 있고요. 내가 911에 신고했어요. 총잡이 한 명이 도주했는데 잡았습니까?"

메이우드는 보슈의 질문을 못 들은 척했다.

"네, 선생님, 잘 들으세요. 두 손을 머리 뒤로 돌려 깍지 끼고 부상자와 함께 건물 밖으로 나오십시오. 무기가 있으면 건물 안에 두고 나오세요."

"부상자가 못 걸을 것 같은데."

"부상자가 무장을 했나요?"

"지금은 아니에요."

"네, 좋습니다, 선생님. 선생님만 나오세요. 두 손을 머리 뒤로 돌려 깍지 끼고요. 무기는 전부 건물 안에 놔두시고."

"알았어요."

"무기가 보이면 도발 행위로 간주할 겁니다. 아시겠습니까, 선생님?"

"알았다니까요. 엘리베이터로 내려갑니다."

"기다리겠습니다."

보슈는 전화를 끊고 일어섰다. 글록을 놔둘 장소를 찾으려고 주위를 둘러보던 그는 책상 옆 바닥에 롱의 권총이 놓여 있는 것을 봤다. 그리로 걸어가서 방아쇠를 만지지 않으려고 신경 쓰면서 권총을 집어 들었다. 괜히 자기 지문으로 방아쇠에 찍힌 지문을 지우면 큰일이었다. 그는 과거의 수술 도구들을 진열한 유리 진열장 위에 두 자루의 권총을 올려놓았다.

그는 사무실을 떠나기 전에 난장판이 된 바닥을 두리번거리면서 자기 휴대전화를 찾았다. 바리케이드를 만들기 위해 책상을 옆으로 뒤집었을 때 전화기가 바닥으로 떨어졌었다. 전화기를 찾아 들고 액정화면을 봤다. 아직도 녹음이 되고 있었다. 녹음 기능을 끄고 그 파일에 '슈버트'라고 이름을 달았다. 그러고는 그 파일을 미키 할러에게 문자메시지로 전송한 후 전화기를 주머니에 넣었다.

문간으로 걸어가다가 문득 떠오르는 생각이 있어 걸음을 멈췄다. 보안관국에 붙잡혀 얼마나 오랫동안 조사를 받을지 알 수 없었다. 총격전 뉴스가 도시 밖에 있는 산에도 전해질지 알 수 없었다. 만일의 경우를 대비해 딸에게 전화를 걸었다. 신호가 잘 안 터지는 지역에 있다는 건 알았지만 어쨌든 음성 메시지를 남겼다.

"매디, 아빠야. 아빠 괜찮다는 걸 알려주려고 메시지 남긴다. 네가 무슨 소식을 듣든, 아빠 괜찮아. 아빠하고 통화가 안 되면, 미키 삼촌한테 전화해. 삼촌이 아빠 소식 알려줄 거야."

전화를 끊으려다가 다시 전화기를 들었다.

"사랑한다, 매디. 곧 만나자."

그는 전화를 끊었다.

사무실을 나가려면 문간에 쓰러져 있는 롱을 돌아서 가야 했다. 그 성범죄 전담반 경찰관은 움직임이 없었다. 호흡은 얕았고 얼굴은 매우 창백했으며 땀으로 번들거리고 있었다. 바닥에는 피 얼룩이 커지고 있었다.

"구급차 좀 불러줘. 죽을 것 같아." 롱이 쉰 목소리로 힘들게 중얼거렸다.

"그렇게 전할게. 더 할 말 없어? 엘리스에 대해서? 여기서 어디로 도망칠지 알아?" 보슈가 말했다.

"응, 할 말 있어. 엿 먹어라."

"좋은 얘기군."

보슈는 복도로 나가 엘리베이터를 향해 아까 왔던 길을 되돌아가기 시작했다. 그러나 두 걸음 걷다가 멈춰 섰다. 엘리스가 아직 이 건물 안에 있을 가능성이 있었다. 보안관 부관들이 들이닥치는 바람에 도피를 못 했을 수도 있었다. 그래서 물러서서 건물 안 어딘가에 숨어 있을지도 몰랐다.

보슈는 재빨리 진료실로 돌아가 자신의 글록 권총을 집어 들었다. 복도로 도로 나가 총구를 위로 들고 전투 자세로 엘리베이터를 향해 걸어갔다.

그가 엘리베이터 앞에 도착할 때까지 엘리스는 흔적도 보이지 않았다. 버튼을 누르자 엘리베이터 문이 즉시 열렸다. 그 강철 상자는 비어 있었고 그는 그 안으로 걸어들어갔다. 1층 버튼을 누르자 문이 닫혔다. 엘리베이터가 내려가는 동안 재빨리 글록에서 탄창을 빼고 약실에 있는 탄알을 꺼냈다. 그 탄알을 탄창에 밀어 넣고 탄창과 권총을 엘리베이터 뒤쪽 구석에 내려놓았다. 그러고는 문을 향해 돌아서서 두 손을 올려 머리 뒤로 돌려서 깍지를 꼈다.

잠시 후 엘리베이터 문이 열리자 보안관국 순찰차 한 대가 엘리베이터 입구를 가로막고 있고 부관 두 명이 순찰차를 엄폐물 삼아 뒤에 서서 권총으로 보슈를 겨누고 있는 것이 보였다. 부관 한 명은 앞쪽 엔진 뚜껑 위로 두 손을 모아 권총을 겨누고 있었고 다른 한 명은 뒤쪽 트렁크 뒤에서 비슷한 자세를 취하고 있었다.

"엘리베이터에서 내리세요." 엔진 뚜껑 뒤에 서 있는 부관이 외쳤다. "두 손은 그대로 머리 뒤에 두시고."

보슈는 지시받은 대로 내리기 시작했다.

"내 총은 엘리베이터 바닥에 있어요. 장전은 안 돼 있고." 보슈가 외쳤다.

그가 엘리베이터 밖으로 나온 순간, 차 뒤에 있던 두 부관이 권총을 들었다. 그걸 보는 순간 보슈는 자신이 제압돼 땅바닥에 패대기쳐질 것을 알았다. 엘리베이터 문 양옆에서 다른 부관들이 나타나 그를 붙들었다. 그들은 보슈를 제압해 타일로 된 바닥에 얼굴이 닿게 엎드리게 했고 두 팔을 등 뒤로 돌려 수갑을 채웠다.

땅바닥에 엎드리면서 마지막 순간에 고개를 돌렸지만 얼굴 왼쪽과 턱이 바닥에 강하게 부딪쳤다. 얼얼한 통증이 턱 전체로 퍼졌다.

그는 손들이 주머니를 뒤지고 휴대전화와 지갑과 열쇠를 꺼내는 것을 느꼈다. 윤이 나게 닦인 검은색 부츠가 그의 얼굴 앞에 자리를 잡고 서는 것을 봤다. 부관이 쪼그리고 앉았다. 보슈가 눈을 치뜨면 그의 얼굴 아래쪽이 보일 것 같았다. 제복 소매에 경사의 계급장이 달려 있었다. 경사가 보슈의 퇴직 형사 신분증을 보더니 곧 보슈를 내려다봤다.

"보슈 선생님, 코티야 경사입니다. 건물 안엔 또 누가 있죠?"

"아까 전화로 말했잖아요, 사망자 한 명, 부상자 한 명 있다고." 보슈가 대답했다. "내가 확실히 아는 건 그것뿐이에요. 한 명 더 있었는데 도망쳤어요. 잘은 모르겠지만 아직 건물 안에 숨어 있을 가능성이 높습니다. 그리고 부상자는 구조대가 오지 않으면 곧 사망할 거예요. 로스앤젤레스 경찰국 성범죄 전담반 소속 케빈 롱이라는 경찰관이고요. 내가 보기엔 옆구리에, 오른쪽 골반 위에 한 발을 맞았어요."

"네, 구조대는 지금 오는 중입니다. 그리고 사망자는 누구죠?"

"슈버트 박사요, 이 병원 주인이죠."

"그리고 선생님은 전직 로스앤젤레스 경찰관이시고."

"올해 퇴직했어요. 지금은 사립탐정이죠. 그리고 롱을 쏜 사람이기도 합니다. 그가 나를 쏘기 전에 쐈어요."

코티야가 마지막 정보를 소화하는 동안 긴 침묵이 흘렀다. 노련한 경찰관답게 그는 보슈의 마지막 진술은 다른 부관들이 처리하게 하기로 결정했다.

"차에 좀 타셔야겠는데요, 보슈 선생님. 선생님의 모든 진술에 대해서는 형사들이 조사하러 올 겁니다." 코티야가 말했다.

"서튼 형사를 불러줄래요?" 보슈가 물었다. "이 사건은 어제 선셋플라자 보석 매장에서 발생한 형제 피살사건과 관련이 있어요. 이 건도 서튼 형사가 맡게 될 겁니다."

48

 그들이 이번에는 보슈를 웨스트할리우드 지서 회의실로 데려가지 않았다. 그를 회색 벽의 조사실로 데려가 앉혔고 CCTV 카메라가 그를 감시했다. 수갑을 그대로 채워두었고 휴대전화와 지갑과 열쇠는 돌려주지 않았다.
 글록도 사라졌다.
 수갑을 차고 두 시간이 지나자 두 손에 감각이 없어졌고, 기다리는 시간이 길어지자 점점 더 초조해졌다. 딕 서튼이 이끄는 팀이든 아니든 수사관들이 사건 현장에 가서 물리적 증거의 수집과 기록을 감독할 것이라는 사실은 보슈도 잘 알고 있었다. 그러나 조사실에 끌려온 뒤 단 5분이라도 그를 조사한 사람이 아무도 없다는 사실이 그를 초조하게 했다. 아무래도 그가 코티야 경사에게 제공한 정보는 수사관들에게 전달되지 않았고 돈 엘리스에 대한 수배령도 내려지지 않은 듯했다. 보안관국이 수배령을 내리기 전에 엘리스가 멕시코 국경을 넘을 수 있었다.

두 시간 반이 지나자 일어서서 조사실 문으로 다가갔다. 문에 등을 보이고 돌아서서 두 손으로 문손잡이를 돌려봤다. 예상했던 대로 잠겨 있었다. 그는 화가 나서 뒷발길질을 하기 시작했다. 뒤꿈치가 킥패널[44]에 닿자 시끄러운 소리가 났다. 이런 소리가 나면 수사관들이 달려오진 않더라도 CCTV라도 볼 거라고 예상했다.

그는 고개를 들었다. CCTV를 보고 있는 사람들이 그의 행동을 주시하고 있을 거라고 확신했다.

"이봐! 얘기 좀 하자고. 얘기할 사람을 들여보내. 지금 당장!" 그가 소리쳤다.

* * *

20분이 더 지났다. 보슈는 가구를 부술까 생각하고 있었다. 테이블은 많은 사람의 공격을 견뎌온 것처럼 낡고 생채기가 많이 났다. 그러나 의자는 달랐다. 비교적 새것이었고 다리가 얇아서 발로 차면 부러질 것 같았다.

보슈는 CCTV 카메라를 올려다봤다.

"내 말 다 듣고 있는 거 알아." 그가 외쳤다. "누구라도 들여보내. 지금 당장. 중요한 정보가 있어. 딕 서튼, 라즐로 코넬, 아니면 마틴 보안관이라도 오라고 해. 누구든 상관없어. 살인범이 완전히 빠져나가게

[44] 문 아래쪽에 발로 찰 수 있도록 덧대놓은 철판

생겼다고."

잠깐 기다렸다가 다시 고함치려는데 열쇠로 문을 여는 소리가 났다. 문이 열리고 딕 서튼이 들어왔다. 그는 지난 세 시간 동안 보슈가 어떤 고난을 겪었는지 전혀 모르는 것처럼 행동했다.

"해리, 여기다 붙잡아놔서 미안해요." 서튼이 입을 열었다. "계속 사건 현장에 있다가 당신 얘기를 들어보려고 이제야 들어왔어요."

"당신 덕분에 이 지서는 가구를 교체해야 하는 수고를 덜었네요." 보슈가 말했다. "여기 기물 다 두들겨 부술 생각이었는데. 손에 감각이 없어요, 딕."

"아이고, 세상에, 누가 이런 짓을. 돌아봐요, 풀어줄 테니까."

보슈는 서튼에게 등을 보이며 돌아섰고 곧 두 손에 피가 통하자 안도감을 느꼈다.

"앉아요. 얘기 좀 합시다." 서튼이 말했다.

보슈는 두 손을 맞잡고 비비면서 저릿저릿한 느낌을 없애려고 노력했다. 그러고는 의자를 발로 밀어내 자리에 앉았다.

"문은 왜 잠갔죠, 딕?" 보슈가 물었다.

"예방 조치였어요. 사건 현장부터 확인해야 했거든요." 서튼이 말했다.

"어때요, 사건 현장은?"

"아주 복잡한 현장이더군요. 거기 출동한 경사한테 그랬다면서요, 한 명 더 있었는데 도주했다고."

"맞아요, 돈 엘리스라고, 롱의 파트너죠. 자기 살겠다고 롱을 위험에 빠뜨렸죠."

"어떻게요?"

"총격이 시작되니까 롱을 방패로 이용했어요. 그러고는 버리고 도주했죠. 그나저나 롱은 살았어요?"

"네, 살았어요. 시더스에서 가까워서 다행이었죠. 내 파트너가 거기가 있어요, 병실에서 진술을 확보할 수 있을까 하고."

"거기 내가 가야 하는데. 롱은 거짓말을 늘어놓으면서 나한테 모든 것을 덮어씌울 거예요. 혹시 영리하다면 엘리스에게 떠넘길 거고."

"롱에 대해서는 나중에 걱정합시다. 지금은 당신 얘기를 듣고 싶은데. 이들 두 명이 어제 보석 매장에서 두 명을 살해한 범인이기도 하다고 경사한테 말했다면서요."

"맞아요, 그 형제 외에도 렉시 파크스를 살해했고 두 달 전엔 할리우드에서 남창도 한 명 살해했어요. 그놈들 되게 바쁘게 살았어요, 그동안."

"좋아요, 그 이야기는 차차 듣기로 하고, 우선 오늘 그 병원 진료실에서 무슨 일이 있었는지부터 얘기해 줘요."

"말해줄 수 있지만 당신이 직접 들어볼 수도 있어요."

서튼은 영문을 모르겠다는 표정으로 보슈를 바라봤다. 보슈가 고개를 끄덕였다.

"내 휴대전화를 갖다줘요." 보슈가 말했다. "슈버트와의 면담 전체를 휴대전화에 녹음했어요. 엘리스와 롱이 나타났을 때도 녹음은 계속되고 있었고요."

"총격사선을 녹음했다는 말이에요?" 서튼이 되물었다.

"맞아요. 당신이 들으려면 압수수색영장이 필요할 거예요. 그런데 지금 듣고 싶으면 휴대전화를 가져다줘요. 내가 틀어줄 테니까. 코넬과 슈미트도 데리고 와요. 그들도 들어야 하니까."

그 순간 보슈는 할러도 불러들여야 하나 잠시 망설였지만 부르지 않기로 했다. 지난번에 할러를 불러들였을 때 결과가 좋지 않았다. 형사로 1천 번도 넘게 조사실에 들어가 본 경험에 근거해 볼 때, 예상할 수 없는 조치는 취하면 안 됐다. 자기도 할러가 하는 정도는 자신을 보호할 수 있다는 생각이 들었다.

서튼이 일어서서 문을 향해 걸어갔다.

"딕, 하나만 더." 보슈가 말했다.

서튼이 문손잡이에 손을 얹고 서 있었다.

"뭐죠?" 그가 물었다.

"녹음에 대해 알려둘 게 있어요." 보슈가 말했다. "충고하는데 녹음 파일을 잘 관리해요. 사라지거나 묻히게 해서는 안 돼요. 당신만 갖고 있는 게 아니니까."

"할러도 갖고 있어요?"

"그럼요."

"그러니까 사건 현장에서 밖으로 나오기 전에 시간을 들여서 그걸 할러에게 보내놨다는 거네요?"

보슈가 고개를 끄덕였다.

"나 바보 아니에요, 딕." 그가 말했다. "로스앤젤레스 경찰국은 이 사건이 해결되면서 밝혀지는 진실이 버거울 것이고, 보안관국도 그 진실을 좋아할 것 같지는 않거든요. 당신들은 엘리스와 롱이 저지른 살인사건에 대해 한 남자에게 누명을 씌워서 카운티 구치소에 가둬놨잖아요. 그래서 나도 시간을 들여 내 변호사에게 파일을 보내놨죠."
 서튼이 문을 열고 조사실을 나갔다.

49

슈버트 박사의 진료실에서 일어난 일을 담은 녹음 파일의 재생을 위해 수사관들은 보슈를 회의실로 데려갔다. 42분간의 녹음 파일을 들어야 하는 수사관들과 고위 간부들을 모두 수용하기 위해서는 넓은 장소가 필요했기 때문이다. 회의실에는 서튼은 물론이고 슈미트와 코넬도 와 있었고 로스앤젤레스 경찰국에서 경찰관 관련 총격사건 전담팀 소속 수사관 두 명과 감찰계 수사관 한 명도 와 있었다.

감찰계 수사관은 낸시 멘던홀이었고 보슈는 예전에 한 사건을 수사하면서 그녀를 만난 적이 있었다. 그녀와의 경험은 유쾌하고 공정했다. 타원형 테이블에 둘러앉은 사람들 속에서 멘던홀을 발견하고 보슈는 긍정의 기운을 느꼈다. 그는 그녀가 귀 기울여 듣고 옳은 판단을 할 것이라고 믿었다. 물론 자신에게 허락된 범위 내에서. 그리고 방 안에는 로스앤젤레스 경찰국 감찰계 상부 조직인 공직자윤리위원회의 위원장 론 엘링턴 경감도 있었다. 그는 멘던홀의 상관이었고 엘리스와 롱의 범죄에 대해 경찰국장과 경찰위원회의 책상에 올려놓을 보고서를 작성할 사람이었기 때문에 그 자리에 와 있었다.

총격사건이 보안관국 관할지역에서 발생했지만 로스앤젤레스 경찰국 소속의 엘리스와 롱이 관련돼 있었기 때문에 수사는 보안관국과 로스앤젤레스 경찰국의 합동수사가 됐다. 참석자 모두가 착석한 후 서튼이 이 사실을 설명했다. 그러고는 총격사건을 담은 녹음 파일이 있는데 그것부터 듣겠다고 말했다. 파일이 재생되는 동안 필요할 경우 보슈가 설명을 덧붙일 것이라고도 말했다.

전화기의 스피커 기능이 켜진 채로 녹음 파일 재생이 시작됐다. 보슈는 이따금 재생을 멈추고 상황을 시각적으로 설명하거나 자신의 질문에 대한 슈버트의 대답이 알렉산드라 파크스 피살사건과 그 뒤에 일어난 살인사건들의 수사와 어떻게 맞아떨어지는지를 설명했다. 메모를 하는 사람은 멘던홀밖에 없었다. 다른 사람들은 듣고만 있었고 가끔은 슈버트가 진술한 것들의 의미를 보슈가 해석하는 것이 마땅치 않은지 보슈의 설명을 끊었다.

파일이 절반쯤 재생됐을 때 미키 할러의 이름이 액정화면에 뜨면서 재생이 중단됐다. 할러에게서 전화가 온 것이다.

"제 변호산데요." 보슈가 말했다. "전화를 받아도 되겠습니까?"

"좋아요. 빨리 끝내요." 서튼이 말했다.

보슈는 프라이버시를 확보하기 위해 전화기를 들고 복도로 나갔다.

"녹음 파일 들었어. 형이 무사해서 천만다행이야." 할러가 말했다.

"응, 위험하긴 했어. 지금 보안관국과 로스앤젤레스 경찰국 경찰관들이 한가득 모여 있는 회의실에서 녹음 파일을 틀고 있었어."

할러가 그 말을 곱씹는 동안 잠깐 침묵이 흘렀다.

"그게 적절한 조치였는지 모르겠네." 마침내 할러가 말했다.

"유일한 조치야." 보슈가 말했다. "오늘 밤에 여기를 나갈 수 있는 유일한 방법이라고. 그리고 저 안에는 옳은 일을 할 거라고 믿을 수 있는 사람이 적어도 두 명은 있어. 각 진영에 한 명씩."

"그 녹음 파일이 성배인 것은 확실해. 최대한 빨리 995를 갖고 들어가고 싶어. 그러면 DQ는 바로 풀려날 거야. 형이 해냈어. 형에 대한 내 판단이 정확했어."

"그래, 뭐, 두고 봐야지."

995조 신청은 새로운 증거를 토대로 법원에 공소기각을 신청하는 것이다. 예비심리에서 다콴 포스터의 재판행을 결정한 판사에게 제출해야 했다.

"어디야, 형? 위티어? 아니면 웨스트할리우드?" 할러가 물었다.

"웨스트할리우드 지서. 지난번과 똑같은 사람들이 모여 있고 로스앤젤레스 경찰국 사람들도 몇 명 와서 앉아 있어." 보슈가 말했다.

"다들 기분이 썩 좋지는 않겠군."

"응, 그런 것 같아. 엘리스와 롱이 자기들 동료잖아."

서튼이 회의실에서 고개를 내밀고 손가락을 돌리면서 통화를 빨리 끝내고 들어오라는 신호를 보냈다. 보슈는 고개를 끄덕이고는 집게손가락을 들어 1분만 기다려 달라는 뜻을 표현했다.

"내가 가서 조인트 좀 까줄까?" 할러가 물었다.

"아냐, 아직은. 일이 어떻게 되어가는지 지켜보자고. 필요하면 전화할게." 보슈가 말했다.

"알았어. 그런데 지난번에 내가 한 말 명심해. 그들은 이제 형 친구들이 아니야. 다칸 포스터의 친구들은 더더욱 아니고. 조심해."

"알았다."

보슈는 전화를 끊고 회의실로 들어갔다.

녹음이 다시 재생됐고 34분대쯤 녹음 파일에서 보슈가 "아직 남아 있는 직원이 있어요?"라고 물었을 때 참석자들이 긴장하는 것이 느껴졌다.

슈버트와의 면담을 녹음한 파일이 재생되는 동안 보슈는 대체로 침묵을 지켰지만 녹음에 잡힌 내용을 보충하기 위해 당시 진료실 안에서 무슨 일이 있었는지를 설명할 필요를 느꼈다. 2미터 안에서 녹음된 소리는 선명하게 잘 들렸다. 그러나 그보다 먼 곳에서 난 소음이나 목소리는 흐릿해서 알아듣기가 어려웠다. 보슈는 녹음에서 나오는 소리를 덮지 않으려고 되도록 짧게 설명했다.

"저 때 복도에서 문이 닫히는 것 같은 소리가 났어요."

"진료실 문에 귀를 대고 들으니까 한 명이 '여긴 없어요'라고 말하는 게 들렸습니다. 그래서 그들이 우릴 찾고 있다는 걸 알았죠."

"바리케이드를 만들어야겠다는 생각에 책상을 옆으로 뒤집었습니다."

"처음 세 발은 엘리스가 슈버트를 향해 쏜 겁니다. 의사는 두 손을 번쩍 들고 있었고 아무런 위협도 가하지 않았어요. 그런데도 엘리스가 슈버트에게 세 발을 쐈죠. 그런 다음에는 제가 소리를 지르면서 총을 쏩니다. 네 발인 것 같아요, 처음에는. 그런 다음 엘리스가 롱을 방패막 삼아 질질 끌면서 뒤로 물러설 때 두 발을 더 쐈고요."

* * *

녹음은 보슈가 출동한 보안관 부관과 사무실 전화로 통화하면서 밖으로 나가겠다고 선언한 뒤 끝이 났다. 테이블에 둘러앉은 수사관들은 깊은 침묵의 늪에 빠져 있었다. 보슈는 코넬이 코웃음을 치며 고개를 가로젓더니 의자에 등을 기대는 것을 봤다.

"왜요?" 보슈가 말했다. "이래도 포스터로 계속 가겠다는 겁니까?"

코넬은 테이블 중앙에 놓여 있는 휴대전화기를 가리켰다.

"저게 다 뭡니까?" 코넬이 물었다. "그냥 말이잖아요, 말. 이 두 경찰관을 파크스와 직접적으로 연결시켜 주는 게 아무것도 없잖아요, 물리적인 증거가. 그리고 당신은 자기가 근무했던 경찰국을 상대로 소송을 벌이고 있고요. 경찰국을 부끄럽게 만들 일이라면 무슨 짓이라도 하겠죠."

이젠 보슈가 어이가 없어서 고개를 가로저었고 서튼을 바라봤다. 서튼은 녹음 파일을 들을 때의 자세 그대로, 상체를 숙이고 두 손은 테이블 위에서 깍지 낀 상태로 앉아 있었다. 그가 집게손가락으로 보슈의 휴대전화를 가리켰다.

"그 파일 나한테 보내줘요." 서튼이 말했다.

"저한테도요." 멘던홀이 말했다.

보슈는 고개를 끄덕이고 휴대전화를 집어 들었다. 이메일로 들어가 녹음 파일을 첨부한 후 서튼에게 건네 자기 이메일 주소를 직접 입력하게 했다. 멘던홀과도 같은 과정을 반복했다.

"이젠 뭐하죠?" 보슈가 물었다.

"집에 가셔야죠." 서튼이 말했다.

코넬이 공중으로 주먹을 휘두르며 불만을 표시했다. 서튼은 못 본 척했다.

"부탁 하나 할게요, 해리." 서튼이 말했다. "지서 밖에 TV 기자들이 몰려와 있거든요, 11시 뉴스 현장 보도를 하려고. 기자들에게 이런 얘기는 하지 말아요. 아무한테도 도움이 안 될 테니까."

보슈가 휴대전화를 챙겨서 일어섰다.

"걱정 말아요." 그가 말했다. "다른 소지품은 어디 있죠? 지갑, 권총, 자동차는요?"

서튼이 얼굴을 찌푸렸다.

"지갑은 지금 줄게요." 그가 말했다. "차와 총은 당분간 우리가 갖고 있어야 할 것 같아요. 감식을 해야 해서. 그리고 건물 전체가 범죄 현장으로 지정돼 봉쇄됐어요. 감식이 끝나려면 두세 시간은 더 걸릴 것 같아요. 내일 아침까지 차를 우리가 갖고 있어도 되겠어요?"

"그러시죠. 집에 차 또 한 대 있으니까."

집에 총도 또 한 자루 있었지만 그 말은 하지 않았다.

멘던홀이 일어서서 가죽 사첼백에 수첩을 챙겨 넣었다. 사첼백은 지갑과 서류 가방 용도로도 쓰고 공무용 권총도 거기 들어 있을 것 같았다.

"제가 모셔다드릴게요." 그녀가 말했다.

50

멘던홀은 관용차를 몰고 할리우드를 향해 달렸다. 보슈는 태워주겠다는 그녀의 제안에는 선의 외에 다른 목적도 있을 것이라고 추측했다. 카후엔가 고갯길의 자기 집 주소를 말해준 뒤 그는 그녀를 향해 약간 돌아앉아 곧바로 본론으로 들어갔다. 그녀는 흑갈색 머리에 흑갈색의 눈, 매끄러운 피부를 가진 백인 여성이었다. 대략 40대 후반으로 보였다. 운전대를 잡은 두 손을 보니 반지가 없었다. 모데스토에서도 반지가 없었던 것이 기억났다.

"어쩌다 이 난리통에 합류하게 됐어요?" 그가 물었다.

"아무래도 당신을 잘 알기 때문이 아닐까요? 감찰계와 당신의 마지막 인연은 소송 건이었는데, 그것 때문에 오델과는 이해관계의 충돌이 일어나더라고요. 모데스토 때문에 목록에서 오델 다음에 있는 내가 맡은 거예요."

보슈가 불공정한 노동 관행으로 로스앤젤레스 경찰국을 고소한 민사소송 사건에서 보슈에게 퇴직을 강요한 몇 명의 경찰국 간부들뿐만 아니라 감찰계 수사관 마틴 오델도 피고로 적시됐다. 그보다 몇 년 전엔, 보슈가 한 사건을 수사할 때 그가 경찰국 규칙에서 벗어난 행동을 한다는 의심 신고가 들어가 멘던홀이 모데스토까지 그를 미행했던 적이 있었다. 나중에는 멘던홀이 보슈가 범죄자들에게 잡혀 죽임을 당할 위험에서 탈출하는 것을 도왔고 보슈의 규칙 위반 의혹을 벗겨줬다. 그 일로 인해 보슈는 그전에는 알지 못했던 것을, 감찰계 수사관에 대한 존경심을 알게 됐다. 모데스토에서 보슈와 멘던홀 사이에선 약간의 연애 감정도 있었다. 그러나 멘던홀은 조사자, 보슈는 조사 대상이었기 때문에 그녀에게 선뜻 다가가지 못했다.

"물어볼 게 있는데." 보슈가 말했다.

"뭐든 물어봐요, 해리." 멘던홀이 말했다. "하지만 대답하겠다고 약속은 못해요. 내가 말할 수 없는 일도 있으니까. 하지만 전에도 그랬듯이, 당신이 내게 솔직하면 나도 당신에게 솔직할게요."

"아주 공평하군요."

"어느 길로 갈까요? 로럴캐니언을 지나 멀홀랜드로 올라갈까요, 아니면 하이랜드까지 내려갔다가 올라갈까요?"

"어, 로럴캐니언으로 갑시다."

보슈가 선택한 길은 시간이 오래 걸리는 길이었다. 그는 그 시간을 그녀로부터 더 많은 정보를 얻는 데 쓸 수 있기를 바랐다.

"엘링턴이 나를 태워다 주라고 미리 지시했어요? 따로 만나 이야기를 들어보라고?"

"아뇨, 그냥 즉흥적으로 제안한 거였어요. 태워줄 사람이 있어야 할 것 같아서 내가 하겠다고 한 거예요. 그래도 뭐, 더 하고 싶은 이야기가 있으면 하세요, 들을 테니까."

"뭐가 더 있는 것 같은데, 내가 먼저 몇 가지 물어볼게요. 엘리스와 롱 얘기부터 합시다. 감찰계에선 오늘 사건 소식을 듣고 깜짝 놀랐나요, 아니면 그들의 비위를 이미 알고 있었나요?"

"말을 돌려서 하는 건 진짜 못하시네, 그렇죠?"

"그자들은 나쁜 경찰이잖아요. 당신들은 나쁜 경찰을 잡으러 다니는 사람들이고. 그래서 궁금했어요, 저들이 이미 레이더망에 잡혀 있었는지."

"구체적으로 설명해 줄 수는 없지만, 네, 맞아요, 레이더망에 잡혀 있었죠. 그렇다고 오늘 우리가 목격한 수준의 충격적인 범죄행위를 알고 있었다는 건 아니에요. 시간을 잘 안 지킨다거나 상관의 명령에 복종하지 않는다는 등의 민원이 많이 들어왔죠. 하지만 그런 일들이 일어나기 시작하면, 그건 더 큰 문제가 있다는 신호거든요."

"그러니까 외부에서 민원 들어온 건 없다. 전부 경찰국 내부에서 나온 불만이다."

"맞아요."

"롱은 상태가 어때요? 살아날까요?"

"회복할 거예요."

"말은 한대요?"

"마지막으로 들은 바로는 아직이라네요."

"엘리스의 행방은 아직도 묘연하고요?"

"네, 아직도. 하지만 노력이 부족해서 그런 건 아니에요. 보안관국 관할 사건이지만 다들 달려들었어요. 강력계, 중대범죄 전담반, 탈주자 전담반 등등. 엘리스가 제2의 도너가 되는 것은 다들 원하지 않거든요. 빨리 끝내고 싶어 하죠."

크리스토퍼 도너는 2년 전 연쇄살인을 자행한 전직 로스앤젤레스 경찰관이었다. 대규모의 검거 작전은 빅베어 근처의 통나무집에서 끝났는데 그곳에서 그는 현장을 에워싼 경찰관들과 총격전을 벌이다가 스스로 목숨을 끊었다. 경찰국에서 그의 악명이 어찌나 자자했던지 그의 이름은 광적이고 치명적인 행동을 벌인 경찰관에게 붙여지는 일반명사가 됐다.

"진짜 궁금한 건 이거 한 가진데." 보슈가 말했다. "사건이 성립이 될까요? 엘리스와 롱이 기소될까요?"

"궁금한 게 두 갠데요." 멘던홀이 말했다. "내 판단으론 그 질문들에 대한 대답은 '그렇다'와 '그렇다'예요. 하지만 그건 보안관국 사건이죠. 우리와는 관련 없는. 우린 우리 관할에서 일어난 일을 조사할 거예요, 제임스 앨런 사건과 저들이 또 저질렀을지 모르는 다른 사건들을."

보슈는 고개를 끄덕였고 차가 얼마간 더 달리고 나서야 그는 다시 입을 열었다.

"앨런 사건에 대해 내가 힌트 좀 줄까요?" 보슈가 물었다.

"물론이죠." 멘던홀이 말했다.

"할리우드 애슬래틱 클럽 뒤에 있는 잠복수사 차량 주차장을 뒤져 봐요. 벽에 붙은 맨 뒷줄에 순환에서 빠진 오렌지색 카마로가 있을 거에요."

"알았어요."

"제임스 앨런의 시신이 그 골목길에 유기됐던 지난 3월에 엘리스와 롱이 그 차를 쓰고 있었어요."

"트렁크를 열어봐야겠네요?"

보슈가 고개를 끄덕였다.

"정밀 감식을 지시할게요." 멘던홀이 말했다.

"뭐라도 건지면 보고서 사본을 코넬 그 개자식한테도 한 부 보내줘요."

멘던홀이 웃는 것이 계기판 불빛 속에 희미하게 보였다. 그들은 한동안 아무 말 없이 달렸다. 멘던홀이 방향을 바꿔 멀홀랜드로 들어서서 동쪽으로 달려가기 시작했다. 그녀가 다시 입을 열었을 땐 사건과는 아무 상관없는 이야기가 튀어나왔다.

"해리, 궁금한 게 있는데요. 모데스토 이후에 왜 전화하지 않았어요?"

보슈는 허를 찔린 기분이 들었다.

"불시에 커브볼을 던지시네." 보슈가 대답을 찾으려고 애쓰면서 농담처럼 말했다.

"미안해요. 생각나는 대로 말이 나와버렸네요. 모데스토에 있을 땐 서로에게 끌리는 감정이 있다고 느꼈어요. 그래서 당신이 전화할 거라고 기대했는데." 멘던홀이 말했다.

"난 그냥……, 당신은 감찰계 조사관이고 나는 조사 받는 입장이었으니까, 관계를 지속하는 것은 현명하지 않다고 생각했어요. 당신도 조사 받는 입장이 될 것 같아서."

멘던홀은 조용히 고개를 끄덕였다. 보슈가 그녀를 돌아봤지만 표정을 읽을 수는 없었다.

"알았어요. 잊어버리세요. 괜한 걸 물었네요. 정말 프로답지 못했어요. 자, 질문 계속하세요." 멘던홀이 말했다.

보슈가 고개를 끄덕였다.

"좋아요. 엘리스의 행방에 대한 현재 생각은 뭐죠?" 보슈가 물었다.

"현재 생각은 멕시코예요. 엘리스는 도주하려고 짐을 다 꾸려놨을 거예요. 자동차, 돈, 다수의 신분증까지. 혼자 살았는데 슈버트의 진료실에서 도주하고 나서 집에 들어가지 않았어요." 멘던홀이 말했다.

"행방이 묘연하네."

멘던홀이 고개를 끄덕였다.

"어디든 갈 수 있어요."

51

 엘리스는 어둠 속에서 기다리고 있었다. 휴대전화 액정화면의 불빛 속에 그의 얼굴이 희미하게 드러났다. 떠나기 전에 마지막 할 일을 다 하기 위해 기다리는 중이었다. 그를 너무도 다양한 방식으로 바꿔놓은 이 도시에 대한 마지막 선언이자 끝손질.
 그는 뉴스피드를 확인하고 기사를 다시 읽었다. 그 기사는 기본적인 몇 가지 정보의 나열에 불과했고 적어도 두 시간 이상 업데이트되지 않았다. 오늘 밤에는 업데이트가 되지 않을 것 같았다. 기자회견은 내일 아침으로 예정돼 있었다. 보안관과 경찰국장이 연단에 나란히 서서 기자들에게 사건에 대한 브리핑을 할 것이다. 엘리스는 그때까지 머물면서 기자회견을 생중계로 볼까, 경찰국장이 어떻게 썰을 푸는지 볼까 망설였다. 그러나 생존 본능이 그런 욕구를 이겼다. 지금부터 기자회견 시각까지 남아 있는 시간은 자신과 이 도시 사이의 거리를 더 멀어지게 하는 데 쓰는 것이 최선이었다. 사람들을 공허하게 하고 속부터 썩게 만드는 이 끔찍한 도시를 어서 떠나야 했다.

게다가 모든 소식을 뉴스피드에서 얻을 수 있을 것이다. 대형 사건이 터졌다고 곧 전국의 언론이 떠들어 댈 것이 분명했다. 특히 보슈를 발견한 후에는. 특히 쌍둥이들을 발견한 후에는.

그는 쌍둥이를 생각했다. 그들은 뉴스를 보지 않았다. 아무것도 몰랐고 그에게서 일상의 것을 제외하고는 아무것도 기대하지 않았다. 그가 권총을 들고 있는 것을 보고도 외부의 위협으로부터 자기들을 보호하려는 것이라고 믿었다. 그들은 그렇게 생각하면서 죽었다.

그는 휴대전화의 갤러리로 들어갔다. 일전에 죽은 쌍둥이의 모습을 세 장 찍어두었다. 그러나 사진상으로는 그들이 죽었는지 살았는지 알 수가 없었다. 성형수술로 얼굴을 얼마나 많이 깎고 늘이고 재배치했는지 생과 사의 중간에서 얼어붙은 듯한 모습이었다.

한참 후 그는 다시 뉴스피드로 돌아갔다. 슈버트의 진료실에서 발생한 사건에 대해서는 아직 업데이트가 되지 않았다. 롱의 상태에 대해 새로 추가된 소식도 없었다. 지금까지 보도된 바로는 롱은 살아 있으며 시더스 중환자실에서 치료받고 있었다.

롱의 이름이 공개되지는 않았다. 기사에는 그가 로스앤젤레스 경찰국 성범죄 전담반 소속의 경찰관으로 총격사건 당시 비번이었다고만 나와 있었다. 사건이 발생한 성형외과 센터에서 그가 무엇을 하고 있었는지에 대해서는 아무런 설명이 없었다.

엘리스에 대한 언급도 없었다. 그를 찾고 있다거나, 그가 현장에 있었다는 말도 없었다. 모든 것은 내일 아침, 경찰국장이 기자들 앞에 서서 어둠의 세계로 넘어간 경찰관들에 대해 설명할 때 나올 것이다.

롱이 입을 열기 전에 시간이 얼마나 남았을지 궁금했다. 결국에는 입을 열게 돼 있었다. 롱은 나약한 인간이었다. 남들에게 휘둘리기 쉬웠다. 엘리스가 롱을 선택한 것도 그래서였다. 그러나 이젠 다른 사람들에게 휘둘릴 것이다. 수사관들, 심문자들, 검사들. 그들이 그를 쥐여짜고, 정신을 혼미하게 만들고, 겁을 주고, 나중에는 희미한 희망의 빛을 보여줄 것이다. 그러면 그는 그 빛을 따라 가게 돼 있었다. 환상일 뿐이었지만 롱이 그것을 알 리가 없었다.

엘리스는 한 번 더 자신의 상황을 점검했다. 도피 계획에 대해 롱에게 말한 적이 있었던가? 그런 건 혼자만 알고 있는 것이 제일 좋다. 혼자만 알고 있을 때 성공할 수 있었다. 엘리스는 롱이 아무것도 모른다고 다시 한번 자신을 다독였다. 그는 안전했다.

52

 멘던홀의 차에서 내린 보슈는 체로키가 있는 차고로 들어갔다. 보슈의 렌터카 열쇠는 서튼이 갖고 있었지만 집 열쇠와 개인 차 열쇠가 있는 꾸러미는 보슈에게 있었다. 그는 조용히 지프차 앞문을 연 뒤 운전대 뒤로 몸을 숙였다. 운전석 밑으로 손을 뻗어 스프링 속에서 킴버 울트라 캐리를 찾았다. 권총을 꺼내 액션과 탄창을 확인했다. 퇴직 전까지 마지막 10년 동안 백업용으로 쓰던 것이었다. 그는 약실에 총알 하나를 넣었고 이로써 준비는 끝났다.

 상체를 낮게 숙이고 부엌문을 열쇠로 연 뒤 조심스레 밀었다. 문이 집 안으로 젖혀지는 동안 권총을 들고 사격 자세를 취했다. 고요한 어둠이 그를 맞았다. 팔을 위로 뻗어 부엌 벽에 있는 스위치 두 개를 다 켰다. 갤리 키친의 전등과 그 너머 복도등이 켜졌다.

 보슈는 부엌을 시나간 후엔 맞은편 벽에 있는 스위치도 전능을 모두 껐다. 복도를 걸어 집 안으로 더 깊이 들어가는 동안 조명을 받고 싶지 않았다.

천천히 조심스럽게 집 안을 돌아다니며 방마다 불을 켜고 살펴봤다. 엘리스의 흔적은 전혀 없었다. 마지막으로 딸의 방까지 살펴본 뒤에는 되돌아오면서 모든 방과 벽장을 다시 한번 확인했다.

보슈는 엘리스가 쳐들어올지 모른다는 자신의 직감이 틀렸다는 것에 만족하면서 긴장이 풀리기 시작했다. 거실 등을 켜고 스테레오로 걸어갔다. 전원을 켜고 턴테이블에 놓여 있는 앨범에 바늘을 내려놓았다. 그 앨범이 무엇인지 보지도 않았다.

권총을 스테레오 리시버에 내려놓고 재킷을 벗어서 소파로 던졌다. 길고 고단한 하루를 보내서 피곤해 죽을 지경이었지만 신경이 너무 예민해져 있어서 잠이 쉽게 올 것 같지는 않았다. 스피커에서 트럼펫의 첫 선율이 흘러 나오자 보슈는 윈턴 마살리스가 연주하는 〈더 매저스티 오브 더 블루스〉라는 것을 알았다. 최근에 비닐레코드로 구입한 추억의 명곡이었다. 지금 기분에 딱 맞는 곡인 것 같았다. 미닫이 유리문을 열고 데크로 나갔다.

그는 난간으로 걸어가서 깊은 심호흡을 했다. 청량한 밤공기가 유칼립투스 향기를 머금고 있었다. 손목시계를 보니 할러에게 전화해 보고하기에는 너무 늦은 시각이었다. 내일 아침에 로스앤젤레스 경찰국과 보안관국이 공동 기자회견에서 어떤 식으로 발표하는지를 보고 연락해야겠다고 생각했다. 보안관과 경찰국장이 무슨 말을 하느냐에 따라 할러의 전략이 달라질 것이다.

그는 난간에 두 팔꿈치를 괴고 허리를 숙여 고갯길 아래쪽에 있는 고속도로를 내려다봤다. 자정이 넘었지만 차들이 양방향으로 꾸준히

오가고 있었다. 항상 그랬다. 고속도로 소음이 배경음으로 깔리지 않는 집에서 편안하게 잠들 수 있을지 의문이었다.

그는 학교에서 돌아온 딸처럼 행동하지 않은 것을 후회했다. 딸은 항상 부엌문을 열고 들어와 냉장고 앞에 멈춰 섰다. 지금 시원한 맥주 한 병이 있으면 딱 좋을 것 같았다.

뒤에서 목소리가 들렸다.

"보슈."

보슈는 천천히 돌아섰다. 어둠에 잠긴 데크 뒤쪽 구석에 한 남자가 서 있었다. 그곳은 희미한 달빛마저도 지붕 처마에 가려져 있었다. 보슈는 데크로 나와서 그 사람 옆을 지나왔다는 것을 깨달았다. 그 구석의 어둠이 너무 짙어서 얼굴이 보이지는 않았지만 목소리는 알았다.

"엘리스." 보슈가 말했다. "여기서 뭐 하는 거야? 원하는 게 뭐야?"

엘리스가 다가왔다. 처음에는 보슈를 겨누고 있는 권총이, 그 다음에는 엘리스가 달빛 아래 나타났다. 보슈는 그를 넘어서 거실 안 스테레오 리시버 위에 놓인 킴버를 바라봤다. 지금은 아무 쓸모가 없는 총.

"내가 뭘 원할 것 같아? 내가 여길 찾아오지 않고 도망칠 거라고 생각했나?" 엘리스가 물었다.

"이렇게 어리석을 줄은 몰랐지. 넌 똑똑한 쪽이라고 생각했는데." 보슈가 말했다.

"어리석다고? 집에 혼자 들어온 사람이 누군데?"

"여유가 있을 때 멕시코로 튀었어야지."

"멕시코는 너무 뻔하잖아. 난 나쁜 계획이 있어. 여기서 마무리 살하고 갈 거야."

"맞다, 넌 끝마무리 안 하고 찝찝하게 남겨두는 걸 싫어하는 인간이지."

"포기를 안 하는 인간을 그냥 두고 갈 수는 없지. 뒷조사 다 해봤어, 보슈. 퇴직자. 열정적. 서로 잘 어울리지 않는 표현인데, 당신이 그렇더군. 당신이 계속 나를 찾을 텐데 그런 위험을 무릅쓸 수는 없었어. 경찰국은 포기하겠지. 경찰국 사람들 중에 나를 법정에 끌어다 놓으려고 애쓸 사람은 한 명도 없을 테니까. 하지만 당신은……, 당신이 더 나아가기 전에 여기서 깔끔하게 마무리해야지."

엘리스가 보슈를 향해 한 걸음 다가오면서 총알이 날아갈 거리를 좁혔다. 그가 어둠 속에서 걸어 나와 모습을 완전히 드러냈다. 그의 얼굴이 보였다. 눈가의 피부는 탱탱했고 물기를 머금은 검은 눈동자가 반짝이고 있었다. 보슈는 어쩌면 저 얼굴이 이 세상에서 보는 마지막 얼굴이겠다고 생각했다.

"어디로 갈 건데?" 보슈가 물었다.

그는 자신이 무력한 상태임을 강조라도 하듯 두 손을 펼쳐 들었다. 자기가 이겼다는 것을 알고 자만에 빠질 시간을 엘리스에게 주고 싶었다.

엘리스가 잠깐 침묵하더니 대답했다.

"벨리즈. 거기 해변이 있거든. 그리고 누구도 쫓아올 수 없는 곳이지."

보슈는 자신에게도 기회가 있다는 것을 알았다. 엘리스는 이야기를, 자랑을 하고 싶어 했다.

"알렉산드라 파크스 얘기 좀 해봐." 보슈가 말했다.

엘리스가 히죽 웃었다. 보슈의 속내를 알고 있었다.

"말해주고 싶지 않은데. 계속 궁금해하면서 죽어." 그가 말했다.

엘리스는 권총을 눈에 대고 보슈를 겨눈 뒤 보슈가 방탄조끼를 입고 있을 경우에 대비해 총구를 약간 위로 올렸다. 이렇게 가까운 거리에서 얼굴을 못 맞힐 수는 없었다.

보슈는 살인자의 어깨너머로 거실을, 자기가 놔두고 온 권총을 다시 바라봤다. 치명적인 실수였다.

그때 집 안에서 움직임이 보였다. 멘던홀이 거실에서 데크의 열린 문을 향해 다가오고 있었다. 집 안에는 음악이 흐르고 고속도로에선 소음이 올라와 엘리스는 그녀의 인기척을 듣지 못하는 듯했다. 그녀는 두 손을 모아 권총을 쥐고 엘리스를 겨눈 채로 다가오고 있었다.

보슈가 엘리스를 바라봤다.

"그럼 이건 어때?" 그가 말했다. "너와 롱은 나를 감시했어. 내 딸에 대해서도 알고 있지. 오늘 밤 네가 왔을 때 내 딸이 여기 있었다면 어떻게 하려고 했어?"

보슈는 살인자의 그늘진 얼굴에 웃음이 번지는 것을 봤다.

"당신이 돌아오기 전에 죽였겠지. 당신이 딸의 시신을 발견할 기회를 줬을 거야." 엘리스가 말했다.

보슈는 엘리스의 눈을 노려봤다. 범죄 현장에서 찍은 알렉산드라 파크스의 사진이 떠올랐다. 잔혹한 폭력에 형체를 알아볼 수 없게 된 얼굴. 보슈는 엘리스에게 달려들어 멱살을 잡고 싶었다. 그러나 엘리스는 그것을 예상하고 있을 터였다.

보슈는 가만히 서 있었다. 멘던홀은 집과 데크를 나누는 문지방까지 와 있었다. 그녀가 데크의 널빤지에 발을 내딛는 순간, 엘리스가 그녀의 존재를 알아차릴 것이다. 보슈는 그녀를 돕기 위해 자세를 약간 바꿨다.

"지금 쏴요." 보슈가 말했다.

멘던홀이 엘리스의 뒤에서 두 걸음 더 다가와 곧바로 총을 쏘았다. 날카로운 총성에 보슈는 가슴이 흔들리는 듯한 충격을 느꼈다.

엘리스는 총 한 번 못 쏴보고 데크로 쓰러졌다. 튀어 날아온 미세한 핏방울이 미스트를 뿌리듯 보슈의 얼굴을 덮었다.

보슈와 멘던홀은 한동안 서로를 마주 보며 우두커니 서 있었다. 멘던홀이 엘리스 옆에 무릎을 꿇고 앉더니 그의 두 손을 뒤로 돌려 수갑을 채웠다. 이젠 엘리스가 누구에게도 위협이 되지 않는 것이 분명했지만 규정과 절차를 따른 것이다. 그러고는 휴대전화를 꺼내 단축번호를 눌렀다. 상대방이 전화를 받기를 기다리면서 보슈를 올려다봤다. 보슈는 엘리스가 총을 겨눈 이후로 거의 움직이지 않고 있었다.

"괜찮아요?" 멘던홀이 물었다. "총알이 관통해서 당신한테까지 갈까 봐 걱정했어요."

보슈는 허리를 굽히고 두 손으로 무릎을 짚었다.

"괜찮아요." 그가 말했다. "아슬아슬했어요. 끝인 줄 알았는데. 무슨 뜻인지 알아요?"

"알 것 같아요." 멘던홀이 말했다.

"이제 난 뭘 하죠?"

"안으로 들어가서 앉아 있는 게 어때요? 데크를 비워둡시다. 모두를 부를 거예요."

상대방이 전화를 받자 멘던홀은 신원을 밝힌 후 보슈의 집 주소를 됐다. 피자를 주문할 때처럼 차분한 목소리로 구급차와 구조대원의 출동을 요청했다. 현장의 안전은 확보됐다고 강조한 뒤 전화를 끊었다. 보슈는 그녀가 경찰국 상황실과 통화했고 언론의 관심을 끌고 싶지 않아서 자세한 얘기는 피하고 신중하게 에둘러서 말했다고 생각했다. 이 도시의 모든 뉴스룸에 경찰 무전 판독기가 있었다.

다음으로 멘던홀은 상관인 엘링턴에게 전화해 조금 전에 발생한 상황을 좀 더 자세하게 보고했다. 통화를 끝낸 후엔 거실로 들어와 보슈가 앉아 있는 소파로 와서 옆에 앉았다.

"음악을 껐네요." 멘던홀이 말했다.

"네, 그래야 할 것 같아서." 보슈가 말했다.

"아까 그 곡은 뭐였죠?"

"윈턴 마살리스의 〈더 매저스티 오브 더 블루스〉요."

"그 곡이 나를 도와줬어요. 그 곡 덕분에 엘리스는 내가 다가가는 소리를 듣지 못했어요."

"혹시라도 내가 윈턴을 만나면 감사 인사를 할게요. 이번이 두 번째군요."

"뭐가요?"

"당신이 내 목숨을 구한 것."

멘던홀이 어깨를 으쓱했다.

"보호하고 봉사한 거죠. 우리의 임무잖아요."

"그 이상이죠. 왜 돌아왔어요?"

"오렌시색 카마로를 찾으라던 당신의 충고 때문에요. 거브길을 노는데 오렌지색 카마로가 서 있더라고요. 그 옆을 지나가는데, 그자다,

그가 보슈를 기다리고 있다, 이런 생각이 퍼뜩 드는 거예요. 그래서 돌아왔어요."

"그럼 문은요? 내가 분명히 잠갔는데."

"감찰계 기본 기술이죠. 젊었을 땐 도청 장치도 많이 심었어요. 핀 같은 걸로 잠금장치 따는 건 일도 아니죠."

"놀랍군요. 그런데 이 일로 조직에서 대가를 치를 거예요. 그가 타락했다는 건 문제 삼지 않고 당신이 경찰관을 죽인 것만 떠들어 댈 거예요."

"다른 선택지가 없었어요. 정당한 총격이었어요. 난 걱정 안 해요." 멘던홀이 말했다.

"아주 정당했죠. 하지만 후폭풍이 있을 거예요."

보슈는 치명적인 물리력이 경찰관이나 시민의 죽음 또는 신체 상해의 위협을 막거나 예방하기 위해 사용된다면 정당화될 수 있다는 것이 경찰국의 규정이라는 것을 알고 있었다. 경찰국 규정에 따르면 멘던홀이 자신의 정체를 밝히지 않아도 되고 엘리스에게 무기를 내려놓을 기회를 주지 않아도 됐다. 그녀가 뒤에서 다가가 그의 머리에 총알을 박아 넣은 것도 규정에 맞는 행동이었다. 경찰관 총격사건 심의위원회와 검찰은 그녀의 무혐의를 신속히 밝혀줄 것이다. 그녀가 견디기 힘들 수도 있는 것은 경찰국 내 동료들의 평판과 빈정거림과 소문일 것이다.

멘던홀은 열린 데크 문 너머로 엘리스의 시신을 바라봤고 보슈는 그녀가 몸이 떨리는 것을 막으려고 애를 쓰는 것을 봤다. 일시적인 몸 떨림은 총격 이후에 종종 일어나는 반응이었다.

"괜찮아요?" 보슈가 물었다.

"괜찮아요. 난 그냥…… 내가 사람을 죽였어요, 그죠?" 멘던홀이 말했다.

보슈가 고개를 끄덕였다.

"그리고 한 사람의 생명을 구했어요. 그걸 기억해요." 보슈가 말했다.

"그럴게요." 그녀가 말했다. "그가 무슨 말을 하고 있었어요? 마지막에? 뒤에서 다가갈 때 아무 소리도 안 들렸어요. 음악이 말소리도 덮어서."

보슈는 대답을 망설였다. 좋은 기회였다. 멘던홀은 아무것도 듣지 못했다. 데크에서 엘리스가 보슈에게 한 말을 들은 사람이 아무도 없었다. 이제 보슈가 한 말이 법원에서 동시 기억으로 간주되고 그가 증인석에서 증언하면 진실로 여겨질 것이다. 엘리스와 롱이 알렉산드라 파크스를 살해했다고, 엘리스가 모든 것을 인정했다고 말하면 다콴 포스터의 석방을 보장할 수 있었다.

보슈는 그 사건을 조사한 지난 한 주 동안 자신이 넘은 수없이 많은 보이지 않는 선에 대해 생각했다. 어떤 이미지가 떠올랐다. 우산을 들고 곡예사의 밧줄 위에서 균형을 잡으려고 애를 쓰는 남자. 자신이 그런 곡예사 같았다.

그래도 이것은 그가 넘을 수 없는 선이었다.

"자기가 벨리즈로 갈 거라는 말 말고는 별말 없었어요. 떠나기 전에 내가 죽는 것을 꼭 보고 싶어 했고요." 보슈가 말했다.

멘던홀은 고개를 끄덕였다.

"한 치 앞도 못 보고." 그녀가 말했다.

53

 보슈는 엘리스와 롱이 알렉산드라 파크스를 살해했다는 자백을 엘리스에게서 받았다고 거짓말하지 않은 것을 금방 후회했다. 엘리스가 사망한 후 며칠 동안 보안관국의 수사가 지지부진한 가운데 파크스 살해 혐의는 여전히 다콴 포스터에게 씌워져 있었다. 롱은 여러 가지 혐의로 기소됐다. 그중에는 공모자의 행위에 대해 공동 책임을 묻는 중범죄처벌법에 의한 조지 슈버트 박사 살인죄도 포함돼 있었다. 그러나 파크스 사건에 대한 보안관국의 공식 입장은 바뀌지 않았다. 보안관국은 포스터가 받고 있는 살인 혐의가 엘리스와 롱이 계획한 복잡한 음모의 결과라는 것을 받아들이기를 거부했다.
 관료주의, 정치적 셈법, 실수를 겸허히 인정하지 않는 공공기관의 오만이 비난받아 마땅한 원인이었다. 로스앤젤레스 경찰국과 보안관국, 두 법집행기관은 알렉산드라 파크스와 제임스 앨런, 피터와 폴 응우엔, 조지 슈버트 살인 사건 사이의 관련성을 파악하기 위해 현재 진행 중인 합동수사에 관해 공식 입장도 내지 않고 미적거리고 있었다. 포르노 업계에서 애슐리 저그스와 애니 밍스라는 예명으로 활동했던 데버라 스토벌과 조셋 르루의 피살사건도 합동수사 대상에 편입됐다. 그러는 동안 다콴 포스터는 여전히 보석이 허용되지 않는 상태로 로스앤젤레스카운티 구치소에 구금돼 있었다.

법집행기관들이 무기력에 빠져 있는 동안에도 포스터의 변호인은 후퇴 없는 전진만을 계속하고 있었다. 엘리스가 사망하고 롱이 살인죄로 기소된 후에도 그의 고객에 대한 공소가 즉시 기각되지 않자 미키 할러는 많은 새로운 증거를 토대로 긴급 995 공소기각 신청서를 제출했다. 그로부터 일주일 후 목요일, 공판이 시작되는 아침 8시 시내 기온이 이미 26도를 넘었을 때, 미키 할러는 형사법원 114호 법정에서 조셉 색빌 판사 앞에 섰다.

할러가 법정에서 재판에 임하는 모습을 보슈가 마지막으로 봤을 때와 하나 달라진 점은 이젠 보슈가 참관인이 아니라 참여자라는 사실이었다. 할러는 유일한 증인으로 보슈를 불러 슈버트의 진료실에서 면담과 총격전이 진행되는 동안 녹음한 사실을 공개할 계획이었다. 또한 할러는 보슈에게 파크스 피살사건에 관한 조사 과정과 제임스 앨런 피살사건과의 관련성에 관해 자세한 진술을 요구할 생각이었다.

포스터를 증인으로 부를 계획은 없었다. 위험 부담이 너무 컸다. 할러가 판사의 예심 판결을 뒤집는 데 성공하지 못한다면 그의 증언에서 나올 수 있는 사소한 실언도 재판으로 갔을 때 그에게 불리하게 사용될 수 있었다. 포스터의 알리바이에 대해서는 보슈가 수사 상황과 성과를 요약할 때 자세히 소개할 계획이었다. 법정에서 증언한 경험이

30년이 넘는다는 사실이 보슈를 포스터보다 쉬운 선택지로 만들었다.

심리 전 이틀 동안 할러는 보슈와 함께 보슈의 증언을 치밀하게 계획했다. 엘리스와 롱이 제임스 앨런을 통해 포스터의 DNA를 확보했고 그것을 사용해 포스터에게 살인 누명을 씌웠다는 피고인 측의 주장을 보슈의 증언이 완전히 드러낼 수 있게 계획을 짰다. 엘리스와 앨런은 죽었고 롱은 협조를 거부하고 있었다. 증명의 부담은 오로지 보슈에게 지워졌다.

수많은 방청객이 법정을 꽉 채웠다. 사건은 규모가 확장돼 일곱 건의 살인사건과 로스앤젤레스 경찰관 돈 엘리스의 정당방위 살인사건까지 포함하게 됐다. 총 여덟 명이 사망한 사실은 법정은 물론이고 이 도시의 어디에서든 가장 큰 뉴스였기 때문에 언론의 대대적인 주목을 받았다. 지역 언론 기자들은 물론이고 전국 언론매체와 외신 기자들까지 몰려와서 북적였다. 약간이라도 사건과 관련이 있는 변호사들과 수사관들, 관심 있는 일반 시민들까지 와서 방청석을 가득 메우고 있었다. 보슈의 딸은 고등학교 졸업 전까지 남은 수업일을 하루 빼고 법정에 와서 변호인석 바로 뒤, 방청석 첫줄에 앉아 있었다. 딸 옆에는 이 심리의 결과에 기득권이 있는 멘던홀이 앉아 있었다. 그러나 포스터의 가족은 보이지 않았다. 포스터는 결혼생활을 위험에 빠뜨릴 수 있는 남편의 이중생활에 대한 증언을 아내가 들을 것이 무서워서 할러에게 아내를 부르지 말고 심리 얘기도 아내에게 하지 말라고 주문했다. 그 소식이 영원히 아내의 귀에 들어가지 않게 할 수는 없겠지만, 자세한 사실이 공개될 때 북적이는 법정에 앉아서 무방비로 노출되지는 않을 수 있었다.

검사석 바로 뒷줄에는 피해자 유족인 빈센트 헤릭 보안관 부관이 제복을 차려입고 앉아 있었다. 양옆에는 똑같이 제복을 입은 보안관 부관이 앉아 있었는데, 동료에 대한 지지를 표명하고 여전히 다콴 포스터를 범인으로 지목하는 보안관국의 수사 내용을 헤릭이 전적으로 지지한다는 메시지를 전하고 싶은 듯했다.

증인석에 앉은 보슈는 할러가 판사와 언론, 어느 쪽을 설득하려고 할지 궁금했다. 할러가 질문하고 검사가 이의를 제기하면 할러는 먼저 판사를 쳐다보고는 이어 기자들이 모여 앉은 방청석 쪽을 바라보곤 했다.

심리를 맡게 된 담당 검사는 브래드 랜드레스라는 검사였다. 그는 995 심리가 자신이 맡고 있는 사건과 이해관계가 충돌한다는 이유를 대며 빠진 엘런 태스커 검사를 대신하고 있었다. 그러나 검찰 소식통에 따르면 검찰청은 이 사건을 다쳐서 날지 못하는 오리라고 판단했다. 그래서 스타 검사의 완전무결한 재판 기록을 지켜주기 위해 그녀를 뺐다는 것이다. 랜드레스가 맡은 임무는 보안관국과 로스앤젤레스 경찰국이 살얼음판 같은 합동수사를 계속하는 동안 재판이 일정대로 굴러가게 하는 것뿐이었다. 보슈는 랜드레스가 유능하고 성실한 검사이지만 미키 할러에 대적할 수준은 아니라고 판단했다.

랜드레스가 중간중간 이의를 제기하고 기각되는 일이 이어지는 가운데 할러가 보슈의 증언을 다 듣고 이른바 슈버트 녹음 파일을 소개하는 데까지 거의 두 시간이 걸렸다. 심리는 배심원단 없이 판사 앞에서 진행됐기 때문에, 할러는 형식에 얽매이지 않는 태도를 취했고 신문이 진행되는 동안 한 번도 일어서지 않았다. 그는 변호인석에, 청색 수의를 입은 포스터 옆에 앉아 보슈를 신문했다.

할러와 보슈는 미리 계획했고 예행연습까지 마친 모든 질문과 대답을 주고받았고, 이젠 랜드레스가 반대신문을 할 차례였다. 랜드레스는 자리에서 일어서서 발언대로 걸어갔다. 전직 형사를 신문하기 위해 좀 더 공식적이고 위압적인 태도를 선택한 것이다.

랜드레스는 보슈가 한 진술의 가치를 공격하는 대신 방법에 대해, 합법적 절차를 가장하고 거짓을 교묘하게 진실로 위장한 방법에 대해 융단폭격을 가했다. 메시지를 공략할 수 없으면 메신저를 공격하라는 진부한 전략을 선택한 것이다. 보슈가 조사하면서 만난 사람들과 조사를 시작한 절차에 대한 질문이 몇 번이고 반복됐다.

랜드레스: "이 사람에게 증인이 경찰이라고 말했나요?"
보슈: "아뇨, 말하지 않았습니다."
랜드레스: "하지만 그가 선서한 경찰관과 얘기하고 있다는 믿음이 사실이 아니라고 증인이 정정은 하지 않았습니다. 그렇죠?"
보슈: "아뇨, 그렇지 않습니다. 그는 제가 경찰관이라고 생각하지 않았어요. 제가 그런 말을 한 적이 없거든요. 저는 경찰 배지도 총도 갖고 있지 않았고, 경찰이라고 말하지도 않았습니다."

그 전략은 법정에 있는 모두를, 특히 오전 시간만 이 심리에 할당한 색빌 판사를 피곤하게 만들었다. 판사는 할러가 이의제기를 다 끝마치기도 전에 판결하기 시작했다. 랜드레스에게 다음 질문으로 넘어가라고 여러 차례 지시했고 결국에는 검사가 법정의 귀중한 시간을 낭비하고 있다고 질책까지 했다.

마침내 랜드레스가 반대신문을 마쳤고 보슈는 증인석에서 내려와 할러 옆으로 가서 앉았다. 거기 앉으니 불편한 느낌이 들었다. 마치 운전대가 오른쪽에 있는 차를 모는 것처럼 맞지 않는 자리에 있다는 느낌이 들었다.

할러는 보슈의 불편함을 눈치채지 못했다. 그는 손가락으로 테이블을 두드리며 다음 할 일을 생각했다. 판사가 그를 재촉했다.

"변호인, 증인이 또 있습니까?"

할러는 보슈에게로 몸을 기울이고 그의 귀에 대고 속삭였다.

"여기서 주사위를 던져보자. 저들이 함정으로 걸어 들어오는지 보자고."

할러가 일어서서 판사에게 말했다.

"다른 증인은 없습니다, 재판장님. 저희 피고인 측은 최후 의견을 낼 준비가 돼 있습니다."

할러가 자리에 앉자 색빌 판사가 랜드레스를 돌아봤다.

"검찰은 증인을 부르겠습니까?" 판사가 물었다.

랜드레스가 일어섰다.

"검찰은 보안관국 라즐로 코넬 형사를 증인 신청합니다."

코넬은 검사석 옆 자기 자리에서 일어나 증인석으로 걸어갔다. 법정 서기의 안내에 따라 증인 선서를 한 후에 랜드레스가 이끄는 대로 알렉산드라 파크스 살인사건 수사의 진행 과정에 대해 증언했다.

보슈는 의자에 등을 기대고 딸을 돌아봤다. 그가 고개를 끄덕이자 매디도 고개를 끄덕였다. 그는 멘던홀에게로 시선을 돌렸고 둘의 눈길이 마주쳤다. 감찰계 형사의 얼굴에 엷은 미소가 피어올랐다. 심리가 시작되기 전 법정 밖 복도에서 보슈는 자기 목숨을 두 번이나 구해준 사람이라고 멘던홀을 딸에게 소개했다. 멘던홀과 매디가 쑥스러워했지만 보슈는 그렇게 소개한 것이 만족스러웠다.

랜드레스는 코넬의 입을 빌려 알렉산드라 파크스가 얼마나 잔혹하게 살해됐는지 묘사했고 사건 현장 수사와 부검의 절차와 결과에 대해 자세하게 설명했다. 곧이어 피해자의 몸 안팎의 여러 군데서 채취된 정액과 DNA 증거는 잔혹한 성폭력이 자행되는 동안 분출된 것이지 심긴 것이 아니라는 코넬의 전문가적 의견이 이어졌다.

증인 신문이 진행되는 동안 혜릭은 고개를 빳빳이 들고 단호한 표정으로 앉아 있었다. 아내를 위해 당당함을 잃지 않으려고 애쓰는 모습이었다. 그의 태도는 3~4미터 떨어진 곳에 아내를 죽인 살인범이 앉아 있다고 그가 믿고 있다는 것을 분명히 보여줬다. 피고인 측의 주장은 그에게는 교묘한 술책이고 진실을 조작하려는 시도일 뿐이었다. 그는 검찰의 공식적인 입장을 지지하고 있었다.

랜드레스는 마지막 질문으로 코넬에게 모든 것을 종합해 어떤 결론을 내리게 됐는지 물었다.

"강간 살인사건을 수사해 온 오랜 경험으로 볼 때, 저는 피해자 알렉산드라 파크스 씨가 강간당한 것이 사실이고 피해자의 허벅지와 시트와 질 속에서 발견된 정액은 범인이 강간하면서 남긴 것이라고 믿습니다. 정액은 심어진 것이 아니었습니다. 현장으로 가져온 것이 아니었습니다. 그런 주장은 정말 말도 안 되는 주장이라고 생각합니다."

랜드레스는 증인 신문을 마치고 바통을 할러에게 넘겼다.

"증인, 수사관들이나 과학수사대원들 중에 그 사건 현장에서 콘돔을 수거한 사람이 있었습니까?"

코넬은 비웃는 표정을 지었다.

"아뇨." 그가 대답했다. "현장에서 상당량의 정액이 수거된 것만 봐도 이 범죄에 콘돔이 사용됐을 것 같지는 않은데요. 피해자의 몸과 시트에서 수거된 정액은 콘돔이 없었다는 뜻이 아닐까요? 범인의 실수였겠지만요."

"범인의 실수라." 할러가 중얼거렸다. "증인은 이 범인이 피해자를 조용히 스토킹했다고 말하지 않았나요?"

"네, 그랬습니다."

"범인이 이 범행을 신중하게 계획했고요, 맞죠?"

"네, 그렇습니다."

"집 앞에 개조심 표지판이 있긴 하지만 피해자가 개를 키우지 않았다는 것도 알고 있었고요."

"네, 그렇습니다."

"피해자가 자고 있는 동안 뒤쪽 창문을 통해 침입했고요, 맞죠?"

"네, 맞습니다."

"그러니까 증인은 오랜 경험과 이 사건에 관한 정보를 토대로 이렇게 믿는군요, 범인이 이 모든 일을 했다고. 범행 대상을 신중히 골라 스토킹했고 살인 계획을 치밀하게 세워서 실행에 옮겼다. 그런데 콘돔을 가져오는 것은 깜빡했다?"

"콘돔을 가져왔지만 사용하지 않았을 가능성이 있죠. 성폭행하면서 광적인 흥분 상태라 콘돔 사용을 잊었을 가능성도 상당하고요."

"광적인 흥분 상태요? 그러니까 지금 그 범행이 광적인 흥분 상태에서 자행된 공격이라고 말씀하시는 건가요? 치밀하게 계획된 범행이었다고 증언하시지 않았습니까?"

"제가 아는 건 이 사건이 제가 살인사건 전담반에서 14년간 근무하면서 본 살인사건 중 가장 잔혹한 사건이었다는 겁니다. 그 잔혹함이 범행 중에 통제력을 잃었다는 표시라고 생각하고요."

이때 판사가 끼어들어 오전 휴정을 선언했다. 15분 후에 개정하겠다고 말한 뒤 판사석에서 벌떡 일어서서 판사실로 가는 문을 통해 사라졌다.

54

 심리가 재개되고 코넬이 증인석으로 돌아오자마자 할러는 회심의 한 방을 날리기 위해 일어섰다.

 "그 집의 화장실을 살펴봤습니까, 증인?" 할러가 물었다. "세면대 배수관이나 변기 같은 것들요. 범인이 콘돔을 넣고 물을 내리지 않았나 해서요."

 "아뇨." 대답하는 코넬의 목소리에 짜증이 묻어 있었다. "우선 그런 건 TV에나 나오는 일이죠. 콘돔을 넣고 물을 내리면 물에 실려 내려가 사라집니다. 하지만 확인할 필요도 없었어요. 용의자의 정액이 현장과 피해자의 몸 곳곳에 묻어 있었거든요. 콘돔을 찾을 필요가 없었습니다."

 "네, 오류를 인정합니다." 할러가 말했다. "그래서, 현장 곳곳에 묻어 있었다는 그 정액을 어떻게 처리하셨습니까?"

 "감식반이 수거해서 보안관국 실험실에 분석을 의뢰했습니다. 캘리포니아 주 DNA 데이터뱅크에 일치하는 DNA가 있는지 대조하기 위해 거기서 캘리포니아 법무부로 보내졌고요."

"그렇게 해서 피고인인 다콴 포스터 씨의 DNA와 일치한다는 결과를 얻어낸 거로군요?"

"네, 맞습니다."

"아까 분석을 의뢰했다고 하셨는데 어떤 분석을 말씀하시는 거죠?"

"제출된 샘플에서 DNA를 추출합니다. 거기서 단백질과 혈액형, 염색체 특징과 같은 여러 인자를 분석하죠. 이런 특징들과 표지들 전부가 데이터뱅크에 입력됩니다."

할러는 파일을 집어 들고 처음으로 일어서서 검사석과 변호인석 사이에 있는 발언대로 갔다. 덫의 이가 코넬의 다리를 물었는데, 코넬은 아직 깨닫지 못하고 있었다.

"증인, 증인의 실험실이 실시한 분석 검사에 CTE를 찾는 것도 포함돼 있었습니까?" 할러가 물었다.

코넬은 할러의 쓸데없는 질문이 언짢지만 참아준다는 듯 일부러 활짝 웃었다.

"아뇨." 그가 말했다.

"CTE가 무엇인지 아십니까, 증인?" 할러가 물었다.

"콘돔 흔적 증거입니다."

"실험실이 CTE는 왜 찾아보지 않았죠?"

"CTE를 찾는 것은 DNA 분석의 표준 절차에 들어 있지 않아서죠. 추가로 하는 검삽니다. 원한다면 외부 실험실에 의뢰해야 하죠."

"증인은 그 검사를 원하지 않았고요?"

"아까도 말씀드렸지만 사건 현장과 시신 혹은 다른 어떤 곳에서도 범행이 자행되는 동안 콘돔이 사용됐다는 표징이 나오지 않았거든요."

"그런데 콘돔을 찾아보지 않았다면, 콘돔 사용 흔적이 있는지 DNA를 검사해 보라고 실험실에 요청하지 않았다면, 그런 걸 어떻게 아시죠?"

코넬이 랜드레스를 바라보더니 고개를 돌려 판사를 쳐다보면서 두 손을 펼쳐 들었다.

"그 질문에는 대답할 수가 없겠는데요. 말도 안 되는 소리라서." 코넬이 말했다.

"저한테는 말이 되는데요." 할러가 말했다.

랜드레스 검사가 이의를 제기하기 전에 색빌 판사가 먼저 나서서 할러에게 사견을 말하지 말라고 훈계했다.

"질문을 하세요, 변호인." 판사가 말했다.

"네, 재판장님." 할러가 말했다. "증인, 증인은 피고인 측도 증거를 분석할 수 있도록 검찰이 수거한 DNA 증거를 피고인 측과 나누라고 재판장님이 지시하신 것을 알고 있습니까?"

"네." 코넬이 대답했다.

그러자 할러는 판사에게 피고인 측의 DNA 분석 보고서를 증거물로 제출하고 코넬이 그 보고서의 일부분을 읽게 허락해 달라고 요청했다. 이 발언은 호시탐탐 기회를 엿보던 랜드레스의 이의제기를 촉발했는데, 랜드레스는 두 가지 측면에서 보고서를 공격했다. 첫째, 할러가 소개하려고 하는 DNA 분석 보고서는 검찰에 사전에 전달되지 않았다고 주장하면서 할러가 증거 개시 규칙을 위반했다고 비난했다. 둘째, 그는 마땅한 근거가 없다는 이유로 코넬이 분석 보고서의 일부를 읽게 하려는 할러의 의견에 반대했다.

"변호인은 우리가 들어본 적도 없는 분석 보고서를 들고 룰루랄라 하며 법정에 들어와 있습니다." 랜드레스가 빈정거렸다. "게다가 어떤 실험실이, 어떤 기술자가 분석했는지 우리는 모릅니다. 변호인은 그 어떤 것에 대해서도 설명하지 않았습니다. 오늘 아침에 법정으로 오는 길에 월마트에 들러 보고서를 사 왔는지 누가 알겠습니까?"

랜드레스는 장외 홈런을 쳤다고 생각했는지 자랑스럽게 자리에 앉았다. 그가 깨닫지 못한 것은 발목을 문 덫까지 질질 끌고 달리면 3루까지 다 돌아 홈으로 들어오기가 힘들다는 사실이었다.

할러가 일어서서 발언대로 갔다. 먼저 그는 랜드레스를 돌아봤다.

"월마트요?" 할러가 되물었다. "진심으로 하는 말인가요?"

할러는 고개를 돌려 판사를 바라보며 랜드레스가 이의제기한 내용을 갈기갈기 찢기 시작했다.

"재판장님, 우선 랜드레스 검사가 이의를 제기한 분석 보고서를 이틀 전에 제가 당시 이 사건의 담당 검사였던 엘런 태스커 검사에게 보냈다는 사실을 보여주는 이메일 사본을 제출하겠습니다."

할러는 이메일 출력본을 머리 위로 들고 깃발처럼 흔들었다. 랜드레스가 이의를 제기했지만 색빌 판사는 사본을 보고 싶다고 말했다. 할러는 판사석으로 다가가 사본을 건네줬다. 판사가 이메일을 읽는 동안 할러는 발언을 이어갔다.

"분석 보고서는 이미 검찰청에 전달됐고, 검찰청 직원들끼리의 의사소통의 문제에 대해서는 피고인 측은 아무런 책임이 없습니다, 재판장님."

랜드레스가 반박하기 위해 일어섰지만 색빌 판사가 그를 막아 세웠다.

"그 문제에 대한 이의제기는 이미 했잖아요." 판사가 말했다. "근거나 들어봅시다. 변호인?"

"재판장님, 이 심리는 재판이 아닙니다." 할러가 말했다. "재판장님의 예심 판결에 대한 재심 신청이죠. 예심에서 재판장님은 검찰이 코넬 형사를 통해 전문 진술을 제공하도록 허용하셨습니다. 그래서 실험실 직원이 증인으로 나와 근거를 제시하는 절차를 생략한 채 코넬 형사가 DNA 분석 보고서의 결과를 소개했고요. 피고인 측은 검찰에게 주신 것과 같은 기회를 주시라고 말씀드리는 것뿐입니다."

사실이었다. 주 헌법은 예심 절차의 신속 진행을 위한 수단으로 전문 증거를 허용하고 있었다. 검찰은 수사관들이 전문 증거를 소개하고 증인 진술을 요약하게 했고, 그럼으로써 증인들을 직접 부르는 과정을 생략할 수 있었다.

판사가 신속히 판결했다.

"변호인, 진행하세요. 하지만 가는 방향이 마음에 안 들면 언제라도 되감기를 할 겁니다." 색빌 판사가 말했다.

할러는 보고서 사본을 랜드레스 검사와 코넬, 색빌 판사에게 한 부씩 돌린 뒤 발언대로 돌아갔다. DNA 샘플을 분석하고 보고서를 작성한 민간 실험실을 소개하기 위해 미리 생각해 둔 질문 몇 개를 코넬에게 던진 뒤, 할러는 코넬에게 CTE에 관한 요약 무단에서 줄이 쳐져 있는 부분을 읽어달라고 요청했다. 코넬은 증언 내내 그랬듯이 짜증 섞인 어조로 그 부분을 읽었다.

"제출된 유전물질을 분석한 결과 미립자 형태의 석송속과 비결정질 실리카를 포함하는 콘돔 흔적 증거를 함유한 것을 발견했다. 상기 물질이 혼합된 CTE는 텍사스 주 댈러스에 있는 레시우스라텍스 사(社)에서 생산하는 콘돔에서 발견되며 시중에는 '레인보우프라이드'라는 상품명으로 유통되고 있다."

코넬이 다 읽고 난 후 할러는 몇 초간 침묵하다가 신문을 계속했다.

"증인, 조금 전 증인은 이 범죄에서는 콘돔이 사용되지 않았기 때문에 사건 현장에서 콘돔을 찾아보지 않았다고 말씀하셨는데요. 이 보고서의 결과에 대해서는 뭐라고 설명하시겠습니까?"

"왜 제가 설명을 합니까? 우리 보고서가 아닌데요. 당신들 보고서지." 코넬이 말했다.

"이 보고서가 가짜이고 이 결과들이 거짓이라는 뜻인가요?"

"우리 보고서가 아니라서 잘 모른다는 뜻입니다."

코넬은 사기가 꺾이고 있었다. 이제 그의 말투에는 짜증이 아니라 당혹감이 섞여 있었다.

"엘리스와 롱 경찰관과 관련이 있을 수 있는 모든 살인사건을 수사하는 합동수사반이 이 알렉산드라 파크스 살인사건도 수사하고 있습니다, 맞죠?"

"네, 하지만 아까도 말했듯이, 그 사건들과 알렉산드라 파크스를 연결하는 증거는 전혀 찾지 못했습니다. 오히려 변호사님 의뢰인의 DNA가 파크스와 연결된 증거죠. 그래서 그가 계속 피의자로 남아 있는 겁니다."

"상기시켜 주셔서 감사합니다, 증인. 증인은 합동수사의 일환으로 이 모든 살인사건의 증거와 보고서와 사진들을 살펴보셨습니까? 아니면 볼 필요를 느끼지 못했나요, 피고인이 범인이라고 너무 굳게 믿고 있기 때문에?"

"우리는 모든 사건의 모든 증거를 살펴봤습니다."

"잠깐만요, 재판장님."

할러가 변호인석으로 돌아가 탁자 아래로 손을 뻗어 가방을 집어 들었다. 그 가방을 발언대로 갖고 가서 그 속에서 개별 포장된 다양한 색깔의 콘돔이 반쯤 차 있는 커다랗고 투명한 플라스틱 상자를 꺼냈다. 그가 그것을 발언대에 내려놓자 랜드레스가 일어서서 이의를 제기했다.

"재판장님, 변호인이 지금 왜 저러는 걸까요?" 랜드레스 검사가 물었다. "검찰은 피고인 측이 사람들의 이목을 끌 목적으로 편견을 갖게 할 수 있는 이런 전시를 하는 것에 이의를 제기합니다."

"변호인, 지금 그것을 전시하는 의도가 뭐죠?" 판사가 엄격하게 물었다.

할러는 파일에서 다른 문건을 꺼냈다.

"재판장님, 이 선서진술서에는 피살된 제임스 앨런의 막역한 친구였던 안드레 매스터스라는 사람의 선서진술이 들어 있습니다. 매스터스는 앨런이 살해된 후 앨런의 소지품 중에서 이 레인보우프라이드 콘돔 상자를 수거했다고 진술합니다. 이것은 담당 수사관들이 수거하지 않은 소지품 중 하나입니다. 알렉산드라 파크스의 몸속과 몸 밖에서 검출된 CTE가 들어 있다는 그 콘돔과 같은 상품이죠. 이것은 파크스 사건과 앨런 사건이 직접적 관련이 있다는 것을 보여주는 직접 증거이고, 다콴 포스터는 엘리스와 롱 경찰관에 의해 살인자 누명을 썼다는 피고인 측의 주장을 지지하는 증거이기도 합니다."

할러가 발언하는 도중에 랜드레스가 여러 번 이의를 제기하려 했지만 색빌은 할러의 설명을 막지 않았다. 잠시 침묵한 후 판사가 말했다.

"그 선서진술서 좀 봅시다."

할러는 판사에게 사본 한 부를, 돌아오면서 랜드레스에게 한 부를 건넸다. 다음 5분간 판사와 검사는 말없이 선서진술서를 읽었다. 며칠 전 보슈가 헤이븐하우스에 다시 방문해 거기 직원에게 50달러를 지불하고 매스터스의 휴대전화 번호를 받은 후 매스터스를 만나서 콘돔 상자를 넘겨받았다.

"존경하는 재판장님." 랜드레스 검사가 포문을 열었다. "이 진술서의 수상한 출처와 이, 이, 이 콘돔 상자의 증거물 보관의 연속성 문제를 차치하고라도, 여기에 있는 유일한 증거는 전혀 믿을 만한 것이 못 됩니다. 뿐만 아니라 피고인 측은 또 증거 개시 규칙을 위반했고요. 저희 검찰은 지금 이 순간까지 이 선서진술서를 제공받지 못했습니다. 그러므로 저희 검찰 측은 이 진술서가 증거물로 채택되는 것에 반대하고, 코넬 형사에 대한 증인신문에서도 다뤄지지 않아야 한다고 주장합니다. 변호인이 너무나 교묘한 술수를 부리고 있습니다, 재판장님."

랜드레스가 자리에 앉자 할러가 일어서서 반격을 시작했다.

"재판장님, 두 가지만 짧게 말씀드리겠습니다. 첫째, 저에게 또 하나의 이메일 사본이 있는데요, 이것의 수신자도 예전 담당 검사입니다. 매스터스 씨의 선서진술서도 그 검사에게 보냈으므로, 피고인 측의 증거 개시 규칙 위반이 아니라는 뜻입니다. 그리고 두 번째로, 저희 피고인 측은 제임스 앨런 피살사건을 수사한 로스앤젤레스 경찰국의 살인사건 기록에 들어 있던 사진 세 점을 증거물로 제출합니다. 로스앤젤레스 경찰관들이 찍은 범죄 현장 사진인데요. 앨런의 시신이 발견된 날 그의 모텔 방에 콘돔 상자가 있는 것을 분명하게 보여주고 있습니다. 지금 재판장님이 보고 계시는 이 콘돔 상자와 일치하고요."

할러는 이메일 사본과 사진을 판사에게 갖다주고 발언대로 돌아갔다. 보슈는 그가 돌아가면서 맨 앞줄에 앉은 매디에게 윙크하는 것을 봤다.

판사는 자기 앞에 놓인 문건과 사진을 천천히 살펴봤다. 법정이 얼마나 고요한지 천장에서 에어컨 작동하는 소리가 들릴 지경이었다.

마침내 판사가 선서진술서와 사진을 차곡차곡 쌓은 뒤 마이크를 향해 몸을 숙였다.

"본 법정은 피고인 측이 제출한 이 증거와 진술은 설득력이 있고 무죄를 입증하는 반면, 검찰 측 증인의 주장은 신빙성이 없다고 판단합니다. 새로운 증거를 검토한 결과, 예심의 원인은 소멸됐다고 판단합니다. 그러므로 피고인에게 제기된 공소를 기각합니다. 검찰은 상당한 근거의 문지방을 넘을 수 있는 새로운 증거를 확보하면 다시 공소를 제기할 수 있습니다. 포스터 씨, 집으로 돌아가셔도 좋습니다. 불굴의 의지와 열정으로 이런 판결을 이끌어 낸 변호인에게 감사 인사를 하셔야 할 겁니다. 이것으로 심리를 마치겠습니다."

그렇게 모든 일이 끝이 났다. 판사가 판사석에서 내려가 판사실로 가는 문을 나갈 때까지 법정은 쥐 죽은 듯 조용했다. 판사가 나가자 놀란 목소리와 탄성이 곳곳에서 터져 나왔다. 할러가 제일 먼저 보슈를 향해 돌아서서 악수했다.

"네가 해냈다." 보슈가 말했다.

"아냐, 형이 해냈어. 우린 좋은 팀이 될 거야." 할러가 말했다.

할러가 의뢰인을 향해 돌아서서 한 팔로 그의 어깨를 감싸안고 축하 인사를 건넸다. 보슈는 뻘쭘해져서 딸을 향해 돌아섰다. 매디가 환하게 웃고 있었다.

"우아, 아빠!"

보슈는 웃으면서 고개를 끄덕였지만 이 승리는 어딘가 어색했다. 기쁜 감정을 부인할 수 없었지만 살인사건의 공소기각 소식을 듣고 기뻤던 것은 이번이 처음이었다. 익숙해지려면 시간이 좀 걸릴 듯했다.

55

법정 밖 복도에서 펼쳐진 쇼의 주인공은 할러였다. 랜드레스는 부리나케 자리를 떴다. 코넬과 헤릭도 곧장 법정을 떠났다. 그리고 포스터는 출소 절차를 밟아야 했고 적어도 두 시간은 더 있어야 진짜로 자유의 몸이 될 것이다. 남은 사람은 할러였다. 전 세계의 기자들이 그를 에워쌌고 카메라와 녹음기와 그의 얼굴을 향해 들이민 마이크의 물결 속에 그를 가뒀다. 할러는 월드시리즈에서 끝내기 홈런을 친 선수 같았다. 세 겹의 사람들이 그를 에워싸고 있어서 계속 몸을 돌리며 위아래로 훑어보면서 질문을 듣고 자신의 현명하고 때로는 신랄한 대답을 들을 기회를 모두에게 줬다. 그러면서 주머니에서 두꺼운 명함 뭉치를 꺼내 한 장씩 나눠줬고 기자들에게 자기 이름을 확실히 각인시켰다. 가장 좋은 광고는 무료 광고였다.

보슈는 딸과 함께 무리에서 멀찌감치 떨어져 서서 쇼를 구경했다.

"진짜 멋진데." 매디가 말했다.

"이상한 생각 하지 마. 집안에 변호사는 한 명이면 족하다." 보슈가 말했다.

"가까이 가서 들어도 괜찮나?"

"그럼. 저 상어들한테 잡아먹히지만 마라. 잡아먹겠다고 달려들 수도 있어."

매디는 눈알을 굴리더니 기자들에게로 걸어갔다.

주위를 둘러보던 보슈는 몇 미터 떨어진 곳에서 다른 사람들과 함께 할러의 쇼를 구경하고 있는 멘던홀을 봤다. 그녀도 떠들썩한 인터뷰에 흠뻑 빠져 있는 듯했다. 보슈는 그녀에게 다가가서 둘이 함께 쇼를 지켜보면서 얘기를 나눴다.

"오늘 와줘서 고마워요." 보슈가 말했다.

"당연히 와야죠. 그건 그렇고 딸이 당신을 아주 자랑스러워하네요. 그게 눈에 보여요." 멘던홀이 말했다.

"잠깐 그렇겠죠."

"아뇨, 영원히 그럴 거예요."

보슈는 미소를 지으면서 고개를 끄덕였다. 그도 그러기를 바랐다.

"전화번호부에 등록되지 않은 전화번호가 있어야 할 거예요." 멘던홀이 말했다. "문의가 쏟아질 거예요, 당신과 할러한테. 교정시설에 있는 모든 무고한 사람이 전화할걸요, 아마."

보슈는 고개를 가로저었다.

"난 빼줘요. 난 이것으로 끝이니까." 그가 말했다.

"진짜요? 그럼 이제 뭐 하려고요?" 멘던홀이 물었다.

보슈는 어깨를 으쓱거리고는 잠깐 생각했다. 그러고는 서커스에서 눈을 떼고 그녀를 바라봤다.

"낡은 할리가 한 대 있어요. 1950년에 나온 건데 카뷰레터를 제자리에 넣어야 해요. 사실 조립해 넣을 게 많아요. 그게 다음 임무예요. 리 마빈이 〈더 와일드 원〉에서 탔던 거와 같은 거예요. 그 영화 봤어요?"

"아뇨."

"오토바이 타요, 멘던홀?"

이젠 그녀가 서커스에서 눈을 떼고 그를 바라봤다.

"안 탄 지 오래됐어요."

"나도 그런데. 2주만 시간을 줘요. 그 후에 전화할게요. 오토바이 같이 탑시다."

"좋아요."

보슈는 고개를 끄덕이고는 멘던홀의 곁을 떠나 딸에게로 걸어갔다. 이제 집에 갈 시간이었다.

감사의 글

작가가 이 소설을 연구하고 집필하고 편집하는 동안 많은 멋진 분들이 함께해 주고 도와줬다. 해리 보슈와 그의 세계가 최대한 진짜처럼 보일 수 있도록 애써준 진짜 형사들, 팀 마샤, 릭 잭슨, 미치 로버츠, 데이비드 램킨에게 진심으로 감사드린다. 중요한 도움을 준 독자들 대니얼 달리, 로저 밀스, 렌릭 배스틴, 존 휴턴, 테릴 리 랭크퍼드, 제인 데이비스, 헤더 리초, 린다 코넬리에게 감사한다. 또한 연구자인 데니스 '시스코' 보이체홉스키(워치-유어-하우스-키)에게도 고마움을 전한다. 세 명의 훌륭한 편집자가 대혼돈의 장인 이야기를 이해하고 질서가 잡힌 세계로 만들어 줬다. 그들에게 가장 큰 마음의 빚을 지고 있다. 정말 감사한다. 아시야 머치닉, 빌 매시 그리고 패멀라 마셜.

여러분 모두에게 감사의 마음을 전한다.

옮긴이 **한정아**

서강대학교 영문학과와 한국외국어대학교 통역번역대학원 한영과를 졸업했으며 현재 전문 번역가로 일하고 있다. 옮긴 책으로 마이클 코넬리의 《회생의 갈림길》《변론의 법칙》《버닝 룸》《배심원단》《블랙박스》《드롭: 위기의 남자》《다섯 번째 증인》《나인 드래곤》《혼돈의 도시》《클로저》《유골의 도시》《엔젤스 플라이트》《보이드 문》 등이 있으며, 안드레 애치먼의 《하버드 스퀘어》, 페데리코 아사트의 《다음 사람을 죽여라》, 나딤 아슬람의 《헛된 기다림》, 윌리엄 스타이런의 《소피의 선택》, 이언 매큐언의 《속죄》 《견딜 수 없는 사랑》 등이 있다.

크로싱

1판 1쇄 인쇄 2025년 12월 3일
1판 1쇄 발행 2025년 12월 22일

지은이 마이클 코넬리
옮긴이 한정아

발행인 양원석 **편집장** 김건희
디자인 최승원, 김미선 **영업마케팅** 조아라, 박소정, 김유진, 원하경, 정민지

펴낸 곳 ㈜알에이치코리아
주소 서울시 금천구 가산디지털2로 53, 20층 (가산동, 한라시그마밸리)
편집문의 02-6443-8902 **도서문의** 02-6443-8800
홈페이지 http://rhk.co.kr
등록 2004년 1월 15일 제2-3726호

ISBN 978-89-255-7286-4 (03840)

※ 이 책은 ㈜알에이치코리아가 저작권자와의 계약에 따라 발행한 것이므로
 본사의 서면 허락 없이는 어떠한 형태나 수단으로도 이 책의 내용을 이용하지 못합니다.
※ 잘못된 책은 구입하신 서점에서 바꾸어 드립니다.
※ 책값은 뒤표지에 있습니다.